民國文化與文學^{研究}文叢

十六編

李怡主編

第9冊

郁達夫舊體詩研究

蔣成德 著

國家圖書館出版品預行編目資料

郁達夫舊體詩研究／蔣成德 著 -- 初版 -- 新北市：花木蘭文
化事業有限公司，2023〔民 112〕
序 6+ 目 6+222 面；19×26 公分
（民國文化與文學研究文叢　十六編；第 9 冊）
ISBN 978-626-344-531-4（精裝）
1.CST：郁達夫 2.CST：舊體詩 3.CST：詩評
820.9　　　　　　　　　　　　　　　　112010648

特邀編委（以姓氏筆畫為序）：

丁　帆	王德威	宋如珊
岩佐昌暲	奚　密	張中良
張堂錡	張福貴	須文蔚
馮　鐵	劉秀美	

民國文化與文學研究文叢
十六編　第九冊　　　　　　　　ISBN：978-626-344-531-4

郁達夫舊體詩研究

作　　者　蔣成德
主　　編　李　怡
企　　劃　四川大學中國詩歌研究院
總 編 輯　杜潔祥
副總編輯　楊嘉樂
編輯主任　許郁翎
編　　輯　張雅淋、潘玟靜　美術編輯　陳逸婷
出　　版　花木蘭文化事業有限公司
發 行 人　高小娟
聯絡地址　235 新北市中和區中安街七二號十三樓
　　　　　電話：02-2923-1455 ／傳真：02-2923-1452
網　　址　http://www.huamulan.tw 信箱 service@huamulans.com
印　　刷　普羅文化出版廣告事業
初　　版　2023 年 9 月
定　　價　十六編 18 冊（精裝）台幣 45,000 元　　　版權所有・請勿翻印

郁達夫舊體詩研究

蔣成德 著

作者簡介

蔣成德，江蘇阜寧人。徐州工程學院編審。徐州市政協常委，九三學社徐州市委委員。江蘇省中華詩學研究會理事，徐州楹聯家協會理事。出版專著《思想家型的編輯家》《中國現代作家型編輯家研究》《地域文史縱橫》《陳師道與其師友》《草戈心詩鈔》；獲獎專著《思與詩》（獲江蘇省高校第八屆哲學社會科學優秀成果三等獎），《中國近現代作家的編輯歷程》（獲全國高校學報研究會 2019 年著作獎）；參著《中國無產階級革命家詩詞鑒賞》。曾在《新文學史料》《江海學刊》《郭沫若學刊》《深圳大學學報》等刊物發表論文數十篇。

提　　要

　　本書是對郁達夫舊體詩的專題研究。研究了郁達夫舊體詩用歷史人物典的自我形象，用女性人物典的情意指向，用青衫紅豆意象以及出現於前後兩個時期的原因，借鑒古典詩詞的廣泛性與藝術性，習用古典詩詞的方法，探討了鄭子瑜先生的郁達夫舊體詩研究及其貢獻，並對近百年來郁達夫舊體詩研究的歷史進行了綜述。

　　本書認為，郁達夫用歷史人物典體現了他的自我形象，用女性人物典反映了他的女性觀。這是從其自傳之外再認識郁達夫的一個全新視角，這不僅是研究他的詩，更是從其詩研究其人，是真正意義的「郁達夫」研究。因而，這就為研究郁達夫開闢了一個新的學術之徑路。郁達夫的舊體詩歷來就有出自唐詩說（詹亞園）和出自宋詩說（鄭子瑜），本書一概摒棄，而是從郁達夫的全部詩詞進行考察，認為郁達夫對古典詩詞的借鑒既不囿於唐，也不拘於宋，是上溯詩騷、下迄晚近，都有繼承，而在藝術上則是獨具個性的。對郁達夫的全部詩詞從方法的角度進行分類與考證，加以概括與總結，這是一種實證的少有人去做的研究。

　　郁達夫舊體詩研究的重鎮毫無疑問是鄭子瑜先生，本書對其所做的貢獻進行了細緻的梳理。最後則是對近百年來郁達夫舊體詩研究的歷史作了概述，以見郁達夫研究這百年來的基本面貌。

鬱結、盤桓與頓挫：中國現代文學中的國家—民族敘述——《民國文化與文學研究文叢・十六編》引言

李 怡

　　1921 年 10 月，「新文學運動以來的第一部小說集」由上海泰東圖書局推出[註1]，這就是郁達夫的《沉淪》。從 1921 年至 1923 年，這部小說集被連續印刷十餘次，銷量累計至 20000 餘冊，在新文學初創期堪稱奇觀。「對於他的熱烈的同情與感佩，真像《少年維特之煩惱》出版後德國青年之『維特熱』一樣」[註2]，因為，「人人皆可從他作品中，發現自己的模樣。……多數的讀者，由郁達夫作品，認識了自己的臉色與環境」[註3]。當然，小說中能夠引起讀者共鳴的應該有好幾處，包括性愛的暴露、求索的屈辱等等，但足以令讀者產生一種普遍的情緒激昂的還是其中那種個人屈辱與家國命運的相互激蕩和糾纏，這樣的段落已經成為了中國現代文學史引證的經典：

　　　　他向西面一看，那燈檯的光，一霎變了紅一霎變了綠的，在那裡盡它的本職。那綠的光射到海面上的時候，海面就現出一條淡青的路來。再向西天一看，他只見西方青蒼蒼的天底下，有一顆明星，在那裡搖動。

　　　　「那一顆搖搖不定的明星的底下，就是我的故國，也就是我的

〔註1〕成仿吾：《〈沉淪〉的評論》，《創造》季刊 1923 年 2 月第 1 卷第 4 期。

〔註2〕匡亞明：《郁達夫印象記》，載《郁達夫研究資料》，北京：知識產權出版社，2010 年，第 52 頁。

〔註3〕賀玉波編：《郁達夫論》，上海：光華書局，1932 年，第 84 頁。

生地。我在那一顆星的底下，也曾送過十八個秋冬。我的鄉土嚇，我如今再不能見你的面了。」

　　他一邊走著，一邊盡在那裡自傷自悼的想這些傷心的哀話。走了一會，再向那西方的明星看了一眼，他的眼淚便同驟雨似的落下來。他覺得四邊的景物，都模糊起來。把眼淚揩了一下，立住了腳，長歎了一聲，他便斷斷續續的說：

　　　　「祖國呀祖國！我的死是你害我的！」

　　　　「你快富起來，強起來吧！」

　　　　「你還有許多兒女在那裡受苦呢！」〔註4〕

在這裡，一位在異質文明中深陷焦慮泥淖的中國青年將個人的悲劇置放在了國家與民族的普遍命運之中，並且在自己生命的絕境中發出了如此石破天驚般的吶喊，一瞬間，個人的生存苦難轉化為對國家與民族的整體控訴，鬱積已久的酸楚在這一心理方式中被最大劑量地釋放。這也就是作者自述的，「眼看到的故國的陸沉，身受到的異鄉的屈辱」〔註5〕，「我的消沉也是對國家，對社會的。現在世上的國家是什麼？社會是什麼？尤其是我們中國？」〔註6〕所以，在文學史家看來，這部作品的顯著特點就在於「性、種族主義、愛國主義在他心底裏全部纏結在一起」〔註7〕。

　　《沉淪》主人公于質夫投海之前的這一段激情道白擊中的是近代以來中國人的普遍心理與情緒，1921 年的「《沉淪》熱」、百年來現代中國文學與現實人生的不解之緣從根本上都與這樣的體驗和情緒緊密相關：在中國現代文學的普遍主題中，國家觀念和民族意識的凸顯格外引人注目，或者說，個人命運感受與國家、民族宏大問題的深刻聯繫就是我們文學的最基本構型。

　　在很大的程度上，我們的中國現代文學研究自始至終都沒有否認過這一基本事實。1922 年，胡適寫下新文學的第一部小史《五十年來中國之文學》，就是以「國」定文學，是為「國語的文學」。1923 年，瞿秋白署名陶畏巨發表新文學概觀，也是以「西歐和俄國都曾有民族文學的先聲」為參照，將新文學

〔註4〕郁達夫：《沉淪》，《郁達夫文集》第一卷，廣州：花城出版社，1982 年，第 52 ～53 頁。

〔註5〕郁達夫：《懺餘獨白》，《郁達夫文集》第七卷，廣州：花城出版社，1982 年，第 250 頁。

〔註6〕郁達夫：《北國的微音》，《郁達夫文集》第三卷，廣州：花城出版社，1982 年，第 91 頁。

〔註7〕李歐梵：《李歐梵自選集》，上海：上海教育出版社，2002 年，第 38 頁。

視作「民族國家運動」的一部分，宣布「他是民族統一的精神所寄」〔註8〕。王瑤的《中國新文學史稿》奠定了新中國現代文學的學科基礎，在以「新民主主義革命」為核心話語的歷史陳述中，「外爭國權，內除國賊」、「民族解放」的政治背景十分清晰。唐弢主編《中國現代文學史》繼續依託「新民主主義革命時期」的階級狀況展開，反對帝國主義對中華民族的侵略、挽救民族危機也是這一歷史過程的重要組成部分。新時期以降，被稱作代表「新啟蒙」思潮的二十世紀中國文學觀更是將國家民族的現代化進程作為文學探索的基本背景，明確指出：「爭取民族的獨立解放，民族政治、經濟、文化，民族意識的全面現代化，實現民族的崛起與騰飛，是本世紀全民族的中心任務，構成了時代的基本內容，社會歷史的中心，民族意識的中心，對於這一時期包括文學在內的整個意識形態起著一種制約作用，決定著這一時期文學的性質，任務，歷史內容，以及歷史特徵，等等。」〔註9〕新時期影響中國現代文學研究的思想，在內有李澤厚《中國現代思想史論》的「啟蒙／救亡雙重變奏」說，在外則有夏志清《中國現代小說史》的「感時憂國」說，它們的思想基礎並不相同，但卻在現代文學的國家民族意識上有著高度的共識。直到新世紀以後，儘管意識形態和藝術旨趣的分歧日益加大，但是平心而論，卻尚未發現有誰試圖根本否認這一基本特徵的存在。

在我看來，《沉淪》主人公于質夫將個人的悲劇追溯到國家民族的宏大命運之中，於生存背景的揭示而言似乎勢所必然，不過，其中的心理邏輯卻依然存在許多的耐人尋味之處：于質夫，一個多愁善感而身心孱弱的青年在遭遇了一系列純粹個人的生活挫折之後，如何情緒爆發，在蹈海自盡之際將這一切的不幸通通歸咎於國家的弱小？這是羸弱者在百般無奈之下的洗垢求瘢、故入人罪，還是被人生的苦澀長久浸泡之後的思想的覺悟？一方面，我不能認同徐志摩當年的苛刻之論：「故意在自己身上造些血膿糜爛的創傷來吸引過路的人的同情」〔註10〕，那是生活優渥的人的高論，顯然不夠厚道，但是，另一方面，從1920年代的爭論開始，至今也有讀者無不疑惑：「『零餘人』不僅逃避承擔時代的重任，而且自身生活能力低下，在個人情慾的小圈子裏執迷不悟，一旦

─────────────────

〔註8〕陶畏巨：《荒漠裏》，《新青年》季刊1923年12月20日第2期。

〔註9〕陳平原、黃子平、錢理群：《二十世紀中國文學三人談──民族意識》，《讀書》1985年第12期。

〔註10〕見郭沫若：《論郁達夫》，載《回憶郁達夫》，長沙：湖南文藝出版社，1986年，第3頁。

得不到滿足，連生命也毫不猶豫地捨棄。這樣的人物是時代的主旋律上不和諧的音符，他的死是一種歷史的必然。郁達夫在作品主人公自殺前加上這麼一條勉強的『尾巴』，並不能讓主人公的思想高尚起來。」〔註11〕郁達夫恐怕不會如此的膚淺，但是《沉淪》所呈現的心理邏輯確有微妙隱晦之處，至少還不曾被小說清晰地展開，這就如同現代文學史上的二重組合——個人悲劇／國家民族命運的複雜的鏈接過程一樣，其理昭昭，其情深深，在這些現象已經被我們視作理所當然的歷史事實之後，我們是不是進一步仔細觀察過其中的細節？究竟這些「國家觀念」和「民族意識」有著怎樣具體的內涵，有沒有發生過值得注意的重要變化，它們彼此的結構和存在是怎樣的，是不是總是被奉為時代精神的「共主」而享有所向披靡的能量，在它們之間，內在關聯究竟如何，是不容置辯的相互支撐，一如我們習以為常的「國家民族」的關聯陳述，還是暗含齟齬和衝突？

這就是我們不得不加以辨析和再勘的理由。

一

中國現代文學在表達個人體驗與命運的時候，總是和國家與民族的重大關切緊密相連，然而，「國家」與「民族」這兩個基本語彙及其現代意涵卻又是近代「西學東漸」的一部分，作為西方思想文化的複雜構成，其本身也有一個曲折繁蕪的流變演化歷史。所以，同一個「國家觀念」與「民族情懷」的能指，卻很可能存在著千差萬別的所指。

大約是從晚清以降，中國知識界開始出現了越來越多的「國家」與「民族」的表述，以致到後來形成了大家耳熟能詳的名詞、概念、主義和系統的思想。自 1960 年代開始，當作為學科知識的「民族學」等需要進一步理性建設的時候，人們再一次回過頭來，試圖深入追溯「民族」理念的來源，以便繪製出清晰的知識譜系，這樣的追溯在極左年代一度中斷，但在新時期以後持續推進；新時期至今，隨著政治學、社會學、文化學領域對中外文明史、國家制度史的理論思考的展開，「國家」的概念史、意義史也得到了比較充分的總結。

百餘年來中國知識分子對「民族」的理解來源複雜，過程曲折，我們試著將目前學界的考證以圖表示之：

〔註11〕吳文權：《感性縱情與理性斂情——從〈沉淪〉和〈遲桂花〉看郁達夫前後期的創作風格》，《重慶工學院學報》2005 年第 7 期。

考證人	時間結論	來源結論	最早證據	學界反應
林耀華《關於「民族」一詞的使用和譯名問題》(《歷史研究》1963年第 2 期)	不晚於 1900年	可能從日文轉借過來	章太炎《序種姓上》	1980 年代以後不斷更新中國學者的引進、使用時間
金天明、王慶仁《「民族」一詞在我國的出現及其使用問題》(《社會科學輯刊》1981 年第 4 期)	1899 年	從日文轉借過來	梁啟超的《東籍月旦》	韓錦春、李毅夫等考證《東籍月旦》作於1902 年；此前梁啟超已經使用該詞
彭英明《中國近代誰先用「民族」一詞？》(《社會科學輯刊》1984 年第 2 期)	1898 年 6 月	近代中國開始使用	康有為的《請君民合治滿漢不分摺》	經過多人考證，最終確認康有為此摺乃是其1910 年前後所偽造
韓錦春、李毅夫《漢文「民族」一詞的出現及其初期使用情況》(《民族研究》1984年第 2 期)	1895 年	從日文引入	《論回部諸國何以削弱》(《強學報》第 2 號)	新世紀以後開始被人質疑
韓錦春、李毅夫編《漢文「民族」一詞考源資料》，(中國社會科學院民族研究所民族理論研究室 1985年印)	近代中國人開始使用	在中國古代典籍中未曾出現，近代以前「民」、「族」是分開使用的		新世紀以後開始被人質疑
彭英明《關於我國民族概念歷史的初步考察》(《民族研究》1985年第 2 期)	1874 年前後使用	可能來自英語	王韜《洋務在用其所長》	
臺灣學者沈松僑《我以我血薦軒轅——皇帝神話與晚清的國族建構》(《臺灣社會研究季刊》第二十八期，1997 年 12 月)	20 世紀中國知識分子	從日文引入		新世紀以後開始被人質疑

【英】馮客《近代中國之種族觀念》(楊立華譯),江蘇人民出版社 1999 年	1903 年,晚清維新派,梁啟超首次使用			
茹瑩《漢語「民族」一詞在我國的最早出現》(《世界民族》2001 年第 6 期)	唐代	與「宗社」相對應,但與現代意義有差別	李筌所著兵書《太白陰經》之序言:「傾宗社滅民族」	
黃興濤《「民族」一詞究竟何時在中文裏出現?》(《浙江學刊》2002 年第 1 期)類似觀點還有方維規《論近代思想史上的「民族」、「Nation」與中國》(香港《二十一世紀》2002 年 4 月號)	1837 年或之前出現;1872 年已有華人在現代意義上加以使用	很可能是西方來華傳教士的偶然發明	《論約書亞降迦南國》(1837 年 10 月德國籍傳教士郭士臘等編撰《東西洋考每月統記傳》)	
邱永君《「民族」一詞見於〈南齊書〉》(《民族研究》2004 年第 3 期)	南齊	中國自身的語彙,意義與當今相同	道士顧歡稱「諸華士女,民族弗革」(《南齊書》卷 54《高逸傳 · 顧歡傳》)	
郝時遠《中文「民族」一詞源流考辨》(《民族研究》2004 年第 6 期)	就詞語而言至少魏晉以降即有;古漢語「民族」一詞在 19 世紀 70 年代或之前傳入日本	古漢語「民族」一詞在中國有早於日本的且接近現代的含義;國人對「民族」對應的西文 nation、volk 及其含義的理解,無疑主要來自日本翻譯的西學著作;中國現代民族(nation)觀念受到日譯西書的影響	從魏晉以降至清,作為詞語使用不絕,總體傾向於各種具體的族群分類,現代抽象的意義概念屬於近代產物;日文「民族」為中文輸入的結果,與近代中國的西書漢譯有關	

　　此表列出了新中國成立至今學界所考證的概念史,以考證出現的時間為序。從中,我們大體上可以知道這樣一些基本事實:

1. 在近現代中國的思想之中，雙音節詞彙「民族」指的是經由長期歷史發展而形成的穩定共同體，它在歷史、文化、語言等方面與其他人群有所區別，「血緣、語言、信仰，皆為民族成立之有力條件」〔註12〕。相對而言，在古代中國，「民」與「族」往往作為單音節詞彙分開使用，「族」更多的指涉某一些具體的人群類別，近似於今天所謂的「氏族」、「邦族」、「宗族」、「部族」等等，所以在一個比較長的時間裏，我們從「民族」這個詞語的近現代含義出發，傾向於認定它的基本意義源自國外，是隨著近代域外思潮的引進而加進入中國的外來詞語，大多數學者認為它來自日本，原本是日本明治維新之後對西方術語的漢譯，也有學者認為它可能就是對英文的中譯。

2. 漢語詞彙本身也存在含義豐富、歷史演變複雜的事實，所以中國學者對「民族」的本土溯源從來也沒有停止過。雖然古代文獻浩若煙海，搜索「民族」一詞猶如人海撈針，史籍森森，收穫艱難，然而幾經努力，人們還是終有所得，正如郝時遠所總結的那樣，到新世紀初年，新的考證結論是：在普遍性的「民」、「族」分置的背景上，確實存在少數的「民族」合用的事實，而且古漢語的「民族」一詞，已經出現了近似現代的類別標識含義，在時間上早於日本漢文詞彙。在日本大規模地翻譯西方思想學術之前，其實還出現過借鑒中國語彙譯述西方書籍的選擇，日本漢文中的「民族」一詞很可能就是在這個時候從中國引入的。「『民族』一詞是古漢語固有的名詞。在近代中文文獻中，現代意義的『民族』一詞出現在 19 世紀 30 年代。日文中的『民族』一詞見諸 19 世紀 70 年代翻譯的西方著述之中，係受漢學影響的結果。但是，『民族』一詞在日譯西方著作中明確對應了 volk、ethnos 和 nation 等詞語，這些著作對 nation 等詞語的定義及其相關理論，對清末民初的中國民族主義思潮產生了直接影響。『民族』一詞不屬於『現代漢語的中─日─歐外來詞。』」〔註13〕

3. 「民族」一詞更接近西方近代意義的廣泛使用是在日本，又隨著其他漢文的西方思想一起再次返回到了中國本土，最終形成了近現代中國「民族」概念的基本的含義。

總而言之，「民族」一語，從詞彙到思想，都存在一個複雜的形成過程，這裡有歷史流變中的意義的改變，也有中國／西方／日本思想和語言的多方

〔註12〕梁啟超：《中國歷史上民族之研究》，《飲冰室合集》第 8 冊，北京：中華書局，1989 年，第 860 頁。
〔註13〕郝時遠：《中文「民族」一詞源流考辨》，《民族研究》2004 年第 6 期。

對話與互滲。從總體上看，現代中國的「民族」含義與西方近代思想、日本明治維新後的思想基本相同，與古代中國的類似語彙明顯有別。1902 年，梁啟超在《論中國學術思想變遷之大勢》一文中，第一次提出了「中華民族」的概念，五年後的 1907 年，楊度《金鐵主義說》、章太炎《中華民國解》又再次申述了「中華民族」的觀念，雖然他們各自的含義有所差異，但是從一個大的族群類別的角度提出民族的存在問題卻有著共同的思維。民族、中華民族、民族意識、民族主義、民族復興，串聯起了近代、現代、當代中國思想發展的重要脈絡，儘管其間的認知和選擇上的分歧依然存在。

與「民族」類似，中國人對「國家」意義的理解也有一個複雜的演變過程，所不同的在於，如果說在民族生存，特別是中華民族共同命運等問題上現代知識分子常常聲應氣求的話，那麼在「國家」含義的認知和現實評價等方面，卻明顯出現了更多的分歧和衝突。

「國家」一詞在英語裏分別有 country、nation 和 state 三個詞彙，它們各有意指。Country 著眼於地理的邊界和範圍，側重領土和疆域；nation 強調的是人口和民族，偏向民族與國民的內涵；state 代表政治和權力，指的是在確定的領土邊界內強制性、暴力性的機構。現代意義上的國家概念就是政治學意義的 state。作為政治學的核心術語，state 的出現是近代的事，在這個意義上說，古代社會並沒有正式的國家概念。這一點，中西皆然。

就如同「民」與「族」一樣，古漢語的「國」與「家」也常常分置而用。早在先秦時期，也出現了「國」與「家」的合用，只是各有含義，諸侯的封地謂之「國」，卿大夫的封地謂之「家」，這是不同等級的治理區域；然而不同等級的治理區域能夠合用為「國家」，則顯示了傳統中國治理秩序的血緣基礎。先秦時代，周天子治轄所在曰「天下」，周天子的京師曰「中國」，「禮崩樂壞」之後，各諸侯國的王畿也稱「中國」，再後，「中國」範圍進一步擴大，成了漢族生存的中原地區具有「德性」和「禮義」的文明區域的總稱，最早的政治等級的標識轉化為文化優越的稱謂，象徵著「華夏」（「以德榮為國華」〔註 14〕）之於「夷狄」的文明優勢，是謂「中國有文章光華禮義之大」〔註 15〕。「天下」與「中國」相互說明，構成了一種超越於固定疆域、也不止於政治權力的優越

〔註 14〕上海師範大學古籍整理組校點：《國語》，上海：上海古籍出版社，1978 年，第 183 頁。

〔註 15〕（漢）孔安國傳，（唐）孔穎達等正義：《尚書正義》，上海：上海古籍出版社，1990 年，第 43 頁。

的文明自詡。隨著非漢族統治的蒙元、滿清時代的出現，「中國」的概念也不斷受到衝擊和改變，一方面，蒙古帝國從未被漢人同化，「中國」一度失落，另一方面，在清朝，原來的「四夷」（滿、蒙、回、藏、苗）卻被重新識別而納入「中國」，而夷狄則成了西洋諸國。儘管如此，那種文明的優越感始終存在。到了晚清，在「四夷」越來越強大的威懾下，「中國」優越感和「天下」無限性都深受重創，「近代中國思想史的大部分時期，是一個使『天下』成為『國家』的過程」〔註16〕，這裡的「國家」觀念就不再是以家立國的古代「國家」了，而是邊界疆域明確、彼此獨立平等的國際間的政治實體，也就是近現代主權時代的民族國家。1648 年《威斯特伐利亞和約》的簽訂，標誌著歐洲國家正式進入主權時代。到 19 世紀，一個邊界清晰、民族自覺的民族國家成為了國際外交的主角。國家外交的碰撞，特別是國際軍事衝突的失敗讓被迫捲入這一時代的中國不得不以新的「國家」觀念來自我塑形，並與「天下」瓦解之後的「世界」對話，一個前所未有的民族—國家的時代真正到來了。現代中國的民族學者早就認識到：「民族者，裏也，國家者，表也。民族精神，實賴國家組織以保存而發揚之。民族跨越文化，不復為民族；國家脫離政治，不成其為國家。」〔註17〕

然而，正如韋伯所說「國家」（state）是「到目前為止最複雜、最有趣」的概念〔註18〕，一方面，「非人格化」的現代國家觀念延續了古羅馬的「共和」理想，國家政治被看作超越具體的個人和社會的「中立」的統治主體，一系列嚴謹、公平的社會治理原則成為應有之義，另外一方面，從西方歷史來看，現代意義的國家的出現與十七、十八世紀絕對王權代替封建割據，與路易十四「朕即國家」（L'État, c'est moi）的事實緊密相關，這些原本與中國歷史傳統神離而貌合的取向在有形無形之中進入了現代中國的國家理念，成為我們混沌駁雜的思想構成，那些巨大的、統一的、排他性的權力方式始終潛伏在現代國家的發展過程之中，釋放魅惑，也造成破壞。此外，置身普遍性的現代民族國家的歷史進程，中國的民族—國家的聯結和組合卻分外的複雜，與西方世界主

〔註16〕【美】約瑟夫‧列文森著、鄭大華、任菁譯：《儒教中國及其現代命運》，桂林：廣西師範大學出版社，2009 年，第 84 頁。

〔註17〕吳文藻：《民族與國家》，《人類學社會學研究文集》，北京：民族出版社，1990年，第 35～36 頁。

〔註18〕Max Weber, "'Objectivity' in Social Science and Social Policy," in The Methodology of Social Sciences, trans. & ed., Edward A. Shils & Henry A. Finch, Glencoe: The Free Press, 1949, p. 99.

流的單一民族的國家構成，多民族的聯合已經是中國現代國家的生存基礎，在我們內在結構之中，不同民族的相互關係以及各自與國家政權的依存方式都各有特點，當然從「排滿革命」到「五族共和」，也有過齟齬與和解，民族主義作為國家政治的基礎，既行之有效，又並非總能堅如磐石。

二

西方馬克思主義的重要代表弗雷德里克‧詹姆森有一個論斷被廣泛引用：「所有第三世界的本文均帶有寓言性和特殊性：我們應該把這些本文當作民族寓言來閱讀，特別當它們的形式是從占主導地位的西方表達形式的機制——例如小說——上發展起來的。」「第三世界的本文，甚至那些看起來好像是關於個人和利比多趨力的本文，總是以民族寓言的形式來投射一種政治：關於個人命運的故事包含著第三世界的大眾文化和社會受到衝擊的寓言。」〔註19〕魯迅的小說就是這一論斷的主要論據。拋開詹姆森作為西方學者對魯迅小說細節的某些誤讀，他關於中國現代文學與國家民族深度關聯的判斷還是基本準確的。中國現代文學史上的幾乎每一場運動都與民族救亡的目標有關，而幾乎每一個有影響的作家都有過魯迅「我以我血薦軒轅」式的人生經歷和創作衝動，包括抗戰時期的淪陷區文學也曾經以隱晦婉曲的方式傳達著精神深處的興亡之歎。即便文學的書寫工具——語言文字也早就被視作國家民族利益的捍衛方式，一如近代小學大家章太炎所說：「小學」「這愛國保種的力量，不由你不偉大。」〔註20〕晚清語言改革的倡導者、切音新字的發明人盧戇章表示：「倘吾國欲得威振環球，必須語言文字合一。務使男女老幼皆能讀書愛國。除認真頒行一種中國切音簡便字母不為功。」〔註21〕

只是，詹姆森的「民族寓言」判斷對於千差萬別的「第三世界」來說，顯然還是過於籠統了。對於這一位相對單純的現代民族國家的學者而言，他恐怕很難想像現代的中國，既然有過各自不同的「國家」概念和紛然雜陳的「民族」意識，在真正深入文學的世界加以辨析之時，我們就不得不追問，這些興亡之

〔註19〕【美】弗雷德里克‧詹姆森：《處於跨國資本主義時代中的第三世界文學》，見張京媛主編《新歷史主義與文學批評》，北京：北京大學出版社，1993 年，第234、235 頁。

〔註20〕章太炎：《我的生平與辦事方法》，《章太炎的白話文》，瀋陽：遼寧教育出版社，2003 年，第74 頁。

〔註21〕盧戇章：《中國第一快切音新字》原序，《清末文字改革文集》，北京：文字改革出版社，1958 年，第2 頁。

慨究竟意指哪一個國家認同，這民族情懷又懷抱著怎樣的內容？現代中國知識分子所經歷的複雜的國家—民族的知識轉型，因為情感性的文學的介入而愈發顯得盤根錯節、撲朔迷離了。

在中國新文學史的敘述邏輯中，近現代中國的歷史進程就是一個義無反顧的棄舊圖新的過程。

王瑤《中國新文學史稿》一開篇就認定了五四新文學的「徹底性」與「不妥協性」：「反帝反封建是由『五四』開始的中國現代文學的基本特徵，這裡『徹底地』、『不妥協地』兩個形容詞非常重要，這是關係到對敵鬥爭的重大課題。」〔註22〕

唐弢主編《中國現代文學史》這樣立論：「清嘉慶以後，中國封建社會已由衰微而處於崩潰前夕。國內各種矛盾空前尖銳，社會危機四伏。清朝政府極端昏庸腐朽。」「為了挽救民族危亡的命運，從太平天國到辛亥革命，中國人民進行了一次又一次的革命鬥爭。」「在這一歷史時期內，雖然封建文學仍然大量存在，但也產生了以反抗列強侵略和要求掙脫封建束縛為主要內容的進步文學，並且在較長的一段時間裏，不止一次地作了種種改革封建舊文學的努力。」「『五四』文學革命運動的興起，乃是近代中國社會與文學諸方面條件長期孕育的必然結果。」〔註23〕

嚴家炎主編《二十世紀中國文學史》的最新表述：「歷史悠久的中國文學，到清王朝晚期，發生了前所未有的重大轉折：開始與西方文學、西方文化迎面相遇，經過碰撞、交匯而在自身基礎上逐漸形成具有現代性的文學新質，至五四文學革命興起達到高潮。從此，中國文學史進入一個明顯區別於古代文學的嶄新階段。」〔註24〕

這都是中國現代文學研究的經典性論述，它們都以不同的方式告訴我們，自晚清以後，中國的社會文化始終持續進步，五四新文學展開了現代國家—民族的嶄新的表述。從歷史演變的根本方向來說，這樣的定位清晰而準確，這就如同新文化運動領袖陳獨秀在當時的感受：「我生長二十多歲，才知道有個國

〔註22〕王瑤：《中國新文學史稿》上冊，《王瑤文集》第 3 卷，太原：北嶽文藝出版社，1995 年，第 7 頁。

〔註23〕唐弢主編：《中國現代文學史》，北京：人民文學出版社，1979 年，第 1～2 頁、6 頁。

〔註24〕嚴家炎主編：《二十世紀中國文學史》，北京：高等教育出版社，2010 年，第 1 頁。

家，才知道國家乃是全國人的大家，才知道人人有應當盡力於這大家的大義。」〔註25〕換句話說，是在歷史的進步中我們生成了全新的國家—民族意識，而新的國家—民族憂患（「盡力於這大家的大義」）則產生了新的現代的文學。

但是，這樣的棄舊圖新就真的那麼斬釘截鐵、一往無前嗎？今天，在掀開新文學主流敘述的遮蔽之後，我們已經發現了歷史場域的更多豐富的存在，在中國現代文學（而不僅僅是現代的「新文學」）的廣袤的土地上，歷史並非由不斷進化的潮流所書寫，期間多有盤旋、折返、對流、纏繞……現代的民族國家——中華民國雖然結束了君主專制，代表了歷史前進的方向，但卻遠遠沒有達到「全民認同」的程度，在各種形式的理想主義的知識分子那裡，更是不斷遭遇了質疑、批評甚至反叛，而「民族」所激發的感情在普遍性的真誠之中也隱含著一些各自族群的遭遇和體驗，何況在中國，民族意識與國家觀念的組合還有著多種多樣的形式，彼此之間並非理所當然的融合無隙。這也為現代文學中民族情感的轉化和發展留下了豐富的空間。

1933 年 8 月，上海世界書局出版了錢基博的《現代中國文學史》。這部早期的中國現代文學史著也是最早標舉「現代」之名的文學論著。然而，有意思的是，與當下學者在「現代性」框架中大談「民族國家」不同，錢基博的用意恰恰是借「現代」之名表達對彼時國家的拒絕和疏離：「吾書之所為題現代，詳於民國以來而略推跡往古者，此物此志也。然不題民國而曰現代，何也？曰『維我民國，肇造日淺，而一時所推文學家者，皆早嶄然露頭角於遜清之末年；甚者遺老自居，不願奉民國之正朔；寧可以民國概之！』」〔註26〕「不願奉民國之正朔」就必須以「現代」命名？錢基博的這個邏輯未必說得通，不過他倒是別有意味地揭示了一個重要的事實：「一時所推文學家者」成長於前朝，甚至以前朝遺民自居，缺乏對這個新興的民族國家——中華民國的認同。近年來，隨著現代文學研究空間的日益擴大，一些為「新文化新文學」價值標準所不能完全概括的文學現象越來越多地進入了文學史家的視野，所謂奉「民國乃敵國」的文學群體也成了「出土文物」，他們的獨特的感受和情感得以逐漸揭示，中國現代作家的精神世界的多樣性更充分地昭示於世。正如史學家王汎森所說：「受過舊文化薰陶的讀書人在面對時代變局時，有種種異於新派人物的

〔註25〕陳獨秀：《說國家》，《陳獨秀著作選》第一卷，上海：上海人民出版社，1993
　　　　年，第 44 頁。
〔註26〕錢基博：《現代中國文學史》，上海：上海世界書局，1933 年，第 8～9 頁。

回應方式，包括與現代截然迥異的價值觀和看法。以往我們把焦點集中在新派人物身上，模糊或忽略了舊派人物。」「儘管我們無須同意其政治認同，可是的確值得重新檢視他們的行為與動機，以豐富我們對近代中國思想文化脈絡的瞭解。」〔註27〕這樣一些拒絕認同現實國家的知識分子還不能簡單等同於傳統意義上的「遺民」，因為他們的焦慮不僅僅是對政權歸屬的迷茫，更包含了對現代社會變遷的不適，和對中西文化衝突的錯愕，這都可以說是現代文化進程中的精神危機，是不應該被繼續忽視的現代文學主流精神的反面，它包含了歷史文化複雜性的幽深的奧秘。「清遺民議題呈現豐富的意涵，除了歷史上種族與政治問題外，也跟文化層面有著密切的關聯。他們反對的不單來自政治變革，更感歎社會良風善俗因而消逝，訴諸近代中國遭受西力衝擊和影響。」「充分顯現了忠清遺民的遭遇及面對的問題，固然和過去有所不同，非但超乎宋元、明清易代之際士人，而且在心理與處境上勢將愈形複雜。」〔註28〕在「現代文學」的格局中，他們或以詩結社，相互唱酬追思故國，「劇憐臣甫飄零甚，日日低頭拜杜鵑」〔註29〕；或埋首著述，書寫「主辱臣死」之志，吟詠「辛亥濺淚」之痛〔註30〕，試圖「託文字以立教」；或與其他文學群體論爭駁詰，一如林紓以「清室舉人」自居，對陣「民國宣力」蔡元培，反對新文化運動，增添了現代文壇的斑斕。在這一歷史過程中，一些重要代表如王國維的文學評論，陳三立、沈曾植、趙熙、鄭孝胥等人的舊體詩，辜鴻銘的文化論述，都是別有一番「意味」的存在。

中華民國是推翻君主專制而建立起來的「民族國家」，然而，眾所周知的史實是，這個國家長期未能達成各方國民的一致認同，先是為創立民國而流血犧牲的國民黨人無法接受各路軍閥對國家的把持，最後是抗戰時代的分裂勢力（偽滿、汪偽）對國民政府國家的肢解，貫穿始終的則是左翼知識分子對一切軍閥勢力及國民黨獨裁的抨擊和反抗，雖然來自左翼文學的批判否定還

〔註27〕 王汎森：《序》，林誌宏著《民國乃敵國也：政治文化轉型下的清遺民》，北京：中華書局，2013年，第2頁。
〔註28〕 王汎森：《序》，林誌宏著《民國乃敵國也：政治文化轉型下的清遺民》，北京：中華書局，2013年，第3、4頁。
〔註29〕 丁仁長：《為杜鵑庵主題春心圖》，《丁潛客先生遺詩》，第32頁，廣州九曜坊翰元樓刊行1929年刻本（轉引自110頁）。
〔註30〕 「主辱臣死」語出清末湖北存古學堂經學總教習曹元弼，晚清經學家蘇輿著有《辛亥濺淚集》（長沙龍雲印刷局石印本），作於辛亥年間，凡四卷，收錄七言絕句33首。

不能說他們就是「民國的敵人」，因為在推翻專制、走向共和、反抗侵略等國家大勢上，他們也多次攜手合作，並肩作戰，但是，關於現代國家的理想形態，左翼知識分子顯然與國家的執政者長期衝突，形成了現代史上最為深刻的無法彌合的信仰分裂。另外，數量龐大的自由主義知識分子群體，其思想基礎融合了近代以來的西方啟蒙思想和中國傳統士人精神，作為現代社會的公民，民主、自由、科學的理念是他們基本的立世原則，雖然其中不乏溫和的政治主張者，甚至也有對社會政治的相對疏離者，但都莫不以「天下大任」為己任，他們不可能成為現實國家秩序的順從者，常常表達出對國家制度和現狀的不滿和批評，並以此為自我精神的常態。在民國時代，真正不斷抒發對現實國家「忠誠無二」的只有三民主義、民族主義文學運動的參與者以及國家主義的信奉者。但是，問題在於，與國民黨關聯深厚的三民主義、民族主義文學運動卻始終未能成為文學的主導力量，至於各種國家主義，本身卻又與國民黨意識形態矛盾重重，在文學上影響有限，更不用說其中的覺悟者如聞一多等反戈一擊，在抗戰結束以後以「人民」為旗，質疑「國家」的威權。

總而言之，在現代中國的主流作家那裡，國家觀念不是籠統的一個存在，而是包含著內部的分層，對家國世界的無條件的憂患主要是在族群感情的層面上，一旦進入現實的政治領域，就可能引出諸多的歧見和質疑，而且這些自我思想的層次之間，本身也不無糾纏和矛盾，于質夫蹈海之際，激情吶喊：「祖國呀祖國！我的死是你害我的！」在這裡，生死關頭的情感依託是「祖國」，說明「國家」依舊是我們精神的襁褓，寄寓著我們真誠的愛，然而個人的現實發展又分明受制於國家社會的束縛，這種清醒的現實體驗和篤定的權利意識也激發了另外一種不甘，於是，對「國家」的深愛和怨憤同時存在，彼此糾結，令人無以適從。

關於民國，魯迅也道出過類似的矛盾性體驗：

我覺得彷彿久沒有所謂中華民國。

我覺得革命以前，我是做奴隸；革命以後不多久，就受了奴隸的騙，變成他們的奴隸了。

我覺得有許多民國國民而是民國的敵人。

我覺得有許多民國國民很像住在德法等國裏的猶太人，他們的意中別有一個國度。

我覺得許多烈士的血都被人們踏滅了，然而又不是故意的。

我覺得什麼都要從新做過。〔註31〕

在這裡，魯迅對「民國」的失望是顯而易見的：它玷污了「革命」的理想，令真誠的追隨者上當受騙。然而，當魯迅幾乎是一字一頓地寫下「中華民國」這四個漢字的時候，卻也刻繪了對這一現代國家形態的多少的顧惜和愛護，猶如他在《中山先生逝世後一週年》中滿懷感情地說：「中山先生逝世後無論幾週年，本用不著什麼紀念的文章。只要這先前未曾有的中華民國存在，就是他的豐碑，就是他的紀念。」〔註32〕從君主專制的「家天下」邁入現代國家，民國本身就是這樣一個「先前未曾有」的時代進步的符號，也凝聚著像魯迅這樣「血薦中華」的知識人的思想和情感認同，所以在強烈的現實失望之餘，他依然將批判的刀鋒指向了那些踏滅烈士鮮血的奴役他人的當權者，那些污損了民國創立者的理想的人們，就是在「從新做過」的無奈中，也沒有遺棄這珍貴的國家認同本身。在這裡，一位現代作家於家國理想深深的挫折和不屈不撓的擔當都躍然紙上。

民族認同通常情況下都是與國家觀念緊緊聯繫的。但是，近現代中國，卻又經歷了「民族」意識的一系列複雜的重建過程，而這一過程又並不都是與國家觀念的塑造相同步的，這也決定了現代中國文學民族意識表達的複雜性。在晚清近代，結束帝制、創立民國的「革命」首先舉起的是「排滿」的旌旗，雖然後來終於為「五族共和」的大民族意識所取代，實現了道義上的多民族和解。但是，民族意識的整合、中華民族整體意識的形成並沒有取消每一個具體族群具體的歷史境遇，尤其是在一些特殊的歷史時期，這些細微的民族心理就會滲透在一些或自然或扭曲的文學形態中傳達出來。例如從穆儒丐到老舍，我們可以讀到那種時代變遷所導致的滿人的衰落，以及他們對自己民族所受屈辱的不同形式的同情。老舍是極力縫合民族的裂隙，在民族團結的嚮往中重塑自身的尊嚴，「老舍民族觀之核心理念，便是主張和宣揚不同民族的平等和友好。他的全部涉及國內、國際民族問題的著述，都在訴說這一理念。他一生中所有關乎民族問題的社會活動，也都體現著這一理念。」〔註33〕穆儒丐則先是書寫著族人命運的感傷，在對滿族歷史命運的深切同情中批判軍閥與國民黨

〔註31〕魯迅：《忽然想到》，《魯迅全集》3卷，北京：人民文學出版社，2005年，第16～17頁。

〔註32〕魯迅：《中山先生逝世後一週年》，《魯迅全集》7卷，北京：人民文學出版社，2005年，第305頁。

〔註33〕關紀新：《老舍民族觀探賾》，《中國現代文學研究叢刊》2015年第4期。

政治，曲曲折折地修正「愛國」的含義：「我常說愛國是人人所應當做的事，愛國心也是人人所同有的，但是愛國要使國家有益處，萬不能因為愛國反使國家受了無窮的損害。國民黨是由哄鬧成的功，所以雖然是愛國行為，也以哄鬧式出之。他們不能很沉著的埋頭用內功，只不過在表面上瞎哄嚷，結局是自己殺了自己。」〔註34〕到東北淪陷時期，他卻落入了日本殖民者的政治羅網，在意識形態的扭曲中傳遞著被利用的民族意識。同為旗人作家，老舍與穆儒丐雖然境界有別，政治立場更是差異甚巨，但都提示了現代民族情感發展中的一些不可忽略的複雜的存在。

除此之外，我們會發現，作為一種總體性的民族意識和本族群在具體歷史文化語境中形成的人生態度與生命態度還不能劃上等號。例如作為「中華民族」一員的少數民族例如苗族、回族、蒙古族等等，也有自己在特定生存環境和特定歷史傳統中形成的精神氣質，在普遍的中華民族認同之外，他們也試圖提煉和表達自己獨特的民族感受，作為現代中國精神取向的重要資源，其中，影響最大的可能就是沈從文對苗文化的挖掘、凸顯。在湘西這個「被歷史所遺忘」的苗鄉，沈從文體驗了種種「行為背後所隱伏的生命意識」，後來，「這一分經驗在我心上有了一個分量，使我活下來永遠不能同城市中人愛憎感覺一致了」〔註35〕。沈從文的創作就是對苗鄉「鄉下人」生命態度與人生形式的萃取和昇華，為他所抱憾的恰恰是這一民族傳統的淪喪：「地方的好習慣是消滅了，民族的熱情是下降了，女人也慢慢的像中國女人，把愛情移到牛羊金銀虛名虛事上來了，愛情的地位顯然是已經墮落，美的歌聲與美的身體同樣被其他物質戰勝成為無用的東西了」〔註36〕。

三

國家觀念與民族意識的多層次結合與纏繞為中國現代文學相關主題的表達帶來了層巒疊嶂的景象，當然也大大拓展了這一思想情感的表現空間。從總體上看，最有價值也最具藝術魅力的國家─民族表現，最終也造成了中國現代作家最獨特的個人風格。

〔註34〕穆儒丐：《運命質疑》（6），《盛京時報·神臬雜俎》1935 年 11 月 21、22 日。
〔註35〕沈從文：《從文自傳》，《沈從文全集》第十三卷，太原：北嶽文藝出版社，2002 年，第 306 頁。
〔註36〕沈從文：《媚金、豹子與那羊》，《沈從文全集》第五卷，太原：北嶽文藝出版社，2002 年，第 356 頁。

在中國現代文學中，雖然對國家、民族的激情剖白也曾經出現在種種時代危機的爆發時刻，但是真正富有深度的國家—民族情懷都不止於意氣風發、高歌猛進，而是纏繞著個人、家庭、地域、族群、時代的種種經歷、體驗與鬱結，在亢奮中糾結，在熱忱裏沉吟，在焦灼中思索，歷史的頓挫、自我的反詰，都盡在其中。從總體上看，作為思想—情感的國家民族書寫伴隨著整個中國現代文學跌宕起伏的歷史過程，在不同的歷史關節處激蕩起意緒多樣的聲浪，或昂揚或悲切，或鏗鏘或溫軟，或是合唱般的壯闊，或是獨行人的自遣，或是千軍萬馬呼嘯而過的酣暢，或是千廻百轉淺吟低唱的婉曲，或者是理想的激情，或者是理性的思考，可以這樣說，現代中國的國家—民族書寫，絕不是同一個簡單主題的不斷重複，而是因應不同的語境而多次生成的各種各樣的新問題、新形式，本身就值得撰寫為一部曲折的文學主題流變史。在這條奔流个息的主題表現史的長河沿岸，更有一座座令人目不暇給的精神的雕像，傲岸的、溫厚的、孤獨的、內省的……

從晚清到新中國建立的「現代」時期，中國文學的國家—民族意識的演化至少可以分作五大階段。

晚清民初是第一階段。在國際壓迫與國內革命的激流中，國家—民族意識以激越的宣言式抒懷普遍存在，改良派、革命派及更廣大的知識分子莫不如此。正如梁啟超所概括的，這就是當時歷史的「中心點」：「近四百年來，民族主義，日漸發生，日漸發達，遂至磅礴鬱積，為近世史之中心點。」〔註37〕從革命人于右任的「地球戰場耳，物競微乎微。嗟嗟老祖國，孤軍入重圍。」（《雜感》）「中華之魂死不死？中華之危竟至此！」（《從軍樂》）到排滿興漢的汗血、愁予之「振吾族之疲風，拔社會之積弱」〔註38〕，從魯迅的《斯巴達之魂》、《自題小像》到晚清民初的翻譯文學乃至通俗文學都不斷傳響著保衛民族國家的豪情壯志。亦如《黑奴傳演義》篇首語所說：「恐怕民智難開，不知感發愛國的思想，輕舉妄動，糊塗一世，可又從哪裏強起呢？作報的因發了一個志願，要想個法子，把大清國的傻百姓，人人喚醒。」〔註39〕近現代中國關於民族復興的表述就是始於此時，只是，雖然有近代西方的民族—國家概念的傳入，作為

〔註37〕梁啟超：《論民族競爭之大勢》，《飲冰室文集》之十第 10 頁，中華書局 1989年版。
〔註38〕《崖山哀》，《民報》1906 年第二號。
〔註39〕彭翼仲：《黑奴傳演義》篇首語，1903 年（光緒二十九年）3 月 18 日北京《啟蒙畫報》第八冊。

文學情緒的宣言式表達有時難免混雜有中國士人傳統的家國憂患語調。

五四是第二階段。思想啟蒙在這時進入到人的自我認識的層面，因而此前激情式宣言式的抒懷轉為堅實的國家—民族文化的建設。這裡既有作為民族文化認同根基的白話文—國語統一運動，又有貌似國家民族意識「反題」的個人權力與自由的倡導。白話文運動、白話新文學本身就是為了國家的新文化建設，傅斯年說得很清楚：「我以為未來的真正中華民國，還須借著文學革命的力量造成。」〔註40〕胡適說：「我的『建設新文學論』的唯一宗旨只有十個大字：『國語的文學，文學的國語』。我們所提倡的文學革命，只是要替中國創造一種國語的文學。」〔註41〕這裡所包含的是這樣一種深刻的語言—民族認識：「事實上，因為一個民族必須講一種原有的語言，因此，其語言必須清除外來的增加物和借用語，因為語言越純潔，它就越自然，這個民族認識它自身和提高其自由度就越容易。……因此，一個民族能否被承認存在的檢驗標準是語言的標準。一個操有同一種語言的群體可以被視為一個民族，一個民族應該組成一個國家。一個操有某種語言的人的群體不僅可以要求保護其語言的權利；確切而言，這種作為一個民族的群體如果不構成一個國家的話，便不稱其為民族。」〔註42〕後來國語運動吸引了各種思想流派的參與，國家主義者也趕緊表態：「近來有兩種大的運動，遍於全國，一種是國家主義，一種是國語。從事這兩種運動的人不完全相同，因此有人疑心主張國家主義者對於國語運動漠不關心，甚至反對，這就未免神經過敏，或不明了國家主義的目的了。國家主義的目的是什麼，不外『內求統一外求獨立』八個大字，現在我要借著這次國語運動的機會，依著國家主義的目的，說明他與國語運動的密切關係，並表示我們國家主義者對於國語運動的態度。」〔註43〕而在近代中國，對「國家主義」的理解有時也具有某些模糊性，有時候也成為對普泛的國家民族意識的表述，例如梁啟超胞弟、詞學家梁啟勳就認為：「國家主義與個人主義，似對待而實相乘，蓋國家者實世界之個人而已。」〔註44〕陳獨秀則說：「吾人非崇拜國家主義，而作絕對之主張。」「吾國國情，國民猶在散沙時代，因時制宜，

〔註40〕傅斯年：《白話文學與心理的改革》，《新潮》1919 年 5 月第 1 卷第 5 期。
〔註41〕胡適：《建設的文學革命論》，胡適選編《中國新文學大系・建設理論集》，上海：上海良友圖書印刷公司，1935 年，第 128 頁。
〔註42〕【英】埃里・凱杜里著、張明明譯：《民族主義》，北京：中央編譯出版社，2002 年，第 61～62 頁。
〔註43〕陳啟天：《國家主義與國語運動》，《申報》1926 年 1 月 3 日。
〔註44〕梁啟勳：《個人主義與國家主義》，《大中華雜誌》1915 年 1 月第 1 卷第 1 期。

國家主義，實為吾人目前自救之良方。」「近世國家主義，乃民主的國家，非民奴的國家。」〔註45〕五四的思想啟蒙雖然一度對個人／國家的關係提出檢討和重構，誕生了如胡適《你莫忘記》一類號稱「只指望快快亡國」的激憤表達，表面上看去更像是對國家—民族價值的一種「反題」，但是在更為寬闊的視野下，重建個人的權力與自由本身就是現代民族國家制度構建的有機組成，我們也可以這樣認為，在五四時期更為宏大而深刻的文化建設中，個人意識的成長其實是開闢了一種寬闊而新異的國家—民族意識。劉納指出：「陳獨秀既將文學變革與民族命運相聯繫，又十分重視文學的『自身獨立存在之價值』，他的文學胸懷比前輩啟蒙者寬廣得多。」〔註46〕

1920 中後期至 1930 後期是第三階段。伴隨著現代國家民族的現代發展，中國文學所傳達的國家—民族意識也在多個方向上延伸，不同的文學思潮在相互的辯駁中自我展示，三民主義、民族主義、國家主義、自由主義、左翼無產階級、無政府主義對國家、民族的文學表達各不相同，矛盾衝突，論爭不斷。其中，值得我們深究的現象十分豐富。三民主義、民族主義對國家、民族的重要性作出了最強勢的表達，看似不容置疑：「我們在革命以後，種種創造工作之中，要創造一種新文藝，要創造出中華民族的文藝，三民主義的文藝。因為文藝創造，是一切創造根本之根本，而為立國的基礎所在。」〔註47〕然而，國家—民族情懷一旦被納入到政治獨裁的道路上卻也是自我窄化的危險之舉，三民主義、民族主義文學的強勢在本質上是以國民黨的專制獨裁為依靠，以對其他文學追求特別是左翼文藝的打壓甚至清剿為指向的，在他們眼中，「民族文藝最大的敵人，是普羅毒物，與頹廢的殘骸，負有民族文化運動的人，當然向他們掃射。」〔註48〕這恣意「掃射」的底氣來自國家的政治權威，例如委員長的宣判：「要確定，總理三民主義為中國唯一的思想，再不好有第二個思想，來擾亂中國」〔註49〕。這種唯我獨尊的文學在本質上正如胡秋原當年所批評的那樣，是「法西斯蒂的文學（？），是特權者文化上的『前鋒』，是最醜陋的警犬，他巡邏思想上的異端，摧殘思想的自由，阻礙文藝之

〔註45〕陳獨秀：《今日之教育方針》，《青年雜誌》1915 年 1 月 15 日第 1 卷第 2 號。
〔註46〕劉納：《嬗變》修訂版，北京：中國人民大學出版社，2010 年，第 19～20 頁。
〔註47〕葉楚傖：《三民主義的文藝底創造》，《中央週報》1930 年 1 月 1 日。
〔註48〕劉百川：《開張詞》，《民族文藝月刊》創刊號，1937 年 1 月 15 日。
〔註49〕蔣介石：《中國建設之途徑》，《先總統蔣公全集》第 1 冊，臺北：中國文化大學出版社，1984 年，第 557 頁。

自由創造」〔註50〕。國家主義在思維方式上與三民主義、民族主義如出一轍，只不過他們對國民黨的文藝政策尚有不滿，一度試圖獨樹旗幟，因而也曾受到政府的打壓；在文學史的長河中，國家主義最終缺少自己獨立的特色，不得不匯入官方主導的思潮之中。在這一時期，內涵豐富、最有挖掘價值的文學恰恰是深受官方壓迫的左翼無產階級文學、自由主義文學，甚至某些包含了無政府主義思想的文學。左翼文學因為其國際共產主義背景而被官方置於國家─民族的對立面，受到的壓迫最多；自由主義、無政府主義因為對個人權力與自由的鼓吹也被官方意識形態視作危險的異端。但是，平心而論，在現代中國，共產主義、自由主義和無政府主義本身就是思想啟蒙的有機組成，而思想啟蒙的根源和指向卻又都是國家和民族的發展，因此，在這些個人與自由的號召的背後，依然是深切的國家─民族情懷，正如自由主義的領袖胡適所指出的那樣：「民國十四五年的遠東局勢又逼我們中國人不得不走上民族主義的路」，「十四年到十六年的國民革命的大勝利，不能不說是民族主義的旗幟的大成功」〔註51〕。換句話說，在自由主義等文學思潮的藝術表現中，存在著國際／民族、國家／個人的多重思想結構，它們構織了現代國家─民族意識的更豐富的景觀。

抗戰時期是第四階段。因為抗戰，現代中國的民族復興意識被大大地激發，文學在救亡的主題下完成了百年來最盪氣迴腸的國家─民族表述，不過，我們也應該看到，由於區域的分割，在國統區、解放區和淪陷區，國家─民族意識的表達出現了較大的差異。在國統區，較之於階級矛盾尖銳的 1920～1930 年代，國家危亡、同仇敵愾的大勢強化了國家認同，民族意識更多地融合到國家觀念之中，「抗戰建國」成為文學的自然表達，不過，對國家的認同也還沒有消弭知識分子對專制權力的深層的警惕，即便是「戰國策派」這樣自覺的民族主題的表達者，也依然自覺不自覺地顯露著民族情懷與國家觀念的某些齟齬〔註52〕。在解放區，因為跳出了國民黨專制的意識形態束縛，則展開了對「民族形式」問題的全新的探索和建構，其精神遺產一直延續到當代中國，

〔註50〕 胡秋原：《阿狗文藝論》，《文化評論》1931 年 12 月 25 日創刊號，參見上海文藝出版社編輯《中國新文學大系 1927～1937 第 2 集文藝理論集 2》，上海：上海文藝出版社，1987 年，第 503 頁。

〔註51〕 胡適：《個人自由與社會進步》，《獨立評論》1935 年 5 月 12 日第 150 號。

〔註52〕 參見李怡：《國家觀念與民族情懷的齟齬──陳銓的文學追求及其歷史命運》，《文學評論》2018 年第 6 期。

成為了二十世紀下半葉中國國家──民族文學表達的重要內容。在淪陷區，文學的國家表達和民族表達曖昧而曲折，除了那些明顯「親日媚日」的漢奸文學外，淪陷區作家的思想複雜性也清晰可見，對中華民族的深層情懷依然留存，只不過已經與當前的「國家」認同分割開來，因為滿漢矛盾的歷史淵源，對自我族群的記憶追溯獲得鼓勵，卻也不能斷言這些族群的認同就真的演化成了中華民族的「敵人」。總之，戰爭以極端的方式拷問著每一個中國作家的靈魂，逼迫出他們精神深處的情感和思想，最後留給歷史一段段耐人尋味的表達。

抗戰勝利至新中國成立是第五階段。抗戰勝利，為國家民族的發展贏來了新的歷史機遇，如何重拾近代以後的國家──民族發展主題，每一個知識分子都在面對和思考。然而，歷經歷史的滄桑，所有的主題思考也都有了新的內容：例如，近代以來的民族復興追求同時還伴隨著一個同樣深厚的文藝復興或曰文化復興的思潮，兩者分分合合，協同發展，一般來說，在強調國家社會的整體發展之時，人們傾向以「民族復興」自命，在力圖突出某些思想文化的動態之時，則轉稱「文藝復興」，相對來說，文藝復興更屬於知識界關於國家民族思想文化發展的學術性思考。抗戰勝利以後，國家──民族話題開始從官方意識形態中掙脫出來，民族復興不再是民族主義的獨享的主張，它成為了各界參與的普遍話題，因為普遍的參與，所以意義和內涵也大大地拓展，不復是國民黨政治合法性的論證方式，左翼思想對國家──民族的表述產生了更大的影響，這個時候，作為知識界文化建設理想的「文藝復興」更加凸顯了自己的意義。這是歷史新階段的「復興」，包含了對大半個世紀以來的國家──民族問題的再思考、再認識，當然也包含著對知識分子文化的自我反省和自我認識。早在抗戰進行之時，李長之就開始了對五四新文化運動的反思，試圖從發揚本民族文化精神的角度再論文藝復興，掀起「新文化運動的第二期」，1944 年 8 月和1946 年 9 月，《迎中國的文藝復興》一書先後由重慶與上海的商務印書館推出「初版」，出版的日期彷彿就是對抗戰勝利的一種紀歷。新的民族文化的發展被描述為一種中西對話、文明互鑒的全新樣式：「近於中體西用，而又超過中體西用的一種運動」，「其超過之點即在我們是真發現中國文化之體了，在作徹底全盤地吸收西洋文化之中，終不忘掉自己！」〔註 53〕這樣的中外融通既不是陳腐守舊，又不是情緒性的激進，既不是政治民族主義的偏狹，又不等同於一般「西化」論者的膚淺，是對民族文化發展問題的新的歷史層面的剖解。

〔註 53〕李長之：《迎中國的文藝復興》，上海：上海商務印書館，1946 年，第 58 頁。

無獨有偶，也是在抗戰勝利前後，顧毓琇發表了多篇關於「中國的文藝復興」的文章，1948 年 6 月由中華書局結集為《中國的文藝復興》，被視作「戰後『復員』聲中討論中華民族復興問題的比較系統、全面的論著」〔註 54〕。在顧毓琇看來，文藝復興才是民族復興的前提，而「創造精神」則是文藝復興的根本：「中國的文藝復興乃是根據於時代的使命，因此不能不有創造的精神。中國的文藝復興，乃是根據於世界的需要，因此不能違背文化的潮流。以文化的交流培養民族的根源，我們必定會發揮創造的活力，貫徹時代的使命。」〔註 55〕1946 年初，誕生了以《文藝復興》命名的重要文學期刊，「勝利了，人醒了，事業有前途了。」〔註 56〕《文藝復興》的創刊詞用了一連串的「新」，以示自己創造歷史的強烈願望：「中國今日也面臨著一個『文藝復興』的時代。文藝當然也和別的東西一樣，必須有一個新的面貌，新的理想，新的立場，然後方才能夠有新的成就。」「抗戰勝利，我們的『文藝復興』開始了；洗蕩了過去的邪毒，創立著一個新的局勢。我們不僅要承繼了五四運動以來未完的工作，我們還應該更積極的努力於今後的文藝復興的使命；我們不僅為了寫作而寫作，我們還覺得應該配合著整個新的中國的動向，為民主，絕大多數的民眾而寫作。」〔註 57〕創造和新並不僅僅停留於理想，《文藝復興》在 1940 年代後期發表了一系列對個人／國家／民族歷史命運的探索之作：小說《寒夜》、《圍城》、《引力》、《虹橋》、《復仇》，戲劇《青春》、《山河怨》、《拋錨》、《風絮》，以及臧克家、穆旦、辛笛、陳敬容、唐湜、唐祈、袁可嘉等人的詩歌；求新也不僅僅屬於《文藝復興》期刊一家，放眼看去，展開全新的藝術實踐的不只有解放區的「大眾化」，1940 年代後期的中國文學都努力在許多方面煥然一新，中國現代作家的自我超越也大都在這個時期發生，巴金、茅盾、沈從文、李廣田……

此時此刻，思想深化進入到了一個新的歷史階段，一些基於國家、民族現狀的新的命題出現了，成為走向未來的歷史風向標，例如「民主」與「人民」，解放區的政治建設和文化建設是對這兩個概念的最好的詮釋。不過，值得注意

〔註 54〕《顧毓琇全集》編輯委員會：《顧毓琇全集·前言》，《顧毓琇全集》第 1 卷，瀋陽：遼寧教育出版社，2000 年，第 3 頁。
〔註 55〕顧一樵：《中國的文藝復興》，原載《文藝（武昌）》1948 年 3 月 15 日第 6 卷第 2 期。
〔註 56〕李健吾：《關於〈文藝復興〉》，《新文學史料》1982 年第 3 期。
〔註 57〕鄭振鐸：《發刊詞》，《文藝復興》1946 年 1 月 10 日創刊號。

的是，這兩大主題也不僅僅出現在解放區的語境中，它們同樣也成為了戰後中國的普遍關切和文學引領。前者被周揚、馮雪峰、胡風多番論述，後者被郭沫若、茅盾、艾青、田漢、阿壟、聞一多熱烈討論，也為穆旦、袁可嘉、朱光潛、沈從文、蕭乾深入辨析，現實思想訴求與藝術的結合從來還沒有在藝術哲學的深處作如此緊密的結合〔註58〕。「人民」則從我們對國家—民族的籠統關懷中凸顯出來，成為一個關乎族群命運卻又拒絕國民黨專制權力壓榨的強有力的概念，身在國統區的郭沫若與聞一多等都對此有過深刻的闡發。左翼戰士郭沫若是一如既往地表達了他對專制強權的不滿，是以「人民」激活他心中的「新中國」：「文藝從它濫觴的一天起本來就是人民的。」「社會有了治者與被治者的分化，文藝才被逐漸為上層所壟斷，廟堂文藝成為文藝的主流，人民的文藝便被萎縮了。」「一部文藝史也就是人民文藝與廟堂文藝的鬥爭史。」「今天是人民的世紀，人民是主人，處理政治事務的人只是人民的公僕。一切價值都要顛倒過來，凡是以前說上的都要說下，以前說大的都要說小，以前說高的都要說低。所以為少數人享受的歌功頌德的所謂文藝，應該封進土瓶裏把它埋進土窖裏去。」〔註59〕曾經身為「文化的國家主義者」的聞一多則可謂是經歷了痛苦的自我反省和蛻變。激於祖國陸沉的現實，聞一多早年大張「中華文化的國家主義」〔註60〕，但是在數十年的風雨如晦之後，他卻幡然警悟，在《大路週刊》創刊號上發表了《人民的世紀》，副標題就是：「今天只有『人民至上』才是正確的口號」。無疑，這是他針對早年「國家至上」口號的自我反駁。這樣的判斷無疑是擲地有聲的：「假如國家不能替人民謀一點利益，便失去了它的意義，老實說，國家有時候是特權階級用以鞏固並擴大他們的特權的機構。」「國家並不等於人民。」〔註61〕倡導「人民至上」，回歸「人民本位」，這是聞一多留在中國文壇的最後的、也是最強勁的聲音，是現代中國國家—民族意識走向思想深度的一次雄壯的傳響。

〔註58〕參見王東東：《1940 年代的詩歌與民主》，臺北：政治大學出版社，2016 年。

〔註59〕郭沫若：《人民的文藝》，1945 年 12 月 5 日天津《大公報》。

〔註60〕聞一多：《致梁實秋》（1925 年 3 月），《聞一多全集》第 12 卷，武漢：湖北人民出版社，1993 年，第 214 頁。

〔註61〕聞一多：《人民的世紀》，原載於 1945 年 5 月昆明《大路週刊》創刊號，《聞一多全集》第 2 卷，武漢：湖北人民出版社，1993 年，第 407 頁。

《郁達夫舊體詩研究》序

潘知常*

看到蔣成德先生《郁達夫舊體詩研究》的書稿，我一點也不覺得意外，甚至，反而還覺得理所應當。因為蔣成德先生本來就是國內的郁達夫研究專家。在我的案頭，就有他的大作《思與詩——郁達夫研究》和《思想者詩人郁達夫論》。而且，熟悉郁達夫的人都知道，他並不僅僅是以小說和散文而著名。《遲桂花》、《沉淪》或者《春風沉醉的晚上》，還有《故都的秋》，當然無疑都是眾口能誦的名篇。然而，倘若說到郁達夫的舊體詩，說到「曾因酒醉鞭名馬，生怕情多累美人」，說到「生死中年兩不堪，生非容易死非甘」，我們也仍然會相視一笑。何況，在中國現代文學史上，喜歡寫舊體詩的名家不在少數，例如魯迅、郭沫若、茅盾、田漢、朱自清，等等，但是他們都往往只是隨興而作，魯迅先生就曾經說過，那是寫給「自己看的」。但是郁達夫卻截然不同，他完全說得上是在自覺地去寫作舊體詩了。例如，郁達夫寫的詞並不多，僅僅 11 首，相比之下，即便是只以現在已經收錄於《郁達夫全集》第 7 卷的詩詞為準，那也已經有 634 首之多。顯然，在舊體詩的寫作上，郁達夫完全是有意為之的。更不要說，郁達夫的舊體詩寫作還取得了相當傲人的成績。我看到，郭沫若、劉海粟等大詩人、大藝術家甚至認為郁達夫的散文要勝過他的小說，而郁達夫的舊體詩則要勝過他的散文，這無疑已經是一個很高的評價了。我還看到，有人評論說，20 世紀的舊體詩寫作，成就最高者非郁達夫和陳寅恪莫屬；也有人評論說，郁達夫是民國的最後一箇舊體詩詩人，這無疑也已經是一個很高的

---

* 潘知常，著名美學家，南京大學美學與文化傳播研究中心主任，中國華夏文化促進會顧問、國際炎黃文化研究會副會長。

評價了。因此，把郁達夫研究推進到對於郁達夫的舊體詩寫作的研究，當然就是順理成章的事情。遺憾的是，對郁達夫的舊體詩的研究，尤其是對於郁達夫的舊體詩從方法的角度進行分類與考證，加以概括與總結，這樣一種實證的工作，過去卻很少有人去做。也因此，當我看到蔣成德先生《郁達夫舊體詩研究》的書稿的時候，又怎麼會覺得意外？

而且，任何的關於郁達夫的研究，如果不長驅直入推進到他的舊體詩研究，我都私下以為是並非盡善盡美的。這是因為，郁達夫每每自陳：「文學作品，都是作家的自敘傳。」而且，這類自陳儘管很多作家也都曾經說過，但是，沒有人會懷疑，這類的自陳唯有郁達夫才最為勝任。他的小說，他的散文，人人皆知的是，其實都可以看作他的「自敘傳」，表現自我的大膽、肯定自我的大膽，以及驚人的坦蕩、驚人的真誠，在現代中國的文學寫作中，如果郁達夫自稱第二，相信也沒有任何人還敢自稱第一了。更為可貴的是，在這當中竟然還沒有任何一點的齷齪、任何一點的骯髒，反而是纖塵不染，處處都美麗得可以入畫。以至於有的時候，當你想指責他的直率、他的大膽的時候，卻會反而油然而生一種唯恐驚嚇到他的自責。那個時候，你會覺得，他完全就是一個純真的孩子，一個脆弱的孩子，即便是他說錯了什麼、做錯了什麼，也完全可以被寬容，也完全可以不被打擾。我們也只需要會心地付之一笑。因為，他是真赤子，這，也是真性情。或許，這個真性情，只有《紅樓夢》中的賈寶玉的「意淫」足以當之。這個真赤子，倘若賈寶玉可以以「天下意淫第一人」的身份奪得榜首的話，郁達夫則理應以「天下意淫第二人」的身份亞之。可是，如此的真赤子、真性情，如果不借助於詩歌去傾訴、去表達、去宣洩，又如何可能？正如《毛詩序》所發現的：「言之不足，故嗟歎之，嗟歎之不足，故詠歌之，詠歌之不足，不知手之舞之，足之蹈之也。」郁達夫自己不是也說「性情最適宜的，還是舊詩」。在這個方面，詩句無疑是遠遠地要比小說、散文都要更加永恆。英國的大詩人葉芝就曾經說過：詩歌，是「靈魂的歌唱」。黎巴嫩的大詩人紀伯倫也曾經說過：「語言的波濤始終在我們的上面喧嘩，而我們的深處永遠是沉默的。」但是，「偉大的歌者是能唱出我們的沉默的人」。生命，用莎士比亞的話說：「充滿了聲音和狂熱，裏面空無一物。」但是，真赤子的真性情卻不然，他能夠唱出「我們的沉默」，能夠讓靈魂的聲音覆蓋過生命和世界的無疆之域。無疑，對於郁達夫的舊體詩寫作，我們也理應作如是觀。

再者，也許還可以再換一個角度言之，對於郁達夫的舊體詩寫作，在真赤

子的真性情的傾訴、表達、宣洩之外，其實還應該被看作是郁達夫的發自內心深處的自我對話。有人曾經問過犬儒派創始人安提西尼，哲學給他帶來了什麼好處？他的回答是：「與自己談話的能力。」郁達夫的舊體詩寫作，體現的也是郁達夫的「與自己談話的能力」。每個人的內在自我都是需要與另外一個更高的自我對話的。里爾克經常會歌唱盲人，原因是：盲人善於與自己對話。因為，只有一個更高的內在自我的出場，你才得以成為你自己。然而，在通常情況下，人們往往都十分懼怕更高的內在自我的出場，並且因此而不惜躲避到外界的喧囂之中。可是也恰恰因此，人們的更高的內在自我也就往往被局部、現實的想法侷限了，往往容易被一葉障目，以至於錯誤地把全部的注意力都放在眼前的事情上，而且還不惜去把各種各樣的小事去無限地予以放大，並且因此而自怨自艾、難以自拔。這正如黎巴嫩的大詩人紀伯倫說的：「誰不做自己心靈的朋友，便成為人們的敵人，」但是，顯而易見的是，郁達夫的舊體詩寫作卻恰恰不然。它恰恰是借助於「另一個自我」的出現，從一個更高的全新角度，去對現實的自我的一切去加以重新解釋、重新組織、重新定義、重新歸因。這意味著對於全部生活的重構。而且，猶如俗話所說：「站得高，看得遠。」也猶如伏爾泰所說：「使人疲憊的不是遠方的高山，而是鞋裏的一粒沙子。」但是，現在一旦「跳出三界外，不在五行中」，一切也就煥然一新。看問題的高度、深度、廣度、厚度……就全都不同了。由此，在郁達夫，舊體詩就類似一種飛行模擬器，他的內在自我則類似一個被帶到月球上的旅行者，因此而得以借助一種全新的方式去觀察、觸摸和省察自己的全部生活，從而，不但可以跳出局部看全局，而且還可以立足全局看局部，不再執著於生命的無常，不再糾結於生活的痛苦，不再計較人情的涼薄，不再孜孜於命運的不公……於是，一切都並非就是理所當然，一切也都並非就是習以為常。我們知道，《小王子》的作者聖埃克蘇佩里常常要在數千米的高空中思考，以便與另外一個更高的自我對話。其實，郁達夫的舊體詩寫作意味著：他的思考也是在精神「數千米的高空」上進行的，也是在與另外一個更高的自我對話。

而且，由此還可以解答一個人們在研究郁達夫的舊體詩時往往會產生的困惑。這就是所謂的「獺祭魚」現象。李商隱在寫詩的時候，特別喜歡用典，往往令讀者雲山霧罩，於是後人稱他的詩像「獺祭魚」。當然，這是對李商隱精心寫詩的褒獎，也是對李商隱羅列典故的譏諷。郁達夫的舊體詩中也存在類似的問題。人們發現，他特別喜歡不厭其煩地借用歷史人物，例如，用歷史人

物體現他的自我形象，用女性人物反映他的女性觀。文人、志士、義士、俠士、英雄、功臣、隱士……都大量地在他的舊體詩中現身。無疑，這不但使得他的舊體詩令人覺得有些隔閡，有些賣弄，而且使得更多的讀者在他的舊體詩殿堂面前望而卻步。可是，倘若我們想到郁達夫的舊體詩是在與自己的另外一個更高的自我對話，想到是在「與自己談話」，就不難發現：這其實恰恰正是郁達夫的舊體詩的一個不可忽視的特徵。有人問斯多噶派創始人芝諸：「誰是你的朋友？」他回答：「另一個自我。」現在，我們也可以反過來去想，那就是我們的「另一個自我」，也可以借助於我們的「朋友」去加以表現。當然，這並非一般意義上的朋友，而是真正的朋友——能夠給我們帶來身心愉悅的朋友、能夠令我們洗心革面的朋友。人們常常說：「要讀萬卷書，行萬里路，交天下友。」強調的就是朋友的重要。因為朋友正是自己的「另一個自我」。它猶如一面鏡子，映照出了真實的自我。郁達夫的舊體詩中頻繁出現的歷史人物，儘管實際上並不同時出現在同樣的空間與時間，但是也可以通通被看作郁達夫的至愛親朋。他們是郁達夫的自況，與郁達夫彼此契合，而且相互疊印。他們與郁達夫彼此相遇、相聚、相逢，彼此相扶、相伴、相佐。相互認識，相互瞭解，相互走近，也相互認可，相互仰慕，相互欣賞。舉手投足，一顰一笑，一言一行，哪怕是一個眼神、一個動作、一個背影、一個回眸，都心領神會、心照不宣。猶如夜空裏的星星和月亮，彼此光照，遙相輝映。

最後我還要說的是，蔣成德先生本來就是國內的郁達夫研究專家，而且本來就是喜歡嘗試舊體詩寫作的一個詩人。我與蔣成德先生的相識，應該是在2018年的歲末，在深圳的一次學術會議上。從那以後，我就經常在他的朋友圈裡看到他的詩作。就在前不久，我還拜讀到了他剛剛出版的舊體詩集——《草戈心詩鈔》。像眾多的朋友一樣，我對於蔣成德先生噴薄而出的詩興以及琳琅滿目的詩作實在是讚歎不已。詩歌是一種生命的感恩！因為擁有生命、享受生命而油然而生的對於生命的感激之情，一旦被訴諸文字、被押上韻腳，也就成為了詩歌。郁達夫是這樣。從1911年寫作《詠史三首》，到其生命的最後一年（1945年）於異域的蘇門答臘寫作《題新雲山人畫梅》，郁達夫一生作詩不輟，而且把自己的人生也過成了一首詩。蔣成德先生應該也是這樣。在自己的生活的每一個瞬間、每一個細節，他都能夠「見自己，見天地，見眾生」，都能夠體察到美的閃光、愛的閃光和悲憫的閃光。無疑，這都是一些比利時作家莫·梅特林克所謂的「卑微的財富」——日常生活中的最為卑微但是同時卻

又閃爍著神聖的光芒的東西。但是，卻又足以使得作者在其中從現實中分身出來，而且再也不至被現實一擊而中。從而得以在詩歌的寫作中讓自身脫胎換骨。不難猜想，猶如郁達夫在詩歌中最終成就的不是一個登徒子，而是一個光彩照人的詩人。蔣成德先生也終將在詩歌中成就自己的人生。而且，更重要的是，這樣一個特殊的身份，也使得蔣成德先生有了從對於郁達夫的小說散文的研究進而拓展到對於郁達夫的舊體詩研究的先天優勢。孟子曰：「頌其詩，讀其書，而不知其人，可乎？」郁達夫的舊體詩寫作，使得學術界對於郁達夫的研究出現了一個全新視角、全新路徑。甚至，從郁達夫的舊體詩寫作去研究郁達夫，也許才是真正意義的郁達夫研究。毫無疑問的是，在這個方面，我們幾乎可以說是非蔣成德先生莫屬。令人欣慰的是，在他們兩者之間，無疑完全不必虛意逢迎，應該是點點頭就已經可以會意。在他們兩者之間，也不需要彼此的解釋，不需要多言，不需要廢話，不需要張揚，就像在走夜路，伸手就可以抓住彼此。郁達夫的長長的生命故事，借助於郁達夫的舊體詩寫作，蔣成德先生一定會細細地向我們講述。當然，每個人心中都有每個人的郁達夫，也都有著每個人的關於郁達夫的舊體詩的評價。但是，這畢竟不影響蔣成德先生的講述。闡釋，是一種權利。不斷地被闡釋，也許本來就應該是郁達夫乃至郁達夫的舊體詩的命運。沒有人據有對此做出惟一解釋的特權。何況，不同的闡釋，還反而會因此而為郁達夫乃至郁達夫的舊體詩去贏得更多的知音。也因此，無論如何，我們人生經歷都將因為蔣成德先生的講述而變得富有，我們的生命道路也將因為蔣成德先生的講述而打通。我相信，這不但是我的期待，而且，也一定是所有讀者的期待！

是為序！

潘知常

2023 年 3 月 7 號，南京臥龍湖，明廬

目

次

《郁達夫舊體詩研究》序　潘知常

各章提要（代前言）……………………………………… 1

第一章　歷史人物典與自我形象 ………………………… 5

　第一節　文士形象 …………………………………… 6

　　一、比其憂時傷世 ……………………………… 6

　　二、比其才華飄逸 ……………………………… 8

　　三、比其草檄軍功 ……………………………… 9

　　四、比其狂放性格 ……………………………… 10

　　五、再以杜牧為例 ……………………………… 12

　第二節　志士形象 …………………………………… 14

　　一、比其節操 …………………………………… 14

　　二、比其豪氣 …………………………………… 16

　　三、比其憂國 …………………………………… 17

　第三節　英雄形象 …………………………………… 18

　　一、肯定中的自效 ……………………………… 18

　　二、韓信與項羽 ………………………………… 20

　第四節　忠義形象 …………………………………… 22

　第五節　隱士形象 …………………………………… 24

　　一、比況巢許 …………………………………… 25

　　二、比況范蠡 …………………………………… 26

三、比況嚴陵 …………………………… 28

第二章　女性人物典與情意指向 …………… 31

第一節　人物之類型與指代 ………………… 31

一、仙女型 …………………………………… 31

二、美女型 …………………………………… 32

三、后妃型 …………………………………… 34

四、賢妻型 …………………………………… 34

五、姬妾型 …………………………………… 35

六、娼妓型 …………………………………… 39

七、虛構型 …………………………………… 41

第二節　人物指代之特點與情感傾向 ……… 41

一、虛指 ……………………………………… 42

二、實指 ……………………………………… 42

三、暗指 ……………………………………… 42

四、無指 ……………………………………… 42

五、喻指 ……………………………………… 42

六、泛指 ……………………………………… 42

七、一指代多 ………………………………… 43

八、多指代一 ………………………………… 43

第三節　郁達夫對女性的情感與態度 ……… 45

第四節　對《離騷》意象傳統的承創 ……… 48

第三章　青衫與紅豆意象 …………………… 51

第一節　青衫意象 …………………………… 52

第二節　紅豆意象 …………………………… 55

第三節　青衫紅豆意象出現於前後兩個時期的
　　　　原因 ………………………………… 59

第四章　借鑒古典詩詞的廣泛性與藝術性 … 61

第一節　郁詩所接受之影響 ………………… 62

第二節　郁詩借鑒的廣泛性 ………………… 65

一、作家的廣泛性 …………………………… 65

二、文體的廣泛性 …………………………… 65

三、名詩的廣泛性 …………………………… 66

四、形式的廣泛性 …………………………… 70

第三節　郁詩革新的藝術性 …………………………… 70

一、方法的多樣性 …………………………………… 70

二、運用的靈活性 …………………………………… 71

三、一法多變 ………………………………………… 72

四、多法並用 ………………………………………… 73

第四節　郁詩的藝術經驗 …………………………… 74

一、借鑒廣泛，獨重唐詩 …………………………… 74

二、博採眾家，化為己用 …………………………… 75

三、方法多樣，善於吸收 …………………………… 75

第五章　習用古典詩詞的方法 ……………………… 77

第一節　整用及其形變 ……………………………… 77

一、整用 ……………………………………………… 77

二、集用 ……………………………………………… 80

三、調用 ……………………………………………… 81

四、改用 ……………………………………………… 81

五、增用 ……………………………………………… 87

六、減用 ……………………………………………… 89

第二節　斷用及其形變 ……………………………… 90

一、斷用 ……………………………………………… 90

二、截用 ……………………………………………… 95

三、順用 ……………………………………………… 101

四、倒用 ……………………………………………… 104

五、提用 ……………………………………………… 107

六、縮用 ……………………………………………… 110

第三節　意用及其形變 ……………………………… 111

一、意用 ……………………………………………… 111

二、轉用 ……………………………………………… 113

三、反用 ……………………………………………… 114

四、翻用 ……………………………………………… 117

五、仿用 ……………………………………………… 120

六、化用 ……………………………………………… 126

第四節　暗用合用與雜用 …………………………… 131

一、暗用 ……………………………………………… 131

二、合用 ……………………………………… 133

三、雜用 ……………………………………… 135

第六章　鄭子瑜先生的郁達夫舊體詩研究及其
　　　　貢獻 …………………………………… 139

第一節　鄭郁之交誼 ………………………… 139

第二節　郁詩之研究 ………………………… 142

一、編集與輯佚 …………………………… 142

二、研究之概貌 …………………………… 143

三、序論與考證 …………………………… 144

第三節　研究之貢獻 ………………………… 152

一、開拓之功 ……………………………… 153

二、創新之說 ……………………………… 154

三、傳播之效 ……………………………… 154

第七章　郁達夫舊體詩研究百年史略 ………… 157

第一節　帷幕初啟（1914 年～1945 年）……… 157

一、寄贈類 ………………………………… 157

二、次韻類 ………………………………… 159

三、介紹類 ………………………………… 161

第二節　詩人逝後（1946 年～1949 年）……… 161

一、懷弔類 ………………………………… 161

二、介紹類 ………………………………… 161

三、序論類 ………………………………… 162

第三節　研究方興（1950 年～1966 年）……… 162

一、輯佚類 ………………………………… 162

二、釋《阻》類 …………………………… 163

三、賞析類 ………………………………… 163

四、序論類 ………………………………… 164

第四節　大陸之外（1966 年～1976 年）……… 165

一、輯佚類 ………………………………… 166

二、釋《阻》類 …………………………… 166

三、介紹類 ………………………………… 166

四、序考類 ………………………………… 166

第五節　全面展開（1977 年～2014 年）……… 167

一、釋《阻》類……………………………… 168

二、說《抄》類……………………………… 169

三、輯佚類………………………………… 170

四、考辨類………………………………… 173

五、相關類………………………………… 175

六、志悼類………………………………… 176

七、譯注類………………………………… 177

八、評論類………………………………… 178

第六節　結束之語………………………… 209

一、研究特點……………………………… 209

二、存在問題……………………………… 210

三、未來走向……………………………… 211

主要參考文獻………………………………… 213

後　記…………………………………………… 221

各章提要（代前言）

一、歷史人物典與自我形象

郁達夫曾說：「我是一個作家，不是戰士。」作家是郁達夫的自我形象，然郁達夫的自我形象卻並非只是作家。郁達夫為了「寄託理想，抒發感情」總是在不同情境下借用歷史人物，尋求歷史人物的某一方面與自己的契合點，把歷史人物的某些事蹟、特點加以強調，使自己與歷史人物疊印在一起，從而由歷史人物看到的卻是郁達夫的自我形象。從郁達夫的詩歌中，他對歷史人物典運用最多的是文人，此外尚有志士、義士、俠士、英雄、功臣、隱士等。郁達夫對這些人物在歷史上的言與行、思與事注入自己的感情色彩，然後以之自況。因而，從他的詩歌中，就看到了郁達夫的多面形象，即既是文士形象，又是志士形象；既是英雄形象，又是忠義形象；還是隱士形象。這些不同形象就構成了一個立體的郁達夫形象。

二、女性人物典與情意指向

郁達夫的舊體詩以七絕為主，律詩次之，體制上十分短小，因而並不以塑造人物形象為重心。但郁詩卻大量借用人物，以這些人物在歷史文化的衍變中已經凝定的意義，指向自己所欲言又不宜直言的人事。這種意指功能極大地增強了詩歌的意蘊，使得詩歌更含蓄更有韻味，並構成郁達夫詩歌創作的鮮明特色。本章進一步從分析郁達夫所借用的人物，深入郁達夫的情感世界，探索其對女性的態度，即對真的崇尚，對善的欽仰，對美的熱愛，對節的敬佩，對俠的歡賞，郁達夫把對女性的情感凝鑄成真、善、美、節、俠而加以熱烈地讚美

與歌頌。在方法上，郁達夫在詩中大量借用女性人物作指代，乃是出自楚辭。郁達夫是自覺地繼承《離騷》「美人香草」的意象傳統，但又不同於《楚辭》。郁達夫詩中的女性人物是形象而非意象，所詠美人多是妓妾下女而非《離騷》中的宓妃佚女，且美人指代的是常人而非《離騷》以美人媲君主。郁達夫對楚辭美人意象傳統的改造與繼承是個大膽嘗試，他打破了這種意象傳統的固定性與高貴性，化個體意象為群體形象，使指代人物附上作者的情感色彩與被指代人同為一體，而獲得新的鮮活的生命。

三、青衫與紅豆意象

詩用意象，是詩歌基本的藝術特徵。意象在詩人長期的使用過程中有的被逐漸地凝固化、範型化，而有了某種象徵的意義。在郁達夫詩中，青衫、紅豆就是兩個頻頻出現的象徵性意象，且一象含多意。如青衫或用其本意學生服，或用其借代意學生，或用其引申意失意者、失敗者。紅豆則指思鄉思友思戀人。這兩個意象又主要用在他留日與南洋時期。青衫紅豆意象在古典詩詞中的意義是比較單一的，郁達夫在運用中對傳統意象既有傳承，又作了一定意義的拓展。

四、借鑒古典詩詞的廣泛性與藝術性

郁達夫是中國現代作家中大量創作舊體詩詞卓有成就的詩人。他一生作詩不輟，留下了六百餘首詩詞，從中可以看出他「古典詩詞的深厚修養」。研讀郁達夫的全部詩詞，可以發現郁達夫詩歌對中國古代文學尤其是古典詩詞吸收與借鑒的廣泛性，繼承與革新的藝術性。其藝術創作的經驗借鑒廣泛，獨重唐詩；博採眾家，化為己用；方法多樣，善於吸收等對今天的詩歌創作也有一定的啟迪。因而，從接受美學的角度，對郁達夫的全部詩詞進行研究，探討其對中國古代文學尤其是古典詩詞的吸收與借鑒，以對這一最具有國學特性、最具有民族文化特色的詩歌體裁加以傳承與革新。

五、習用古典詩詞的方法

郁達夫對古典詩詞的學習、吸收、借鑒是「轉益而多師」，廣收而博採，從而鎔鑄成自己新的創作。郁達夫詩借鑒古典詩詞的方法有二十餘種之多，這些方法包括整用、集用、調用、改用、增用、減用、斷用、提用、截用、倒用、順用、縮用、暗、反用、翻用、仿用、化用、轉用、意用、合用、

雜用等，而法中又有法，變中又有變，手之巧，變之活，用之靈，已到了出神入化的地步。

六、鄭子瑜先生的郁達夫舊體詩研究及其貢獻

鄭子瑜先生是一位國際著名學者，新加坡漢學大師。他還是郁達夫詩詞研究專家。他編輯出版了第一本《達夫詩詞集》，最早進入對郁達夫詩詞的研究，開拓了郁達夫詩詞研究這一新的領域，使得對郁達夫的研究走向全面；他開啟了郁達夫南遊詩主題研究與郁達夫舊詩考證研究的先河；他提出的郁達夫詩出自宋詩說為著名學者蔣祖怡、王瑤先生所認同；他在國外的日本、新加坡和我國的香港廣泛地傳播了郁詩。鄭子瑜先生在郁達夫詩詞研究領域，毫無疑問是一個重鎮，是一座高峰。

七、郁達夫舊體詩研究百年史略

關於對郁達夫舊體詩的研究，幾乎與其創作同步，已有一百年的歷史。這一百年大致可分為五個時期：從 1914 年創作伊始到 1945 年郁達夫殉難為帷幕初啟時期；從 1946 年紀念郁達夫逝世到 1949 年解放戰爭勝利為詩人逝後時期；從 1950 年新中國成立初到 1966 年文化大革命爆發前為研究方興時期；從 1966 年到 1976 年文革十年結束為大陸之外時期；從 1977 年改革開放到 2014 年整百年止為全面展開時期。每一個時期由研究的程度與範圍又分為若干類。這一百年中，郁達夫舊體詩的研究在各個方面都取得了很大的成就，與其文學創作的小說、散文鼎足而三。概括總結一百年來郁達夫舊體詩研究的經驗與侷限，可以為未來的郁詩研究指出一個比較明確的前進的走向。

第一章　歷史人物典與自我形象

　　郁達夫曾不止一次地說過：「我是一個作家，不是戰士。」作家是郁達夫對自己的定位，也即郁達夫的自我形象。然郁達夫的自我形象卻並非只是作家，作家是其自我形象主導的一面，他的側面則是豐富的、多樣的。從郁達夫的詩詞中，他對歷史人物典的廣泛運用，我們看到了一個立體的郁達夫形象。如果說，他在小說中塑造了於質夫、厲鶚（歷史人物）等眾多藝術形象，那麼他在詩歌中，則借歷史人物凝定了自我形象。「歷史有驚人的相似之處，不同時代的人物也常常有著相似的遭遇和命運。後世文人借歷史人物寄託理想，抒發感情時，總是尋求某種相似點，這是借古喻今的用典得以成立的關鍵。」〔註1〕郁達夫為了「寄託理想，抒發感情」總是在不同的時期、不同的環境、不同的心境下借用歷史人物，尋求歷史人物的某一方面與自己的契合點，把歷史人物的某些事蹟、某些特點加以突出強調，使自己與歷史人物疊印在一起，從而由歷史人物看到的卻是郁達夫的自我形象。

　　在中國五千年的歷史長河中，被載入二十五史的歷史人物何止萬千，一部《中國歷代人名大辭典》收錄的歷史人物就有五萬四千五百人，而在郁達夫的全部六百餘首詩詞中，被借用的歷史人物不下二百人，上自堯時的許由、巢父，下至民國人物，郁達夫於詩中都能隨手拈來，為己所用。除女性人物外（詳見下章），所用最多的是歷代文人，這也正是郁達夫是作家的原因；此外尚有志士、義士、俠士、英雄、功臣、隱士等人物。郁達夫對這些人物在歷史上的言與行、思與事注入自己的感情色彩，然後往往以之自況。因而，我們從他的詩

〔註1〕劉明華：《杜甫研究論集》，第205頁，重慶：重慶出版社2004年版。

中，就看到了郁達夫的多面形象，即既是文士形象，又是志士形象；既是英雄形象，又是忠義形象；還是隱士形象。這些不同形象的不同性格、不同氣質、不同特點都集中在郁達夫一人身上，有的是顯性的，有的是隱性的，在根本思想（愛國）不變的情況下，那麼在不同的時地、心情下就會表現為不同的形象。分析郁達夫於詩歌中對歷史人物的借用、自況，探究郁達夫本人真實的自我形象，是從《郁達夫自傳》之外再認識郁達夫的一個新的途徑。

第一節　文士形象

中國典型的文士形象當從屈原開始，之後二千多年，屈原型、類屈原型，或有屈原悲劇精神的文士成了中國歷代知識分子的主體。中國古代的文士又並非單純的文人，他們或從政、或從軍，把建功立業當作自己人生的最高追求，侘傺失意、窮愁潦倒往往是不得已而從文，在詩詞歌賦裏一逞天才，遂以文名見稱於世。從政、從軍、從文即是中國古代文士的三大類型。郁達夫常常根據自身的情況而以他們自況，以抒發自己的懷抱。

一、比其憂時傷世

屈原、賈誼、王粲、庾信、李白、杜甫，都曾在朝中任過職，都有自己的政治抱負。屈原任楚國左徒，三閭大夫，曾深受楚懷王信任，「入則與王圖議國事，以出號令。出則接遇賓客，應對諸侯」〔註2〕。屈原一生為其美政理想而奮鬥，「既莫足與為美政兮，吾將從彭咸之所居」（《離騷》）。賈誼年僅二十餘，即被漢文帝召為博士，後遷太中大夫。因上疏言弊，貶為長沙王太傅，遷梁懷王太傅。政治上主張重農抑商，建議削弱諸侯王勢力。其政論《陳政事疏》《過秦論》乃西漢鴻文。王粲乃著名的建安七子之一。曹操器之，辟為丞相掾。魏建國後，官為侍中。庾信在梁時官右衛將軍；入周累遷驃騎大將軍，開府儀同三司，官至司宗中大夫。李白為官不高，先在唐玄宗時供奉翰林，後入永王李璘府為僚，幾乎喪命。然李白在政治上總期望著「願為輔弼，使寰區大定，海縣清一」（《代壽山答孟少府移文書》）以實現其宏大理想。杜甫在唐肅宗時拜為左拾遺，後為華州司功參軍，檢校工部員外郎。杜甫一生也未做過大官，但他與李白一樣，也是抱負遠大，欲「致君堯舜上，再使風俗淳」（《奉贈韋左

〔註2〕司馬遷：《屈原列傳》，《史記》下冊，第1900頁，上海：上海古籍出版社1997年版。

丞丈二十二韻》)。然而他們的仕途都不順，卻又不能忘情於政治，所謂「處江湖之遠則憂其君，居廟堂之上則憂其民」(范仲淹《岳陽樓記》)。憂時傷世，則成為他們詩文創作的主題。郁達夫在這一點與前輩作家相同。早年曾參加過外交官、高等文官考試，均落第而歸，抱負難申。又身處敵國侵凌內憂外患之亂世，晚年遠赴南洋，投荒異域，其艱難之境況遠甚於古代作家，故其憂時傷世之情也尤深，其詩以屈、賈、王、庾、李、杜以自況也就很自然了。

　　郁達夫在早年的《自述詩》小序中一下子就提到了屈原、賈誼、王粲、李白四個人。他感歎自己留學日本，有似飄零，而「有王右橡(粲)之悲」，所以他欲效法屈原(「屈子有懷沙之賦」)、賈誼(「賈生陳傷鵩之辭」)、李白(「青蓮已創作新聲」)那樣作自述詩以抒寫自己的興趣、志向與學業，這是明白告訴讀者他是以古人先賢以自況的。郁詩中，自擬屈原一在早年，一在晚年。《客感寄某》(1918年)之二：「明朝倘赴江頭死，此意煩君告屈平。」這是欲效屈原沉江以報國。郁達夫的偉大，在於他的愛國。《丁巳日記》作於1917年，是現在能見到的郁達夫最早的日記。他在日記中說：「然予有一大愛焉，曰：愛國。」(1917年6月3日)「一身盡瘁，為國而已。倘為國死，予之願也。」(1917年6月11日)正是在愛國這一點上他與屈原是契合的。《前在檳城，偶成俚句，南洋詩友，和者如雲。近有所感，再疊前韻，重作三章，郵寄丹林，當知余邇來心境》(1939年)之三：「投荒大似屈原遊，不是逍遙范蠡舟。忍淚報君君莫笑，新營生壙在星洲。」此詩作於新加坡，距前詩已是二十一年之後，而思想、精神則是一致的。他離開祖國投荒南洋，正如屈原之被放逐；他要在此作抗戰宣傳，直到生命的最後。然在郁詩中，往往是迭用人物來表達自己的心情。「劇憐鸚鵡中洲(又作「中州」)骨，未拜長沙太傅官。」(《席間口占》，1916年)「長沙太傅」指賈誼，此以賈誼自比，歎惜己之不遇。「與君此恨俱千古，擬赴長沙弔屈文。」(《謁岳墳》，1917年)因謁岳墳而有感，言己恨與岳飛同，故欲像賈誼寫《弔屈原》文一樣也寫一篇《謁岳墳》。「江南詩賦老蘭成」，「敢隨杜甫憎時命」(《客感寄某》之一、之二)。蘭成即庾信，其《哀江南賦》寫自己出使北魏不得返國(梁)的悲哀。這兩句詩出自一題中之上下篇。先比庾信羈居異國(日本)之悲，後比杜甫敢隨其後以憎。「江南易灑蘭成淚，蜀道曾傳杜老豪。」(《雜感八首》之七，1921年)這是把庾信、杜甫並舉以自況。「報國文章尊李杜，攘夷大義著春秋。」(《感時》，1938年)這是把李杜並舉，欲效其文章報國。「尺枉何由再直尋，蘭成哀思及時深。美人香草

閒情賦，豈是離騷屈宋心。」（《和廣勳先生賜贈之作四首》之二，1940 年）一詩以庾信、陶淵明、屈原、宋玉四人並舉，而著重在屈、庾。詩言家毀不可復，羈外不可回，正如庾信之哀；當此日寇侵凌祖國之時，再作美人香草閒情賦之類，已不是寫《離騷》的屈原之心了。

古人之憂即己之哀，古人之傷即己之痛。借古人述己情，打通時空隧道，不僅是詩心相通，更是憂情相同。

二、比其才華飄逸

郁達夫對自己的才華是十分自負的，「九歲題詩四座驚，阿連少小便聰明」（《自述詩》之六）。阿連，即南朝宋謝惠連。據《宋書‧謝惠連傳》：「惠連幼而聰敏，年十歲，能屬文，族兄靈運深相知賞。」〔註3〕郁達夫以謝惠連自視，然謝惠連十歲屬文，而郁達夫九歲即已題詩令四座皆驚了。日本著名漢詩人服部擔風非常愛重郁達夫的文才，評其詩云：「風騷勿主年猶少，仙佛才兼古亦稀，達夫有焉。」〔註4〕並以宋朝詩人賀鑄（字方回）以稱許：「欲問江南詩句好，三生君是賀方回。」〔註5〕郁達夫也即自稱而不讓了，「淡雲微月惱方回」（《贈梅兒》）。然郁達夫自己最欲比的是西漢的大文學家以辭賦令漢武帝傾倒的司馬相如，自謂有「馬卿才調」（《將去名古屋，別擔風先生》），故直言「論才不讓相如步」（《寄和荃君原韻四首》之二）。有才不是為了自炫自傲，有才也不是為了與古人一比高下，有才是為了效力於國家，所謂以「文章報國（尊李杜）」。所以，郁達夫在詩中又常常歎惜，「誰從亂世識機雲」（《奉寄曼兄》，1918 年），「機雲各自困風埃」（《秋夜懷人七首》之二，1920 年），以晉代的文學家陸機、陸雲兄弟來指代其兄郁華（字曼陀）與自己，雖才如機、雲而無人賞識，「我縱有才仍未遇，達如無命亦何傷」（《窮郊獨立，日暮蒼然，顧影自傷，漫然得句》，1919 年），只能困於風埃之中。郁達夫是有遠大政治抱負的，還在留學日本期間，他的《秋興四首》（1916 年）、《雜感八首》（1921 年）政論詩，即表達了他看到「茫茫大陸沉將了」，因而要「努力救神州」的精神。郁達夫自比不僅有謝惠連少小「聰明」之「才」，還有更勝於謝惠連的「有力

〔註3〕沈約撰：《謝惠連傳》，《宋書》第 5 冊，第 1524 頁，北京：中華書局 1974 年版。
〔註4〕轉引自詹亞園：《郁達夫詩詞箋注》，第 227 頁，上海：上海古籍出版社 2006 年版。
〔註5〕稻葉昭二著，蔣寅譯：《郁達夫──他的青春和詩》，見小田岳夫、稻葉昭二著：《郁達夫傳記兩種》，第 219 頁，杭州：浙江文藝出版社 1984 年版。

淨河汾」(《奉寄曼兄》)之「氣」。這不是舊名士的逞才使氣,這是愛國者的英才志氣。當英才不得展,志氣不得申時,郁達夫往往又頹然地以「才盡」的江淹自況:「今日窮途余一哭,由他才盡說江郎。」(《病後寄漢文先生松本君》)

有才無氣,是才子;有氣無才,是莽漢;有才有氣,才氣縱橫是「才士」。正如郭沫若所說:「我們感覺著他是一位才士。」〔註 6〕還是郭沫若深得諍友郁達夫之心。

三、比其草檄軍功

郁達夫是詩人、文學家,可他並不甘願做個「書生」。中學時代,他鬧過學潮;大學時代,他舌戰日本所謂「憲政之神」的尾崎行雄。1919 年,他曾兩度參加外交官和高等文官考試以期一展政治抱負。然上世紀二三十年代的中國,先是軍閥混戰,後是外敵(日本)入侵;社會政治黑暗,郁達夫壯志難酬,於是只能在新文學領域開疆拓土,一逞文才。但他一直夢想著的「草檄軍功」的雄心未泯。一旦抗戰爆發,他即奔赴前線勞軍,即如後來的遠赴南洋,仍然為的是抗戰。他以陳琳、駱賓王自期,把「草檄軍功」當作是書生報國的事業。

陳琳是東漢末年詩人,著名的建安七子之一。先附袁紹,為紹作檄文斥責曹操。後紹敗,歸曹操。曹操愛其才,不罪,使其與阮瑀並為司空軍謀祭酒,遂軍國書檄,多出二人之手。《三國志·魏書·王粲傳》:「軍國書檄,多琳瑀所作也。」南朝宋裴松之為之作注引《典略》云:「(陳琳)作諸書及檄,草成呈太祖(曹操)。太祖先苦頭風,是日疾發,臥讀陳琳所作,翕然而起曰:『此愈我病。』數加厚賜。」〔註 7〕陳琳作檄,能愈曹操頭風病,可見檄文的力量。陳琳以草檄而立軍功,官至丞相門下督。文人作軍書立軍功,這是文人從軍立功的典型,正是郁達夫欲效法的榜樣。但在早年,郁達夫很後悔學陳琳,覺得雖能文章,卻無用處。他在《寄曼陀長兄》(1916 年)詩中感歎地訴說:「悔將詞賦學陳琳,銷盡中原萬里心。」腹中空有如陳琳一樣的詞賦文章,卻不能去建功立業。這乃是自嘲之言,反過來說,學得陳琳賦,就應該去施展「中原萬里心」。之所以未能,一來自己尚在讀書;二來國內形勢日非。與此詩作於同年的《致郁曼陀》的信亦可反證。「國事日非,每夜靜燈青,風淒月白時,弟輒展中國地圖,作如此江山竟授人之歎。」(8 月 24 日)「國事弟

〔註 6〕郭沫若:《論郁達夫》,見陳子善、王自立編:《回憶郁達夫》,第 2 頁,長沙:湖南文藝出版社 1986 年版。

〔註 7〕陳壽撰,裴松之注:《三國志》上冊,第 406 頁,長沙:嶽麓書社 2002 年版。

意當由根本問題著想。欲整理頹政，非改革社會不可。」（10 月 10 日）〔註 8〕郁達夫極想有所作為，然未得其時。等到了 20 年後的抗戰之時，郁達夫蓄積了多年的才志終有了大展宏圖的機運。「今日不彈閒涕淚，揮戈先草冊倭文。」（《廿七年黃花崗烈士紀念節》，1938 年）這時就不是「悔學陳琳」，而是欲效法陳琳。「亂世桃源非樂土，炎荒草澤盡英雄。牽情兒女風前燭，草檄書生夢裏功。」（《亂離雜詩》之十，1942 年）此時的郁達夫在新加坡已堅持抗戰三年，雖遭家變，而鬥志不衰。太平洋戰事起，日軍又攻佔新加坡，郁達夫開始了流亡，詩即作於流亡途中。亂世英雄多，郁達夫不戀桃源樂土，不牽兒女私情，想到的仍然是要像陳琳那樣書生意氣草檄軍書，以立軍功。在新加坡的三年，郁達夫以一枝筆寫下了四百餘篇文章，其中政論、戰情分析亦有二百餘篇之多。正可謂是「草檄」的書生，不僅陳琳，就是在現代作家中，也少有人寫作如此之多的軍事政論文章。現在在流亡途中，在夢中，仍念念不忘那「草檄之功」呢！

　　唐代駱賓王亦如東漢的陳琳，其名文《討武曌檄》令武則天也大為感歎：「宰相安得失此人。」〔註 9〕郁達夫的《過義烏》（1933 年）：「駱丞草檄氣堂堂」，即是對駱賓王（曾授臨海丞，故稱駱丞）的讚賞。也是抗戰在新加坡時，郁達夫的《讀陳孝威先生〈上羅斯福總統書〉後》（1941 年）一詩再次用駱賓王草檄典：「太學上書關國運，廣陵草檄懾權臣。儒生未必全無用，紙上談兵筆有神。」廣陵，即揚州。指徐敬業在揚州反武（則天）事，時駱賓王在徐敬業幕中，為徐傳檄天下，斥武后罪，即是那篇《討武曌檄》。郁達夫雖未以駱自況，而是以駱稱陳，然陳孝威僅一報人，與郁一樣是談兵論政，一樣是「草檄書生」，所以以駱稱陳，又何嘗不隱含著自比呢！

四、比其狂放性格

　　中國的知識分子尤其是以才學見稱於世的文士，一般多有狂狷放曠的性格，這往往與他們所處的時代環境有關。盛世無人賞識，亂世才不見用。無論盛世還是亂世，都有時代的邊緣人物。再加之個人性格，如果是恃才傲物，任性不羈，就不僅為周圍環境所不容，也為社會不容，最終的結果一例是悲劇的。像東漢的禰衡不免被殺身，魏晉的阮籍以縱酒為免禍。郁達夫在性格上與

〔註 8〕郁達夫：《郁達夫全集》第 6 卷，第 11 頁，杭州：浙江大學出版社 2007 年版。
〔註 9〕歐陽修、宋祁撰：《文藝傳》，《新唐書》第 18 冊，第 5742 頁，北京：中華書局 1975 年版。

他們亦有相合之處，世人目之為「浪漫」「頹廢」，他乾脆給你來個「佯狂」。雖自知這樣會「難免假成真」（《釣臺題壁》），也不管不顧，一任所為。

對禰衡郁達夫特讚賞其有骨。禰衡（173～198）是東漢時的文學家。其《鸚鵡賦》辭采華麗，時人稱之為禰鸚鵡。然禰衡為世所重的是他的剛傲、尚氣、矯時、慢物。曹操以魏王之尊，本欲辱之，反被禰辱（「本欲辱衡，衡反辱孤。」《後漢書·禰衡傳》）。後曹操派人送禰衡使於劉表，臨發，眾人為之祖道，約共不禮以辱之。禰衡至，眾人不興，禰衡大哭。人問其故，衡答曰：「坐者為冢，臥者為尸，屍冢之間，能不悲乎？」〔註10〕終因忤慢江夏太守黃祖而被殺，年僅26歲。郁達夫慕其才更心儀其氣，賦詩曰：「劇憐鸚鵡中洲骨，未拜長沙太傅官。」（《席間口占》，1916年）劇，即極，甚。憐，即憐惜。中洲，謂禰衡死被葬在武昌城外長江中的小洲上，骨，則是讚揚禰衡不畏權貴傲視王侯的骨氣。詩意謂非常憐惜寫作《鸚鵡賦》的禰衡那種剛傲不屈的骨氣，以至要效法禰衡，「一死拼題鸚鵡賦」（《雜感八首》之一，1921年），命不足惜，拼將一死，以斥權奸國賊。20年代，他憤怒斥責「蔣介石頭腦昏亂，封建思想未除，……蔣介石之類的新軍閥，比往昔的舊軍閥更有礙於我們的國民革命」〔註11〕。國民黨中人於是利誘他去接收東南大學，去幫辦黨務以保證創造社的不封，去做個委員等等，都遭到他斷然拒絕。30年代，郁達夫與魯迅一起遭國民黨通緝，又有人誘以撰文被拒。《歲暮窮極，有某府憐其貧，囑為撰文，因步〈釣臺題壁〉原韻以作答》（1936年）：「萬劫艱難病廢身，姓名雖在已非真。多慚鮑叔能憐我，只怕灌夫要罵人。泥馬縱驕終少骨，坑灰未冷待揚塵。國門呂覽應傳世，何必臣雄再劇秦。」所謂「姓名雖在已非真」即是指國民黨對他的通緝，而末句郁達夫自注曰：「情願餓死，不食周粟，亦差堪自慰。」表明知識分子的錚錚傲骨。此實亦不讓於禰衡。

禰衡死後12年，而有阮籍，亦是郁達夫心慕之士。阮籍生當魏晉之際，天下多故，名士少有全者。阮籍遂借酒放縱，任性不羈，不預世事。據史載：司馬昭欲為其子司馬炎求婚於籍，籍大醉六十日，不得言而止。又鍾會屢以時事問之，欲因其可否而致之罪，亦以酣醉獲免。阮籍不拘禮法，嘗曰：「禮豈為我設邪！」（《晉書·阮籍傳》）常獨自駕車，率意而行，車跡所窮，即慟哭

〔註10〕范曄撰：《禰衡傳》，《後漢書》下冊，第1155頁，長沙：嶽麓書社1994年版。
〔註11〕郁達夫：《訴諸日本無產階級文藝界同志》，《郁達夫全集》第8卷，第29頁，杭州：浙江大學出版社2007年版。

而返。郁達夫既用其「窮途」一面,「今日窮途余一哭」;更用其對世俗禮法反叛的一面,「憐他阮籍猖狂甚,來對荒墳作醉談」(《志亡兒耀春之殤六首》之六,1935 年)。「阮籍猖狂」,直用王勃語。其《滕王閣序》:「阮籍猖狂,豈效窮途之哭。」即是傚其「猖狂」,而不效其「窮途之哭」。郁達夫也是用此意。前對禰衡之骨是「劇憐」,此對「阮籍猖狂」亦是甚憐。正是惺惺相惜,英雄惜英雄。詩是志亡兒,郁達夫獨憐惜「阮籍猖狂」,「來對荒墳作醉談」,正是傚其不拘禮法之舉。遭通緝,人心惟危,只能趁醉來對亡兒訴說了。詩含有對社會政治黑暗的憤怒控訴,由此也就不難理解郁達夫的「佯狂」了。阮籍尚有一能即擅青白眼。《晉書·阮籍傳》:「(阮)籍又能為青白眼,見禮俗之士,以白眼對之。」〔註12〕如阮母喪,嵇康往弔,大悅作青眼;嵇喜往弔,乃作白眼對之。這表現了阮籍非禮抗俗的性格,郁達夫身上也有著非禮抗俗的個性,所以常常是「白眼樽前露,青春夢裏呼」(《中年(次陸竹天氏二疊韻)》,1935 年)。前言他對國民黨的利誘官誘加以拒絕,正是示以「白眼」。郁達夫的憤世嫉俗,在禰衡風骨,阮籍猖狂那兒找到了契合點。

五、再以杜牧為例

如果說服部擔風許以賀鑄,郁達夫自己更是以杜牧自命。在眾多的古代文士中,郁達夫對杜牧是情有獨鍾,心慕不已,往往在多方面拿杜牧自比。

首先比其有才。郁達夫曾兩次自許「薄有狂才追杜牧」(見《病後訪服部擔風先生有贈》與《留別家兄養吾》)。杜牧是晚唐大家,與李商隱並稱小李杜。其詩、賦、古文均擅,畫亦精。感懷詩、詠史詩別有深意,《阿房宮賦》則為傳世之作。郁達夫在詩詞創作上深受其影響,亦以杜牧自命。說自己「本來小杜是詩人」(《留別隆兒》,1919 年),說自己的詩「都是傷心小杜詩」(《偕某某登嵐山》,1918 年)。一句話,杜牧就是郁達夫,郁達夫就是杜牧。

其次比其狂俠。杜牧在行為上放縱不拘,其《遣懷》詩:「落魄江湖載酒行,楚腰纖細掌中輕。十年一覺揚州夢,贏得青樓薄倖名。」道出了他在揚州的風流韻事。郁達夫年輕時代在兩性關係上亦較放縱,留學日本時曾出入秦樓楚館,因而對杜牧的情事與情詩多有癖好,以至說自己「贏得輕狂小杜名」(《自題〈乙卯集〉二首》之一,1916 年)。然不久他對此就懊惱了,「當年薄

〔註12〕房玄齡等撰:《阮籍傳》,《晉書》第 5 冊,第 1361 頁,北京:中華書局 1974 年版。

幸方成恨，莫與多情一例看」（《懊惱》之一，1916）。並對其嫂誓言，「此後關於女色一途，當絕念矣」〔註13〕。杜牧於狂放之外尚有任俠的一面。「碧玉生涯原是夢，牧之任俠卻非狂。」（《將之日本別海棠三首》之三，1921 年）這是他留日畢業前在安慶任教時寫給一個妓女叫海棠的詩。前句說海棠，後句說自己，以杜牧自況。說海棠（以汝南王妾碧玉指代之）的妓女生涯原不過是一場春夢；而杜牧的「贏得青樓薄幸名」其實是任俠而非輕狂。言杜實言己。任俠，即負氣仗義。郁達夫後來所作小說《茫茫夜》即以海棠等妓女為原型，作品中對其被侮辱被損害的生活給予極大的同情，對那個黑暗的社會進行了憤怒的控訴。這即是「牧之任俠卻非狂」的注腳。

　　其三比其不遇。其實杜牧無論是在京都還是在地方都做過官的。為淮南節度推官、監察御史、湖州刺史、司勳員外郎、中書舍人等，郁達夫比其不遇實言自己不遇。「不遇成都嚴僕射，誰憐湖郡杜司勳？」（《曼兄書來，以勿作苦語為戒，作此答之》，1918 年）上句說杜甫，次句說杜牧。先言自己未能像杜甫那樣遇到嚴武（嚴僕射）那樣的人，後言自己如杜牧（杜曾為司勳員外郎，故稱杜司勳）一樣無人賞識愛重。杜牧非僅一介書生，他是有以濟天下蒼生為己之抱負的。少小時於治亂興亡之跡尤為留意，成年後更加關心國事，力主削平藩鎮收復河湟，並曾注《孫子兵法》十三篇，故雖為官卻並不得志。郁達夫也是以天下國家為己任的，嘗夜讀兵書《陰符》以待時機（「欲教人識儒冠害，寫出陰符夜讀圖。」《題〈陰符夜讀圖〉後寄荃君》之三，1917 年）。所以他慨歎杜牧尚且受到淮南節度使牛僧儒的賞識，聘為掌書記，而自己卻不被器重。這是英雄有志難申的哀歎。

　　此外，郁達夫於詩中還在其他方面以杜自比。「牧之去國雙文嫁，一樣傷心兩樣愁。」（《夢逢舊識》之二，1915 年）這是傷於早年的女友出嫁，而自己又已去國（留日），惟有傷心而已。「杜牧年來塵累重，煙花夢不到揚州。」（《佩蘭雅集，予不果往，蝶如君意予赴會也，寄詩至，和其三》之三，1916 年）此是說自己如杜牧一樣為俗事所累，未能赴會。「他年來領湖州牧，會向君王說小紅。」（《七月十二夜見某，十六日上船，十七日有此作即寄五首》之二，1917 年）杜牧曾為湖州刺史，故稱湖州牧。這是說自己會像杜牧一樣到時候一定踐約來娶未婚妻孫荃。「青山隱隱江南暮，小杜當年亦憶家。」（《秋夜懷人七首》

〔註13〕郁達夫：《致陳碧岑》，《郁達夫全集》第 6 卷，第 10 頁，杭州：浙江大學出版社 2007 年版。

之一，1920 年）杜牧有詩《秋浦途中》：「為問寒沙新到雁，來時還下杜陵無？」杜陵在今西安南，即杜牧的家鄉。故郁達夫說自己像杜牧一樣思念家鄉。

對杜牧全方位的比況，正可見郁達夫多方面的性格。郁達夫以杜牧自比，基本上都是他在留學日本期間；回國後，郁達夫的詩風已變，由風流倜儻，轉而為沉鬱深厚，也就不再自比杜牧了。

第二節　志士形象

「三軍可奪帥也，匹夫不可奪志也。」（《論語‧子罕》）「士不可不弘毅。」（《論語‧泰伯》）「士可殺不可辱。」（《禮記‧儒行》）儒家文化造就了一代又一代仁人志士，志士仁人又將其仁心壯志奉獻於國家民族，而樹立起一個又一個志士形象，為後人所景仰、所歌詠。郁達夫對歷史上的志士既贊之，又自比之。

一、比其節操

對禰衡，郁達夫推崇他的風骨；對蘇武，郁達夫則推崇他的氣節。郁達夫有一首《贈〈華報〉同人》（1936 年）的七絕，即把「氣節」當作「弱者之師」：「閩中風雅賴扶持，氣節應為弱者師。萬一國亡家破後，對花灑淚豈成詩。」郁達夫在留日時和流亡時曾用蘇武典並以自況。「蘇武此身原屬漢，阿蠻無計更離胡。」（《留別梅濃》，1919 年）這是他寫給所戀的一個日本女子梅濃的。蘇武是西漢時人，因出使匈奴被拘，守節不降，備嘗艱苦，歷十九年而終歸漢朝。作者以蘇武自況，說自己原屬漢人，雖羈居在日，終歸要回歸祖國的。而你（以白居易的女侍小蠻指代梅濃）卻不能離開你的日本（胡）。「窮塞寒侵蘇武節，朝廷宴賜侍中貂。」（《歲暮感憤》，1919 年）這是寫於他回國參加外交官、高等文官考試落第後，感到「庸人之碌碌者反登臺省；品學兼優者被黜而亡！」〔註14〕的悲憤，而寫下的詩。據《漢書‧蘇武傳》：「武既至海上，廩食不至，掘野鼠去草實而食之。杖漢節牧羊，臥起操持，節旄盡落。」「蘇武節」既指蘇武所杖漢節，而其含義則是指蘇武所秉的氣節，節操。蘇武對常惠即說過：「屈節辱命，雖生，何面目以歸漢？」〔註15〕郁達

〔註14〕郁達夫：《郁達夫全集》第 5 卷，第 13 頁，杭州：浙江大學出版社 2007 年版。
〔註15〕班固撰：《蘇武傳》，《漢書》下冊，第 1079、1078 頁，長沙：嶽麓書社 1993 年版。

夫胸懷報國大志，兩試不成，故以蘇武之節來激勵自己。抗戰爆發後，郁達夫遠赴南洋從事抗戰宣傳，卻遭家變，與妻離異；流亡蘇島，與何再婚，此時用蘇武典自況，著重其羈海難回，守節不移。「一自蘇卿羈海上，鸞膠原易續心弦。」（《無題四首，用〈毀家詩紀〉中四律原韻》之一，1943 年）這是寫於他生命的最後期，續婚已不似與王的熱戀，心中所堅守的乃是蘇武之節及其磊落的志士形象。

　　在郁詩中有一組宋遺民形象，郁達夫是把他們作志士來看待的。如宋末的謝翱、唐珏、鄭思肖；明末的朱舜水。郁達夫從他們身上汲取的是立志復國與堅守節操的氣概。郁達夫在 20 年代、30 年代，直到 40 年代他生命最後的前兩年，都提到謝翱（字皋羽）。《偶過西臺有感》即是他借弔謝翱而傷河山破碎之作。「三分天下二分亡，四海何人弔國殤。偶向西臺臺畔過，苔痕猶似淚淋浪。」詩作於 1935 年，時東北淪亡，故有「三分天下二分亡」之歎。西臺，即謝翱臺，在浙江桐廬縣富春山。南宋末年，謝翱曾隨文天祥抗元，文兵敗被俘，謝翱潛逃至浙江，登西臺哭奠，並作散文《登西臺慟哭記》以祭悼文天祥。郁達夫過西臺，思先賢感傷國土之淪亡。「國亡何處堪埋骨，痛哭西臺弔謝翱。」（《雜感八首》之七，1921 年）「身似蘇髯羈嶺表，心隨謝羽哭嚴灘。」（《贈韓槐准》，1940 年）「誰信風流張敞筆，曾鳴悲憤謝翱樓。」（《無題四首，用〈毀家詩紀〉中四律原韻》之三，1943 年）這一前一後的「痛哭」與「悲憤」，是其心情與謝翱的共鳴。鄭思肖（1241～1318）、唐珏（1247～？）與謝翱（1249～1295）都是同時代人，也都是心繫大宋的遺民。「諸君珍重春秋筆，好記遺民井底心。」（《青島雜事詩十首》之十，1934 年）用鄭思肖著《心史》題「大宋孤臣鄭思肖再拜書」裝鐵函沉井事。「門前幾點冬青樹，便算桃園洞裏春。」（《卜築和龍文》之二，1935 年）用唐珏收葬宋帝遺骨栽冬青樹事。郁達夫用此事典以砥礪同人與自己。朱舜水於明亡後，從事抗清活動，參加鄭成功的反清復明鬥爭，失敗後定居日本。郁達夫留日的第三年（1915 年）即作一首《弔朱舜水先生》，讚揚他「采薇東駕海門濤，節視夷齊氣更豪」的那種亡命日本不食清粟的節操。

　　郁達夫有一篇斥責昔日好友周作人的附逆與張資平的為敵收買的名文《「文人」》，談到怎樣才是真正的「文人」，他引「時窮節乃見」的古語，而後說：「能說『失節事大，餓死事小』這話而實際做到的人，才是真正的文人。」而當敵寇一來則跪接稱臣，「對這些而也稱作文人，豈不是辱沒了文人的正氣，

辱沒了謝皋羽的西臺」〔註16〕。郁達夫正是保持了「文人的正氣」，既說到又做到，並在「時窮」之時而見其「節操」的真正的文人。

二、比其豪氣

「浙水潮頭豪士馬，羅浮枝上美人魂。」（《雪》，1919 年）這是一首詠雪的詩，以豪士之白馬比雪之瑩白，典出春秋吳國豪士伍子胥。郁詩中僅見其白，尚未見豪。到《毀家詩紀》之十四，則不僅氣豪，更是氣怒。「汨羅東望路迢迢，鬱怒熊熊火未消。欲駕飛濤馳白馬，瀟湘浙水可通潮。」在此詩後還有注：「風雨下沅湘，東望汨羅，頗深故國之思。真有伍子胥怒潮沖杭州的氣概。」這就直以伍子胥自比了。據《太平廣記》卷二九一引《錢塘志》：「伍子胥累諫吳王，賜屬鏤劍而死。臨終，戒其子曰：『懸吾首於南門，以觀越兵來；以鮧魚皮裹吾屍，投於江中，吾將朝暮乘潮，以觀吳之敗。』自是自海門山，潮頭湧高數百尺，越錢塘漁浦，方漸低小。朝暮再來，其聲震怒，雷奔電走百餘里。時有見子胥乘素車白馬在潮頭之中，因立廟以祠焉。」〔註17〕伍子胥之怒是吳王夫差之昏瞶；郁達夫之怒是妻子王映霞之失身（「一飯論交竟自媒。」《毀家詩紀》之十二），更何況還是在日寇入侵國之將亡的時候。郁達夫在前線勞軍，妻子則紅杏出牆，兩恨並一恨，兩仇並一仇。他把屈原的憂憤國事沉於汨羅，與伍子胥的素車白馬立於潮頭合寫，以抒發自己熊熊鬱怒之火。此時的郁達夫倒真是一個「浙水潮頭的豪士」了。

郁達夫自比的另一個具有豪氣的人是東漢末年的陳登。《三國志·魏書·陳登傳》：「許汜與劉備並在荊州牧劉表坐，表與備共論天下人。汜曰：『陳元龍湖海之士，豪氣不除。』」元龍即陳登字。許汜說陳登「豪氣不除」是說他粗豪無禮，那是他並不真正認識陳登之豪。所以後來劉備說：「若元龍文武膽志，當求之於古耳，造次難得比也。」裴松之注引《先賢行狀》又曰：「登忠亮高爽，沉深有大略，少有扶世濟民之志。」〔註18〕這樣一個豪雄之士，郁達夫早年即欽慕不已。《晴雪園卜居》：「元龍好據胡床臥，徐福真成物外遊。」《正月六日作》：「飄零湖海元龍老，只合青門學種田。」這兩首詩均作於 1916

〔註16〕郁達夫：《「文人」》，《郁達夫全集》第 3 卷，第 369 頁，杭州：浙江大學出版社 2007 年版。
〔註17〕李昉等編：《太平廣記》第 6 冊，第 2315 頁，北京：中華書局 2003 年重印。
〔註18〕陳壽撰，裴松之注：《陳登傳》，《三國志·魏書》上冊，第 157 頁，長沙：嶽麓書社 2002 年版。

年，感歎的是自己高臥胡床，無端老去，不能如陳登那樣有湖海之豪。「十年湖海題詩客，依舊青衫過此橋。」（《乘車赴東京過天龍川橋》，1917年）「十年潦倒空湖海，半世浮沉伴蠹魚。」（《雜感八首》之八，1921年）抒發的也還是這般感情。在這深沉的感歎中，作者是極希望能如陳登而成為「湖海之士」，以展報國的豪情壯志。

三、比其憂國

志士憂國。憂國是志士的壯烈情懷。郁達夫仰慕的憂國志士有晉朝的祖逖、劉琨，唐朝的劉蕡。我們今天熟知的成語「中流擊楫」「聞雞起舞」即出自祖逖與劉琨。二人生當西晉末年，皆力求北伐，收復中原，這正與郁達夫之願合。所以他在詩中常常思祖逖、懷祖逖，欲「起舞」。「南渡中流思祖逖」（《王師罷北征》，1916年），「莫忘祖逖中流楫」（《別戴某》，1919年），「鎮日臨流懷祖逖」（《亂離雜詩》之二，1942年），「衰朽自憐劉越石，只今起舞要雞催」（《胡邁來詩，會有所感，步韻以答》，1944年）。思、懷、不忘，以祖逖自期，可見其雄心。雖暮年衰朽，難與劉琨（字越石）相比，然只要雄雞打鳴仍可聞雞而起舞，體衰志不衰。

劉蕡，是郁達夫最稱許的。「幾年蕭寺夢雙文，今日江南弔碧雲。人面桃花春欲暮，情中我正似劉蕡。」（《張碧雲》，1918年）明以劉蕡自比。詩是祭弔昔日一女友張碧雲，抒發的則是「表明自己志在憂國而不願纏綿於男女之間的私人感情」[註19]。唐朝末年，藩鎮割據，宦官專權。劉蕡應賢良對策，上萬言策，極言當世之弊，痛陳宦官專權之害，語無避諱，慷慨激昂。然主考官屈於權勢，將其黜落。此正與郁達夫應試落第相彷彿。他在1919年9月26日的日記中寫道：「余聞此次之失敗因試前無人為之關說之故。夫考試而欲人之關說，是無人關說之應試者無可為力矣！取士之謂何？」[註20]在詩中，他以劉蕡自比，憤慨於考試制度的黑暗。「父老今應羞項羽，諸生誰肯薦劉蕡。」（《靜思身世，懊惱有加，成詩一首，以別養吾》，1919年）「薄有狂才追杜牧，應無好夢到劉蕡。」（《留別家兄養吾》，1919）無人薦，無好夢，郁達夫寫出了己心之悲涼，直引一千年前的劉蕡為同調。後來，郁達夫還將一己之身的劉蕡化為群體的劉蕡。《三月初九過岳王墓下改舊作》寫於

〔註19〕詹亞園：《郁達夫詩詞箋注》，第208頁，上海：上海古籍出版社2006年版。
〔註20〕郁達夫：《郁達夫全集》第5卷，第13頁，杭州：浙江大學出版社2007年版。

1934 年，是感慨時事之作。「蟲沙早已喪三鎮，猿鶴何堪張一軍。河朔奇勳歸魏絳，江南朝議薄劉蕡。」東三省早已喪失，而朝廷的大員還在非議愛國的志士劉蕡們。劉蕡形象既有自己，又有眾士，這是一個集合的愛國之士的形象。

郁達夫在後期的詩作中，提到的志士，尚不止這幾個，而以伍子胥、蘇武、陳登、祖逖、劉蕡、謝翱，郁達夫自喻自況尤切。郁達夫並不想以一文士自甘，他的以歷史上的志士自效，正是想自己做一名志士。誠如他自己所說：「以風雅來維持氣節，使鄭所南、黃漳浦的一脈正氣，得重放一次最後的光芒。」〔註21〕

第三節　英雄形象

郁達夫有英雄情結，常以英雄人物自效，尤其是歷史上的那些民族英雄，他過墳而謁，見祠而弔，那種敬仰、敬慕、敬佩之情，於詩中沛然而出。

一、肯定中的自效

漢代的李廣、竇憲，南宋的岳飛、文天祥，明朝的戚繼光、史可法，郁達夫都充分肯定他們的功業，並欲以他們為榜樣而效法之。「自願馳驅隨李廣，何勞叮囑戒羅敷。」（《毀家詩紀》之十三，1938 年）「男兒要勒燕然石，忍使臨歧淚滿襟。」（《七夕行裝已具，邀同學數人小飲於室，王一之有詩踐行，依韻和之》，1920 年）前言要學西漢的李廣，馳騁疆場，「為國家犧牲一切」（此詩之後的注文）；後言要學東漢的竇憲，勒石燕然山，為國建功立業。雖用人物典，言說自己志。

《於山戚公祠題壁》（1936 年）、《遊於山戚公祠》（1937 年）是祭弔明代抗倭英雄戚繼光之作。因有感於時事，「舉國盡聞不抵抗」，希望「但使南疆猛將在，不教倭寇渡江涯」。郁達夫於「七七事變」後奔赴前線，投身抗戰，跡繼南塘。其《前線不見文人》（1938）：「誰繼南塘征戰跡？二重橋上看降旗。」南塘是戚繼光的號。詩是問句，卻實在明志。《史公祠有感》（1928 年）是弔明末抗清英雄史可法，盛讚他「史公遺愛滿揚州」。

郁達夫對岳飛、文天祥借用自況較多。詩寫到岳飛的有十多處，從 1917 年到 1941 年皆有所作。以謁墓為題的即有《謁岳墳》（1917 年）、《過岳墳有

〔註21〕郁達夫：《記閩中的風雅》，《郁達夫全集》第 3 卷，第 263 頁，杭州：浙江大學出版社 2007 年版。

感時事》（1932 年）、《三月初九過岳王墓下改舊作》（1934 年）等三首。第一首「我亦違時成逐客，今來下馬拜將軍。與君此恨俱千古，擬賦長沙弔屈文。」以己之「逐客」與飛之被陷相同而對岳飛因「莫須有」罪名遇害表示憾恨。後兩首皆是有感時事之作，借謁岳飛墓批判國民黨政府的投降賣國。郁達夫慕其人而佩其語。《宋史・岳飛傳》：「飛大喜，語其下曰：『直抵黃龍府，與諸君痛飲爾！』」〔註 22〕此一句豪壯之語郁達夫在詩中反覆引用。「拼成焦土非無策，痛飲黃龍自有期。」（《聞魯南捷報，晉邊浙北迭有收穫，而南京傀儡登場》，1938 年）「烽火南寧郡，頻傳捷報來。……敢辭旨酒賜，痛飲盡餘杯。」（《庚辰元日聞南寧捷報，醉胡社長宅，和益吾老人〈歲晚感懷〉原韻》，1940 年）「黃龍痛飲須臾事，佇待南頒報捷辭。」（《祝中興俱樂部兩週年紀念》，1940 年）「六十年間教訓多，從頭收拾舊山河。預期直搗黃龍日，再誦南山祝壽歌。」（《馮煥章先生今年六十，萬里來書，乞詩為壽，戲效先生詩體》，1941 年）在這些詩句中，有著郁達夫的壯烈情懷與自我英雄的形象。對岳飛千古不朽的詞作《滿江紅》（怒髮衝冠）郁達夫或用其句，如前引之「從頭收拾舊山河」；或仿用其韻，如「福州於山戚武毅公祠新修落成。於社同人廣徵紀念文字，為填一闋，用岳武穆原韻」，也即《滿江紅》詞（1936 年）。這是以英雄岳飛之詞韻寫英雄戚繼光之祠成，兩詞不朽，人也不朽。贊的是英雄，己也不愧英雄。既自己以英雄自期，那麼若報國無門則「爛醉西泠岳墓前」（《酒後揮毫贈大慈》，1933 年），若是死也要與英雄相伴。郁達夫對自己最後的歸宿，即是要「駕冢終應傍岳墳」（《毀家詩紀》之十）。

　　郁達夫在生命的最後三年，當流亡蘇島期間，因境況與抗元英雄文天祥相似，故以文天祥自比：「伶仃絕似文丞相，荊棘長途此一行。」（《初抵望嘉麗贈陳長培》，1942 年）自己在流亡中荊棘長途備歷艱險正與文天祥《指南錄後序》所描述同。即使是海行風浪，千難萬難，郁達夫仍然保持著自信與樂觀。「草木風聲勢未安，孤舟惶恐再經灘。……長歌正氣重來讀，我比前賢路已寬。」（《亂離雜詩》之十二，1942 年）文天祥的《過零丁洋》「惶恐灘頭說惶恐，零丁洋裏歎零丁」簡直就是為一千年後的郁達夫所寫；而其流傳千古的《正氣歌》則不僅激蕩著郁達夫的巍巍正氣，也成為他最後生命戰鬥不息的精神力量。

〔註 22〕脫脫等撰：《岳飛傳》，《宋史》第 33 冊，第 11390～11391 頁，北京：中華書局 1997 年版。

二、韓信與項羽

韓信與項羽雖皆是大人物，一是淮陰侯，一是楚霸王，郁達夫不用此點，僅把他們當作失意的英雄來自況。

韓信被劉邦封為淮陰侯，又欲自為齊王，郁達夫則說他「韓信稱王事豈真」（《秋興四首》之二，1916 年），「一笑淮陰是假王」（《窮郊獨立，日暮茫然，顧影自傷，漫然得句》，1919 年），並不稱許。而於他的英雄失志，乞食漂母，多寄同情，而以自比。據《史記·淮陰侯列傳》載：韓信為布衣時，常從人寄食，人多厭之。一次韓信釣於城下，「諸母漂，有一母見信饑，飯信，竟漂數十日，信喜，謂漂母曰：『吾必有以重報母。』母怒曰：『大丈夫不能自食，吾哀王孫而進食，豈望報乎？』」〔註23〕此正是韓信未顯貴之時。郁達夫早年常歎自己有志難申，潦倒失意，也即常比乞食的韓信。諸如「淮陰風骨亦可憐」（《正月六日作》，1916 年），「一飯千金圖報易」（《席間口占》，1916 年），「王孫潦倒在滄州」（《贈姑蘇女子》，1921 年）等等。從寫作時間來看，皆是他留日時期的作品，也即他常在日記、書信中自傷、自怨、自悼的時候，故詩亦如之。此時的郁達夫真是一個青春潦倒的失意英雄。

楚霸王的項羽，在郁詩中，則體現其多面性。除了自比他的失意外，項羽的那種「楚雖三戶，亡秦必楚」的復仇精神，是深深地烙在了郁達夫的心上。有意思的是郁達夫是一文人，卻對粗豪的項羽情有獨鍾。他的第一首詩作於1911 年，時作者才 15 歲，就是寫項羽的。直到 40 年代，項羽形象一直盤旋在他腦中，可謂相伴了一生。郁達夫在詩中用項羽典較一般的人物典要多得多，近 20 處，可分幾類。一是用項羽的《垓下歌》。當郁達夫學業未成，事業未就，或兩試落第時，情感激發，往往以被圍垓下，慷慨悲歌「力拔山兮氣蓋世，時不利兮騅不逝。騅不逝兮可奈何，虞兮虞兮奈若何？」的項羽自比。「今日愛才非昔日，欲歸無計奈卿何？」（《題〈陰符夜讀圖〉後寄荃君》之一，1917 年）此言自己學業未成，尚不能回國。「獄中鈍劍光千丈，垓下雄歌泣數行」（《己未秋，應外交官試被斥，倉促東行，返國不知當在何日》，1919 年）；「來日茫茫難正多，英雄時鈍奈虞何！烏江風緊雲飛夜，咽淚揮鞭發浩歌」（《留別三首──和蝶如韻》之一，1920 年）；「泣數行下，虞兮將奈卿何」（《將之日本別海棠》，1921 年），此直抒考試失敗後壯志難酬的悲憤心情，有似兵敗垓下烏江自刎的項羽。這裡言說的都是自己留日時的心情，另用項羽慷

慨悲歌典則與國事相連，把個人情感擴大至國家。「相逢客館只悲歌，太息神州事奈何！」(《送文伯西歸》，1920 年)「悲歌痛哭終何補？義士紛紛說帝秦。」(《釣臺題壁》，1931 年)「無恨豈宜歌慷慨？有生只合作神仙。」(《題梅魂手冊》，1941 年)「相逢」句言 20 年代軍閥混戰，「中原事已不可為」(即該詩之注)；「悲歌」句憤慨於 30 年代的「中央黨帝」對內鎮壓，對外妥協，而感到如項羽似的「悲歌痛哭」已無補於國事；「無恨」句乃是憤激之反語，在看似冷然的詞色裏，有著灼熱之情。二是用項羽的不返江東事。據《史記‧項羽本紀》：「籍與江東子弟八千人渡江而西，今無一人還，終江東父老憐而王我，我何面目見之？終彼不言，籍獨不愧於心乎？」〔註24〕郁達夫早先說自己是「項王心事何人會，泣上天涯萬里舟」(《西歸雜詠》之十，1917 年)，此與「欲歸無計奈卿何」意同，還是說自己學業未成羞於見鄉里父老。後說「欲返江東無面目，曳尾塗中當死」(《賀新郎》，1938 年)則是說自己蒙受了妻被人占的奇恥大辱，正所謂「縱齊傾錢塘潮水，奇羞難洗」，再無顏面見鄉里父老。此處的以項羽自況尤能見郁達夫自我形象本真的一面。有大愛才有大恨，所謂「情到真時恨亦深」(《出晴雪園賦寄石埭四首》之四)。三是用《項羽本紀》中「楚雖三戶，亡秦必楚」典。郁達夫在抗戰時期，為對日寇，常用此典。抗戰爆發後，郁達夫的母親餓死，長兄被害，妻子遭凌，更有國家的被侵略。國仇家恨集於一身，所以他的對小日本帝國的復仇心正如楚人的欲亡秦，最終亡秦的也確是項羽率領的八千子弟兵。項羽形象在郁達夫後期詩中不再是悲歌「虞兮」的失敗人物，而是誓欲亡秦(也即亡日)的復仇英雄。郁達夫最早的一首詩即是歌頌項羽的率兵亡秦。「楚雖三戶竟亡秦，萬世雄圖一夕湮。聚富咸陽終下策，八千子弟半清貧。」(《詠史三首》之一，1911 年)這是詠史事尚未有以自況，然項羽的英雄形象已定格在郁達夫的心中。此後的日寇來侵，「復楚仇」則屢現於郁詩中。「會稽恥，終須雪。楚三戶，教秦滅」(《滿江紅》，1936 年)；「一成有待收斯地，三戶無妨復楚仇」(《感時》，1938 年)；「閨中日課陰符讀，要使紅顏識楚仇」(《毀家詩紀》之十一，1938 年)；「楚必亡秦原鐵讖，哀能勝敵是奇師」(《祝中興俱樂部兩週年紀念》，1940 年)，這些寫於抗戰後的詩句中，充滿必勝的信念，使我們看到了一個怒火熊熊的郁達夫形象，一個為國家為民族的復仇之神。

誰能說郁達夫僅是一個文弱書生，而不是英雄呢？郁達夫投身抗戰，遠赴

〔註24〕司馬遷：《史記》上冊，第 231～232 頁，上海：上海古籍出版社 1997 年版。

南洋，為國家而戰，為民族復仇，最後犧牲異域，成為一個偉大的反法西斯的民族英雄。

第四節　忠義形象

　　古代的帝王將相很多，郁達夫以之自比的沒有一個。郁達夫無為帝稱王之心，提到秦始皇不是劉邦的「大丈夫當如是」，也不是項羽的「彼可取而代也」，而是貶的，認為他「聚富咸陽終下策」，「萬世雄圖一夕湮」（《詠史三首》之一）。至於魏武帝曹操，郁達夫只是把他當作英雄來看，「天下英雄君與操」（《奉呈曼兄》），「天下英雄唯孟德」（《讀靖陶兄寄舊都新豔秋詩，為題看雲樓覓句圖》），且並非自喻。以之為魏武帝時，則是為了反襯陳琳、阮瑀檄文之力，「相期各奮如椽筆，草檄教低魏武頭」（《感時》）。秦皇魏武尚如此，更不用說劉表劉豫（「景升父子終豚犬，帝豫當年亦姓劉。」《毀家詩紀》之二）、陳叔寶之輩了（「人言叔寶最風流。」《雜感八首》之六）。對歷朝歷代的朝廷大臣宰相，郁達夫雖也偶然提到，也並沒有欲效其輔佐君王去安邦定國以成顯貴。像歷史上最著名的蕭何、曹參、諸葛亮、謝安，郁達夫或用以指代他人（「指揮早定蕭曹計，忍使蒼生血淚殷。」《登雲龍山》），或雖自比而僅一用（「諸葛居長懷管樂，謝安才豈亞伊周？」《新秋偶成》）。郁達夫雖推重李白、杜甫，但他並不想像李白那樣要「申管晏之談，謀帝王之術，奮其智慧，願為輔弼，使寰區大定，海縣清一」（《代壽山答孟少府移文書》）；也不似杜甫的「致君堯舜上，再使風俗純」（《奉贈韋左丞丈二十二韻》）。他更效法自比的除歷史上的英雄志士之外，就是忠臣、義士、與俠士，他對這些人物的敬慕遠勝於所謂的將軍（「將軍原是山中盜，只解營私不解兵。」《雜感》之三）、達官（「忍說神州似漏舟，達官各為己身謀。」）與那些朝臣們（「中朝衰衰諸公貴，亦識人間羞恥否？」《雜感》之四）。

　　申包胥哭秦庭，這是歷史上非常有名的故事，申包胥也成為一代忠臣形象。據《史記·秦本紀》：「吳王闔閭與伍子胥伐楚，楚王亡奔隨，吳遂入郢。楚大夫申包胥來告急，七日不食，日夜哭泣。於是秦乃發五百乘救楚，敗吳師。」〔註25〕郁達夫年幼時就熟讀史記兩漢書（「吾生十五無他嗜，只愛蘭臺令史書。」《自述詩十八首》之十二），對這則故事自是很熟悉的。1919年的

〔註25〕司馬遷：《史記》上冊，第135頁，上海：上海古籍出版社1997年版。

巴黎和會，戰敗國的德國把在我國山東的權益轉讓日本，遂激起轟轟烈烈的「五四愛國運動」。郁達夫在第二天的日記中寫道：「山東半島又為日人竊去，故國日削，予復何顏再生於斯世！今與日人約：二十年後必須還我河山，否則，予將哭訴秦庭求報復也！」〔註26〕此即是他要效法申包胥，以申包胥自比，向日本報復，一片忠誠愛國之心灼然炙人。寫於 1921 年的《雜感》八首是郁達夫一組重要的政治抒情詩，青年郁達夫那副忠誠於國家的形象在此得到完整的體現。在第五首詩中，他再次提到申包胥，直以「忠誠」稱許他。「荒謬幾人稱陸賈，忠誠何處覓包胥？茫茫大陸沉將了，寄語諸公早絕裾。」大陸將沉，忠臣何在？包胥難覓啊！在這裡不難看到郁達夫的以申包胥自比之心。

　　專諸、要離都是春秋時代的吳國人，也都是一時的勇俠之士。在《史記》《吳越春秋》中皆載有他們的事蹟。春秋時，吳國的公子光欲殺吳王僚，伍子胥即向公子光推薦了專諸。吳王僚的十二年，公子光設宴請僚，專諸藏匕首魚腹中進獻，刺殺僚，專諸遂亦為僚左右所殺。王僚既殺，僚的兒子慶忌出奔，吳王又使要離去殺慶忌。要離詐以罪而亡，令吳王戮其妻子，然後投奔慶忌使之不疑。後與慶忌同渡江時，至吳地，刺殺了慶忌，自己也伏劍自殺。郁達夫對這兩人也是贊而欲效之的。《亂離雜詩》之二：「鎮日臨流懷祖逖，中宵舞劍學專諸。」這是他寫於流亡途中，祖國狼煙四起，新加坡又已淪陷，郁達夫與同志乘船渡過馬六甲海峽到荷屬蘇門答臘的保東村潛居。此時形勢危急，己身前途未卜，但郁達夫毫無悲觀失望之意，仍然是要像劉琨、祖逖那樣聞雞起舞，要學專諸那樣手持匕首刺殺日酋。這樣，即使是自己犧牲了，也要「終期埋近要離冢」（《和廣勳先生賜贈之作四首》之四），因為要離乃是人們景仰的烈士（「要離伏劍人爭說」，《秋興四首》之二），東漢高士梁鴻死即葬其旁，自己為國捐軀，也要與烈士並列。前說「駕冢終應傍岳墳」，此說「終期埋近要離冢」，皆是表明心志，以英雄烈士自期。

　　秦朝末年，與劉邦一起起事的尚有田橫。劉邦為漢王，田橫為齊王。然郁達夫不用他為齊王之貴，而用其義不受辱，為義而死的精神。《史記·田橫傳》載：劉邦稱帝後，田橫與徒屬五百餘人入居海島，後應詔與二客詣咸陽。途中對二客說：「橫始與漢王俱南面稱孤，今漢王為天子，而橫乃為亡虜而北面事之，其恥固已甚矣。……且陛下所以欲見我者，不過欲一見吾面貌耳。今陛下

〔註26〕郁達夫：《郁達夫全集》第 5 卷，第 12 頁，杭州：浙江大學出版社 2007 年版。

在洛陽，今斬吾頭，馳三十里間，形容尚未能敗，猶可觀也。」﹝註27﹞遂自剄。島上五百餘人聞其死，亦皆慕義自殺。郁達夫也以之為義士。「萬斛濤頭一島青，正因死士義田橫。」（《青島雜事詩十首》之一）青島（指青島市南青島灣中之小青島，亦名琴島）本來名不見經傳，正因為俗傳田橫率五百義士居其上為義而死，而島常青。郁達夫用田橫典，多與時事有關。或感於國內紛爭，兄弟操戈，而思義士，「西風落日弔田橫」（《王師罷北征》，1916 年）；或感於世亂不清，有才難用而「欲向田橫放厥聲」（《客感寄某兩首》之二，1918 年）；或激於東北喪失山河破碎，痛心於「可憐五百男兒血，空化田橫島上云」（《三月初九過岳王墓下改舊作》，1934 年）。郁達夫不像前面用人物典時多以自比，對田橫作出的乃是肯定性的評價——「義」。在這「義」的肯定性評價中，可見郁達夫的情感傾向與自我心理期待。

郁達夫的忠在於忠於國家，郁達夫的俠（勇）在於投身抗戰，郁達夫的義在於獻身民族。這是大忠大勇大義，也即是郁達夫的大愛——「予有一大愛焉，曰：愛國。」

第五節　隱士形象

「究竟還是上北京去作流氓去呢？還是到故鄉家裏去作隱士？」﹝註 28﹞事實是郁達夫既沒有去作流氓，也沒有去做隱士，他是實實在在活在人間，實實在在喝酒、作詩寫文章。在詩裏，他倒是提到了不少隱士，上古時代的巢父、許由，商周時代的伯夷、叔齊，春秋時代的范蠡，直到秦漢以後的邵平、嚴君平、嚴光、梁鴻、孟光、王霸妻、張翰……郁達夫對他們都很稱許，很敬慕，常以自比。郁達夫一生都是積極入世的，尤其是抗戰後更是以國家民族為己任。但郁達夫確又有很濃厚的隱逸思想，這早在他青年時代就有所流露。如1916 年的《正月六日作》：「飄零湖海元龍老，只合青門學種田。」又《寄曼陀長兄》：「問說求田君意定，富春江上欲相尋。」1917 年的《春江感舊》之三：「亦知金屋謀非易，擬向漁樵託此生。」但畢竟還是「我亦好名同老子，函關東去更題詩」（《自題〈乙卯集〉二首》之二，1916 年），即便是「中年亦具逃禪意」，也還有「兩事何周割未能」（《丁丑春日，偕廣洽法師等訪高僧弘一於

﹝註27﹞司馬遷：《史記》下冊，第 2020～2021 頁，上海：上海古籍出版社 1997 年版。
﹝註28﹞郁達夫：《海上通信》，《郁達夫全集》第 3 卷，第 65 頁，浙江大學出版社 2007年版。

日光岩下，蒙贈以〈佛法導論〉諸書，歸福州後，續成長句卻寄》，1937 年）。郁達夫在隱與仕之間，還是選擇了仕，即做官，但官在郁達夫的字典裏即「做事」，那又何以解釋他在詩中那麼傾心於那些隱士呢？先看看他是如何用隱士之典與自況的。

一、比況巢許

　　巢父、許由是郁達夫特別贊許的。這兩個古堯帝時候的隱士以其高潔的形象為後代的隱士們所效法。晉朝皇甫謐的《高士傳》說，許由聽到堯要把天下讓給他，就退隱到了箕山之下。堯又要召他為九州長，許由覺得聽了這話是污了自己的耳朵，趕緊到潁水濱去洗耳。而巢父則比許由更高一些。許由洗耳，當時巢父止在飲牛：「問其故，對曰：『堯欲召我為九州長，惡聞其聲，是故洗耳。』巢父曰：『子若處高岩深谷，人道不通，誰能見子？子故浮游，欲聞求其名譽。污我犢口。』牽犢上流飲之。」〔註29〕這麼兩個人，古人是把他們當作高潔的象徵的。而梅花則是人所共知的，郁達夫以人比花，「花中巢許耐寒枝，香滿羅浮小雪時」（《題悲鴻畫梅》）。把梅花當作是百花中的巢父許由，其潔可知。郁達夫於花中特愛梅花，他的最後一首詩即是《題新雲山人畫梅》（1945 年）：「難得張郎知我意，畫眉還為畫梅花。」郁達夫在祖國陸沉友人附逆的濁亂之世，以高潔的梅花自勵，也即有以巢、許自比了。這種自比還是隱性的，在另外兩首詩中就顯性了。《讀唐詩偶成》（1920 年）：「生年十八九，亦作時世裝。而今英氣盡，謙抑讓人強。但覺幽居樂，千里來窮鄉。讀書適我性，野逕自迴翔。日與山水親，漸與世相忘。古人如可及，巢許共行藏。」此詩有陶風，若放在陶集中，人們似也不覺。這也是郁達夫詩中最具隱逸思想的一首詩。若考察他此前此後的境況，則隱逸不過是說讀書適性，幽居之樂，從「而今英氣盡，謙抑讓人強」仍可看出他心中的不平。因為在此前不久，他回國參加外交官、高等文官考試落第，還在憤怒於「士生季世多流竄」（《歲暮感憤》，1919 年），感歎「學書學劍事難成」（《和某君》，1920 年），而這裡欲與「巢許共行藏」，明以巢許自比，則隱含著對世道不公社會黑暗的譴責。郁達夫遠行南洋，亦曾以許由自比。「誰分倉皇南渡日，一瓢猶得住瀛洲。」（《關君謂升旗山大似匡廬，因演其意》，1939 年）據東漢蔡邕《琴操》，許由喝水

〔註29〕皇甫謐：《高士傳‧許由》，第 14 頁，上海：商務印書館民國二十六年六月出版。

「無杯器，常以手捧水。人以一瓢遺之。由操飲畢，以瓢掛樹」〔註30〕。郁達夫用此典而自比許由。言似說欲隱仙山，意實深含隱痛。郁達夫的遠赴星洲，其中有一個原因，即妻被人占的恥辱，「如非燕壘來蛇鼠，忍作投荒萬里行」（《珍珠巴剎小食攤口占，和胡邁詩原韻》，1940年），故欲避而走之。他把自己的「南渡」隱與南唐的李煜的「辭廟」相提並論。李煜亡國後感歎「最是倉皇辭廟日」（《破陣子》），郁達夫受辱後傷心「誰分倉皇南渡日」，那麼他這裡的以許由自比就不是真的要隱，而是避辱守潔的表示了。前面提到的《題悲鴻畫梅》就把這意思說白了。先以巢、許喻梅後，接著說「各記興亡家國恨，悲鴻作畫我題詩」，南來原有家國之恨在焉。

二、比況范蠡

　　春秋吳國的范蠡是一個功成身退的典型。他助越滅吳，然後經商致富，人稱陶朱公；又攜美女西施泛舟五湖而隱。這可以說是中國古代多少文人都很心嚮往之的。郁達夫用范蠡典比較多，或言己窮，乏資婚娶當為陶朱公所笑（「鴟夷應笑先生拙，難買輕舟泛五湖。」《留別三首》之二）；或以他人比范蠡之富（「難得半閒還治產，五湖大業比陶朱。」《題友人鄭泗水半閒居》）；或言己之南行是為抗戰宣傳而非范蠡之隱（「投荒大似屈原遊，不是逍遙范蠡舟。」《前在檳城，偶成俚句，南洋詩友，和者如雲。近有所感，再疊前韻，重作三章，郵寄丹林，當知余邇來心境》之三）。這幾例都無自比之意，只有用到與孫荃、王映霞、李筱英、何麗有的關係時，才用范蠡的功成身退，泛舟五湖，而以范蠡自比，以美女西施比以上四人。孫、王、李、何是郁達夫生命中四個重要的女性。孫荃是他的結髮之妻，剛一結婚，他就欲與孫偕隱了。「一樣傷心悲薄命，幾人憤世作清談。何當放棹江湖去，淺水蘆花共結庵。」青春方盛，何以欲此呢？詩題可以看出，《新婚未幾，病虐勢危，斗室呻吟，百憂俱集。悲佳人之薄命，嗟貧士之無能，飲泣吞聲，於焉有作》。兩試未成，新婚而病，既悲佳人，又嗟貧士，人世可憤，不如「放棹江湖」，以傚范蠡了。與王映霞相愛，也是如此，當熱戀之中，他就欲「偕隱」了。「朝來風色暗高樓，偕隱名山誓白頭。好事只愁天妒我，為君先買五湖舟。」（《寄映霞二首》之一，1927年）一詩用了兩個典。「偕隱名山」用東漢高士梁鴻孟光夫妻隱居典，而末句

〔註30〕李昉編纂，孫雍長、熊毓蘭校點：《太平御覽》第7卷，第143頁，石家莊：河北教育出版1994年版。

則是用范蠡典。郁達夫有愛情至上主義的傾向，他的愛王映霞真是轟轟烈烈驚天動地，可與徐志摩的愛陸小曼相媲美，他的《日記九種》就是寫給王映霞的，人稱「戀愛的聖經」。除日記、書信外，郁達夫寫給王映霞的詩也不少，而這是給王映霞的第一首詩，就隱然的把中國古代四大美女之首的西施來比王，可見其愛之深，一見即愛，一愛欲隱，其意為何呢？詩寫於 1927 年，正是郁達夫從廣州回滬整頓創造社之時。他的南下本欲想有一番作為，去了一看才知那是「一種齷齪腐敗的地方」〔註31〕，於是寫了一篇《廣州事情》，對這個所謂的「革命策源地」裏的黑暗加以揭露，遂引起創造社的郭沫若、成仿吾對他的不滿。社會政治的「齷齪腐敗」，同一戰壕裏的友人責難，使得郁達夫倍感傷心。正在這時他遇到了他生命的救星王映霞，在絕望中看到生命的曙光。他掉入愛河，覺得「目下在這個世界上最親近的就是我和你兩個人了」〔註32〕，「我們應該生在愛的中間，死在愛的心裏，此外什麼都可以不去顧到」〔註33〕。因而他在詩裏說欲為王映霞「先買五湖舟」，然後共隱，實是對腐敗社會的逃避與對美好的愛情生活的追求。郁王離異後，郁達夫在新加坡愛上了李筱英。《亂離雜詩》作於流亡途中，其中的前幾首就是寫給李筱英以寄託思念的。第二首的尾聯：「終期舸載夷光去，鬢影煙波共一廬。」夷光即西施，以指代李筱英。《亂離雜詩》是一組抒懷述志之作，其第十一首的「一死何難仇未復，百身可贖我奚辭？會當立馬扶桑頂，掃雪犁庭再誓師」，充滿了壯烈的情感。因而他的載李共隱乃是對抗日戰爭勝利的期盼與勝利後對美好寧靜生活的嚮往。但他與李筱英終於沒有走到一起，遂在流亡途中為避日寇之疑而與馬來女子何麗有結婚。在日寇環伺的情勢下，他仍不失信心與壯志，「贅秦原不為身謀，攬轡猶思定十州」，渴盼著「何日西施隨范蠡，五湖煙水洗恩仇」（《無題四首，用〈毀家詩紀〉中四律原韻》之三）。

從整個的郁達夫用范蠡典，以范蠡自況來看，他不比范蠡的滅吳與致富，而獨重其與西施的泛舟偕隱。范蠡是真隱，郁達夫則是借隱以寄託。無論是欲與孫荃的「放棹江湖去」，還是欲為王映霞「先買五湖舟」，抑或是欲與李筱英

〔註31〕郁達夫：《郁達夫全集》第 5 卷，第 60 頁，杭州：浙江大學出版社 2007 年版。

〔註32〕郁達夫：《致王映霞》，《郁達夫全集》第 6 卷，第 137 頁，杭州：浙江大學出版社 2007 年版。

〔註33〕郁達夫：《致王映霞》，《郁達夫全集》第 6 卷，第 142 頁，杭州：浙江大學出版社 2007 年版。

的「煙波共一廬」，都是對未來生活的憧憬。郁達夫有隱的思想，更有士的情懷。這個士不是隱士，而是英雄志士之士，忠勇義士之士。當「西施隨范蠡」之日，那「五湖煙水」不是放棹歸隱之處，而是用來一「洗恩仇」的。此情此懷非有大忠大勇大志之士而不能為。

三、比況嚴陵

郁達夫很以「家在嚴陵灘上住」而自豪。嚴陵即嚴子陵，東漢的著名隱士。因他與光武帝劉秀是同學，劉秀做了皇帝，請他出來做官，他堅辭歸隱而名亦高。《後漢書·嚴光傳》是這樣說的：「嚴光字子陵，一名遵，會稽餘姚人也。少有高名，與光武（劉秀）同遊學。及光武即位，乃變名姓，隱身不見。……乃耕於富春山，後人名其釣處為嚴陵瀨焉。」〔註34〕郁達夫也是富春（今名富陽）人，所以說是「家在嚴陵灘上住」。富春因嚴陵之高而名更彰，嚴陵也因富春之美而名更顯。郁達夫愛故鄉，亦愛鄉賢之品節。在郁達夫的心理世界，富春江（山）與嚴陵灘是一體的，是富美與高潔的象徵。所以自比嚴子陵，也不是有意去隱，而是藉以抒發對家鄉的懷念。這種懷念之情在他初到日本留學時表現得尤其強烈。「望空鄰上新徵詔，憶殺春江舊釣臺」（《初秋客舍二首》之一，1915 年），「我欲乘風歸去也，嚴灘重理釣魚竿」（《無題三首》之三，1916 年），可見其思鄉念鄉之情切。思念不足而為夢，於是而有《夢登春江第一樓嚴子陵先生釣臺，題詩石上》（1916 年）之作。1918 年，他作《自述詩》十八首，以概其早年的學業經歷，其第四首即以嚴陵代家鄉。「家在嚴陵灘上住，秦時風物晉山川。碧桃三月花如錦，來往春江有釣船。」詩後注曰：「家住富春江上，西去桐廬則嚴先生垂釣處也。」他一再提到嚴陵而以先生尊崇之，正是仰慕其高品潔行。宋范仲淹的《桐廬郡嚴先生祠堂記》說嚴子陵「先生之心，出乎日月之上」，光耀宇宙。並作歌曰：「雲山蒼蒼，江水泱泱，先生之風，山高水長！」〔註35〕郁達夫即以之來勵己。不僅如此，他還欲與嚴子陵共隱共醉，「曾與嚴光留密約，魚多應共醉花陰」（《為劉開渠題畫》，1935 年），嚴陵不再是千多年前的隱士，而是現代一個熱愛生活的人了。郁達夫賦予了他以今人生命。是的，一個品行高潔的人正是我們這個時代所需要的。而這裡的嚴子陵不正是郁達夫自己嗎？

〔註34〕范曄撰：《後漢書》下冊，第 1206～1207 頁，長沙：嶽麓書社 1994 年版。
〔註35〕范仲淹：《范仲淹全集》上冊，第 164～165 頁，南京：鳳凰出版社 2004 年版。

　　郁達夫說：「名義上自然是隱士好聽，實際上終究是漂流有趣。」〔註36〕言下之意是他並不想去做隱士。事實上，郁達夫也並沒有真的去做逃離社會的逸民。那麼，他在詩中企慕隱士究是何為呢？隱士到底是一種什麼樣的人呢？「隱士是以不仕為自己身份特徵，以追求精神的獨立和超越作為理想境界。同時，隱士還是一種形象，在中國人的心目中，他們所具備的飄逸、瀟灑、清高、淡泊，都成為中國文化傳統中獨具意義的品格，為世人所仰慕。」〔註37〕郁達夫所仰慕的正是他寫到的隱士身上所具有的那種境界與品格。從他對隱士的自比裏我們看到了郁達夫又一面的形象，他的欲隱是憤於世濁世亂世暗；他的欲隱是希望海晏河清與國家太平；他的欲隱是期盼抗戰早日勝利，人民（也包括自己）得以安居；他的欲隱是憧憬嚮往美好寧靜社會的早日實現；他的欲隱小而言之是熱愛家鄉，大而言之是熱愛祖國山河的詩性表達。因而，郁達夫的隱士形象，「隱」是其表，而「士」，一個真正的愛國志士，才是其真實的面目。

　　有人說郁達夫的詩是「獺祭」，這是譏諷他的詩用人物典太多。這是沒有讀進去，沒有讀懂詩。當然就不會理解郁達夫。孫席珍說：「達夫用典精工自然，毫無矯飾。」〔註38〕還是符合實際的。郁達夫用典是借人喻己以明志，並非在矜才炫博，雖有微瑕而不掩瑜。綜觀郁達夫的用典有以下幾個特點。一是人物眾多。除了以上論列的幾類形象外，尚有帝王、丞相、俠士、名士、辯士、儒士、仙人、道人、女性等各類多達一二百名，有時一首詩就用上好幾個人，不免微傷詩意。二是自比適己。人物雖多，但有的有自比，有的則沒有。古代的各個人物也有其各不相同的側面，郁達夫用以自比的只是取其適合自己的一面。如項羽、韓信取其失志，楚臣申胥取其忠誠，大夫范蠡取其退隱，隱士嚴陵取其高潔等。這些不同的側面的組合，就構成了郁達夫的一個完整的形象。三是取喻主導。即取歷史人物身上的主導面以自比自況。如屈原取其憂時傷世，蘇武取其持守節操，陳登取其英氣豪縱，陳琳取其草檄軍書，（陸）機（陸）雲取其才華橫溢，劉蕡取其忠直，文天祥取其正氣等等。當郁達夫在用這些人物典凸顯其性格的主導面時，似乎這些千年前的人物

〔註36〕郁達夫：《海上通信》，《郁達夫全集》第 3 卷，第 65 頁，杭州：浙江大學出版社 2007 年版。

〔註37〕馬華、陳正宏：《隱士生活探秘》，第 16 頁，濟南：山東文藝出版社 1992 年版。

〔註38〕孫席珍：《懷念郁達夫》，見陳子善、王自立編：《回憶郁達夫》，第 83 頁，長沙：湖南文藝出版社 1986 年版。

在郁達夫詩中又復活了，而郁達夫自己也立體化了。那麼，郁達夫自身究竟是怎樣一個形象呢？

在本章的開頭引用了郁達夫的一個自我評價：「我是一個作家，不是戰士。」他對徐志摩，對史沫特萊都這樣說過。這實在是他的自謙。他的社會活動，他的前線勞軍，他的遠赴南洋，他的投身抗戰等諸多實際行動，已經實實在在證明了他是一個戰士。那麼從他的詩詞所用的諸多歷史人物典來看，則郁達夫的形象是一體多面而又統一於他一身的。他首先是個文士，同時他又是一個志士、英雄、義士與隱士，當然這個隱士是個「所重在於其志，在於其道，堅守志道」〔註39〕的隱士。過去，有人說過郁達夫性格的複雜性，其實，若從另一個角度來看，則是郁達夫性格具有豐富性。他把中國古代知識分子身上眾多的分散之點，都集合到了一己的身上，以至人們看不太清楚他，甚至誤解了他，更有戴著有色眼鏡看壞了他。這是郁達夫的不幸，更是這個民族的不幸。中國人的看人多裝出一副假道學偽君子的面孔，動輒以所謂的「人品不端」以定人罪，彷彿一聲色俱屬定人不端，就立馬顯得自己多麼正經似的，其實正是欲以掩蓋自己的「男盜女娼」罷了。而郁達夫呢，正如郭沫若所說：「他那大膽的自我暴露，對於深藏在千年萬年的背甲裏的士大夫的虛偽，完全是一種暴風雨式的閃擊，把一些假道學、假才子們震驚得至於狂怒了。為什麼？就因為有這樣露骨的真率，使他們感受著作假的困難。」〔註40〕郭沫若是評價其小說，也同樣可以用來論其詩。因為蘇雪林所寫的《文壇話舊——黃色文藝大師郁達夫》一文就說到：「談到郁氏的舊詩，……其實並不恭維」〔註41〕，然後對其一首詩批得一無是處。批其詩實是批其人。郁達夫在蘇雪林等人眼裏不過是「黃色文藝大師」。但我們全面觀照郁達夫的詩，全面考察郁達夫所用自況的人物典，即不難看出蘇氏所論之非。

郁達夫不僅是一個傑出的文士，還是一個偉大的戰士，一個忠於國家獻身民族的英雄志士。這就是我們從郁達夫所用歷史人物典以自比而認識的郁達夫的自我形象。

〔註39〕馬華、陳正宏：《隱士生活探秘》，第30頁，濟南：山東文藝出版社1992年版。

〔註40〕郭沫若：《論郁達夫》，見陳子善、王自立編：《回憶郁達夫》，第3頁，長沙：湖南文藝出版社1986年版。

〔註41〕蘇雪林：《黃色文藝大師郁達夫》，轉引自趙壽珍《漫談郁達夫詩》，見陳子善、王自立編：《郁達夫研究資料》，第172頁，廣州：花城出版社，香港：三聯書店1986年版。

第二章 女性人物典與情意指向

郁達夫的舊體詩詞有六百餘首，以七絕為主，律詩次之，體制上十分短小，既沒有屈原《離騷》型長篇抒情詩，也沒有白居易《長恨歌》那樣的長篇敘事詩，因而不以塑造人物形象為重心。但郁詩卻大量地借用人物，以這些人物在歷史文化的衍變中已經凝定的意義，指向自己所欲言又不宜直言的人事。這種意指功能極大地增強了詩歌的意蘊，使得詩歌更含蓄更有韻味，並構成郁達夫詩歌創作的鮮明特色。分析郁達夫所借用的人物，由此深入郁達夫的情感世界，探索其對女性的態度，以及在方法上，繼承《離騷》「美人香草」的意象傳統，這是郁達夫詩歌研究的一個新的課題。

第一節　人物之類型與指代

郁達夫詩詞中借用的女性人物之多，在其他詩人的詩作中是很少見的，借用的人物類型又是多方面的。既有神話傳說中的人物，又有文藝作品中的人物，更多的是歷史上常見的人物。對這些人物若做分類，則有：

一、仙女型

（一）麻姑

女仙名。晉葛洪《神仙傳·麻姑》：「漢孝桓帝時，神仙王遠，字方平，降於蔡經家……即令人相訪麻姑。……麻姑至，蔡經亦舉家見之，是好女子，年十八九許，於頂中作髻，餘髮垂至腰。其衣有文章，而非錦綺，光彩耀目，不可名狀。……麻姑鳥爪，蔡經見之，心中念言，背大癢時，得此爪以爬背，

當佳。……宴畢，方平、麻姑命駕，昇天而去……」﹝註1﹞郁達夫於詩中多次提到麻姑，但並非以之為詩中歌詠之對象，而是借用而有所指向。《日本謠十二首》之二：「憐他如玉麻姑爪，才罷調箏更數錢。」這是寫一個彈箏女子，演技很精妙，借麻姑鳥爪讚美女子手指纖細。《西湖雜詠三首》之二：「荷風昨夜涼初透，引得麻姑出蔡家。」此詩後有注：「湖上仕女，乘晚涼出遊者頗眾。」故這裡的麻姑乃是比湖上乘涼的游女。《舒姑屏題壁》：「桐柏峰頭別起廬，飛昇人共說麻姑。」這是借麻姑飛昇以言舒姑屏山乃是仙境，舒姑與麻姑，兩姑巧合。《庚辰冬錄舊作小遊仙詩贈浪漫兄》：「只因曾與麻姑約，爭摘黃精一寸根。」詩題「遊仙」，乃是借神仙故事寫男女之情，故此處麻姑非實有所指。

（二）雲英

女仙名。唐裴鉶《傳奇‧裴航》述唐長慶中，秀才裴航舉試未中，於藍橋驛遇美女雲英，「露裛瓊英，春融雪彩，臉欺膩玉，鬢若濃雲，嬌而掩面蔽身，雖紅蘭之隱幽谷，不足比其芳麗也」﹝註2﹞。於是裴欲向她求婚，她的祖母提出條件，要裴航以玉杵臼為聘禮，方能應允婚事。裴無聘禮，以搗藥百日以代，得以為眷屬，方知其為女仙。雲英在郁達夫詩中亦頻頻出現，也都就原故事內容而有不同指向。《日本謠》十二：「十五雲英初見世，猶羞向客喚檀郎。」詩後注曰：「吉原初見世。」此詩寫日本女伎吉原，以雲英指代其年少貌美。《犬山堤小步，見櫻花未開，口占兩絕》之一：「一種銷魂誰解得？雲英三五破瓜前。」這是以人喻花，以十五歲的雲英比喻未開之櫻花，美豔令人銷魂。《亂離雜詩》之一：「終欲窮荒求玉杵，可能苦渴得瓊漿？」這裡的「玉杵瓊漿」是用雲英祖母要裴航以玉杵臼為聘禮事，並裴航的詩句：「一飲瓊漿百感生，玄霜搗盡見雲英。」郁詩中用事未用人，是暗以雲英比郁達夫的女友李筱英。但在此組詩之九中有「為訪雲英上玉京」加以點明。

二、美女型

（一）西施

春秋末越國人，中國古代最有名的美女之一。初在若耶溪浣紗，越王句踐敗於會稽，用范蠡謀，獻之於吳王夫差，相傳吳亡後復歸范蠡，泛五湖而去。

﹝註1﹞李昉等編：《太平廣記》第2冊，第369～370頁，北京：中華書局2003年重印。

﹝註2﹞元稹等著：《唐宋傳奇》，第216頁，北京：華夏出版社2015年版。

郁達夫於詩中或用以為喻，或用其美貌，或用其隱去。《西湖雜詠》之一詩注：「西湖面目近來大有移變，西子凌波，亦作時世變矣。」這是從蘇軾的「欲把西湖比西子」（《飲湖上初晴後雨》）而來，即以西施（西子）比喻西湖。《無題——效李商隱體》之一：「錦樣文章懷宋玉，夢中鸞鳳惱西施。」這是以西施比結髮妻子孫荃，寫自己與孫荃結婚後親暱和愛，夢中的妻子比西施還美，使得西施著惱而生嫉妒。《亂離雜詩》之二：「終期舸載夷光去，鬢影煙波共一廬。」夷光即西施，這裡指代郁達夫的女友李筱英。言抗戰勝利後欲與她學范蠡西施一樣泛湖共隱。《無題四首，用〈毀家詩紀〉中四律原韻》之三：「何日西施隨范蠡，五湖煙水洗恩仇。」此處意同上例，然指代不一，西施指代郁達夫第三任妻子何麗有。

（二）羅敷

相傳為戰國時趙國邯鄲女，姓秦，趙士家令王仁之妻，採桑陌上，趙王登臺，昇而欲奪之，不願，乃作《陌上桑》詩以明志，趙王乃止。古辭《陌上桑》：「日出東南隅，照我秦氏樓。秦氏有好女，自名為羅敷。」〔註3〕「好女」即美女。郁達夫於詩中均以羅敷指代不同的人。《由柳橋發車巡遊一宮犬山道上作》之二：「麥苗蒼翠柳條黃，倒掛柔枝陌上桑。」「陌上桑」即羅敷所作《陌上桑》詩，隱指羅敷，又以採桑陌上的羅敷指代日本一宮犬山一帶的採桑女子，贊其美而愛勞動。《七月十二夜見某，十六日上船，十七日有此作即寄》之一：「許儂赤手拜雲英，未嫁羅敷別有情。」「雲英、羅敷」均指代郁達夫未婚妻孫荃。「赤手拜雲英」用以玉杵臼為聘禮事，見前。《自述詩》之九：「一失足成千古恨，昔人詩句意何深。廣平自賦梅花後，碧海青天夜夜心。——附注：羅敷陌上，相見已遲。與某某遇後，不交一言。」郁達夫少時曾暗戀一趙家的少女〔註4〕，詩即記此，以羅敷指代「某某」，「某某」隱指趙家少女。《留別梅濃》：「莫對菱花怨老奴，老奴情豈負羅敷。」羅敷指代日本女子梅濃。《毀家詩紀》之十三：「自願騎驢隨李廣，何勞叮囑戒羅敷。」以羅敷指代郁達夫第二任妻子王映霞，著意「戒」字頗含深意。《無題四首，用〈毀家詩紀〉中四律原韻》之二：「故國三千來滿子，瓜期二八聘羅敷。」以羅敷指代自己流亡蘇門答臘時新婚的妻子何麗有。

〔註3〕逯欽立輯校：《先秦漢魏晉南北朝詩》上冊，第259頁，北京：中華書局1983年版。

〔註4〕于聽：《郁達夫風雨說》，第71頁，杭州：浙江文藝出版社1991年版。

（三）莫愁

南朝梁洛陽人。梁武帝蕭衍《河中之水歌》：「河中之水向東流，洛陽女兒名莫愁。莫愁十三能織綺，十四採桑東陌頭，十五嫁為盧家婦，十六生兒字阿侯。」〔註5〕又為唐復州競陵人，善歌謠，有《莫愁樂》。郁達夫於詩中或用其人，或用其歌。《佩蘭雅集，予不果往，蝶如君意予赴會也，寄詩至，和其三》之二：「何日江城吹玉笛，共君聽唱莫愁歌。」「莫愁歌」即《莫愁樂》，然此處乃是用字面意，無所指代，意謂因未能參加佩蘭詩社的雅集，很遺憾，何日再有此會，一定參加就沒有遺憾（莫愁）了。《春江感舊》之一：「泥落可憐雙燕子，低飛猶傍莫愁家。」又同題之二：「仙山春夢記前遊，不把忘情怨莫愁。」「莫愁」即「十五嫁為盧家婦」的莫愁，指代自己過去所戀的女子已嫁，或即是前面的趙家少女。

三、后妃型

（一）趙飛燕

漢成帝皇后，性妖冶。《日本謠》之三：「紈扇輕搖困倚床，歪鬟新興趙家妝。」「趙家妝」即趙飛燕妝，詩寫一日本妖冶女子，輕搖著紈扇，慵懶地倚床，歪斜著髮髻，一副妖冶相，故以趙飛燕指代之。

（二）班婕妤

漢成帝妃，受趙飛燕讒而失寵，作《怨詩》（又名《怨歌行》）：「新裂齊紈素，鮮潔如霜雪。裁為合歡扇，團團似明月。」〔註6〕郁達夫既借其人又用其詩。《日本謠》之七：「紈扇秋來惹恨多，薰籠斜倚奈愁何。商音譜出西方曲，腸斷新翻《復活》歌。」俄國著名作家托爾斯泰小說《復活》是寫農奴女瑪斯洛娃為貴族聶赫留道夫引誘失身又被棄的故事，郁詩即以班婕妤指代瑪斯洛娃，「紈扇」即出自她的《怨詩》，由詞而歌而人，用得含蓄。

四、賢妻型

（一）桓少君

西漢末鮑宣妻。據《後漢書·列女傳》：鮑宣少時就學於少君父桓氏，桓

〔註5〕逯欽立輯校：《先秦漢魏晉南北朝詩》中冊，第1520頁，北京：中華書局1983年版。

〔註6〕逯欽立輯校：《先秦漢魏晉南北朝詩》上冊，第117頁，北京：中華書局1983年版。

奇其清苦，妻以女，嫁資豐盛，宣不悅。少君乃悉歸資御服飾，與宣共挽鹿車歸鄉里。拜姑禮畢，即治家事盡婦道，鄉里稱之〔註7〕。後即以之為勤儉守資的典型。《代洪開榜先生祝梁母鄧太夫人八秩開一大慶之作》：「不妨太素同朋少，到底桓君後代昌。」詩題是祝鄧太夫人大壽，故以桓少君指代之，以贊其賢。

（二）孟光

字德曜。東漢高士梁鴻妻，事夫敬，有名的成語「舉案齊眉」即出自於她。《後漢書・梁鴻傳》載：梁鴻為人賃舂，每歸，孟光為具食，不敢於鴻前仰視，舉案齊眉〔註8〕。《毀家詩紀》之九：「亦欲賃舂資德耀，屍屪初諧上鯤弦。」德耀乃孟光字，以比郁達夫妻子王映霞。因王私與國民黨教育廳長許某好，郁達夫憤其事夫不忠，故欲其向孟光學習。「屍屪」句用春秋百里奚妻事亦以諷王。

五、姬妾型

（一）綠珠

西晉石崇愛妾，美而豔，善吹笛。《晉書・石崇傳》：趙王司馬倫專權，倫黨孫秀使人求之（綠珠），崇堅拒不許。「秀怒，乃勸倫誅崇……崇正宴於樓上，介士到門，崇謂綠珠曰：『我今為爾得罪。』綠珠泣曰：『當效死於官前。』因自投於樓下而死。」〔註9〕郁達夫對有志節的女子十分憐愛。《春江感舊》之二：「聞說侯門深似海，綠珠今夜可登樓？」「綠珠」指代自己過去所戀之女子，惜其已嫁，隱含的意思是，你是我的所愛，既已嫁入侯門，有沒有像綠珠那樣有志節而為我登樓呢？《寄孫荃》：「我久計窮朱亥市，君應望斷綠珠樓。」這是寫給未婚妻孫荃的詩，以綠珠指代孫荃，欲其像綠珠那樣有志節。

（二）桃葉

東晉王獻之愛妾。相傳王獻之在金陵秦淮河渡口送桃葉過江，作《桃葉歌三首》：其一：「桃葉復桃葉，渡江不用楫。但渡無所苦，我自迎接汝。」其二：「桃葉復桃葉，桃葉連桃根。相憐兩樂事，獨使我殷勤。」其三：「桃葉映紅花，無風自婀娜。春花映何限，感郎獨採我。」桃葉又有《答王團扇歌三首》

〔註7〕范曄撰：《後漢書》下冊，第1215頁，長沙：嶽麓書社1994年版。
〔註8〕范曄撰：《後漢書》下冊，第1209頁，長沙：嶽麓書社1994年版。
〔註9〕房玄齡等撰：《晉書》第4冊，第1008頁，北京：中華書局1974年版。

其三曰：「團扇復團扇，持許自障面。憔悴無復理，羞與郎相見。」〔註10〕郁達夫對桃葉似情有獨鍾，詩中用的頻率比較高，或用《桃葉歌》《答王團扇歌》，或用王獻之金陵渡口送桃葉事，或指代人。《大桃園看花》：「只恐鍾山無妙唱，尊前愁殺沈休文。」「鍾山妙唱」即指金陵秦淮河渡口王獻之送桃葉所作之《桃葉歌》，詩題是看桃花，故由桃花而聯想到桃葉歌。《遇釋無鄰，知舊友某尚客金陵，作此寄之》：「橫流將到桃根渡，一葉輕航買未曾？」「桃根渡」即桃葉渡，用王獻之秦淮河渡口送桃葉事，此處指代金陵。《宿錢塘江上有贈》：「危檣獨夜憐桃葉，細雨重簾病莫愁。」莫愁事見前，「桃葉、莫愁」均是指代作者在杭州初相識的一個女子，以兩人同時指代一人。

（三）碧玉

南朝宋汝南王妾。今之「小家碧玉」「二八破瓜」之成語即出自汝南王的《碧玉歌》：「碧玉破瓜時，郎為情顛倒。」「碧玉小家女，不敢攀貴德。」〔註11〕郁達夫於詩中借用分別指代不同的人。《日本謠》之四：「碧玉華年足怨思，珠喉解唱淨琉璃。」此詩後有注：「《淨琉璃》，歌劇也。」則碧玉是指代唱歌劇的女子。《無題——效李商隱體》之一：「妙年碧玉瓜初破，子夜銅屏影欲流。」以碧玉指代初婚的妻子孫荃，言其如碧玉一樣正當芳年妙齡。《將之日本別海棠》之三：「碧玉生涯原是夢，牧之任俠卻非狂。」「碧玉」指代作者在安慶相識的女子海棠。《無題四首，用〈毀家詩紀〉中四律原韻》之一：「洞房紅燭禮張仙，碧玉風情勝小憐。」「碧玉」指代作者流亡蘇門答臘後新婚的妻子何麗有。以上四人都出身寒門，故以小家碧玉指代之。

（四）紅拂

隋楊素的侍姬，後異李靖之才而奔之，乃風塵中俠女。郁達夫亦重其俠氣。《西歸雜詠》之七：「蘇小委塵紅拂死，誰家兒女解憐才。」「蘇小」詳後，「紅拂」指代有俠氣的奇女子，意謂像蘇小小、紅拂那樣的奇女子已沒有了，還有誰家的兒女（偏意複詞單指女兒）能憐惜才人呢？

（五）關盼盼

唐徐州人。白居易《燕子樓三首並序》云：「徐州故張尚書有愛妓曰盼盼，

〔註10〕逯欽立輯校：《先秦漢魏晉南北朝詩》中冊，第903、904頁，北京：中華書局1983年版。

〔註11〕逯欽立輯校：《先秦漢魏晉南北朝詩》中冊，第1337頁，北京：中華書局1983年版。

善歌舞，雅多風態……云：『尚書既歿，歸葬東洛。而彭城有張氏舊第，第中有小樓，名燕子。盼盼念舊愛而不嫁，居是樓十餘年，幽獨塊然，於今尚在。』」〔註12〕郁達夫在詩中不用其名，而以燕子樓稱之，燕子樓因人而聞名，今徐州尚有燕子樓。《夢醒枕上作，翌日寄荃君》之五：「兒郎亦是多情種，頗羨尚書燕子樓。」以燕子樓指關盼盼，意謂我也是一個多情的人，很希望能像張尚書那樣有一個關盼盼，將來能為我守節操。則以關盼盼隱指初婚的妻子孫荃。《毀家詩紀》之十一：「荔枝初熟梅妃裏，春水方生燕子樓。」以燕子樓指代徐州，郁達夫曾於抗戰初來徐州勞軍，故言。

（六）樊素

唐詩人白居易的侍姬，善歌舞。白老病將其遣去，作《別柳枝》詩，又有《不能忘情吟》記其事，其《序》云：「妓有樊素者，年二十餘，綽綽有歌舞態，善唱《柳枝》，人多以曲名名之，由是名聞洛下。」〔註13〕郁達夫於詩中或用樊素名，或用柳枝稱之。《望仙門》：「恨他樊素忒無情，與春行，剩我苦零丁。」《自述詩》之十附記：「是歲秋又遇某氏姊妹及某氏，英皇嫁後，樊素亦與春歸矣。」此兩處樊素，均指某氏，或即前之趙家少女，恨她無情別嫁了。《相思樹》之三：「他年倘向瑤池見，記取楊枝舞影斜。」「相思樹」是郁達夫早年欲寫未就之小說，則楊枝當是指代小說中人物。《毀家詩紀》之十八：「老病樂天腰漸減，高秋樊素貌應肥。」《三月一日對酒興歌》：「楊枝上馬馳成騁，桃葉橫江去不回。」《五月廿三別王氏於星洲，夜飲南天酒樓，是初來時投宿處》：「山公大醉高陽夜，可是傷心為柳枝。」此三處樊素、楊枝、柳枝均指代郁達夫已離婚之妻王映霞，桃葉亦指代王，事見前。

（七）小蠻

亦白居易的女侍，善舞，今已為成語的「楊柳小蠻腰」即是白居易寫小蠻的詩。郁達夫於詩中僅一用。《留別梅濃》：「蘇武此身原屬漢，阿蠻無計更離胡。」「阿蠻」即小蠻，指代日本女子梅濃。意謂我本是中國人，而你又不能離開日本，相愛而不能在一起。日本乃異域，故以言胡，胡人即蠻人，故用小蠻。則小蠻有雙層意，既以人名指代梅濃，又以字面意切合異域蠻方的日本。用得非常巧妙，亦見手段之高超。

〔註12〕顧學頡校點：《白居易集》第 1 冊，第 311～312 頁，北京：中華書局 1979 年版。

〔註13〕顧學頡校點：《白居易集》第 4 冊，第 1501 頁，北京：中華書局 1979 年版。

（八）朝雲

宋蘇軾侍妾，錢塘人，本姓王，字子霞，原為妓，蘇軾通判杭州，納為常侍。初不識字，從蘇軾學書，能知軾「一肚皮不合時宜」。後軾貶惠州，家妓皆散去，獨朝雲相依。郁達夫於詩中因其姓王，又字子霞，故借用以單指王映霞。《登杭州南高峰》：「題詩報與朝雲道」，《感懷》：「朝雲末劫終塵土」即是。然前後朝雲因王映霞的移情別戀而意有不同。

（九）紫雲

唐司徒李聽的歌妓，絕藝殊色，為杜牧所愛慕。郁達夫於詩中以紫雲分指兩人。《毀家詩紀》之七：「清溪曾載紫雲回，照影驚鴻水一隈。」紫雲指代郁達夫的愛人王映霞。《無題四首，用〈毀家詩紀〉中四律原韻》之四：「年年記取清秋節，雙槳臨風接紫雲。」此處接的紫雲則是何麗有，郁達夫流亡蘇門答臘時的妻子。

（十）小紅

宋詩人范成大的侍女，頗有色藝。范請老，詞人姜夔詣之，制《暗香》《疏影》二曲，范使小紅習之，音節清婉。范遂以小紅贈夔，夔作《過垂虹》詩有「自作新詞韻最嬌，小紅低唱我吹簫」之句即詠此事。郁達夫於詩中既用小紅之人，又用小紅之事。《七月十二夜見某，十六日上船，十七日，有此作即寄》之二：「他年來領湖州牧，會向君王說小紅。」以小紅指代未婚妻子孫荃，意謂他年將踐約來娶。《采桑子——和衡子先生》：「意濃情淡，可惜今時沒小紅。」以小紅指代歌女，意謂如此情意，竟沒有一個歌女來唱一曲。《聽丹書畫伯述小紅事有贈》，所謂小紅事即指范成大贈小紅給姜夔事。

（十一）楊愛

即明末吳江名妓柳如是，能詩善畫，色藝冠一時，後歸詩人錢謙益為妾。《感懷》：「朝雲末劫終塵土，楊愛前身是柳花。」朝雲見前，此與楊愛一起均指代王映霞，意有所諷。「楊愛」之「楊」亦即水性楊花之楊，而柳花即楊花。北魏胡太后有《楊白花歌》：「陽春二三月，楊柳齊作花。春風一夜入閨闥，楊花飄蕩落南家。」〔註14〕所謂「楊愛是柳花」，即是說「楊愛」是水性楊花之人，而其末路終將歸於「塵土」。

〔註14〕逯欽立輯校：《先秦漢魏晉南北朝詩》下冊，第 2246 頁，北京：中華書局 1983 年版。

（十二）筠姬

清詩人吳嵩梁的侍姬，資性慧麗，善畫蘭花。《秋夜懷人》之四：「君詩酷似香蘇館，可有筠姬伴索居。」這是懷日本漢詩人擔風居士的，說他的詩像香蘇館（即吳嵩梁），那麼可有筠姬相伴身邊嗎？則筠姬是指代侍女。

六、娼妓型

（一）蘇小小

南齊錢塘名娼。《玉臺新詠‧錢塘蘇小歌》：「妾乘油壁車，郎乘青驄馬。何處結同心，西陵松柏下。」〔註15〕由歌可見是個忠於愛情的女子。蘇小小死後葬在嘉興「賢娼弄」。郁達夫的《西湖雜詠》之三的附記說：「六月十二夜月頗潔，余行滿斷橋，謁蘇小墓而歸。」不僅「謁其墓」，郁達夫慕其品還把她與俠女紅拂並提，「蘇小委塵紅拂死」（《西歸雜詠》之七）則以蘇小小指代奇女子。《題閩縣陳貽衍〈西湖記遊〉畫集》之一：「南渡江山氣不雄，錢塘蘇小可憐蟲。」宋室南渡，北宋淪亡，殃及人民，蘇小即指代百姓。

（二）紅兒

唐鄜州李孝恭歌伎，美而慧，善歌舞。詩人羅虯慕之，請歌，不答，殺之，後悔，作《比紅兒》絕句百首。郁達夫於詩中三提之。《懊惱》之二：「百丈情絲萬丈風，紅兒身是可憐蟲。」紅兒，不知所指，詩作於1916年左右，大約是指代早年所戀之女子。《自述詩》之十：「二女明妝不可求，紅兒體態也風流。」詩後有注：「是歲秋又遇某氏姊妹及某氏，英皇嫁後，樊素亦與春歸矣。」此紅兒與前之樊素一樣是指代「某氏」即趙家的少女。《毀家詩紀》之十五：「歌翻桃葉臨官渡，曲比紅兒憶小名。」「桃葉」見前，指王獻之的《桃葉歌》，然詞已新「翻」了，紅兒指代王映霞。這兩句「是寫作者在南行途中到浙江江山之夜聽流娼高唱京劇的感受，因為《烏龍院》的情節，與作者的婚姻遭遇有相類似之處，其詩中的『歌翻』，『曲比』等詞可證」〔註16〕。

（三）琴操

北宋杭州名妓。與蘇東坡參禪，受蘇點悟，削髮為尼。郁達夫曾「謁蘇小

〔註15〕逯欽立輯校：《先秦漢魏晉南北朝詩》中冊，第1481頁，北京：中華書局1983年版。

〔註16〕蔣祖怡、蔣祖勳：《郁達夫舊體組詩箋注》，第250頁，杭州：杭州大學出版社1993年版。

墓」，又於《臨安縣志》中搜尋琴操事蹟。《玲瓏山寺琴操墓前翻閱新舊〈臨安縣志〉，都不見琴操事蹟，但雲墓在寺東》：「山既玲瓏水亦清，東坡曾此訪雲英。如何八卷臨安志，不記琴操一段情？」這首詩有點特別，琴操並無指代，卻以仙女雲英指代琴操，歎息煌煌八卷的臨安志卻不記琴操事蹟，深含為女子不平之意。

（四）李宜

北宋黃州妓，有色藝，蘇東坡有詩贈她：「東坡居士文名久，何事無言及李宜。」郁達夫則又仿蘇之句而為：「縱橫寫盡三千牘，總覺無言及李宜。」（《秋夜懷人》之七）蘇軾是實指李宜其人，郁達夫是借李宜指代所懷之人。

（五）李師師

北宋開封名妓。色藝雙全，慷慨有俠名，據《李師師外傳》：欽宗嗣位，嘗獻資助餉抗金。開封淪陷，被張邦昌送往金營，李怒斥邦昌，吞金簪自盡〔註17〕。郁達夫對有志節俠氣的女子特別欽敬。《讀靖陶兄寄舊都新豔秋，為題看雲樓覓句圖》：「忽憶舊京秋色豔，憑君傳語慰師師。」師師即李師師，此處指代京劇女演員新豔秋，期望新豔秋能像李師師一樣有俠骨志氣。

（六）蘇小卿

明廬州娼。明梅鼎祚《青泥蓮花記》卷七：蘇小卿「與書生雙漸交昵，情好甚篤。漸出外，久之不還，小卿守志待之，不與他狎」。《春江感舊》之三：「一夢揚州憐杜牧，廿年辛苦憶蘇卿。」《春江感舊》是一組思憶幾位女友的詩，故此處蘇卿即蘇小卿，也即指代所憶之女子。

（七）李香君

明末金陵教坊女，聰慧而有俠氣。郁達夫以之指代王映霞。《毀家詩紀》之十：「佳話頗傳王逸少，豪情不減李香君。」是說當年王映霞與郁達夫的戀愛，那種豪情是不減李香君的，郁達夫有《日記九種》詳記兩人戀愛之事。

（八）卞玉京

明末金陵秦淮名妓，工於小楷，善畫蘭花、鼓琴。後削髮歸吳中，郁達夫於詩中僅一用，且是以妓指代妓。《將之日本別海棠》之一：「最難客座吳偉業，重遇南朝卞玉京。」海棠是郁達夫在安慶教書時認識的一個妓女，他的

〔註17〕元稹等著：《唐宋傳奇》，第396～402頁，北京：華夏出版社2015年版。

小說《茫茫夜》中的主人公海棠即以她為原型。此處則以卞玉京指代她，身份恰好相合。

七、虛構型

（一）崔鶯鶯

唐元稹傳奇《鶯鶯傳》中人物，因慕張生而作《明月三五夜》：「待月西廂下，迎風戶半開。拂牆花影動，疑是玉人來。」〔註18〕元王實甫據之而作戲曲《西廂記》，以崔鶯鶯為女主人公。郁達夫於詩中稱之為雙文，鶯鶯重文，故稱。《夢逢相識》之二：「牧之去國雙文嫁，一樣傷心兩樣愁。」雙文即崔鶯鶯，此處指代郁達夫少年時代一女友。《張碧雲》：「幾年蕭寺夢雙文，今日江南弔碧雲。」雙文（崔鶯鶯）指代張碧雲，她是郁達夫的一位死去的女友。《西泠話舊》：「□幕樓空人獨立，滿江秋意哭鶯鶯。」此處鶯鶯指代郁達夫舊識的一個女子。

（二）真真

繪畫中人。唐杜荀鶴《松窗雜記》：唐進士趙顏於畫工處得一軟障，繪婦人甚麗，謂此女名真真，呼其名百日必應，應後以百家彩灰酒灌之，女則活，顏如其言，女果下障。郁達夫於詩中以之分代兩人。《留別梅儂》：「一春燕燕花間泣，幾夜真真夢裏呼。」此處真真指代日本女子梅儂。《揚州慢·寄映霞》：「叫真真畫裏，商量供幅生綃。」此處真真指代王映霞。

（三）霍小玉

唐蔣防傳奇《霍小玉傳》中人物。寫娼女霍小玉與書生李益相愛，後李負情別娶，小玉悲憤成病，有一黃衫豪士持李益至小玉家，強令其相見〔註19〕。《五月廿三別王氏於星洲，夜飲南天酒樓，是初來時投宿處》：「忍拋白首名山約，來譜黃衫小玉詞。」小玉即霍小玉，指代王映霞，然有反諷之意。

第二節　人物指代之特點與情感傾向

以上七型三十二人，大多有所指代，然指代方式不同，或實指，或虛指；或暗指，或無指；或喻指，或泛指；或一指代多，或多指代一。指代人與被指代人相合，寄託著作者一定的情感傾向。

〔註18〕元稹等著：《唐宋傳奇》，第 101 頁，北京：華夏出版社 2015 年版。
〔註19〕元稹等著：《唐宋傳奇》，第 64～69 頁，北京：華夏出版社 2015 年版。

一、虛指

有些人與作者並無多少關係，僅偶一相逢，不記其名；或早年舊識，已忘其名；觸事想起，便借古人虛指代之。如「記取楊枝舞影斜」，楊枝即白居易侍妾樊素，此處虛指指代郁達夫欲作之小說《相思樹》中的人物。「總覺無言及李宜」，「細雨重簾病莫愁」，「滿江秋意哭鶯鶯」。李宜、莫愁、鶯鶯均是虛指代作者相識的某女子，當然並非同一個人。「可有筠姬伴索居」，筠姬虛指代某個侍女。

二、實指

這在郁達夫詩中用的最多。即以某古人實際指代生活中的某一個人。「碧玉生涯原是夢」，以碧玉指代海棠。「阿蠻無計更離胡」，以阿蠻指代梅儂。「憑君傳語慰師師」，以李師師指代新豔秋。「到底桓君後代昌」，以桓少君指代鄧太夫人。「幾年蕭寺夢雙文」，以雙文（崔鶯鶯）指代張碧雲。

三、暗指

有的人在作者的記憶中不能忘卻，又不便明說，故藉以暗指。「恨他樊素忒無情」，「綠珠今夜可登樓」，「紅兒身態也風流」，「廿年辛苦憶蘇卿」，「羅敷陌上，相見已遲」，「不把忘情怨莫愁」，「牧之去國雙文嫁」，這裡的樊素、綠珠、紅兒、蘇小卿、羅敷、莫愁、雙文均是暗指郁達夫少年時代所戀之女子，或贊其體態風流，或惜其無情早嫁。

四、無指

即無所指代，就其人寫其人。如「共君聽唱莫愁歌」，「不記琴操一段情」，「謁蘇小墓而歸」，「聽丹書畫伯述小紅事有贈」，這裡的莫愁、琴操、蘇小小、小紅均無所指代。

五、喻指

即以人比喻人或物。「憐他如玉麻姑爪」，以女仙麻姑的鳥爪比喻彈箏女子手指的纖細。「雲英三五破爪前」，以女仙雲英，比喻尚未盛開的櫻花。「西子凌波」，以西施喻西湖。

六、泛指

不專指代某一個人，而是泛泛指代某些人。如「蘇小委塵紅拂死」，以蘇

小小、紅拂泛指代世上的那些有俠氣的奇女子。「倒掛柔枝陌上桑」，以羅敷泛指陌上採桑的女子。「引得麻姑出蔡家」，以麻姑泛指西湖上納涼的游女。

七、一指代多

即以一人指代多人。如仙女雲英既指代日本女伎吉原，「十五雲英初見世」；又指代孫荃，「許儂赤手拜雲英」；又指代宋妓琴操，「東坡曾此訪雲英」；又指代李筱英，「為訪雲英上玉京」。

八、多指代一

即以多人指代某一人。如孫荃除了以雲英指代之，又有碧玉（「妙年碧玉瓜初破」），關盼盼（「頗羨尚書燕子樓」），小紅（「會向君王說小紅」），綠珠（「君應望斷綠珠樓」），西施（「夢中鸞鳳惱西施」），羅敷（「未嫁羅敷別有情」）作指代。

作者以某一個人指代另一個人，不是隨意的，除了詩詞創作中人名要合平仄的要求外，更多的還是為了適應情感表達的需要。有其一定的情意指向。在詩中以王映霞的被指代人為最多，但作者與其初戀時，有了感情裂痕時，婚姻破裂時，感情是不一樣的，因此所用以指代她的人，即便是同一個人，也因前後感情的變化而不同。

郁達夫一生結過三次婚，而以王映霞在他的生命中最為重要。一部《日記九種》把兩人的戀愛寫得既纏綿悱惻，又大膽真摯；一組《毀家詩紀》又寫得那麼怨憤而悲愴。《日記九種》是郁之日記，不在本書論述範圍內，然與大約寫於同時的一首詞《揚州慢・寄映霞》則是郁達夫追求熱戀王映霞的最真情的記錄。郁達夫寫詞不多，僅十一首，而以一首長調寄某人的，僅此一首。全詞是這樣的：「客裏光陰，黃梅天氣，孤燈照斷深宵。記春遊當日，盡湖上逍遙。自東向離亭別後，冷吟閒醉，多少無聊！況此際，征帆待發，大海船招。　　相思已苦，更愁予、身世蕭條。恨司馬家貧，江郎才盡，李廣難朝。卻喜君心堅潔，情深處夠我魂銷。叫真真畫裏，商量供幅生綃。」詞的上半闋寫自己的孤寂無聊，又欲遠去。下半闋讚美王映霞的堅潔、情深，欲以生綃繪其像。這時的王映霞是郁達夫熱戀中的王映霞，而以繪畫中的藝術性人物「真真」指代之，而「真真」又隱含著對王映霞那種「堅潔」的真心、真情、真意、真愛的深情讚美。畫幅中的真真即是生活中真善美的王映霞。郁王婚後，生活美滿，被人

稱之為「富春江上神仙侶」，郁達夫常挽王映霞外出旅遊，《寄杭州南高峰》一詩，原還有一題是《寄映霞》，末聯為：「題詩報與朝雲道，玉局參禪興正賒。」以宋代大文學家蘇軾的侍妾指代王映霞。因朝雲原姓王，字子霞，又是杭州人。姓、名、地與王映霞都非常切合，更重要的是，蘇東坡被貶惠州，家妓散去，獨朝雲深深瞭解他的「一肚皮不合時宜」而與其相依，這就隱含著郁達夫欲與王映霞相伴終生，白頭偕老之意。到了後來兩人感情有了裂痕時，郁達夫常常想到戀愛中的王映霞，記憶在自己心中的王映霞。他憶戀她的小名，「曲比紅兒憶小名」；記起剛剛結婚的情景，「猶記當年禮聘勤」；想念她那豐腴的體態，「高秋樊素貌應肥」；更讚賞她的拋除世俗偏見勇敢追求戀愛的俠氣，「豪情不減李香君」。郁達夫對王映霞的愛是刻骨銘心的，是可以為她不顧惜一切的，「為了你我情願把家庭，名譽，地位，甚至於生命，也可以丟棄，我的愛你、總算是切而摯了。……我從來沒有這樣的愛過人，我的愛是無條件的，是可以犧牲一切的，是如猛火電光，非燒盡社會，燒盡己身不可的」〔註20〕。郁達夫以全身心去愛王映霞，而王卻移情別戀，與浙江教育廳長許某有染，這對郁達夫的打擊是巨大的，不亞於山崩地裂；因而「情到真時恨亦深」（《出晴雪園賦寄石埭四首》之四），恨由愛生，有大愛才有大恨，他把滿腔悲憤與怒火化作仇恨一齊傾向了王映霞。他恨王映霞背叛自己另尋新歡，「一飯論交竟自媒」（《毀家詩紀》之十二）；恨她不念「三春」（「終覺三春各戀暉」），離己而去。「楊枝上馬馳成騑，桃葉橫江去不回。」連用兩人指代她，極言己心之傷痛，「可是傷心為柳枝」。恨尤不足，郁達夫則痛罵她的不貞不忠與輕浮。「楊愛前身是柳花」，你原來就是輕薄浮浪水性楊花的人；你連娼女霍小玉都不如，而郁達夫則要「來譜黃衫小玉詞」，霍小玉忠於愛情，不負愛人，而王卻攀權附貴，私許己身。這是對王映霞的反諷。而最終你的末路將會歸於塵土，「朝雲末劫終塵土」。這裡用「朝雲」而不用其他人，可見郁達夫的明確所指。朝雲，即王子霞。前言「題詩報與朝雲道」，最後則是「朝雲末劫終塵土」，皆是以王子霞（朝雲）指代王映霞。郁達夫對王映霞全部的愛與全部的恨都在這兩句詩裏了。

　　指代者本身仍是原色調的人，她們在郁達夫的筆下化身為王映霞，因王映霞的性移情遷，導致郁達夫的心理裂變，以致那些指代者也染上了雜色。楊愛，即柳如是，在歷史上，原是一個有反清復明大志的女子，因楊柳水性，郁

〔註20〕郁達夫：《致王映霞》，《郁達夫全集》第6卷，第79頁，杭州：浙江大學出版社2007年版。

達夫用其字面意以斥王映霞。朝雲,同為一人,在前後詩中,也已發生了裂變。郁達夫把自己的情感,愛與恨,已附著在了指代者身上。除了王映霞外,郁達夫對其他女子的情感與態度則是單純單一的。

第三節　郁達夫對女性的情感與態度

郁達夫所借用的人物,除神話、傳說、文藝作品中的人物外,全部是歷史上實有的人物。他對她們的情感,也即是他對現實生活中女性的情感,這種情感的主導傾向是讚頌。

真,是郁達夫所贊女子的主題之一。郁達夫本身即是一個絕假存真的人,是一個真性情實心腸的人。郭沫若說:「達夫的為人坦率到可以驚人。」〔註21〕劉海粟說:「我尊敬達夫的坦白真誠。」〔註22〕李俊民說:「他待人懇摯。」〔註23〕李劍華說他:「熱誠懇摯,雖近中年,而天真未泯。」〔註24〕郁達夫自己真,當然也就期求別人以真,他以畫中人的「真真」來指代日本女子梅儂(「幾夜真真夢裏呼」)和自己熱愛的王映霞(「叫真真畫裏,商量供幅生綃」),他把梅儂與王映霞作為「真」的化身,是他對「真」的崇尚。

善,是郁達夫所贊女子的主題之二。在郁達夫詩中,借用的賢妻良母形象一是西漢末的女子桓少君,一是東漢的孟光。桓少君原出生於富裕之家,嫁給貧賤丈夫鮑宣後,能提甕出汲,修行婦道。以這麼一個甘貧守德的女子指代一個高壽的老太太,「到底桓君後代昌」,即是贊其賢而有德,才使得家族興旺。而以孟光比王映霞,「亦欲賃舂資德曜」,德曜是孟光的字,特別用她的字有兩層意,一是指人,一是強調她有德,郁達夫希望王映霞能像這位事夫以敬有賢德的婦女學習。賢即是善,賢德也即善德。

美,是郁達夫所贊女子的主題之三。郁達夫無論是對少年時代暗戀的女子,萍水一逢的女子,還是戀而已婚(孫荃)、戀而未婚(李筱英)、或無戀而

〔註21〕郭沫若:《論郁達夫》,見陳子善、王自立編:《回憶郁達夫》,第5頁,長沙:湖南文藝出版社1986年版。

〔註22〕劉海粟:《回憶詩人郁達夫》,見陳子善、王自立編:《回憶郁達夫》,第115頁,長沙:湖南文藝出版社1986年版。

〔註23〕李俊民:《落花如雨拌春泥》,見陳子善、王自立編:《回憶郁達夫》,第119頁,長沙:湖南文藝出版社1986年版。

〔註24〕李劍華:《緬懷郁達夫先生》,見陳子善、王自立編:《回憶郁達夫》,第151頁,長沙:湖南文藝出版社1986年版。

婚（何麗有）的女子，都是以美的形象來指代她們。何麗有，是郁達夫第三任妻子，名即為郁達夫所改。本不識字，人如其名。但因是在流亡的患難期間結的婚，郁達夫不以為不美，而以中國四大美人之首的西施來指代他，希望抗戰勝利後與她一起歸隱終老：「何日西施隨范蠡，五湖煙水洗恩仇。」那麼像李筱英那樣年輕貌美又有才的女子，郁達夫更是不惜以仙女雲英、美女夷光（即西施）來指代她，以表達他的讚美喜愛之情。

節，是郁達夫所贊女子的主題之四。氣節，節操是郁達夫極為尊崇的一種道德。他的「氣節應為弱者師」（《贈〈華報〉同人》）真是擲地有聲。同樣，他對有氣節、有節操的女子充滿敬意。綠珠感於石崇之愛遂為之墜樓而死，他就以綠珠指代初婚的妻子孫荃，期望於她也像綠珠一樣有氣有節。（《寄荃君》：「君應望斷綠珠樓。」）李師師，北宋名妓。當汴京開封被破，張邦昌欲把她獻給金人，遭到她的痛罵。後脫金簪折斷自盡而死。如此節烈，是為國家。郁達夫以之指代京劇女演員新豔秋。「忽憶舊京秋色豔，憑君傳語慰師師。」是期望她像李師師那樣堅守節操。

俠，是郁達夫所贊女子的主題之五。郁達夫所借用的女子有既美又俠的，如紅拂，李香君。紅拂原是隋朝司空楊素的侍姬，因慕李靖（後為唐之大將）為豪傑之士，乃夜奔而歸之。唐末杜光庭的《虯髯客傳》，明張鳳翼的傳奇《紅拂記》，凌濛初的雜劇《虯髯翁》均寫紅拂獨能憐才的俠氣。郁達夫以之為奇女子，歡息天下沒有像紅拂這樣的有俠氣的奇女子，獨能愛才惜才，「蘇小委塵紅拂死，誰家兒女解憐才」。李香君是明末秦淮河的名妓，美慧而俠。許身東林名士侯方域後，有田仰謀想奪之，遭李香君堅拒，以血濺扇面。郁達夫對當初「堅潔」「情深」，能衝破禮教傳統大膽嫁給他的王映霞即稱「豪情不減李香君」，讚美之情溢於言表。

對真的崇尚，對善的欽仰，對美的熱愛，對節的敬佩，對俠的歡賞，郁達夫把對女性的情感凝鑄成真、善、美、節、俠而加以熱烈地讚美與歌頌。

郁達夫對女性的情感是讚頌，這種讚頌則是出自他對女性尊重的態度。他曾對女作家白薇說：「有人認為我很浪漫，其實我的內心是很正直的，別看我常常和女孩子們也握握手，拍拍肩，我認為這是友愛，不是邪愛。你不信？即便有哪個女孩子在我家過夜，我決不會觸犯她。」〔註25〕為人正直，珍視友

〔註25〕白薇：《回憶郁達夫先生》，見陳子善、王自立編：《回憶郁達夫》，第175頁，長沙：湖南文藝出版社1986年版。

愛，決不越軌，所謂「動乎情，止於禮義」，這就是郁達夫一生有那麼多女友的原因。在他六百餘首詩詞中，留贈給女子的詩不在少數，像日本的梅兒、隆兒；國內的舊識、新交，他都賦詩，或感歎初戀女子的早嫁，或傷悼女友的早逝，或記述偶然一遇留下的美好印象，或寄詩給自己的女學生。如李輝群已是自己喜歡的學生劉大杰的愛人，他坦然寄詩給她：「十載神交如水淡，多情誰似李輝群？」(《贈女學生李輝群》) 當然最能表示他對女性尊重的態度的還是那些有指代意義的女子。

在郁達夫詩詞的七型三十二個女子中，以侍妾型、娼女型為最多，達二十個占三分之二。這些女子，在中國古代社會，處在最底層是被人玩弄的對象，最為人所輕賤，毫無社會地位，甚至連人格也受到漠視與玷污。侍妾是侍丈夫的，可隨時被遣歸；娼女是侍眾夫的，可隨時被賣掉。這些女子，被郁達夫採入詩中，借用以指代生活中的女子，正表明郁達夫對其人格的尊重。他並不因她們是侍妾娼女而賤視她們。他打破了幾千年的封建社會妾妓為下賤女子的傳統觀念。他的勇氣與大膽是驚世駭俗的。人們往往驚詫於他小說中對兩性關係的暴露性描寫，卻沒有看到他以妾妓代妻子的直率。在中國現代作家中似沒有第二個人敢於如此做。郁達夫一生由於特殊時代與歷史環境的原因，前後結過三次婚。從孫荃、王映霞到何麗有，他都有以妾妓來指代過她們。用汝南王妾碧玉、張愔妾關盼盼、范成大侍妾小紅來指代孫荃；用王獻之侍妾桃葉、白居易侍姬樊素、娼女霍小玉、李聽歌伎紅兒、蘇軾侍妾朝雲、明妓柳如是和李香君指代王映霞；用碧玉、紫雲指代何麗有。在郁達夫心目中，她們雖是妓妾但並不低人一等，她們身上具有的美與慧能淨化人心，她們的節與俠是那些飽讀孔孟之書的士大夫也做不到的。在她們身上，郁達夫看到了人性的光輝。這也就是他為什麼在小說中有以妓女為題材的原因。在詩歌尤其是七絕七律這樣的短章中不便塑造人物形象，他就以古代的這些現成的已經定型的女子來直接指代現實生活中的女性，使現實生活中的女性有了讓人更多更大的想像空間。

在封建時代，妓女是不入正史的，連方志也少有記載。故郁達夫翻遍了新舊《臨安縣志》，都沒有找到有關杭州名妓琴操的事蹟。他非常感慨：「如何八卷臨安志，不記琴操一段情？」在這感慨裏有著為女子深深鳴不平之意。他以仙女雲英指代妓女琴操，也就表明了他的敬重的態度。

第四節　對《離騷》意象傳統的承創

郁達夫在詩中大量借用女性人物作指代，其方法乃是出自楚辭。「美人香草閒情賦，豈是離騷屈宋心？」（《和廣勳先生賜贈之作》之二）郁達夫是自覺地繼承《離騷》「美人香草」的意象傳統。東漢王逸最早總結出《離騷》「美人香草」的比譬系統，他說：「《離騷》之文，依《詩》取興，引類譬喻。故善鳥香草以配忠貞；惡禽臭物以比讒佞；靈修美人以媲於君；宓妃佚女以譬賢臣；虬龍鸞鳳以託君子；飄風雲霓以為小人。」〔註26〕自此香草美人意象就成為《離騷》的藝術特徵而為歷代詩人所襲用。郁達夫於詩中取其美人意象而進行了本質的改造，創造出了一個新的不同於《離騷》體系的美人形象指代系統。

首先，郁達夫詩中的女性人物是形象而非意象。妓妾型的女性原本就是生活中實有的人物，麻姑、雲英、霍小玉、崔鶯鶯、真真則是文藝作品中塑造出來的人物形象，在她們身上具有一定的情感意義，但並不指向某一類人，具體借用時也是以一代一，而且特別要注意到指代者與被指代人之間的相稱與相合。因此形象一般趨向於典型，而意象趨向於類型，只要看到《離騷》中的美人，我們就知道她的具體所指。

其次，郁達夫詩中的美人多是妓妾下女而非《離騷》的宓妃佚女。屈原為了追求自己的政治理想，所借用的女性身份都非常高貴且具有神性，如宓妃，無論有說是古帝伏羲氏的女兒，後溺水而為洛神；還是說是伏羲氏之妃，身份都很高貴。佚女是上古有娀國的美女簡狄，後嫁給帝嚳，生商代的祖先契。二姚是上古有虞國的兩個公主。屈原欲「求宓妃之所在」，「見有娀之佚女」，「留有虞之二姚」，《離騷》即是把她們作為自己政治理想的化身去追求。他把抽象的理想化為具體的人。郁達夫的詩所借用的人物沒有政治地位上的崇高性與政治身份上的高貴性。即使是仙女麻姑、雲英也已平民化。而那些妾妓更是平常又普通的女子。她們以自身所具有的德性真、善、美、節、俠而附著於被指代的人物身上，或是作者期望被指代人具有指代者的某種品質。《離騷》的美人被抽象化了，而郁達夫詩中的人物始終是以具體代具體。她們無論是指代者還是被指代者都是一個個鮮活的人物。

第三，郁達夫詩中的美人指代的是常人而非《離騷》以美人媲君主。在

〔註26〕黃靈庚：《楚辭章句疏證》第 1 冊，第 9～11 頁，北京：中華書局 2007 年版。

《離騷》中，美人並非就是女子，美人也並非是哪一個具體的美人。美人就是指君，指楚懷王。屈原有《思美人》即是寫他對楚懷王的思念：「思美人兮攬涕而竚眙。」在《離騷》中美人與美女不是一個概念，美女即宓妃、簡狄、二姚，美人即君王，而用「美」這個集合概念把他們綰合起來，構成美人意象。郁達夫的詩中美人即是美女，美女所指代的也只是生活中的常人，極其普通的女子，甚至還是最下層的妓女。「美人情性淡宜秋」（《宿錢塘江上有贈》），「美人」指所戀之女子。「美人應夢河邊骨」（《歲暮感憤》），「美人」即指一般女子。「韓家潭上美人多」（《己未都門雜事詩兩首》之一），「美人」即指妓女。「正要美人鳴戰鼓」（《贈一萍》），「美人」即指南宋大將韓世忠的夫人梁紅玉。除了「正要美人鳴戰鼓」之「美人」專指梁紅玉，其他所有「美人」都不是專指代某一人，這種指代不像《離騷》的意象所指那麼單一而凝固，而具有象徵性，它具有泛指性與隨意性，完全依情感表達的需要而選用，甚至因情感的變化而反用。從「題詩報與朝雲道」到「朝雲未劫終塵土」，同一朝雲，而為霄壤。

　　郁達夫對《離騷》美人意象傳統的改造與繼承是個大膽嘗試，也是一個成功嘗試。他打破了這種意象傳統的固定性與高貴性，化個體意象為群體形象，使指代人物附上作者的情感色彩與被指代人同為一體，而獲得新的鮮活的生命。

第三章　青衫與紅豆意象

　　詩用意象，是詩歌基本的藝術特徵。所謂「意象」，即：「經作者情感和意識加工的由一個或多個語象組成，具有某種詩意自足性的語象結構，是構成詩歌本文的組成部分。」〔註1〕簡言之即「意象」是由「語象組成」的「語象結構」。最早在文學理論史上提出意象一詞的是南朝梁的劉勰。他在《文心雕龍‧神思》篇中說：「然後使玄解之宰，尋聲律而定墨；獨照之匠，窺意象而運斤，此蓋馭文之首術，謀篇之大端。」〔註2〕此說一出，經唐到宋以後遂形成了意象論。如晚唐司空圖《與極浦談詩書》的「象外之象，景外之景」，宋代《唐子西文錄》的「便覺意象殊窘」，明李東陽《麓唐詩話》的「但恨其意象太著耳」，又陸時雍《詩鏡總論》的「《河中之水歌》……風格渾成，意象獨出」，清代沈德潛《說詩晬語》的「孟東野詩……意象孤峻」等等，皆是。西方的意象派詩派盛讚中國詩用意象，即是指此。這種已經成為「含意之象」的意象在詩人長期的使用過程中有的被逐漸地凝固化、範型化，而有了某種象徵的意義。如一提到月亮就想到了故鄉，提到柳樹就想到惜別，提到菊花就想到高潔的人品，提到孤雁就想到飄零的遊子。這些意象成為詩詞中的傳統，化入詩人的潛意識，一旦到情境合意時就可以借用以詩性的表達。誠如美國詩人和文學評論家龐德所說的：「中國詩人從不直接談出他的看法，而是通過意象表現一切。」〔註3〕龐德雖不是特指郁達夫，而郁達夫恰恰是擅用意象寫詩的一個

〔註1〕蔣寅：《古典詩學的現代詮釋》（增訂本），第25頁，北京：中華書局2009年第2版。
〔註2〕郭晉稀：《文心雕龍注譯》，第318頁，蘭州：甘肅人民出版社1982年版。
〔註3〕轉引自趙毅衡：《意象派與中國古典詩歌》，載《外國文學研究》1979年第4期。

「中國詩人」。在他的詩中，青衫、紅豆就是兩個頻頻出現的象徵性意象，寄託了郁達夫諸多的情思。

第一節　青衫意象

　　郁達夫於 1913 年赴日留學，開始了他十年的海外學生生涯。初到日本，鄉思來襲；客居寂寞，以詩自遣。「徼外涼秋鼓角悲，寸心牢落鬢絲知。滿天風雨懷人淚，八月蓴鱸係我思。客夢頻年駄馬背，交遊幾輩躍龍池。一帆便欲西歸去，爭奈青衫似舊時。」（《客感》，1913 年）郁達夫留學是欲「成一大政治家」「成一大思想家」，要「一身盡瘁，為國而已」的〔註4〕。只是在剛剛踏上異國的土地時，一股懷念親人思念故鄉之情油然而生，頓時就想掛帆西歸（中國在日本之西），可是朋輩們都已躍出龍池，事業有成，而自己若回去，也還是「青衫似舊時」，來是一學生，回也是一學生。這裡的「青衫」典出《詩經·鄭風·子衿》，其詩曰：「青青子衿，悠悠我心；青青子衿，悠悠我思。」漢毛亨《傳》釋「青衿」為「青領也，學子之所服」。即以學生所穿的衣服代學生，在修辭上是借代。郁達夫此處的「青衫」與《詩》之「青衿」意同。但在郁達夫的詩中，「青衫」又不只是指學生，它與白居易的「江州司馬青衫濕」的「青衫」相合，作為詩歌的意象，它有幾層意思：一是其本意學生服；二是其借代意學生；三是其引申意失意者失敗者。現分別論述之。

　　青衫的本意即青衿、學生服。郁達夫在詩中一用，《日暮歸舟中口占，再疊前韻》：「向晚獨尋孤店宿，青衫燈下滌春泥。」意謂天晚了找旅店借宿，在燈底下把穿的學生服洗滌一番。

　　青衫借代學生，郁詩用的較多。除前面的《客感》外，尚有《西歸雜詠》之四：「青衫零落烏衣改，各向車窗歎式微。」抒發窮學生思歸之情。《乘車赴東京過天龍川橋》：「十年湖海題詩客，依舊青衫過此橋。」寫十年留學，空有湖海之志，到如今依舊是一窮學生而已。《曉發東京》：「白雪幾能驚俗耳，青衫自古累儒冠。」這是說無人賞識自己（《白雪》曲高，俗耳聽不懂），到頭來我這個青年學生反倒為儒冠所誤。言下之意不如不去讀儒書，讀了也無人用。乃是憤激語。

〔註4〕郁達夫：《郁達夫全集》第五卷，第3、5頁，杭州：浙江大學出版社 2007 年版。

　　青衫的引申義是失意者的意思。《西歸雜詠》之七：「嬉笑怒罵生花筆，淚灑青衫亦可哀。」此已脫出《詩經》而用白居易《琵琶行》：「座中泣下誰最多，江州司馬青衫濕。」白居易在詩前的《序》中說：「元和十年，予左遷九江郡司馬。」「左遷」即是貶謫。白居易是從京官（太子善贊大夫）被貶到江西九江郡為司馬，一個六品官。唐制官服六品為綠，九品為青。白居易故意說自己服「青衫」，一是承《詩經》之典，以示語出有據，且白本來即是一儒學生。二是被貶而再自貶，以示對朝廷處罰的不滿。三則是為了詩本身的平仄需要，此處當用以平聲為佳，故用「青」。白居易把「青衫」與「江州司馬」一聯繫，「青衫」遂成了貶官的代名詞，由貶官又引申為失意者。此後在文學史上大凡貶官、失意者一到發牢騷時總要用上「青衫」這個意象，它已被凝定化為 個象徵體。無論是詩、詞、散文還是小說、戲曲常常用到。宋·晁端禮《踏莎行》·「琵琶休灑青衫淚，區區遊宦亦何為？」元·王實甫《西廂記》第四本第三折：「淋漓襟袖啼紅淚，比司馬青衫更濕。」明·王世貞《鳴鳳記》第二十九出：「我豈學做重婚的王九愚？豈濕著司馬青衫淚。」清·魏秀仁小說《花月痕》第三回：「舊青衫，淚點都成血，無限事向誰說。」近人柳亞子《有感示子美》：「尊前莫灑青衫淚，我亦名揚潦倒人。」柳亞子的「青衫潦倒人」再準確不過地點出「青衫」意象的直接含意。青衫已是那些在官場上、仕途上潦倒失意者的象徵。郁達夫也是承襲此意而用此意象。不同於白居易的是郁達夫並未為官，更非貶官，他只是感到自己有志難申、青春失意。「悔將詞賦學陳琳，銷盡中原萬里心。書劍飄零傷白也，英雄潦倒感黃金。」這首 1916 年寫給他大哥的《寄曼陀長兄》即訴說了他心中的憤慨與無奈。雖然他此時還只是個學生，他已退出學生身份，而以「書劍英雄」想見用於時卻反而「違時成逐客」（《謁岳墳》，1917 年），所以而有一種「淚灑青衫亦可哀」的感傷。這一意象在此後又反覆用之。《春江感舊四首》之四：「折來紅豆悲難定，濕盡青衫淚不乾。」《盛夏閒居，讀唐宋以來各家詩仿漁洋例，成詩八首錄七》之「吳梅村」：「冬郎忍創香奩格，紅粉青衫總斷魂。」《贈別》：「傷離我亦天涯客，一樣青衫有淚痕。」《寄荃君》：「去年今日曾相見，紅粉青衫兩欲愁。」《寄內五首》之二：「紅粉青衫兩蹉跎，偕隱名山計若何？」《將之日本別海棠三首》之二：「檢點青衫舊酒痕，歌場到處有名存。」此幾例的青衫皆事業無成、功名未就的失意者形象。只是又融入了清·吳偉業的「青衫」之意。吳偉業《琴河感舊四首》之三詩：「青衫憔悴卿憐我，紅粉飄零我憶卿。」寫失意才子與紅粉佳

人的感念。郁達夫受其影響，由白居易的左遷貶官，到自我的英雄潦倒，再到吳偉業的失意才子，青衫意象的具體所指有變，而失意、潦倒、落魄的基本情緒毫無所改。由此意象可以體察郁達夫青年時代那顆拳拳報國之心。

　　青衫由上一層的引申義再作深一層的引申，即蘊含失敗者之意。它雖用白居易、吳偉業之青衫詞面，而意義有所翻進。這一意象用於郁達夫晚年之詩作《贈紫羅蘭》：「正似及時春帖子，羌無故實紫羅蘭。途栽香種傳歌德，簾卷西風陋易安。滄海曾經人未老，青衫初浣淚偷彈。不堪聽唱江南好，幽咽泉流水下灘。」詩作於 1941 年的新加坡。郁達夫遠赴南洋是為抗戰做宣傳，不同於白居易的貶官江州，也不同於吳偉業的才子失意，甚至也不同於自己早年的青春潦倒，這是一個完全含有新意的意象。當抗戰爆發後，郁達夫奔走勞軍於前線，「戎馬間關為國謀」（《毀家詩記》之十一）時，而王映霞則「一飯論交竟自媒」（《毀家詩記》之十二），這給郁達夫以重大的情感心理打擊。大敵當前，老母慘死，長兄遇害，而自己後院失火，郁達夫感到蒙受奇恥大辱。國將亡，家欲破，郁達夫有一種從未有過的人生失敗者之感。「欲返江東無面目，曳尾塗中當死。」（《毀家詩記》之二十《賀新郎》）他自比垓下失敗的項羽，再無面目見家鄉父老，只能如烏龜一樣曳尾塗中，苟且偷活。「曳尾塗中」典出《莊子·秋水》。郁達夫在此後的詩中亦曾多次用到。如《寄若瓢和尚》：「莫懺泥塗曳尾行，萬千恩怨此時情。念家山破從何說，地老天荒曳尾生。」《前在檳城，偶成俚句，南洋詩友，和者如雲。近有所感，再疊前韻，重作三章，郵寄丹林，當知余邇來心境》之二：「縱移團扇面難遮，曳尾塗中計尚賒。新得天隨消遣法，青泥梳剔濯蓮花。」為念家山，為持品潔，而不得不含垢隱忍，泥塗曳尾。所以郁達夫的星洲抗戰，也有逃辱避恥之意（「張祿有心逃魏辱」，《抵星洲感賦》），他把自己與被楚王放逐的屈原相比，「投荒大似屈原遊」（《前在檳城……》）。屈原熱愛楚國，主張抵抗暴秦，而楚王昏庸將其流放於江湘。郁達夫不同於屈原的是自我放逐，所以僅說：「似屈原。」作為一個人生（家庭生活、愛情生活）失敗者，郁達夫既要自我懲遣，又欲自我振作。所以當紫羅蘭女士為抗戰來星洲賣藝籌賑時，聽歌觸發相思悲情。「滄海曾經人未老，青衫初浣淚偷彈。」紫羅蘭很小的時候就登臺唱歌，郁達夫 1926 年在廣州中山大學任教即常聽其唱歌，世事滄桑，十多年過去了，而紫女未老，自己則是「青衫憔悴」，大有江州司馬之感。此詩尚有一題：《辛巳元日，重遇紫羅蘭女士於星洲，烽火連天，青衣憔悴，大有江州司馬之感，贈以長句，

聊志雪鴻》，再明白不過地表達了他的心情。紫羅蘭正是青春盛時以藝報國；自己則是家散妻離，投老炎荒，青衫才浣，悲淚即來，但有淚還只是偷偷暗暗地掉。一副失敗者自悼自傷之情，其實內心之苦是更重於白居易的「江州司馬之感」的。

　　青衫意象從其本意到引申意，郁達夫在詩中因時因境因心的不同都各有所用，極大限度地借青衫意象功用以抒情述懷。

第二節　紅豆意象

　　「紅豆生南國，春來發幾枝。勸君多採擷，此物最相思。」唐朝詩人王維的這首《相思》千古流傳，多少年來，一直是青年男女表達思念、表達懷想、表達愛情、表達心靈寄託的不朽名篇。「紅豆」也成了中國古典詩歌中愛情的象徵意象，為歷代詩人所借用。僅唐代就有溫庭筠的《酒泉子》（「羅帶惹香，猶係別時紅豆。」）、韓偓的《玉盒》（「中有蘭膏漬紅豆，每回拈著長相思。」）、路德延的《小兒詩》（「寶篋拏紅豆，妝盒拾翠鈿。」）、釋貫休的《將入匡山別芳晝二公》（「紅豆樹間滴紅雨，戀師不得依師住。」）、和凝的《天仙子》（「柳色披衫金縷鳳，纖手輕拈紅豆弄。」）、花蕊夫人的《宮詞》（「卻被內監遙覷見，故將紅豆打黃鶯。」）、後唐牛希濟的《生查子》（「紅豆不堪看，滿眼相思淚。」）等若干詩篇都寫到這種植物。而紅豆又名相思子，則又有徐夤的《再幸華清宮》：「年來卻恨相思樹，春至不生連理枝。」紅豆經唐代詩人的大量入詩使其意象豐盈而凝定。郁達夫家住富春，亦屬南國，對這種植物也是十分鍾愛，常引用入詩，以寄託相思。

　　思故鄉。思鄉在郁達夫詩中是個十分重要的主題。他15歲離故鄉去杭州讀書，離開祖母、母親；後又漂泊海外，寄宿異鄉。「離家少小誰曾慣」（《自述詩》十六），對於一個依偎在祖母懷裏，尚需母親呵護疼愛的孩子來說，怎捨得遠離故鄉呢？「隻身去國三千里，一日思鄉十二回」（《有寄》）語雖樸而情深，情濃，情摯，情切。他在1913年秋到日本後的第一首詩就是《鄉思》：「聞道江南未息兵，家山西望最關情。幾回歸夢遙難到，才渡重洋已五更。」小小少年，在思鄉裏還寄託著思國呢！詩思遠而詩境闊。除了這些直接的抒情外，郁達夫還借紅豆意象以寄託相思之苦。「白日相思覺夢長，夢中情事太荒唐。早知骨裏藏紅豆，悔駕天風出帝鄉。」（《金絲雀詩五首》之二）「白日」

句用王維《相思》典，直陳胸懷。「早知」句用溫庭筠《南歌子》典：「玲瓏骰子安紅豆，入骨相思知不知。」言相思太深，相思入骨了。郁達夫用此典而意更深，早知道別離遠遊會因思鄉入骨，真後悔離開「帝鄉」祖國了。「紅豆秋風萬里思，天涯芳草日斜時。不知彭澤門前菊，開到黃花第幾枝。」（《不知》之二）這已是到日本的第四年（1916）了，而思鄉之情仍是不減，秋風萬里，相思綿綿。關心陶菊，隱含清高。即不因遠離祖國、漂泊異邦而失節，紅豆天涯，永遠保持著一個中國人高潔的品性。在思鄉的紅豆意象裏，郁達夫的情感寄託深而摯，誠而遠。

　　思友人。郁達夫與日本漢詩人服部擔風年有少長，情兼師友。郁達夫以師長父輩敬之，對服部擔風稱道備至。「行盡西郊更向東，雲山遙望合還通。過橋知入詞人裏，到處村童說擔風。」（《訪擔風先生道上偶成》）郁達夫初到日本不久就參加了服部擔風的佩蘭吟社，常相唱和。擔風對這個來自中國的青年詩人也是關愛有加，他讚揚郁達夫的《日本謠》說：「郁達夫留學吾邦猶未出一二年，而此方文物事情，幾乎無不精通焉。自非才識軼群，斷斷不能。《日本謠》諸作，奇想妙喻，信手拈出，絕無矮人觀場之憾，轉有長爪爬癢之快。一唱三歎，舌撟不下。」〔註5〕擔風還寫詩稱讚他：「才駕李昌穀，狂追賀季真。」〔註6〕從日本學者稻葉昭二的《郁達夫——他的青春和詩》可知，郁達夫與服部擔風互相唱和的詩即有數首。更難能可貴的是擔風先生對郁達夫愛國之心、報國之志的理解與支持。當郁達夫欲回國參加高等文官考試以實現奉獻祖國理想時，擔風寫詩道：「萬里悲哉氣作秋，憐君家國有深憂。功名唾手拋黃卷，車笠論交抵白頭。鱸味何曾慕張翰，鵬圖行合答莊周。略同宗慤平生志，又上乘風破浪舟。」（服部擔風《郁達夫寄示近作即次其韻卻寄》）〔註7〕這麼一個既愛郁達夫超逸卓突之才，又憐郁達夫憂國愛國之心的日本老人，郁達夫又怎能不敬愛不念不思呢？《辭祭花庵蒙藍亭遠送至旗亭，上車後作此謝之》：「半尋知己半尋春，五里東風十里塵。楊柳旗亭勞蠟屐，青山紅豆羨閒身。閉門覓句難除癖，屈節論交別有真。說項深恩何日報，仲宣猶是未歸人。」

〔註5〕稻葉昭二：《郁達夫——他的青春和詩》，見稻葉昭二、小田岳夫：《郁達夫傳記兩種》，第215頁，杭州：浙江文藝出版社1984年版。

〔註6〕稻葉昭二：《郁達夫——他的青春和詩》，見稻葉昭二、小田岳夫：《郁達夫傳記兩種》，第220頁，杭州：浙江文藝出版社1984年版。

〔註7〕稻葉昭二：《郁達夫——他的青春和詩》，見稻葉昭二、小田岳夫：《郁達夫傳記兩種》，第222頁，杭州：浙江文藝出版社1984年版。

蘭亭是服部擔風的齋號，此以指擔風。郁達夫視擔風為「知己」，擔風以詩壇盟主屈節降尊送他至旗亭，這令郁達夫非常感動。如此禮遇，會讓我青山遙遙紅豆綿綿思念不絕的。這裡即用紅豆意象寄託相思之情。日本學者稻葉昭二認為：「服部擔風對於郁達夫就如同藤野先生之於魯迅。」〔註8〕這個比方是非常確當的。郁達夫的《送擔風》也有似魯迅的《藤野先生》。詩曰：「春風南浦黯銷魂，話別來敲夜半門。贈我梅花清幾許，此生難報丈人恩。」前用紅豆寄託相思，此用伍子胥典表達受擔風先生之恩深。

　　思戀人。紅豆意象的基本意即是表達愛情。詩人歷來也把它作為愛情的象徵物。郁達夫在詩中有時用紅豆，有時用相思樹。因紅豆又叫相思子，紅豆樹即叫相思樹。紅豆為物（象）而含意，相思為意而指物（象），兩實為一。郁達夫有《相思樹三首》，即是寫愛情的。詩作於1917年5月31日，據其當天日記，這三首是小說中的詩。然小說未見，由詩意可推知內容。其一：「吐霧含煙作意嬌，好將疏影拂春潮。為誰栽此相思樹，遠似愁眉近似腰。」此寫相思樹的意態。其二：「江水悠悠日夜流，江干明月照人愁。臨行栽取三株樹，春色明年綠上樓。」此寫植樹寄思。其三：「我去蓬萊覓棗瓜，君留古渡散天花。他年倘向瑤池見，記取楊枝舞影斜。」此寫我去君留之思戀。郁達夫在少年時曾戀「左家嬌女字蓮仙」（《自述詩》之八），然「二女明妝不可求」，人家早已是「杏花又逐東風嫁」了（《自述詩》之十），因此《相思樹》不可能是寫給「左家嬌女」的。寫作此詩時郁達夫尚未與孫荃相識，故也不可能是寫給孫荃的。據這段時期郁達夫的日記與詩來看，他正與一日本女子後藤隆子相戀。日本學者稻葉昭二說：「在名古屋八高讀書的時候，他的下宿處有個少女，名叫隆子。他為她寫了詩，可見他心下是鍾情於這個少女的。」〔註9〕郁達夫在1917年6月11日的日記中也有一段記述：「……念隆子不置。……坐立不安，總覺有一物橫亙胸中，吞之不得，吐又不能，似火中蟻，似圈中虎。……已為Venus所縛矣！」〔註10〕《贈隆兒》詩二首，其一說：「人事蕭條春夢後，梅花五月又逢卿。」《相思樹》詩即作於這年五月，而「又逢」則說明此前很早即已相識。故可推知《相思樹》詩及小說很可能即是寫隆子的。借相思樹即紅

〔註8〕稻葉昭二：《郁達夫——他的青春和詩》，見稻葉昭二、小田岳夫：《郁達夫傳記兩種》，第223頁，杭州：浙江文藝出版社1984年版。

〔註9〕稻葉昭二：《郁達夫——他的青春和詩》，見稻葉昭二、小田岳夫：《郁達夫傳記兩種》，第254頁，杭州：浙江文藝出版社1984年版。

〔註10〕郁達夫：《郁達夫全集》第5卷，第5頁，杭州：浙江大學出版社2007年版。

豆樹含蓄地表達愛戀之情。大約是家裏要他回家訂親，這段異國情緣無法維持，不久郁達夫又作了《別隆兒》：「只愁難解名花怨，替寫新詩到海棠。」以名花海棠喻隆兒，還要為她再寫詩，愛戀之情仍是綿綿不絕。

以紅豆意象表達愛情的，在前面曾與「青衫」對舉而為聯，即《春江感舊》的第四首，全詩是：「一夜天風到蕙蘭，花香人夢兩闌干。折來紅豆悲難定，濕盡青衫淚不乾。佳婦而今歸帝子，腐儒自古苦酸寒。綿綿此恨何時了，野雉朝飛不忍看。」詩作於 1917 年 8 月作者回國返鄉訂親之日，頗值得玩味。從內容上看不是寫給未婚妻孫荃的，那麼「折來紅豆」欲寄相思給誰呢？詩是懷念那少年時代曾惹起自己「水樣的春愁」的少女的，如今「佳婦而今歸帝子」了，自己仍是一個酸寒的腐儒，青衫潦倒的失意者。所以即使「折來紅豆」欲寄無著處，而又此恨綿綿無時能了。折來的紅豆既寄不出去，又止不住悲情。內心裏對往事，對少年朦朧的愛情有著難斷難了欲割不能的感傷意緒。郁達夫後來在與王映霞離婚後曾兩用紅豆意象。一是《五月廿三別王氏於星洲，夜飲南天酒樓，是初來時投宿處》：「自剔銀燈照酒巵，旗亭風月惹相思。忍拋白首名山約，來譜黃衫小玉詞。南國固多紅豆子，沈園差似習家池。山公大醉高陽夜，可是傷春（又作「傷心」）為柳枝。」詩是為餞別王映霞而實際是自己南天酒樓獨酌。郁達夫悲傷不能自已，既恨王映霞「忍拋白首名山約」（郁王初識時，郁達夫寄詩王映霞：「朝來風色暗高樓，偕隱名山誓白頭。」《寄映霞兩首》之一），又自寬自慰「南國固多紅豆子」，則此處的「紅豆子」不是寄思於王映霞，而是指在南國的新加坡也是會有異性的朋友可寄託我的相思的。「紅豆子」雖作愛情之物卻並無實指。而另一處則有具體所指。《亂離雜詩》之九：「多謝陳蕃掃榻迎，欲留無計又西征。偶攀紅豆來南國，為訪雲英上玉京。細雨蒲帆遊子淚，春風楊柳故園情。河山兩戒重光日，約取金門海上盟。」此詩作於 1942 年春，作者撤離新加坡流亡途中，雖是為謝保東村居亭主人陳仲培收留之意，亦抒發了他在新加坡認識並已相戀的女友李筱英。頷聯的「紅豆」「雲英」（唐傳奇《裴航》中的女仙名）均是實指李。來到南國與李相識雖是偶然，卻結下了愛情；那麼為追求愛情不惜趕上玉京（隱言星洲）去尋訪李筱英。作者特意把對愛情的追求放在期待抗戰的勝利中（即末聯語），尤見其對愛情的信心與對於勝利的執著。

思鄉思友思戀人，紅豆意象的能指均為郁達夫所用，並對傳統意義有所拓展。

第三節　青衫紅豆意象出現於前後兩個時期的原因

　　郁達夫的詩詞創作大體分為留日時期（1913～1921）、國內時期（1922～1938）、南洋時期（1939～1945）。青衫紅豆意象集中用於前後兩段。而於回國後所寫一百六十餘首詩詞中從未一用，這是很特別的現象，與郁達夫的處境心境身份地位有很大關係。郁達夫回國後致力於新文學創作，成為著名作家，又是大學教授，當然不再是著「青衫」的學子或江州的司馬。與王映霞戀愛成功，是上個世紀轟動文壇的豔聞，一部《日記九種》人稱「戀愛的聖經」。郁達夫自己也說：「和映霞結褵了十餘年，兩人日日廝混在一道，三千六百日中，從沒有兩個月以上的離別。」（《毀家詩紀》之一注文）當然也就用不著借「紅豆」以寄託相思。所以在國內的詩作中一無所用。那麼又為何出現在前後兩段呢？

　　留日時期用青衫意象，除用其本意點明自己學生身份外，則是用其引申意的失意者。郁達夫有少年報國之志，並不想以腐儒自甘（「半世悔為儒」，《丙辰元日感賦》），覺得「自慚投筆吏，難上使君臺」（《夢登春江第一樓，嚴子陵先生釣臺，題詩石上》），期望的是「男兒要勒燕然石」（《七夕行裝已具，邀同學數人小飲於室，王一之有詩餞行，依韻和之》）。所以常常是比項羽，思祖逖，弔田橫，而現實是「文章如此難醫國」（《題寫真答荃君三首》之一），自己是依舊一青衫。所以他又常常有「青春潦倒」「英雄時鈍」之感。他寫作了許多政論詩，詠史詩，如《秋興四首》《雜感八首》《謁岳墳》等，以抒發自己報國的情懷。對「將軍原是山中盜」（《雜感》之三）的憤慨，對「努力救神州」（《秋興四首》之一）的渴望，對「絕無功業比馮唐」（《病後訪擔風先生有贈》）的感傷，這往往使他與貶官的白居易產生共鳴。自傷自悼自歎中，不免把自己也當作是千古文人失意者中的一個而用「青衫意象」以寄託悲憤之情。

　　至於留日時期的紅豆（相思樹）意象，以盡意象的所有意。少小離家，但遠不同於賀知章，那是漂洋過海遠離祖國。初到日本尚有兄嫂，一年後已是自身一人舉目無親了，那種思鄉病之深是「入骨」的，難怪他要「一日思鄉十二回」（《有寄》，1915 年）了。這時服部擔風的出現以及擔風先生長輩般的關懷當然會使郁達夫感激不盡。他寫了很多詩給擔風，並把「紅豆子」拋給了擔風。對擔風的思念與愛實際上隱含著郁達夫對親人長輩的渴念與深深的懷想。郁達夫三歲喪父，擔風長他三十歲，正是他的父輩，所以這種戀情就非是一般的以「紅豆」思友了。郁達夫在日本正當青春時期，情竇已萌，故愛情之思愛情

之苦也時常迫壓著他。如果說他對「左家嬌女字蓮仙」（實是他自傳中所說的趙家的少女）的愛戀是朦朧的，那麼他對後藤隆子的愛則是自我覺醒的，真切真摯且熱烈的愛了。《相思樹》小說不見，那三首詩我們有理由推斷他就是寫給這個隆子的。其後雖與她訣別了，兩年後的 1919 年郁達夫再見隆子還寫了《留別隆兒》向她傾訴「平生竊羨藍橋夢」，希望有那藍橋的仙遇。這些詩裏所用「紅豆」（相思樹）意象反映了青春期的郁達夫對愛情的大膽追求。在那個禮教的時代也有著某種特定的反封建的意義。

到了新加坡時期，主要是婚姻的破裂、家庭的離散，孤身一人，獨自歎息：「相看無復舊家庭，剩有殘書擁畫屏。異國飄零妻又去，十年恨事數番經。」（《自歎》）所以不免又自比左遷的江州司馬白居易了。然而此時的郁達夫與白居易的境況並不同，白是被貶，郁則是自放。白是官場仕途上的失意者，郁則是人生道路上的失敗者，但「青衫」意象也照樣可以作為失敗者的象徵（寫照）。以現成的舊有的熟的意象寫自己的境況，也容易為人所理解並能引起共鳴。而紅豆之意象的再度使用，也不同於早年那般的泛指，思鄉思友思戀人，而是只單指戀人，一虛一實。這反映郁達夫晚年經歷了妻離之後極度哀傷，在一番自慰（「南國固多紅豆子」）後，又重新找到所愛並逐漸樹立起了愛的信心（「為訪雲英上玉京」）。至此，紅豆意象在郁達夫詩的最後完成了原本的象徵性意義——愛情。

青衫紅豆意象在古典詩詞中的意義是比較單一的，青衫即是失意者，紅豆即是寄相思。郁達夫在運用中不僅如此，還以紅豆寄思鄉，以青衫作為失敗者，這是郁達夫對傳統意象的傳承，同時又作了一定意義的拓展。

第四章 借鑒古典詩詞的廣泛性與藝術性

　　王瑤先生在其《論現代文學與中國古典文學的歷史聯繫》一文中深刻指出:「『五四』時期的新作家、新詩人儘管在公開場合都提倡新詩,自覺學習外國詩歌,表現出與傳統詩詞的決絕姿態,但他們自幼自然形成的古典詩詞的深厚修養卻不能不在他們的實際創作中發生影響;儘管這種影響有一個從『潛在』到『外在』,從『不自覺』到『自覺』的過程,但這種影響存在的本身就表現出了一種深刻的歷史聯繫。」〔註1〕這在郁達夫身上體現的尤其明顯而突出。在中國現代作家中,魯迅、郭沫若、茅盾、田漢、朱自清等人都隨興而作舊體詩,那只是寫給「自己看的」(魯迅語),而唯獨郁達夫可以說是自覺地大量地創作發表舊體詩的一個人,從 1911 年寫作 1915 年發表《詠史三首》,到其生命的最後一年(1945 年)於異域的蘇門答臘寫作《題新雲山人畫梅》,一生作詩不輟,「寫了千篇內外的詩歌」〔註2〕,現收錄於《郁達夫全集》第 7 卷的詩詞共有 634 首。研讀郁達夫的全部詩詞,可以發現郁達夫詩詞對中國古代文學尤其是古典詩詞的吸收與借鑒的廣泛性,繼承與革新的藝術性。郁達夫雖以小說聞世,是「五四」時期傑出的小說家,中國現代文學史上浪漫派小說大師,然而許多人,像郭沫若、劉海粟這些大詩人大藝術家都認為郁達夫的散文勝於他的小說,而舊詩則勝於他的散文。早在日本留學時期,他即與日本著名

〔註1〕王瑤:《論現代文學與中國古典文學的歷史聯繫》,《王瑤全集》第 5 卷,第 80 頁,石家莊:河北教育出版社 2000 年版。
〔註2〕于聽:《論郁達夫的〈自傳〉》,見《郁達夫風雨說》,第 93 頁,杭州:浙江文藝出版社 1991 年版。

的漢詩作家服部擔風來往，還相互唱和，參加其詩社，在《新愛知新聞》《校友會雜誌》以及國內的《神州日報》上發表若干舊體詩，為日本友人富長蝶如等，留日學生郭沫若、鄭伯奇等所推崇。即使後來創作小說散文，也還是未停舊詩的創作。尤其是在其小說散文中融入他的舊詩，而形成他抒情性創作的一大特色。到了新加坡，他的主要文體小說、散文已經停止創作，除了雜文政論就是舊體詩了。詩成了他情感寄託的唯一文學載體，詩成了他投身戰鬥的重要文學武器，詩也成了他生命的一部分。他在以生命去創作詩，這是他舊體詩創作達到高度藝術成就的內在原因。因而，從接受美學的角度，對郁達夫的全部詩詞進行研究，探討其對中國古代文學尤其是古典詩詞的吸收與借鑒，繼承與革新，對這一最具有國學特性、最具有民族文化特色的詩歌體裁加以傳承、革新，是非常有現代意義與價值的。

第一節　郁詩所接受之影響

　　鄭子瑜先生是對郁達夫詩詞研究最早且用功最深的一位新加坡著名學者。早在 20 世紀 30 年代（1936 年），鄭子瑜在廈門天仙旅社拜見郁達夫時即對其說要寫一篇題為《郁達夫詩出自宋詩考》的文章。「達夫沒有否認他的詩與宋詩有關緣，只是笑著說：『什麼時候大作寫成了，請寄給我看一看。』」〔註3〕遺憾的是此文當時沒能寫成，郁達夫生前亦未能看到。直至四十多年後的 1978 年才發表。隨之即成為郁詩研究的一篇重要著作。此外鄭子瑜先生還寫有《談郁達夫的南遊詩》（1955 年 10 月）、《論郁達夫的舊體詩》（1963 年）、《蔣祖怡著〈郁達夫舊詩箋注〉序》（1990 年）等數篇論郁詩的文章，歷時五十餘年，並編有《郁達夫詩集》，步郁達夫《釣臺題壁》原韻而作詩，可見其對郁詩的深愛。在這幾篇文章中，鄭先生的基本觀點，即是郁達夫的詩出自宋詩，郁達夫受宋人影響最深。他說：「達夫的舊詩，受宋人的影響最深，可能是因為他所處的時代，與宋朝有若干彷彿之處。但宋詞（應為宋詩——引者注）主說理，達夫詩卻以道情取勝；我想最大的原因，是宋代詩人，喜歡以文入詩，這就正合達夫的脾胃了。」〔註4〕「我以為宋詩只是意境稍差，音韻不夠響而已，若就詩的內容和

〔註3〕鄭子瑜：《郁達夫詩出自宋詩考》，《鄭子瑜學術論著自選集》，第 209 頁，北京：首都師範大學出版社 1994 年版。

〔註4〕鄭子瑜：《論郁達夫的舊詩》，《鄭子瑜學術論著自選集》，第 142 頁，北京：首都師範大學出版社 1994 年版。

它所含的社會意義來說，則宋詩未必不愈於唐詩。……說也奇怪，以絕世才華的郁達夫，卻頗喜摹擬宋詩。」〔註5〕「他（指郁達夫——引者注）既喜歡厲鶚，當然也就喜歡厲鶚所撰製的東西，所以必定熟讀厲鶚所編製的《宋詩紀事》和《南宋雜事詩》，因而對宋詩有極其深刻的印象，『染指既多，自成習套』，這也許是達夫詩出自宋詩的一個更為可能的原因吧？」〔註6〕而《郁達夫詩出自宋詩考》一文即對郁達夫四十餘首詩進行詳實的考引，以證郁達夫「受宋人的影響最深」之論。鄭先生的觀點頗為學界所重，所以他的《郁達夫詩出自宋詩考》一文即為多種權威的《郁達夫研究資料》《郁達夫研究論文選》所收入。鄭先生的觀點，不無道理，郁達夫受宋詩影響亦是肯定的，但若認為郁達夫的舊詩「受宋人的影響最深」，郁達夫的詩都或多「出自宋詩」，似非確論。

有一種觀點，與鄭子瑜先生的恰好相反。郁達夫「對宋詩似乎從來就不甚喜歡」，于聽先生說：「早年多次談詩的書信中，只在 1916 年致兄、嫂書中見到過『在宋則歐陽永叔、曾南豐、陸劍南諸家可誦』的一語，此外，幾乎言不及宋。」〔註7〕于聽即郁達夫長子郁天民，早在 20 世紀 50 年代，開始收集整理郁達夫詩詞，至 80 年代出版《郁達夫詩詞抄》一書。在後記中他說：「郁達夫除喜愛『山谷詩孫』的黃仲則外，很明顯，李白、杜牧、李商隱、溫庭筠、黃庭堅、陸游直至吳偉業、王士禎、龔自珍等先輩詩人對他都有一定的影響。」〔註8〕於宋人只提到黃庭堅與陸游，而唐人則有四個。

那麼，郁達夫自己的觀點喜好是怎樣的呢？看看他的《論詩絕句寄浪華》（1916 年）是如何評價宋詩的：「遺山本不嫌山谷，無奈西崑學者狂。欲矯當時奇癖疾，共君並力斥蘇黃。」蘇即蘇東坡，黃即黃庭堅，乃宋之兩大詩人，郁則欲「並力斥之」。《雲裏一鱗》（1917 年）亦說：「宋人詩不及元人之多致。」〔註9〕這兩則都是早年的觀點。至 30 年代，郁達夫有一篇《娛霞雜載》（1935

〔註5〕鄭子瑜：《郁達夫詩出自宋詩考》，《鄭子瑜學術論著自選集》，第 211 頁，北京：首都師範大學出版社 1994 年版。

〔註6〕鄭子瑜：《郁達夫詩出自宋詩考》，《鄭子瑜學術論著自選集》，第 213 頁，北京：首都師範大學出版社 1994 年版。

〔註7〕于聽：《論郁達夫的〈自傳〉》，見《郁達夫風雨說》，第 101～102 頁，杭州：浙江文藝出版社 1991 年版。

〔註8〕于聽、周艾文：《郁達夫詩詞抄·編後記》，第 185 頁，杭州：浙江人民出版社 1981 年版。

〔註9〕郁達夫：《雲裏一鱗》，《郁達夫全集》第 6 卷，第 19 頁，杭州：浙江大學出版社 2007 年版。

年），談到宋人詩時說：「張泌初仕南唐，入宋官虞部郎中，《寄故人》一絕：『別夢依依到謝家，小廊回合曲闌斜。多情只有春庭月，猶為離人照落花。』尚有『揚子江頭楊柳春』的遺味；至汪水雲《湖州歌》中之『京口沿河賣酒家，東邊楊柳北邊花。柳搖花謝人分散，一向天涯一海涯。』則語意率直真是宋人口吻。」所謂「語意率直，宋人口吻」明顯有鄙薄之意，雖文後贅上一句「詩分唐宋，並無優劣之意，不過時代不同，語氣自然各異耳」〔註10〕。這正如于聽先生所說的是：「意在安撫宋人的外交辭令。『語意率直』難道是語氣各異的問題嗎？其實，此種評價，他內心是由來已久了。」〔註11〕當然這與郁達夫的年齡頗有一定關係。早年郁達夫年輕氣盛，出言無礙，故直說「宋人詩不及元人之多致」。到了中年，閱歷既豐，學問既深，文學業成，為人成熟，故話語也就變得謹慎厚道，平和中正而不過頭或極端。再到晚年的新加坡時期，他為蕭遙天的《不驚人草》作序，談到舊詩時說到自己的「口味」：「我是始終以漁陽山人的神韻，晚唐與元詩的豔麗，六朝的瀟灑為三一律。……因此有時雖也頗愛西崑，但有時總獨重香奩。明前後七子的模仿盛唐，公安竟陵的不怪奇而直承白蘇李賀孟郊一派時的好句，雖然也很喜歡，但總覺得不如晚唐元季的詩來得更有回味。」而對蕭遙天的詩呢，他認為蕭遙天的「古體詩比今體詩好得多」，「蕭先生的今體詩，卻都半是近似宋人的」〔註12〕。所謂「近似宋人」，言下之意，即不合於自己的口味，只不過說得比較含蓄。

鄭說不無道理，于說合於實情，而郁達夫自己的觀點才是最值得重視的。由於鄭子瑜先生的考證僅及其四十餘首詩，只占郁達夫全部詩詞的十幾分之一，難免有一定的侷限。若從郁達夫現存六百餘首詩詞來看，郁達夫對中國古代文學主要是古典詩詞的借鑒是十分廣泛的，且借鑒的藝術也是十分高超的。郁達夫對古典詩詞藝術上的繼承與革新「恰好說明了郁達夫古典文學修養之深厚」〔註13〕。

〔註10〕郁達夫：《娛霞雜載》，《郁達夫全集》第 8 卷，第 183 頁，杭州：浙江大學出版社 2007 年版。

〔註11〕于聽：《論郁達夫的〈自傳〉》，見《郁達夫風雨說》，第 102 頁，杭州：浙江文藝出版社 1991 年版。

〔註12〕郁達夫：《序〈不驚人草〉》，《郁達夫全集》第 11 卷，第 351 頁，杭州：浙江大學出版社 2007 年版。

〔註13〕王瑤：《論現代文學與中國古典文學的歷史聯繫》，《王瑤全集》第 5 卷，第 80 頁，石家莊：河北教育出版社 2000 年版。

第二節　郁詩借鑒的廣泛性

　　唐詩人杜甫有一首論詩絕句曰：「未及前賢更勿疑，遞相祖述復先誰？別裁偽體親風雅，轉益多師是汝詩。」（《戲為六絕句》其六）郁達夫對古典詩詞的學習、吸收、借鑒，正是「轉益而多師」，廣收而博採，從而鎔鑄成自己新的創作。

一、作家的廣泛性

　　中國是個詩的國度，有三千年的詩歌史，有上萬名的詩人，郁達夫徜徉於詩海，不薄今人愛古人，向一切有名無名的詩人學習。從其詩詞所接受古代詩人的影響來看，遍及歷朝各代。有先秦時期創作《詩經》的詩人與屈原，漢魏六朝時期的劉邦、司馬相如、司馬遷、班婕妤、蔡邕、《古詩十九首》詩人、曹操、曹植、陸凱、范雲、謝道韞、陶淵明、謝靈運、王僧孺、孔稚圭、江淹、庾信等；隋唐五代時期的薛道衡、王績、慧能、王勃、沈佺期、劉希夷、賀知章、唐玄宗、李義府、王之渙、孟浩然、王昌齡、王維、李白、王灣、高適、杜甫、岑參、錢起、金昌緒、張繼、于鵠、張志和、孟郊、楊巨源、崔護、劉皁、王建、崔郊、韓愈、柳宗元、劉禹錫、白居易、元稹、張祜、徐凝、賈島、朱慶餘、楊敬之、李賀、杜牧、李商隱、陳陶、溫庭筠、羅隱、章碣、秦韜玉、裴鉶、鄭谷、陳玉蘭、汪遵、張泌、鄭綮、貫休、牛希濟、馮延巳、李煜、唐無名氏等；兩宋遼金時期的林逋、魏野、范仲淹、柳永、張先、宋祁、梅堯臣、歐陽修、蘇舜欽、程顥、王安石、蘇軾、黃庭堅、釋參寥、秦觀、賀鑄、陳師道、潘大臨、施常、朱淑真、李清照、曾幾、陳與義、張元幹、岳飛、陸游、范成大、朱熹、王炎、翁卷、趙師秀、張谷山、葉紹翁、王清惠、林升、蕭灝、李曾伯、盧梅坡、文天祥、完顏亮、元好問等；元明清時期的王實甫、馬致遠、虞集、張昱、高啟、袁宏道、唐寅、徐霞客、錢謙益、吳偉業、朱彝尊、鄭小谷、厲鶚、曹雪芹、趙翼、黃仲則、魏秀仁、龔自珍等；近代詩人秋瑾、蘇曼殊等近二百位，而實際尚遠不止這些。郁達夫對以上詩人的一些詩、詞、文句都有所吸收與借鑒。

二、文體的廣泛性

　　郁達夫創作舊體詩固然以古代的唐詩宋詞為借鑒，故以這種文體為郁達夫研讀最深。此外像《詩》、《騷》、文、賦、駢、散、《語》、《孟》、《莊》、曲，

甚至史傳、傳奇、小說、筆記、章回、遊記等多種文體都為郁達夫所吸收。用《詩經》例的，如《題淡然紀念冊》的「風雨雞鳴夜五更」，用《詩經‧鄭風‧風雨》：「風雨如晦，雞鳴不已。」《亂離雜詩》的「百身可贖我奚辭」，用《詩經‧秦風‧黃鳥》：「如可贖兮，人百其身。」用《楚辭》例的，如《贈名》的「兩字蘭荃出楚辭」，《毀家詩紀》之九的「楚澤盡多蘭與芷」，出自《楚辭‧離騷》：「蘭芷變而不芳兮，荃蕙化而為茅。」用散文例的，如《和廣勳先生賜贈之作》之四的「滄海乘桴詠四愁」，用《論語‧公冶長》：「子曰：道不行，乘桴浮於海。」《晴雪園卜居》的「望去河山能小魯」，用《孟子‧盡心上》：「孔子登東山而小魯，登泰山而小天下。」《賀新郎》的「曳尾塗中當死」，用《莊子‧秋水》：「寧其生而曳尾於塗中乎？」《覺園獨居寄孫百剛》：「此間事不為人道」，出自陶淵明《桃花園記》：「不足為外人道也。」用賦例的，如《客感》的「寸心牢落鬢絲知」，用陸機《文賦》：「心牢落而無偶。」《題陶然亭壁》：「明年月白風清夜，應有蹁躚道士來。」用蘇軾《後赤壁賦》的：「月白風清，如此良夜何？」與「夢一道士，羽衣蹁躚，……」用駢文例的，如《去卜干峇魯贈陳金紹》：「故鄉猿鶴動人愁」，用孔稚圭《北山移文》：「蕙帳空兮夜鶴怨，山人去兮曉猿驚。」用戲曲例的，如《毀家詩紀》之七：「州似琵琶人別抱」，用孟稱舜《鸚鵡墓貞文記‧哭墓》：「怎把琵琶別抱歸南浦，負卻當年鸞錦書。」用元曲例的，如《夜歸寓舍，值微雨，口占一絕》：「瘦馬嘶風旅客歸」，用馬致遠《天淨沙‧秋思》：「古道西風瘦馬。」用史書例的，如《賀新郎》：「匈奴未滅家何恃？」用司馬遷《史記‧衛將軍驃騎列傳》：「匈奴未滅，無以家為也！」用傳奇例的，如《村居雜詩》之二：「何必崎嶇上玉京」，用裴鉶《傳奇‧裴航》中詩句：「藍橋便是神仙窟，何必崎嶇上玉清。」用小說例的，如《出晴雪園賦寄石埭》之一：「情鍾我輩原應爾」，用劉義慶《世說新語‧傷逝》：「情之所鍾，正在我輩。」《金絲雀詩》之五：「中天恐被萬人看」，用曹雪芹《紅樓夢》第一回賈雨村詠月詩：「天上一輪才捧出，人間萬姓仰頭看。」用遊記例的，如《偕錢甫、成章、寶荃三人登東天目絕頂大仙峰望錢塘江》：「鳳舞龍飛兩乳長」，用《西湖遊覽志餘》卷一所傳之讖詩：「天目山垂兩乳長，龍飛鳳舞到錢塘。」

三、名詩的廣泛性

　　鄭子瑜先生的《郁達夫詩出自宋詩考》一文，王瑤認為他「列舉郁達夫的許多舊詩，卻從宋詩點化出來，而所舉的宋詩，有相當都是比較冷僻、為一般

人所不熟悉的」〔註14〕。其實，從郁達夫所有詩詞來看，他所「點化」的詩倒更多是「名」詩，名家的名篇，或非名家的名篇。有很多都是我們所耳熟能詳、脫口成誦的。如劉邦的《大風歌》、賀知章的《回鄉偶書》、李白的《黃鶴樓送孟浩然之廣陵》、杜甫的《春望》《秋興》、孟浩然的《過故人莊》、王維的《紅豆》《九月九日憶山東兄弟》、王之渙的《登鸛雀樓》《涼州詞》、王昌齡的《出塞》《閨怨》《芙蓉樓送辛漸》、白居易的《琵琶行》《長恨歌》、元稹的《離思》、劉禹錫的《烏衣巷》《西塞山懷古》、張繼的《楓橋夜泊》、張志和的《漁父詞》、賈島的《題李凝幽居》、杜牧的《遣懷》《山行》、李商隱的《無題》、溫庭筠的《商山早行》、李煜的《虞美人》、林逋的《山園小梅》、蘇軾的《和子由澠池懷舊》《水調歌頭・中秋月》、陸游的《書憤》、葉紹翁的《遊園不值》、文天祥的《過零丁洋》、龔自珍的《己亥雜詩》等名家名詩都被郁達夫「點化」入自己的詩中。

特別是那些在文學史上非大亦非名的詩人但很有名的詩（句）也照樣被郁達夫所吸收。戰國荊軻的「風蕭蕭兮易水寒，壯士一去兮不復還」，郁達夫《過易水》用之曰：「依舊秋風易水寒。」東漢蔡邕《飲馬長城窟行》：「客從遠方來，遺我雙鯉魚。呼兒烹鯉魚，中有尺素書。」郁達夫的《寄王子明業師居富陽》用之曰：「海外難通尺素書。」曹植《七哀》：「明月照高樓，流光正徘徊。」《古詩十九首》之二：「蕩子行不歸。」郁達夫用為「樓上月徘徊，……蕩子不歸來……」（《紅閨夜月》）《玉臺新詠・東飛伯勞歌》：「東飛伯勞西飛燕」，郁達夫用為「伯勞飛燕東西別」（《別戴某》）。三國吳陸凱《寄贈范曄》：「折梅逢驛使，寄與隴頭人。江南無所有，聊寄一枝春。」郁達夫用為：「庾嶺梅花寄一枝。」（《送友人之廣東》）晉桃葉《答王團扇歌》：「團扇復團扇，持許自障（障亦作遮）面。」郁達夫用為：「縱移團扇面難遮。」（《前在檳城，偶成俚句，南洋詩友，和者如雲。近有所感，再疊前韻，重作三章，郵寄丹林，當知余邇來心境》）東晉謝道韞的斷句：「未若柳絮因風起」，郁達夫用之曰：「謝家院裏絮霏霏。」（《訪擔風於藍亭，蒙留飲，席上分題得「雪中梅」，限「微」韻》）「柳絮無心落鳳池。」（《雪》）謝靈運的名句：「池塘生春草」，郁達夫用為：「草滿池塘水滿汀。」（《梅雨連朝不霽，昨過溪南，見秧已長矣》之一）隋薛道衡《昔昔鹽》：「空梁落燕泥」，郁達夫用之曰：「今日梁空泥落盡」（《毀

〔註14〕 王瑤：《論現代文學與中國古典文學的歷史聯繫》，《王瑤全集》第 5 卷，第 80 頁，石家莊：河北教育出版社 2000 年版。

家詩紀》十七），「泥落危巢燕子哀」（《題陶然亭壁》）。唐李義府詩：「上林如許樹，不借一枝棲。」（《全唐詩話》卷一）郁達夫反用為：「願向叢林借一枝。」（《偕某某登嵐山》）唐劉希夷《代悲白頭翁》：「年年歲歲花相似，歲歲年年人不同。」郁達夫用為：「一春綺夢花相似。」（《贈姑蘇女子》）唐王灣《次北固山下》：「潮平兩岸闊，風正一帆懸。」郁達夫用為：「江闊一帆林外低。」（《題畫》之一）唐錢起《省試湘靈鼓瑟》：「曲終人不見，江上數峰青。」郁達夫用之曰：「江上青峰江下水。」（《題春江第一樓壁》）唐金昌緒《春怨》「打起黃鶯兒，莫教枝上啼。啼時驚妾夢，不得到遼西。」郁達夫用之曰：「黃葉林疏鳥夢輕。」（《車過臨平》）唐崔護《題都城南莊》：「去年今日此門中，人面桃花相映紅。」郁達夫用之曰：「去年今日題詩處」（《重訪藍亭有贈》），「去年今日曾相見」（《寄荃君》），「人面桃花春欲暮」（《張碧雲》）。唐崔郊《贈去婢》：「侯門一入深如海」，郁達夫用之曰：「聞說侯門深似海」（《春江感舊》之二），「侯門似海故沉沉」（《毀家詩紀》之十九）。唐劉皂《旅次朔方》：「客舍并州已十霜，歸心日夜憶咸陽。」郁達夫用為：「并州風物似咸陽。」（《青島雜事詩》之八）。唐楊敬之《贈項斯》：「平生不解藏人差，到處逢人說項斯。」郁達夫用之曰：「到處村童說擔風。」（《訪擔風先生道上偶成》）在《將去名古屋別擔風先生》一詩中，又直用楊之成句。唐陳陶《隴西行》：「可憐無定河邊骨，猶是春閨夢里人。」郁達夫用之曰：「美人應夢河邊骨。」（《歲暮感憤》）唐徐凝《憶揚州》：「天下三分明月夜，二分無賴是揚州。」郁達夫用為：「二分明月千行淚。」（《史公祠有感》）唐羅隱《贈妓》：「我未成名君未嫁」，郁達夫改而用之曰：「儂未成名君未嫁。」（《留別梅兒》）唐章碣《焚書坑》：「坑灰未冷山東亂，劉項原來不讀書。」郁達夫用為：「坑灰未冷待揚塵。」（《歲暮窮極，有某府憐其貧，囑為撰文，因步〈釣臺題壁〉原韻以作答》）唐朱慶餘《近試上張水部》：「洞房昨夜停紅燭」，郁達夫用為：「洞房紅燭禮張仙。」（《無題四首，用〈毀家詩紀〉中四律原韻》之一）唐陳玉蘭《寄夫》：「夫戍邊關妾在吳，寒到君邊衣到無。一行書信千行淚，西風吹妾妾憂夫。」郁達夫用之曰：「汝在江南我玉關」（《題〈陰符夜讀圖〉後寄荃君》之二），「秋來誰與寄寒衣」（《募寒衣》）。唐無名氏《雜詩》：「等是有家歸未得，杜鵑休向耳邊啼。」郁達夫用之為：「不是有家歸未得。」（《毀家詩紀》之四）。唐無名氏《異聞錄·沈警》：「徘徊花月，空度可憐宵。」郁達夫用之曰：「書燈空照可憐宵。」（《寄感》之二））唐慧能詩偈：「本來無一物，何處惹塵埃。」郁達夫用為：「本來無物

卻沾埃。」(《三月一日對酒興歌》)唐釋貫休《獻錢尚父》:「滿堂花醉三千客,一劍霜寒十四州。」郁達夫用為「滿堂花醉我何求?」(《和廣勳先生賜贈之作》之三)又《陳情獻蜀皇帝》:「一瓶一缽垂垂老,千水千山得得來。」郁達夫用為:「一瓶一缽走天涯。」(《感懷》)唐張泌《寄人》:「別夢依依到謝家。」郁達夫用為:「別夢依依繞富春。」(《毀家詩紀》十七)宋潘大臨的斷句詩:「滿城風雨近重陽」,郁達夫的《重陽日鶴舞公園看木犀花》用為「滿城風雨正重陽」。宋釋參寥《答杭妓》的「禪心已作沾泥絮,不逐東風上下狂。」郁達夫《奉答長嫂兼呈曼兒》之三用之曰:「從今泥絮不多狂。」宋朱淑真《生查子》:「月上柳梢頭,人約黃昏後。」郁達夫《八月初三夜發東京,車窗口占別張楊二子》用之曰:「峨眉月上柳梢初」,又《無題——效李商隱體》之二:「柳梢月暗猜來約。」宋趙師秀《約客》:「黃梅時節家家雨」,郁達夫用之曰:「分袂時節黃梅雨。」(《梅雨連朝不霽,昨過溪南,見秋已長矣》之一)宋李曾伯《挽史魯公》:「蓋棺公論定,不泯是人心。」郁達夫用為:「論定蓋棺離亂日。」(《為寯民先生題經公子淵畫松》之一)宋張先詞《一叢花令》:「不如桃杏,猶解嫁東風」,郁達夫化用為「杏花又逐東風嫁」(《自述詩》之十)。宋林升《題臨安邸》:「山外青山樓外樓,西湖歌舞幾時休。暖風薰得遊人醉,直把杭州作汴州。」郁達夫用之曰:「歌舞西湖舊有名」(《西湖雜詠》之一),「欲把杭州作汴京」(《自述詩》十四)。宋王清惠《秋夜寄水月水雲二昆玉》之句「萬里倦行役」為郁所整用(《得渝友詩柬,謂予尚不孤。實則垂老投荒,正為儌子輩所詬誶。因用原韻魚虞通洽奉答,亦兼告以此間人心之險惡耳》)。金完顏亮《題畫屏》名句:「提兵百萬西湖上,立馬吳山第一峰。」郁達夫的《寄錢潮》用之曰:「何日吳山重立馬。」元虞集《風入松》:「杏花春雨江南」,郁達夫用之曰:「二月江南遍杏花。」(《春夜初雨》)元無名氏《普樂天·離情》:「繁華一撮,好事多磨。」郁達夫用為:「好事如花總有磨。」(《鹽原詩抄》之四)明唐寅《廢棄詩》名句:「一失腳成千古笑,再回頭是百年人。」郁達夫改而用之曰:「一失足成千古恨。」(《自述詩》之九)明徐霞客《漫遊黃山仙境》:「五嶽歸來不看山」,郁達夫用為:「五嶽遊罷再入山。」(《遊金馬侖》之二)清秋瑾臨刑絕筆「秋雨秋風愁煞人」,郁達夫用為:「秋雨秋風遍地愁。」(《過徐州、濟南》)

　　以上或非名家而有名詩,或非名詩而是名家,甚至連僧詩、無名氏詩、侍女詩等等,也都為郁達夫「點化」而入己詩。

四、形式的廣泛性

這裡的形式僅指語言形式。對語言的運用，郁達夫並不囿於詩、詞、曲這些詩歌體的語言，而於俗語、口語（話語）、佛語、成語等也都能「點化」入詩。如俗語：「夫妻本是同林鳥，大難來時各自飛。」郁用為：「大難來時倍可憐。」（《毀家詩紀》之九）佛語：「獅子翻身，拖泥帶水。」（《五燈會元》卷十五《惟簡禪師》）郁用為「忍再拖泥帶水行」（《毀家詩紀》十五）。話語（口語）如《史記·項羽本紀》：「項藉少時，學書，不成，去；學劍，又不成。」郁用為「學書學劍事難成」（《和某君》）。曹操對劉備說：「今天下英雄，唯使君與操耳。」（《三國志·蜀書·先主傳》）郁用為「天下英雄君與操」（《奉寄曼兄》）。《新五代史·李振傳》載李振對太祖說的話：「此輩嘗自言清流，可投之河，使為濁流也。」郁用為「又見清流下濁流」（《過徐州·濟南》）。成語「為富不仁」，郁用為「本來為富不成仁」（《秋興》之二）。「捲土重來」，郁用為「捲土重來應有日」（《廿八年元旦因公赴檳榔嶼，聞有汪電主和之謠，車中賦示友人》）。「好事多磨」，郁用為「好事如花總有磨」（《鹽原詩抄》之四）。偈語，如唐慧能的「本來無一物，何處惹塵埃」，郁用為「本來無物卻沾埃」（《三月一日對酒興歌》）。讖詩如《西湖遊覽志餘》卷一載：「天目山垂兩乳長……五百年間出帝王。」郁用為「五百年間帝業微……莫信天山乳鳳飛」（《自萬松嶺步行至鳳山門懷古之作》）。僧詩如唐釋貫休《陳情獻蜀皇帝》的「一瓶一缽垂垂老」，郁用為「一瓶一缽走天涯」（《感懷》），「年來宗炳垂垂老」（《題劉大師畫祝融峰水墨中堂》）。出對語，如唐玄宗給楊貴妃出的上聯：「軟溫新剝雞頭肉」（宋劉斧《青瑣高議·驪山記》），郁亦引之而用為「雞頭新剝嘗山竹」（《詠星洲草木》）。

釀得百花而成蜜。郁達夫正如一隻小蜜蜂在詩詞曲賦文苑林中，廣收博採，「點化」融裁，鎔鑄新詩。這實在不是一句「出自宋詩」所能包容的。

第三節 郁詩革新的藝術性

吸收是為了化為己用，借古是為了革舊開新。郁達夫吸收而能化，借古而不泥古。在對古詩詞的運用上，他方法多樣，運用靈活，能做到「點化」而無痕跡，自然有如獨創。

一、方法的多樣性

從對郁達夫的全部詩詞研讀來看，他「點化」古詩詞的方法有二十餘種之

多，有整用、集用、調用、改用、增用、減用、提用、截用、倒用、順用、縮用、暗用、反用、翻用、仿用、化用、轉用、意用、合用、雜用等（詳見下章）。如提用，即對一首或一句很有名的詩，提取其中一個詞而立即讓人聯想到這首或這句詩，這樣用可以使自作的詩更有內蘊。《與王氏別後，托友人去祖國接二幼子來星，王氏育三子，長名陽春，粗知人事，已入小學，幼名殿春、建春，年才五六》：「縱無七子齊哀社，終覺三春各戀暉。」「七子」提用《詩經·邶風·凱風》：「有子七人，母氏勞苦。」「有子七人，莫慰母心。」《毛詩序》云：「《凱風》美孝子也。衛之淫風流行，雖有七子之母，猶不能安其室，故美七子能盡孝道，以慰母心，而成志爾。」「三春」是提用唐孟郊《遊子吟》名句：「誰言寸草心，報得三春暉。」又如截用，即對一聯詩截頭去尾，各取上下兩句的二三字（詞）根據已詩意寫成　新詩句。《養老山中作》：「又是三春行樂日，西園飛蓋夜遨遊。」「西園飛蓋」是截取魏曹植的《公讌詩》：「清夜遊西園，飛蓋相追隨。」《關君謂升旗山大似匡廬，因演其意》：「匡廬曾記昔年遊，掛席名山孟氏舟。」次句截用孟浩然詩：「掛席幾千里，名山都未逢。」（《晚泊潯陽望香爐峰》），而以「孟氏舟」點明。

二、運用的靈活性

　　郁達夫把前人的詩詞融入自己的血液，化入自己的腦海，一旦自己欲吟詩創作時，不經意間舊的詩句就隨自己的思想感情的噴發而跳脫出來。不是生硬的挪借，不是死板的套用，而是已經過了「奇思妙手的點化」，所以他才能把前人的詩詞文賦隨手拿來，如韓信點兵，既運用自如，而有二十一法之多；又運用靈活，而有反覆變化之妙。

　　對詩歌史上許多名詩名句，郁達夫往往不惜重複用，變著用。李商隱《無題》：「蓬山此去無多路。」對此句詩郁達夫或改用，或反用，或化用，以入自己的詩中。在《劉院長招飲西竺山，沿花姑堤一帶，風景絕佳，與君左口唱，仍用「微」韻》一詩中將李詩改用為「桃源此去無多路」。在《亂離雜詩》之三中則將李句化用為「蓬山咫尺南溟路」。又在之十中將此句反用為「未必蓬山有路通」。宋林逋的《山園小梅》：「疏影橫斜水清淺，暗香浮動月黃昏。」乃千古名聯，郁達夫在《野客吃梅賦此卻之》中：「疏影橫斜雪裏看，空山唯此慰袁安。」「疏影橫斜」是對林詩的斷用。在《訪擔風於藍亭，蒙留欽，席上分題得「雪中梅」，限「微」韻》中有句：「林氏山中香裊裊」即是對林詩的

提用。在《為君濂題海粟畫梅》中「展畫時聞香暗散」是對林詩的暗用。在《晴雪園卜居》中「月明梅影人同瘦」則是對林詩的化用。此外像杜牧的《題烏江亭》的詩句「江東子弟多才俊，捲土重來未可知。」郁達夫或仿用為「炎黃後裔多英俊」（《聯句七絕》之三），或斷用為「捲土重來應有日，俊豪子弟滿江東」（《廿八年元旦因公赴檳榔嶼，聞有汪電主和之謠，車中賦示友人》）。陸游《花時遍遊諸家園》之「綠章夜奏通明殿」，郁達夫對此句或整用（《將之日本別海棠》之一），或化用為「綠章連夜奏空王」（《秋夜懷人》之三），或改用為「綠章迭奏通明殿」（《毀家詩紀》之九）。

若沒有對古典詩詞很深的記憶、理解、把握與體悟，是不能做到嫺熟運用、變化自如的。只有能入，才能胸如丘壑包藏萬首；只有能出，才能筆如生花，「點化」千詩。能入能出，出入「詩陣」，從而鑄我之詩。此正是郁達夫能對古典詩詞運用之「靈」與妙裁之「活」。

三、一法多變

郁達夫於古典詩詞的「點化」雖有二十餘法之多，然在一法之內，他又能點而再生、化而再變，以一法而成多法，使妙用而有無窮。下面以截用法之變試舉數例，以見其妙。

截而倒用的，《題寫真答荃君》之三：「儒生無分上凌煙，出水清姿頗自憐。」首句先截取李賀的「請君暫上凌煙閣，若個書生萬戶侯」（《南園十三首》之五），即截取上句的「凌煙閣」下句的「書生」，顛倒而用為「儒生上凌煙。」「儒生」也即「書生」。截而翻的，《贈姑蘇女子》：「故國烽煙傷滿子，仙鄉消息憶秦樓。」首句先截唐張祜詩：「故國三千里，深宮二十年。一聲何滿子，雙淚落君前。」即截第一句的「故國」與第三句的「滿子」而成「故國烽煙傷滿子」，「滿子」也即「何滿子」之略，《何滿子》曲名。張詩是一首「宮怨」詩，寫深宮女子之怨的，故有「深宮二十年」的女子一聽到《何滿子》曲，而「雙淚落君前」。而郁達夫此詩寫於 1921 年的日本，當時國內軍閥混戰不已，郁有感於國事而作。故身在國外（日本）而言「故國」，情深於張；而「故國」又「烽煙」不斷，戰雲密布，則再聽到《何滿子》之曲，能不更心「傷」嗎？一片憂國之情隱然而現。郁詩之意明顯深於張詩，是對張詩的翻進與深化。截而化用的，《亂離雜詩》之九頷頸兩聯：「偶攀紅豆來南國，為訪雲英上玉京。細雨蒲帆遊子淚，春風楊柳故園情。」「為訪」句先截取於唐裴鉶《傳奇·裴

航》中詩：「一飲瓊漿百感生，玄霜搗盡見雲英。藍橋便是神仙窟，何必崎嶇上玉清。」即截第二句「雲英」與第四句之「上玉清」而成「（為訪）雲英上玉京」，並改「清」為「京」。裴寫的是裴航與仙女雲英的愛情故事，郁達夫借之化用以言自己南來的原因。郁詩寫於 1942 年春，正是流亡於蘇門答臘時，想到在新加坡與李筱英的一段愛情，故有「為訪雲英上玉京」，雲英以比李筱英，玉京即指新加坡。截取裴詩點化成己句。又「春風」句，亦是截而化用。先截取李白《春夜洛城聞笛》詩：「誰家玉笛暗飛聲，散入東風滿洛城。此夜曲中聞折柳，何人不起故園情。」即截取第二句的「春風」，第三句的「柳」與第四句的「故園情」化而成「春風（楊）柳故園情」。截三增一，化而成句，然意又有所翻進。李白寫的是春夜聞笛，曲送《折柳》，頓起故鄉之思。「折柳」即古之《折楊柳》，乃送別之曲。郁達夫寫的是春風吹絲楊柳，流亡之地一派生機盎然，想到故鄉風物，富陽春景，東山之色，頓然而生「故園情思」，而起「故園之情」，這裡的「故園」也即「故國」，家鄉即祖國，家國一體。因此郁達夫的「故園情」更深於李白的「故園情」而有翻進之意，而非因襲成詩。截而雜用的，《與土氏別後，託友人去祖國接二幼子來星，王氏育三子，長名陽春，粗知人事，已入小學，幼名殿春、建春，年才五六》之「秋雨茂陵人獨宿，凱風棘野雉雙飛」。次句先截取《詩經‧邶風‧凱風》詩：「凱風自南，吹彼棘心。」即截取首句「凱風」與次句「棘（心）」而成「凱風棘（野）」，接著又取《詩經‧邶風‧雄雉》之「雄雉于飛」，化而為「雉雙飛」（隱喻王許情事），再將兩者雜糅在一起而成詩。而「秋雨茂陵人獨宿」之「秋雨茂陵」則是先斷取後倒用李商隱《寄令狐郎中》之「茂陵秋雨病相如」句。

此外尚有以仿為主仿而改用，以反為主反而倒用，以倒為主倒而暗用等種種變化。

四、多法並用

寫舊體詩不同於寫新體詩。新詩口語化，又無需用典故。舊體詩則不然，要寫得有內蘊，有意蘊，有底蘊，若無胸羅萬首詩，則難有融化，也就不會超越前人。因此，寫作舊體詩非僅是押韻平仄而已。郁達夫寫詩，詠史、感懷之類，多用典故；一般寫景之作，雖描眼前景，直抒胸中情，亦常於用典處而不見用典，「點化」舊詩而不見舊詩之痕。雖短短四句（郁達夫最擅長七絕體）則有古人千詞百句在他心中翻卷騰湧，自然組合，雖成一詩，而多法並用。然

後脫口成詩，似有古人語，卻是自家意。

《日本謠》之七：「紈扇秋來惹恨多，薰籠斜倚奈愁何。商音譜出西方曲，腸斷新翻覆活歌。」此詩四句而有三句「點化」「前人詩」。「紈扇」句用漢班婕妤的《怨歌行》：「新裂齊紈素，鮮潔如霜雪。裁為合歡扇，團團似明月。出入君懷袖，動搖微風發。常恐秋節至，涼風奪炎熱。棄捐篋笥中，恩情中道絕。」班婕妤為西漢成帝妃，後來漢成帝喜歡上了趙飛燕，班婕妤失寵，又受到趙飛燕所譖，班恐被害，求供養太后於長信宮，並作《怨歌行》自傷。言自己如夏之「紈扇」，「出入君懷」；一旦秋風奪炎，紈扇即棄，「恩情」也就「中道而絕」了。詩中含怨，詩情如題，寫盡了中國古代宮女的不幸命運。「秋扇」也即成了女子被棄的意象。郁達夫乃是用其意而寫另一女子。郁達夫在此詩後有個注：「《復活》，乃文豪杜斯泰所著小說，也有譜成歌者，里巷爭唱之。」杜斯泰今譯托爾斯泰，《復活》乃其名著。寫一農奴女兒瑪斯洛娃因受貴族聶赫留朵夫引誘失身，後被拋棄淪落為妓。班婕妤與瑪斯洛娃都為男人如「秋扇」所棄，是一樣的，故郁達夫引班婕妤詩以傷瑪女，是對班詩的意用。「薰籠」句則出自白居易的《宮詞》：「斜倚薰籠坐到明」，再綴以「奈愁何」以承上句的「惹恨多」。「腸斷新翻覆活歌」句則是對清錢謙益的「樂府新翻紅豆篇」（《遵王敕先共賦胎仙閣看紅豆花詩，吟嘆之餘，走筆屬和》之六）的仿用，是句型結構的仿擬。「腸斷」即是「心腸斷絕」，乃是出自古樂府《隴頭歌辭》：「隴頭流水，鳴聲幽咽。遙望秦川，心腸斷絕。」古辭之意，與郁詩相合，故取而為用。則此句又是斷取《隴頭歌辭》的「腸斷」與仿用錢謙益詩的句型而兩種方法的結合。

一詩三句「點化」前人之詩，多法並用，融合而成已創。這很見融裁的功夫，不但要「讀書破萬卷」，還要胸羅萬首詩，更要筆化萬千詞。若不能「化」，就不能出新，再有多少法，也只能是抄襲剽竊了。

第四節　郁詩的藝術經驗

郁達夫從對古典詩詞的吸收與借鑒，到自己創作時的繼承與革新，他積累了豐富的藝術經驗，對今人有著十分可貴的啟迪。

一、借鑒廣泛，獨重唐詩

郁達夫對古典詩詞修養之深，在中國現代作家中恐少有企及者。他於詩、詞、曲、賦、駢、散、傳奇、史傳、遊記、雜書等都廣泛吸收，不囿一家，而又

獨重唐詩，於唐詩中又側重晚唐。所以他的詩於盛唐的李白、杜甫與晚唐的李商隱、杜牧、溫庭筠所受影響特深。郁說自己的詩是「儂詩粉本出青蓮」（《自述詩》），青蓮即李白。他的《論詩絕句寄浪華》又有「少陵白也久齊名，詩聖詩仙一樣評」之句。杜牧的《樊川集》更是讓他「銷魂」（「銷魂一卷樊川集」）。在《盛夏閒居，讀唐宋以來各家詩，仿漁詳例，成詩八首錄七》中特別寫到晚唐詩人有李商隱與溫庭筠，他還作《無題——效李商隱體》。他詩詞創作的實際正好印證他的「偏嗜」的詩論：「盛唐不及中唐，中唐不及晚唐。」〔註15〕

二、博採眾家，化為己用

郁達夫「詩胸」開闊，博採眾家，故能於詩鄉田地與古代詩人「平分」（《寄浪華，以詩代簡四首》之三：「詩鄉田地得平分」）。由前之「詩人的廣泛性」，可見他不管是大詩人還是小詩人，也不管是名詩人，還是不出名的詩人，甚至僧人、婦女、無名氏，只要有一言可採、一句可用，他都驅遣於筆下，而在驅遣古人與古詩時，關鍵在於能「化」，要融化「點化」而成自己的新創。「化」用之妙，存乎一心。非「化」則死，而為抄襲；一「化」則活，而為承創。郁達夫於襲用前人成句，往往都在詩後加注，或在詩中點明，以示不掠前人的勞動成果。此外的詩，一經點化，即已非前人之意，如意用、翻用、反用類詩，都已「點化」到無痕無跡，詩為己出的地步。

三、方法多樣，善於吸收

郁達夫於前人詩詞的運用，方法有二十餘種之多，而法中又有法，變中又有變，手之巧，變之活，用之靈，真到了出神入化的地步。他的「用詩」之法，有些即使在修辭學辭典中亦不能見到，他極大地豐富了古典詩詞修辭的辭格，是對修辭學的一大貢獻，而這又有賴於他對古典詩詞的「善於」吸收。善於吸收，善於借鑒，才能做到以「法」點化，化而無痕，無跡可求。

若把王瑤先生論鄭子瑜《郁達夫詩出自宋詩考》中的一段話「郁達夫的許多舊詩都是從宋詩點化出來」，改為「都是從中國古典詩詞中點化出來」，那麼，也許更能「說明」「郁達夫古典文學修養之深厚」。

〔註15〕郁達夫：《致郁曼陀、陳碧岑》，《郁達夫文集》第6卷，第5頁，杭州：浙江大學出版社2007年版。

第五章　習用古典詩詞的方法

　　郁達夫「九歲題詩」，十五歲即專研聲律，以《詠史三首》「曾博微名」（《致陳碧岑》，1914 年）〔註1〕，其後一生作詩不輟，直至生命的最後。新版《郁達夫全集》第 7 卷共收錄郁達夫詩詞 634 首。就現收的郁達夫詩詞來看，郁達夫對古代文學尤其是古典詩詞的學習與運用是多方面的。上溯詩騷，下迄晚清，轉益多師，都有繼承。且運用非常嫻熟，方法十分靈活，或直用成言，或化為己句，或反用其意，或順承其語。若作分類，則有偏於形式的，有偏於意義的，也有形式與意義兼顧的，共有二十餘種之多。現分別縷述之。有時所引一聯詩分屬所用不同的方法，也一併敘述之，以避重複。

第一節　整用及其形變

一、整用

　　即把古人詩句一字不改地整體地直接移用過來。郁達夫有時在詩中也加注是某某成句，或在詩中加以點明。

　　（一）整用唐詩

　　1. 杜甫

　　（1）《除夜有懷》頸聯：「多病所須唯藥物，此生難了是相思。」首句直接取自杜甫的《江村》詩：「多病所須唯藥物，微軀此外更何求？」而「微軀」句則為郁達夫《亂離雜詩》之十二「微軀何厭忍飢寒」所仿用。

〔註1〕郁達夫：《郁達夫全集》第 6 卷，第 1 頁，杭州：浙江大學出版社 2007 年版。

（2）《海上候曼兄不至，回杭後得牯嶺逭暑來詩，步原韻奉答，並約於重九日同去富陽》首聯：「語不驚人死不休，杜陵詩只解悲秋。」首句用杜甫《江上值水如海勢聊短述》詩：「為人性僻耽佳句，語不驚人死不休。」而以「杜陵詩」點明。

（3）《贈魯迅》尾聯：「群盲竭盡蚍蜉力，不廢江河萬古流。」次句用杜甫《戲為六絕句》的「爾曹身與名俱滅，不廢江河萬古流」。首句化用韓愈《調張籍》詩意：「不知群兒愚，哪用故謗傷。蚍蜉撼大樹，可笑不自量！」

2. 劉禹錫

《雜感八首》之四頷聯：「郝隆幕府誇蠻語，王濬樓船下益州。」次句用劉禹錫《西塞山懷古》詩：「王濬樓船下益州，金陵王氣黯然收。」

3. 白居易

《贈紫羅蘭》尾聯：「不堪聽唱江南好，幽咽泉流水下灘。」首句是提用白居易《憶江南》詞：「江南好，風景舊曾諳。」後句則是用白居易《琵琶行》詩：「間關鶯語花底滑，幽咽泉流水下灘。」

4. 楊敬之

《將去名古屋，別擔風先生》：「到處逢人說項斯，馬卿才調感君知。」首句用楊敬之的《贈項斯》詩：「平生不解藏人善，到處逢人說項斯。」

5. 溫庭筠

《題〈陰符夜讀圖〉後寄荃君》其一尾聯：「今日愛才非昔日，欲歸無計奈卿何。」又《溫飛卿》尾聯：「今日愛才非昔日，獨揮清淚弔陳琳。」「今日」句用溫庭筠《蔡中郎墳》詩：「今日愛才非昔日，莫拋心力作詞人。」

6. 李商隱

（1）《自述詩》其九尾聯：「廣平自賦梅花後，碧海青天夜夜心。」次句用李商隱《嫦娥》詩：「嫦娥應悔偷靈藥，碧海青天夜夜心。」

（2）《夢醒枕上作翌日寄荃君》其二首聯：「昨夜星辰昨夜風，一番花信一番空。」首句用李商隱《無題》詩：「昨夜星辰昨夜風，畫樓西畔桂堂東。」

（3）《亂離雜詩》其七尾聯：「此情可待成追憶，愁絕蕭郎鬢漸絲。」首句用李商隱《錦瑟》詩：「此情可待成追憶，只是當時已惘然。」

7. 汪遵（或作褚載）

《改昔人詠長城詩》首聯：「秦築長城比鐵牢，當時城此豈知勞。」首句

用汪遵（或作褚載）《長城》詩：「秦築長城比鐵牢，蕃戎不敢過臨洮。」

（二）整用宋詩

1. 陸游

《將之日本別海棠》其一首聯：「綠章夜奏通明殿，欲向東皇硬乞情。」首句用陸游《花時遍遊諸家園》詩：「綠章夜奏通明殿，乞借春陰護海棠。」

2. 王清惠

《得渝友詩柬，謂予尚不孤。實則垂老投荒，正為儠子輩所詬誶。因用原韻，魚虞通洽奉答，兼告以此間人心之險惡耳》首聯：「萬里倦行役，時窮德竟孤。」首句用王清惠《秋夜寄水月水雲二昆玉》詩：「萬里倦行役，秋來瘦幾分。」

3. 佚名

《偶過西台有感》首聯：「三分天下二分亡，四海何人弔國殤。」首句整用佚名的《嘲賈似道》之「三分天下二分亡，猶把山川寸寸量」的第一句。

（三）整用元詩

薩都剌

《寄夏萊蒂》尾聯：「別來頗憶離時景，揚子江頭月滿船。」次句用薩都剌《贈彈箏者》詩「故人情怨知多少，揚子江頭月滿船」的第二句。

（四）整用清詩

1. 王士禎

《遊東天目昭明太子分經臺》：「自從兵馬迎歸後，寂寞人間五百年。」次句用王士禎《高郵雨泊》詩：「風流不見秦淮海，寂寞人間五百年。」「自從」句則是仿用唐李益《隋宮燕》詩「自從一閉風光後」或宋李昌孺《留題少林寺》詩「自從只履西歸後」句型。

2. 鄭小谷

《讀〈壁山閣存稿〉寄二明先生四首》之三：「大有為人不著書，象州豪語太粗疏。」首句用鄭小谷詩：「最無賴事惟謀食，大有為人不著書。」鄭小谷是象州人，故以「象州豪語」加以點明。

3. 龔自珍

《無題──效李商隱體》其一首聯：「夢來啼笑醒來羞，紅似相思綠似愁。」次句用龔自珍《己亥雜詩》二五一：「盤堆霜實擘庭榴，紅似相思綠似愁。」

4. 魏秀仁

《懊惱》其一首聯：「生太飄零死亦難，寒灰蠟淚未應乾。」首句用魏秀仁小說《花月痕》第二十五回韓荷生所題之詩：「生太飄零死亦難，早春花事便摧殘。」「寒灰」句則是翻用唐李商隱的「蠟炬成灰淚始乾」（《無題》）。

二、集用

即集用前人成句而為己詩的一部分（一聯），是整用的又一種形式。

1.《孟奎先生營敬廬學塾於紐敦郊外，詩以奉賀》頷聯：「旁人錯比楊雄宅，異代應教庾信居。」分別用杜甫《堂成》詩：「旁人錯比揚雄宅，懶惰無心作解嘲。」與李商隱《過鄭廣文舊居》詩：「可憐留著臨江宅，異代應教庾信居。」

2.《集龔定庵句題〈城東詩草〉》：「秀出南天筆一枝，少年哀豔雜雄奇。六朝文體閒徵遍，欲訂源流愧未知。」四句詩分別用龔自珍《己亥雜詩》第二十七首的首句，第一百四十二首的首句，第二百六十六首的第三句和第一百九十二首的第二句。

3. 郁達夫尚有幾副集句聯，如《無題》：「直以慵疏招物議，莫拋心力作詞人。」首句來自柳宗元的《衡陽與夢得分路贈別》，次句來自溫庭筠的《蔡中郎墳》。

4.《無題》：「莫對青山談世事，休將文字占時名。」首句來自金元好問《與馮、呂飲秋香亭（三子皆吾友之純席生）》，次句亦來自柳宗元詩《衡陽與夢得分路贈別》之句。

5.《無題》：「百年心事歸平淡，十載狂名換苧蘿。」首句用龔自珍《己亥雜詩》第二首的第三句，次句用柳亞子為《達夫文集》第六卷《薇蕨集》題詩中的一句。

6.《無題》：「芳草有情皆礙馬，人間送別不宜秋。」首句用唐羅隱詩《魏城逢故人》第三句，次句用元張昱詩《贈沈生還江州》第四句。

7.《無題》：「豈有文章驚海內，斷無富貴逼人來。」首句用杜甫詩《賓至》第三句，次句用龔自珍詩《送南歸者》之末句。

8.《無題》：「芳草有情皆礙馬，春城無處不飛花。」首句用唐羅隱《魏城逢故人》第三句，次句用唐韓翃詩《寒食》首句。

三、調用

即只把前人詩句的詞序根據己詩平仄的需要加以調整,而不作任何改動。

如《和劉大杰〈秋興〉》尾聯:「滿城風雨重陽近,欲替潘郎作鄭箋。」首句即是調用了潘大臨的詩句「滿城風雨近重陽」,以「潘郎」點明。而《重陽日鶴舞公園看木犀花》首聯:「滿城風雨正重陽,水閣朝來一味涼。」首句則是改潘詩的「近」為「正」而成。

四、改用

即對前人詩句只改動一兩字而成新句,或仍用原意,或變為新意。

(一)改用漢魏六朝詩

1. 古詩

《紅閨夜月》尾聯:「蕩子不歸來,憶煞當時景。」首句改用《古詩十九首》之二的「蕩子行不歸,空床難獨守」之第一句。

2. 庾信

《將之日本別海棠》序:「時乖命蹇,楚歌非悅耳之音;日暮途窮,魯酒無忘憂之用。」此出自庾信《哀江南賦》:「楚歌非取樂之方,魯酒無忘憂之用。」「楚歌」句是改用,「魯酒」句則是整用其成句,句型亦仿之。

(二)改用唐詩

1. 高適

《晨發名古屋》其二首聯:「朔風吹雁雪初晴,又向江湖浪裏行。」首句改用高適《別董大》詩:「千里黃雲白日曛,北風吹雁雪紛紛」的第二句。

2. 李白

《村居雜詩》其一與《不知》其一都有「不知群玉山頭伴」句,是對李白《清平調》「若非群玉山頭見」的改用。

3. 王維

《遊莫干山口占》尾聯:「坐臥幽篁裏,恬然動遠情。」首句改用王維《竹里館》之「獨坐幽篁裏」。

4. 杜甫

(1)《無題》首聯:「平居無計可消愁,萬里風煙黯素秋。」首句改用宋李清照詞《一翦梅》的「此情無計可消除」,次句改用杜甫《秋興八首》之六

「瞿塘峽口曲江頭，萬里風煙接素秋」的末句。

（2）《寄和荃君原韻四首》其二首聯：「未有文章驚海內，更無奇策顯雙親。」首句改用杜甫《賓至》的「豈有文章驚海內」。《和馮白樺〈重至五羊城〉原韻》之「薄有文章驚海內」亦改用杜詩，然意又翻進一層。

5. 岑參

《出昱嶺關，過三陽坑後，車道曲折，風景絕佳》之首聯：「盤旋曲徑幾多彎，歷盡千山與萬山。」次句改用岑參《原頭送范侍御》詩「別君祇有相思淚，遮莫千山與萬山」的第二句。

6. 張志和

《劉院長招飲西竺山，沿花姑堤一帶，風景絕佳，與君左口唱，仍用「微」韻》首聯：「西竺山前白鷺飛，花姑堤下藕田肥。」首句改用張志和《漁父詞》的「西塞山前白鷺飛，桃花流水鱖魚肥」之第一句。次句乃是仿用唐王駕《社日》詩「鵝湖山下稻粱肥，豚柵雞棲半掩扉」的第一句。

7. 王建

《無題四首，用〈毀家詩紀〉中四律原韻》其二尾聯：「從今好斂風雲筆，試寫滕王蛺蝶圖。」次句改用王建《宮詞》詩「內中數日無呼喚，寫得滕王蛺蝶圖」的第二句。

8. 劉禹錫

（1）《野客吃梅賦此卻之》：「漫言見慣渾閒事，便飯家常斷也難。」首句改用劉禹錫詩「司空見慣渾閒事，斷盡蘇州刺史腸」的第一句（見《唐詩紀事卷三十九》）。

（2）《毀家詩紀》其七頸聯：「傷心王謝堂前燕，低首新亭泣後杯。」首句改用劉禹錫《烏衣巷》的「舊時王謝堂前燕」句。

（3）《前在檳城，偶成俚句，南洋詩友，和者如雲。近有所感，再疊前韻，重作三章，郵寄丹林，當知余邇來心境》其一尾聯：「沈園可有春消息？憶煞橋邊野草花。」次句亦改用劉禹錫《烏衣巷》詩「朱雀橋邊野草花，烏衣巷口夕陽斜」之首句。

（4）《和廣勳先生賜贈之作》其四尾聯：「終期埋近要離家，哪有狂夫不憶家？」次句是對劉禹錫《浪淘沙》之「銜泥燕子爭歸舍，獨自狂夫不憶家」第二句的改用。

9. 白居易

（1）《自述詩》其十七：「鼙鼓荊襄動地來，橫流到處劫飛灰。」首句改用白居易《長恨歌》之「漁陽鼙鼓動地來」，位置顛倒以協平仄。

（2）《改昔人詠長城詩》次聯：「可憐一月初三夜，白送他人作戰壕。」首句改用白居易《暮江吟》之「可憐九月初三夜」，改「九」為「一」，也是寫實。因 1933 年 1 月 3 日，日本侵略軍佔領了山海關，故說「可憐一月初三夜」。

10. 柳宗元

《鹽原詩抄》十首之五：「客中無限瀟湘意，半化煙痕半水痕。」首句改用柳宗元《酬曹侍御過象縣見寄》詩「春風無限瀟湘意，欲采蘋花不自由」的第一句。「半化」句則是仿改近代詩人蘇曼殊《本事詩》十章之八「袈裟點點疑櫻瓣，半是脂痕半淚痕」的第二句。

11. 張祜

《亂離雜詩》其五頸聯：「月正圓時傷破鏡，雨淋鈴夜憶歸秦。」次句改用張祜《雨霖鈴》詩「雨霖鈴夜卻歸秦，又見張徽一曲新」的第一句。

12. 李商隱

（1）《己未出都口占》尾聯：「寄語諸公深致意，涼風近在殿西邊。」次句改用李商隱《宮詞》詩「莫向樽前奏《花落》，涼風只在殿西頭」的第二句。

（2）《劉院長招飲西竺山，沿花姑堤一帶，風景絕佳，與君左口唱，仍用「微」韻》尾聯：「桃源此去無多路（郁），天遣詩人看落暉（易）。」郁句改用李商隱《無題》之「蓬山此去無多路，青鳥殷勤為探看」之第一句。

（3）《亂離雜詩》其七首聯：「卻喜長空播玉音，靈犀一點此傳心。」次句改用李商隱《無題》詩「身無彩鳳雙飛翼，心有靈犀一點通」之第二句。

13. 裴鉶

《村居雜詩》其一尾聯：「若能陽羨終耕讀，何必崎嶇上玉京。」次句改用裴鉶《傳奇·裴航》中的詩句「藍橋便是神仙窟，何必崎嶇上玉清」的第二句。

14. 崔郊

《春江感舊》其二尾聯：「聞說侯門深似海，綠珠今夜可登樓。」首句改用崔郊《贈去婢》詩「侯門一入深如海，從此蕭郎是路人」之第一句。

15. 杜牧

（1）《木曾川看花》尾聯：「阻風中酒年年事，襟上脂痕浥淚痕。」首句

改並調用杜牧《鄭瓘協律》詩「自說江湖不歸事，阻風中酒過年年」的第二句。「襟上」句則是仿用陸游的「衣上征塵雜酒痕」（《劍門道中遇微雨》）。

（2）《七月十二夜見某，十六日上船，十七日有此即寄》其二首聯：「夢隔蓬山路已通，不須惆悵怨東風。」次句改用杜牧《歎花》詩「自是尋春去校遲，不須惆悵怨芳時」的第二句。「夢隔」句則是翻用李商隱《無題》的「劉郎已恨蓬山遠，更隔蓬山一萬重」之第二句。

16. 楊敬之

《無題》尾聯：「前賢不解藏人善，門戶推排孰起初？」首句改用楊敬之《贈項斯》詩「平生不解藏人善，到處逢人說項斯」的第一句。

17. 于鵠

《亂離雜詩》其五尾聯：「兼旬別似三秋隔，頻擲金錢卜遠人。」次句改用于鵠《江南曲》的「暗擲金錢卜遠人」。

18. 羅隱

《留別梅兒》尾聯：「儂未成名君未嫁，傷心苦語感羅生。」首句改用羅隱《贈妓雲英》詩「我未成名君未嫁，可能俱是不如人」的第一句，而以「羅生」點明。

19. 唐無名氏等

《毀家詩紀》其四：「寒風陣陣雨瀟瀟，千里行人去路遙。不是有家歸未得，鳴鳩已占鳳凰巢。」首句改用黃夢得《觀邸報》：「西風颯颯雨瀟瀟」句（載《江西詩徵》）。第三句改用唐無名氏《雜詩》的「等是有家歸未得，杜鵑休向耳邊啼」的第一句。「鳴鳩」句則是翻用《詩經·召南·鵲巢》：「維鵲有巢，維鳩居之。」毛傳曰：「鳴鳩不自為巢，居鵲之成巢。」

（三）改用宋詩

1. 黃宗旦

《感懷》尾聯：「參透色空真境界，一瓶一缽走天涯。」次句改用黃宗旦《送僧歸護國寺》詩「一瓶一缽是天涯，來扣樞扉帶礪家」的第一句。又唐釋貫休詩句「一瓶一缽垂垂老」（《陳情獻蜀皇帝》）則為兩人所斷用。

2. 蘇軾

《秋夜懷人》其七尾聯：「縱橫寫盡三千牘，總覺無言及李宜。」次句改用蘇軾《贈黃州官妓》詩「東坡居士文名久，何事無言及李宜」的第二句。

3.馮山

《贈韓槐准》尾聯:「新亭大有河山感,莫作尋常宴會看。」次句改用馮山《山路梅花》句:「莫作尋常花蕊看。」而「莫作……看」句式,唐詩多有。

4.陸游

(1)《由柳橋發車巡遊一宮犬山道上作》其三首聯:「春遊無處不魂銷,抄過蘇川第二橋。」首句改用陸游《劍門道中遇微雨》詩「衣上征塵雜酒痕,遠遊無處不銷魂」的第二句。

(2)《毀家詩紀》其九頸聯:「綠章迭奏通明殿,朱字勻抄烈女篇。」首句改用陸游《花時遍遊諸家園》詩「綠章夜奏通明殿,乞借春陰護海棠」的第一句。

5.姜白石

《毀家詩紀》其十尾聯:「而今勞燕臨歧路,腸斷江東日暮雲。」次句改用姜白石《送朝天續集歸誠齋時在金陵》詩「先生只可三千首,回顧江東日暮雲」的第二句。而姜詩則本於杜甫的《春日憶李白》:「渭北春天樹,江東日暮雲。」故姜句「回顧江東日暮雲」是對杜句「江東日暮雲」的增擴,而郁句又是增擴杜之句。姜、郁所本皆為杜。

6.張滉

《四十言志》其二尾聯:「門前幾點冬青樹,便算桃源洞裏春。」次句改用張滉《留題淡山》:「偷閒切欲訪岩局,恍若桃源洞裏春」的第二句。

7.張叔仁

《己未出都口占》頷聯:「此去願戒千里足,再來不值半分錢。」次句改用張叔仁《送謝枋得》詩「此去好憑三寸舌,再來不值半文錢」的第二句。全聯亦是仿自張詩。

(四)改用元詩

1.張翥

《再遊高莊偶感續成》首聯:「十五年前記舊遊,當年遊侶半荒丘。」首句是對張翥《憶維揚》其四「蜀岡東畔竹西樓,十五年前爛漫遊」第二句的改用。

2.葉顒

《雲霧登升旗山,菊花方開》首聯:「好山多半被雲遮,北望中原路正

賒。」首句是對葉顒《題幽居》詩「濁酒不妨留客醉，好山長是被雲遮」第二句的改用。

（五）改用明詩

1. 何喬新

《留別家兄養吾》頷聯：「秋風江上芙蓉落，舊壘巢邊燕子飛。」首句改用何喬新《無題和李商隱韻》之「春水洲邊吟杜若，秋風江上采芙蓉」的第二句。而何詩則是用元薩都剌《送欣上人笑隱住龍翔寺》的原句。

2. 唐寅

《自述詩》其九首聯：「一失足成千古恨，昔人詩句意何深。」首句改用唐寅《廢棄詩》「一失腳成千古笑，再回頭是百年人」的第一句。唐之「一失」句也有本作「一失足成千古恨」的，那麼，郁詩就是整用其成句，而用「昔人詩句」點明。

（六）改用清詩

1. 錢謙益

《聞楊杏佛被害感書》尾聯：「恩牛怨李成何事，生死無由問伯仁。」首句改用錢謙益《吳門送福清公還閩》詩「恩牛怨李誰家事，白馬清流異代悲」的第一句。

2. 厲鶚

《秋夜懷人》其三首聯：「巋然東海魯靈光，三絕才華各擅長。」首句改用厲鶚《侍讀徐壇長先生八十致仕書來索詩賦寄》詩「杖履蕭閒楚水旁，巋然海內魯靈光」的第二句。

3. 趙翼

《中秋夜中村公園賞月，兼吊豐臣氏》尾聯：「由來弔古多餘慨，賦到滄桑句自工。」次句改用趙翼《題元遺山集》詩「國家不幸詩家幸，賦到滄桑句便工」的第二句。

4. 龔自珍

（1）《三月初九過岳王墓下改舊作》之頷聯：「蟲沙早已喪三鎮，猿鶴何堪張一軍。」次句改用龔自珍《己亥雜詩》二四一之「少年尊隱有高文，猿鶴真堪張一軍」的第二句。

（2）《贈王沉》首聯：「鳶肩火色長如此，我馬玄黃又日曛。」次句改用

龔自珍《己亥雜詩》之二「我馬玄黃盼日曛，關河不窘故將軍」的第一句。

（3）《汕頭口占贈許美勳》：「五十餘人皆愛我，三千里外獨離群。」首句改用龔自珍《己亥雜詩》三十八之「五十一人皆好我，八公送別益情親」的第一句。

5. 郁曼陀

郁曼陀是清末民國時人，姑且列於此。郁達夫《亂離雜詩》其一首聯：「又見名城作戰場，勢危累卵潰南疆。」首句是對其兄郁曼陀《辛未中秋渤海舟中》詩「忍見名城作戰場」的改用。

五、增用

即把前人短詩句增擴為長詩句（五言增為七言），有時根據平仄需要或作改動或作倒用。

（一）增用詩經

《金絲雀》其一首聯：「盈盈一水阻離居，豈不懷歸畏簡書。」次句是對《詩經·小雅·四牡》詩「豈不懷歸，王事靡盬，我心傷悲」的第一句的增用。首句則是對《古詩十九首》之十「盈盈一水間」的增擴。

（二）增用漢樂府、古詩

1. 古樂府

《村居雜詩》其三首聯：「勞勞塵世幾時休，溝水悠悠日夜流。」次句是對古樂府《白頭吟》詩「蹀躞御溝上，溝水東西流」第二句的增改。

2.《古詩十九首》

《日暮過九段偶占》尾聯：「穩步不妨歸去晚，銀河清淺月初明。」次句是對《古詩十九首》之十「河漢清且淺」的增改。

（三）增用隋唐詩

1. 薛道衡

《毀家詩紀》其十七尾聯：「今日梁空泥落盡，夢中難見去年人。」首句是對隋薛道衡《昔昔鹽》詩「空梁落燕泥」的增用並有所改。

2. 王勃

《志亡兒耀春之殤六首》其六尾聯：「憐他阮籍猖狂甚，來對荒墳作醉談。」首句是對唐王勃《滕王閣序》「阮籍猖狂，豈效窮途之哭」第一句的增用。

3. 李白

《養老山中作》首聯：「又是三春行樂日，西園飛蓋夜遨遊。」首句是對李白《月下獨酌》詩「行樂須及春」的增改。「西園飛蓋」是截用魏曹植《公讌詩》：「清夜遊西園，飛蓋相追隨。」

4. 王維

《秋夜懷人》其六首聯：「晚年好靜南鄉住，仙壽溶溶樂隱淪。」首句是對王維《酬張少府》詩「晚年唯好靜，萬事不關心」第一句的增用。

5. 杜甫

（1）《七月十二夜見某，十六日上船，十七日有此作即寄》其五首聯：「一紙家書抵萬金，少陵此語感人深。」首句是對杜甫《春望》詩「烽火連三月，家書抵萬金」第二句的增用，並以「少陵」點明。

（2）《宿錢塘江上有贈》頷聯：「危檣獨夜憐桃葉，細雨垂簾病莫愁。」首句是對杜甫《旅夜書懷》詩「細雨微風岸，危檣獨夜舟」第二句的增用。就整聯來看，又是對杜詩的倒仿而增用，藝術性很高。

6. 錢起

《題春江第一樓壁》尾聯：「江上青峰江下水，不應齊向夜郎流。」首句是對錢起《省試湘靈鼓瑟》詩「曲終人不見，江上數峰青」第二句的增改。

7. 白居易等

《毀家詩紀》其一尾聯：「轉眼榕城春欲暮，杜鵑聲裏過花朝。」首句是對白居易《買花》詩「帝城春欲暮」的增改，次句則是改用清黃仲則《秦淮》詩「回首南朝無限恨，杜鵑聲裏過秦淮」的第二句。

8. 張祜

《有寄》首聯：「隻身去國三千里，一日思鄉十二回。」首句是對張祜《何滿子》詩「故國三千里」的增改；次句則是改用宋黃庭堅《思親汝州作》詩「五更歸夢三千里，一日思親十二時」的第二句，亦可看著是對黃詩的仿用。

9. 唐無名氏

《寂感》其二尾聯：「無奈夜長孤夢冷，書燈空照可憐宵。」次句是對唐無名氏《異聞錄·沈警》詩「徘徊花上月，空度可憐宵」第二句的增改。又蘇軾《臨江仙·疾愈登望湖樓贈項長官》亦有此句：「徘徊花上月，空度可憐宵。」

（四）增用宋詩

1. 范仲淹

《書示江郎》尾聯：「酒入愁腸都乏味，花雕未及故鄉濃。」首句是對范仲淹《蘇幕遮》詞「酒入愁腸」一句的增用。

2. 蘇軾

（1）《題陶然亭壁》尾聯：「明年月白風清夜，應有蹁躚道士來。」首句是對蘇軾《後赤壁賦》文「月白風清，如此良夜何」第一句的增擴；次句則是該文「夢一道士，羽衣翩躚」的截取倒用。

（2）《無題》其三尾聯：「我欲乘風歸去也，嚴灘重理釣魚竿。」首句是對蘇軾《水調歌頭‧明月幾時有》之「我欲乘風歸去」的增用。

3. 李清照

《西湖雜詠》其二尾聯：「荷風昨夜涼初透，引得麻姑出蔡家。」首句是對李清照《醉花陰》詞「半夜涼初透」的增改。

4. 朱淑真

《八月初三夜發東京，車窗口占別張、楊二子》首聯：「蛾眉月上柳梢初，又向天涯別故居。」首句是對朱淑真《生查子》「月上柳梢頭，人約黃昏後」第一句的增改；次句化用唐劉皂《旅次朔方》詩意：「客舍并州已十霜，歸心日夜憶咸陽。無端更度桑乾水，卻望并州是故鄉。」

六、減用

即把古人的長詩句減少一兩個字成為短句，以合己之詩體。

（一）減用魏人語

《奉寄曼兄》頷聯：「天下英雄君與操，富春人物我思君。」首句是減用曹操語：「今天下英雄，唯使君與操耳。」（《三國志‧蜀書‧先主傳》）

（二）減用唐詩

《楊妃醉臥》尾聯：「海上有仙山，夢壓鴛鴦枕。」首句是減用白居易《長恨歌》之「忽聞海上有仙山，山在虛無縹緲間」的第一句。

（三）減用宋詩

1. 蘇軾

《西江月》詞：「紅燭兩行幾對，春宵一刻千金。」次句減用蘇軾《春宵》

的「春宵一刻值千金，花有清香月有陰」的第一句。

2. 陸游

《庚辰元日聞南寧捷報，醉胡社長宅，和益吾老人〈歲晚感懷〉原韻》頷聯：「中原欣北望，大地慶春回。」首句減用陸游《書憤》的「中原北望氣如山」句。

3. 高子洪

《為林建兄題月秀女史畫〈深山讀易圖〉》之尾聯：「山中閒日月，應為故人留。」首句減用高子洪《龍池》詩「最愛山中閒日月，何須海上記蓬萊」的第一句。

（四）減用清詩

《星洲既陷，厄蘇島，困孤舟中，賦此見志》頷聯：「偶傳如夢令，低唱念家山。」次句減用蔣國平《宮怨》詩「水殿雲房明月苦，玉顏低唱念家山」的第二句。

第二節　斷用及其形變

一、斷用

即把一句詩從中切斷為兩節，或取其前，或取其後，然後根據己詩的需要重新寫成一新詩句。

（一）斷用漢魏六朝詩

1. 蔡邕等

《寄王子明業師居富陽》：「海外難通尺素書，病慵容易故人疏。況當少小離家日，更苦嬌隅學語初。」「尺素書」斷用漢蔡邕《飲馬長城窟行》詩「呼兒烹鯉魚，中有尺素書」的後句；「故人疏」斷用唐孟浩然《歲暮歸南山》詩「不才明主棄，多病故人疏」的後句；「少小離家」斷用唐賀知章《回鄉偶書》的「少小離家老大回，鄉音無改鬢毛衰」的前句。

2. 陸機

《客感》首聯：「徼外涼秋鼓角悲，寸心牢落鬢絲知。」次句斷用晉陸機《文賦》的「心牢落而無偶」。

（二）斷用唐詩

1. 王勃

《窮郊獨立，日暮蒼然，顧影自傷，漫然得句》尾聯：「只愁物換星移後，反被旁人喚漫郎。」首句斷用王勃《滕王閣詩》「閒雲潭影空悠悠，物換星移幾度秋」的第二句。又此詩首聯：「日暮霜風落野塘，荒郊獨立感蒼茫。」「獨立感蒼茫」是斷用杜甫《樂遊園歌》「此身飲罷無歸處，獨立蒼茫自詠詩」的第二句。

2. 劉希夷

《贈姑蘇女子》頸聯：「一春綺夢花相似，二月濃情水樣流。」「花相似」斷用劉希夷《代悲白頭翁》句「年年歲歲花相似」。

3. 李白

（1）《夢逢舊識二首》之一：「三月煙花千里夢，十年舊事一回頭。」「三月煙花」斷取並倒用李白《黃鶴樓送孟浩然之廣陵》的「煙花三月下揚州」。

（2）《贈吉田某從征四首》之一：「勸君一戰功成後，早向胡天罷遠征。」「罷遠征」斷用李白《子夜吳歌‧秋歌》詩「何日平胡虜，良人罷遠征」的第二句。

（3）《讀靖陶兄寄舊都新秋豔詩，為題看雲樓覓句圖》首聯：「看雲覓句貌如癡，飯顆山頭□健兒。」次句斷用李白《戲贈杜甫》詩「飯顆山頭逢杜甫，頭戴笠子日卓午」之前句；「看雲」句則是王維《終南別業》的「坐看雲起時」與杜甫《又示宗武》的「覓句新知律」兩詩中雜取揉合而成。

（4）《毀家詩紀》其八首聯：「鳳去臺空夜漸長，挑燈時展嫁衣裳。」「鳳去臺空」斷用李白《登金陵鳳凰臺》的「鳳凰臺上鳳凰遊，鳳去臺空江自流」的後一句。

4. 杜甫

（1）《花落後，過上野，遊人絕跡，感而有作》：「九陌塵空春寂寂，潯陽商婦獨愁時。」「春寂寂」是斷用杜甫《涪城縣香積寺館官閣》詩「小院迴廊春寂寂，浴鳧飛鷺晚悠悠」的第一句。就全句來說則是對唐劉禹錫《遊玄都觀》詩「紫陌紅塵拂面來，無人不道看花回」的反用。劉言「紅塵拂面」，郁則言「塵空春寂」。「潯陽商婦」是縮用唐白居易《琵琶行》所寫潯陽商婦故事，概括性很強。

（2）《寄錢潮》尾聯：「何日吳山重立馬，看開並蒂玉芙蕖。」「並蒂玉芙蕖」是斷用杜甫《進艇》詩「俱飛蛺蝶元相逐，並蒂芙蓉本自雙」的第二句。

（3）《贈隆兒》其一：「幾年淪落滯西京，千古文章未得名。人事蕭條春夢後，梅花五月又逢卿。」「千古文章」是杜甫《偶題》詩「文章千古事，得失寸心知」的斷取倒用；「人事蕭條」是斷用杜甫《野望》的「不堪人事日蕭條」。「梅花」句則是仿用杜甫《江南逢李龜年》的「落花時節又逢君」。

（4）《新正初四藍亭小集，賦呈擔風先生》尾聯：「明年誰健在，勿卻酒千巡。」首句斷用杜甫《九日藍田會飲》詩「明年此會誰健在，醉把茱萸仔細看」的第一句。

（5）《將之日本別海棠三首》其一尾聯：「後會茫茫何日再？中原擾亂未休兵。」「未休兵」斷用杜甫《月夜憶舍弟》詩「寄書長不達，況乃未休兵」之第二句。又其二尾聯：「商量東閣官梅發，江上重招倩女魂。」「東閣官梅」斷用杜甫《和裴迪登蜀州東亭送客逢早梅相憶見寄》的「東閣官梅動詩興，還如何遜在揚州」的第一句。

（6）《自漢皋至辰陽流亡途中口占》首聯：「國破家亡此一時，側身天地我何之。」「側身天地」斷用杜甫《將赴成都草堂途中有作先寄嚴鄭公》詩「側身天地更懷古，回首風塵甘息機」的第一句。

5. 張志和

《宿湯山溫泉》尾聯：「日暮欲尋孤店宿，斜風細雨入湯山。」次句是斷用張志和《漁父詞》的「斜風細雨不須歸」。

6. 李賀

《毀家詩紀》其十五之「天荒地老此時情」與《寄若瓢和尚》其二之「地老天荒曳尾生」兩句，都是斷用自李賀《致酒行》的「天荒地老無人識」，而「地老天荒」則是「天荒地老」的倒用。

7. 杜牧

（1）《由柳橋發車巡遊一宮犬山道上作》其三尾聯：「白帝城頭西北望，青山隱隱雪初消。」「青山隱隱」斷用杜牧《寄揚州韓綽判官》的「青山隱隱水迢迢」。

（2）《毀家詩紀》其五頸聯：「磧裏碉壕連作塞，江東子弟妙知兵。」「江東子弟」斷用杜牧的《烏江亭》詩「江東子弟多才俊」句。

8. 李商隱

（1）《寄和荃君》尾聯：「阿儂亦是多情者，碧海青天為爾愁。」「碧海青

天」斷用李商隱《嫦娥》句「碧海青天夜夜心」。

（2）《雜感八首》其五頷聯：「緣溪行為求魚計，冒死諫成得意初。」「得意初」斷用李商隱詩「霧夕詠芙蓉，何郎得意初」之第二句。

9. 釋貫休

《題劉大師畫祝融峰水墨中堂》尾聯：「年來宗炳垂垂老，臥看風雷筆底凝。」「垂垂老」乃斷用釋貫休《陳情獻蜀皇帝》的「一瓶一缽垂垂老」。

10. 章碣

《歲暮窮極，有某府憐其貧，囑為撰文，因步〈釣臺題壁〉原韻以作答》頸聯：「泥馬縱驕終少骨，坑灰未冷待揚塵。」「坑灰未冷」斷用章碣《焚書坑》詩「坑灰未冷山東亂，劉項原來不讀書」之第一句。

11. 鄭谷

《渡黃河》：「離亭風笛晚來酣，欲渡黃河怕解驂。」「離亭風笛」是鄭谷《淮上與友人別》詩「數聲風笛離亭晚」的斷取而倒用；「欲渡黃河」斷用李白《行路難》詩「欲渡黃河冰塞川，將登太行雪滿山」的第一句。

12. 李煜

《自述詩》其十三尾聯：「笑把金樽邀落日，綠楊城郭正春風。」「正春風」斷用南唐李煜《望江南》詩「花月正春風」句。

（三）斷用宋（金）詩

1. 蘇軾

《登春江第一樓》尾聯：「江山如此無人賞，如此江山忍付人。」「江山如此」斷用蘇軾《遊金山寺》的「江山如此不歸山」；「如此」句是對陸游的《劍門城北回望劍關諸峰青入雲漢感蜀亡事慨然有賦》之「陰平窮寇非難御，如此江山坐付人」第二句的改用。

2. 黃庭堅

《辭祭花庵，蒙藍亭遠送至旗亭，上車後作此謝之》頸聯：「閉門覓句難除癖，屈節論交別有真。」「閉門覓句」斷用黃庭堅《病起荊江亭即事十首》之八「閉門覓句陳無己，對客揮毫秦少游」的第一句。

3. 陸游

《毀家詩紀》其七首聯：「清溪曾載紫雲回，照影驚鴻水一隈。」「照影驚鴻」是對陸游《沈園》詩句「曾是驚鴻照影來」的斷取倒用。

4. 蕭滌

《屯溪夜泊》首聯：「新安江水碧悠悠，兩岸人家散若舟。」「兩岸人家」斷用蕭滌《常山舟中》詩「兩岸人家峙兩樓，中間一水過行舟」之第一句，亦可看著是對蕭詩的截取增用。

5. 文天祥

《雜感八首》其八頸聯：「十年潦倒空湖海，半世浮沉伴蠹魚。」「（半）世浮沉」斷用文天祥《過零丁洋》的「身世浮沉雨打萍」。

6. 完顏亮

《過岳墳有感時事》尾聯：「饒他關外童男女，立馬吳山志竟酬。」「立馬吳山」斷用金完顏亮《題畫屏》詩「提兵百萬西湖上，立馬吳山第一峰」之第二句，然意有所惜。又《寄錢潮》詩「何日吳山重立馬」則是對完顏亮句的斷取倒用。

（四）斷用清詩

1. 錢謙益

《新婚未幾，病瘧勢危，斗室呻吟，百憂俱集，悲佳人之薄命，嗟貧士之無能，飲泣吞聲，於焉有作》尾聯：「何當放棹江湖去，淺水蘆花共結庵。」「淺水蘆花」斷用錢謙益詩「荒墩木葉誰家戍？淺水蘆花何處關」（《後秋興八首，中秋十九日，暫回村莊而作，其五》）之第二句。

2. 吳梅村

《宿安倍川》首聯：「避寒尋夢宿清溪，雲雨荒唐一夜迷。」「雲雨荒唐」是斷用吳梅村《贈武林李笠翁》詩「江湖笑傲誇齊贅，雲雨荒唐憶楚娥」的第二句。

3. 朱彝尊

《不知》其二首聯：「紅豆秋風萬里思，天涯芳草日斜時。」「紅豆秋風」是對朱彝尊《聞情》詩「秋風紅豆總相思」句的仿擬，並把「秋風紅豆」倒用；「天涯芳草」是斷用宋蘇軾《蝶戀花》的「天涯何處無芳草」。

4. 席佩蘭

《題春江第一樓壁》首聯：「匆匆臨別更登樓，打疊行裝打疊愁。」「打疊行裝」是斷用女詩人席佩蘭《送外入都》詩「打疊輕裝一月遲，今朝真是送行時」的第一句，並改「輕」為「行」。

二、截用

即對一聯詩截頭去尾，各取上下兩句的兩三個字（詞）根據己詩之意寫成一新詩句。在運用上又有些變化，有截而倒，截而反，截而翻，截而化，截而雜等種種。

（一）截用詩經

1.《題淡然紀念冊》首聯：「風雨雞鳴夜五更，浮雲聚散總關情。」「風雨雞鳴」截用《詩經‧鄭風‧風雨》：「風雨如晦，雞鳴不已。」又《贈曾夢筆》的「漫天風雨聽雞鳴」亦截用此。「浮雲」句則是截用唐李白《送友人》的「浮雲遊子意，落日故人情」。

2.《與王氏別後，托友人去祖國接二幼子來星，王氏育三子，長名陽春，粗知人事，已入小學，幼名殿春‧建春，年方五六》頷聯：「秋雨茂陵人獨宿，凱風棘野雉雙飛。」「凱風棘野」是截用《詩經‧邶風‧凱風》的「凱風自南，吹彼棘心」。「雉雙飛」則是暗用《詩經‧邶風‧雄雉》的「雄雉于飛，泄泄其羽」。「秋雨茂陵」句是對唐李商隱《寄令狐郎中》詩「茂陵秋雨病相如」的斷取倒用。

3.《亂離雜詩》其十一頸聯：「一死何難仇未復，百年可贖我奚辭？」「百年可贖」是對《詩經‧秦風‧黃鳥》詩「如可贖兮，人百其身」的截取倒用。

（二）截用漢魏六朝詩

1. 劉邦

《中年（次陸竹天氏二疊韻）》頷聯：「臨風思猛士，借酒作清娛。」首句截用漢高祖劉邦的《大風歌》：「大風起兮雲飛揚，威加海內兮歸故鄉，安得猛士兮守四方。」

2.《古詩十九首》

《李偉南、陳振賢兩先生招飲醉花林，叨陪末座，感慚交並，陳先生並賜以佳章，依韻奉和，流竄經年，不自知辭之淒惻也》首聯：「百歲常懷千載憂，干戈擾攘我西遊。」首句是《古詩十九首》十六之「生年不滿百，常懷千歲憂」的截用，對後句只略加增改。

3. 曹植

《紅閨夜月》首聯：「樓上月徘徊，淚落芭蕉影。」首句是截用曹植《七哀》詩：「明月照高樓，流光正徘徊。」

4. 桃葉

《前在檳城，偶成俚句，南洋詩友，和者如雲。近有所感，再疊前韻，重作三章，郵寄丹林，當知余邇來心境》其二首聯：「縱移團扇面難遮，曳尾塗中計尚賒。」「團扇面難遮」截用晉桃葉《答王團扇歌》：「團扇復團扇，持許自遮面。」

5. 蕭繹

《過小金川看櫻，值微雨，醉後作》頷聯：「細雨成塵催小草，落花如雪鎖長堤。」「細雨成塵」截用梁孝元帝蕭繹《詠細雨》：「風輕不動葉，雨細未沾衣。入樓如霧上，拂馬似塵飛。」

6. 范雲

《為秋傑兄題海粟畫松》首聯：「蟠根聳幹棟樑才，勁質貞心鬱未開。」又《為靄民先生題經公子淵畫松》其二尾聯：「一枝剪取長松幹，勁質貞心實啟予。」「勁質貞心」皆是截用南朝梁范雲《詠寒松詩》：「凌風知勁節，負雪見貞心。」

（三）截用唐詩

1. 孟浩然

（1）《西歸雜詠》其三首聯：「綠樹青山數十程，思親無計且西征。」「綠樹青山」截用孟浩然《過故人莊》：「綠樹村邊合，青山郭外斜。」

（2）《關君謂升旗山大似匡廬，因演其意》首聯：「匡廬曾記昔年遊，掛席名山孟氏舟。」次句截用孟浩然《晚泊潯陽望香爐峰》：「掛席幾千里，名山都未逢。」並以「孟氏舟」點明。

2. 王維等

《題畫》其四首聯：「貪坐溪亭晚未歸，四山空翠欲沾衣。」又《夜偕陳世鴻氏、松永氏宿鼓山》第四聯：「暗雨濕衣襟，攀登足奇致。」「四山」句「暗雨」句皆是王維《山中》詩「山路元無雨，空翠濕人衣」的截用。「溪亭晚未歸」則是截用宋李清照的詞《如夢令》：「常記溪亭日暮，沉醉不知歸路。」

3. 王灣

《題畫》其一尾聯：「溪頭路盡青山轉，江闊一帆林外低。」「江闊一帆」截用王灣《次北固山下》詩的名句：「潮平兩岸闊，風正一帆懸。」

4. 李白

（1）《佩蘭雅集，予不果往，蝶如君意予赴會也，寄詩至，和其三》其二尾聯：「何日江城吹玉笛，共君聽唱莫愁歌。」「江城吹玉笛」截取並倒用李白《與史郎中欽聽黃鶴樓上吹笛》：「黃鶴樓中吹玉笛，江城五月落梅花。」又《別戴某》：「伯勞飛燕東西別，忍向江城一笛吹。一笛江城從此去，悠悠後會知何處。」「江城一笛」「一笛江城」亦是截用李詩。

（2）《春江感舊》其三首聯：「天上瓊樓十二城，人間凝望最關情。」首句截用李白的《憶舊遊書贈江夏韋太守良宰》詩：「天上白玉京，十二樓五城。」

（3）《曉發東京》尾聯：「升沉莫問君平卜，襟上浪浪淚未乾。」首句截用李白《送友人入蜀》：「升沉應已定，不必問君平。」

5. 杜甫

（1）《東渡留別同人，春江第　樓上作》頸聯：「雲樹他年夢，悲歡此夕餐。」「雲樹」截取杜甫《春日憶李白》詩：「渭北春天樹，江東日暮雲。」上下句各截取一字而倒用。《星洲聞楊雲史先生之訃》：「江東渭北縈懷久」亦是對杜詩的截取而倒用。

（2）《重陽日鶴舞公園看木樨花》頸聯：「茱萸莫問明年事，醞釀權傾此日觴。」首句是杜甫《九日藍田崔氏莊》「明年此會知誰健，醉把茱萸仔細看」詩句的截取倒用。

（3）《論詩絕句寄浪華》其一首聯：「驛樓樽酒論文日，意氣飛揚各有偏。」「樽酒論文」截用杜甫《春日憶李白》詩：「何時一樽酒，重與細論文。」

（4）《題六和塔》首聯：「世事如棋不忍看，雄心散漫白雲間。」「世事如棋」是杜甫《秋興》其四之「聞道長安似弈棋，百年世事不勝悲」的截取倒用。

（5）《和劉大杰〈秋興〉》頸聯：「乞酒豈能千日醉，看囊終要半文錢。」「看囊」是杜甫《空囊》詩「囊空恐羞澀，留得一錢看」的截取倒用。

（6）《前在檳城，偶成俚句，南洋詩友，和者如雲。近有所感，再疊前韻，重作三章，郵寄丹林，當知余邇來心境》之一：「歸去西湖夢裏家，衣冠憔悴滯天涯。」「衣冠憔悴」是杜甫《夢李白》其二「冠蓋滿京華，斯人獨憔悴」的截用。

6. 張繼

《過蘇州》：「兒時夢想寒山寺，月落烏啼夜半鐘。」次句截用張繼的名詩《楓橋夜泊》：「月落烏啼霜滿天，江楓漁火對愁眠。姑蘇城外寒山寺，夜半鐘

聲到客船。」

7. 劉禹錫

《西湖雜詠》其一尾聯：「如今劫後河山改，來聽何戡唱渭城。」次句截用劉禹錫《與歌者何戡》詩：「舊人唯有何戡在，更與殷勤唱《渭城》。」又《贈金子光晴》詩「渭城誰繼何戡唱」是對劉詩的截取倒用。

8. 白居易等

《山村首夏》：「四山漲翠晝初長，五月田家麥飯香。一事詩人描不得，綠蓑煙雨摘新秧。」「五月田家」是白居易《觀刈麥》詩「田家少閒月，五月人倍忙」的截取倒用。「綠蓑煙雨」則截用唐張志和《漁父詞》：「青箬笠，綠蓑衣，斜風細雨不須歸。」

9. 崔護

《毀家詩紀》其十八：「身同華表歸來鶴，門掩桃花謝後扉。」又《張碧雲》詩：「人面桃花春欲暮，情中我正似劉蕢。」「門掩桃花」「人面桃花」皆是截用崔護的名詩《題都城南莊》：「去年今日此門中，人面桃花相映紅。人面不知何處去，桃花依舊笑春風。」「人面桃花」也可看著是斷用。

10. 劉皂

《青島雜事詩》其八尾聯：「頗感唐人詩意切，并州風物似咸陽。」次句截用劉皂《旅次朔方》詩：「客舍并州已十霜，歸心日夜憶咸陽。無端更渡桑乾水，卻望并州是故鄉。」並以「唐人詩」點明。

11. 張祜

《贈姑蘇女子》領聯：「故國烽煙傷滿子，仙鄉消息憶秦樓。」首句截用張祜的《何滿子》：「故國三千里，深宮二十年。一聲何滿子，雙淚落君前。」改「何」為「傷」，更有深意，「傷滿子」即「傷《何滿子》」。

12. 李賀

《題寫真答荃君》其三首聯：「儒生無分上凌煙，出水清姿頗自憐。」首句是李賀《南園》之五「請君暫上凌煙閣，若個書生萬戶侯」的截取倒用，「儒生」也即「書生」。

13. 徐凝

《史公祠有感》尾聯：「二分明月千行淚，並作梅花嶺下秋。」「二分明月」是對徐凝《憶揚州》詩「天下三分明月夜，二分無賴是揚州」的截取倒用。

14. 杜牧

（1）《秋興》其一首聯：「桐飛一葉海天秋，戎馬江關客自愁。」「一葉秋」截用杜牧《早秋客舍》詩：「風吹一片葉，萬物已驚秋。」「戎馬」句則是順承杜甫《登岳陽樓》的「戎馬關山北，憑軒涕泗流」詩句的意思而說。

（2）《秋夜懷人》其一尾聯：「青山隱隱江南暮，小杜當年亦憶家。」首句截用杜牧《寄揚州韓綽判官》詩：「青山隱隱水迢迢，秋盡江南草木凋。」次句「小杜當年」則加以點明。

（3）《廿八年元旦因公赴檳榔嶼，聞有汪電主和之謠，車中賦示友人》尾聯：「捲土重來應有日，俊豪子弟滿江東。」是對杜牧《題烏江亭》：「江東子弟多才俊，捲土重來未可知」的截取倒用，句式亦仿自杜詩。

15. 李商隱

（1）《病後寄漢义先生松木君》：「大羅天上詠霓裳，亦是當年弟子行。」首句截用李商隱《留贈畏之》詩：「空記大羅天上事，眾仙同日詠霓裳。」

（2）《盛夏閒居，讀唐宋以來各家詩，仿漁洋例，成詩八首錄七》之《李義山》：「義山詩句最風流，五十華年錦瑟愁。」次句是李商隱《錦瑟》詩「錦瑟無端五十弦，一弦一柱思華年」的截取倒用，而首句點明之。

（3）《偕董秋芳、郁九齡等遊西禪寺》：「鵷雛腐鼠漫相猜，世事困人百念灰。」首句是李商隱《安定城樓》詩「不知腐鼠成滋味，猜意鵷雛竟未休」的截取倒用。

16. 溫庭筠

《金絲雀》其二尾聯：「早知骨裏藏紅豆，悔駕天風出帝鄉。」「骨裏紅豆」是截取倒用溫庭筠的《新添聲楊柳枝詞》詩：「玲瓏骰子安紅豆，入骨相思知不知。」

17. 惠能

《三月一日對酒興歌》頷聯：「未免有情難遣此，本來無物卻沾埃。」「無物沾埃」是截用惠能的詩偈：「本來無一物，何處惹塵埃。」

18. 張泌

《無題──效李商隱體》其一頷聯：「中酒情懷春作惡，落花庭院月如鉤。」「落花庭院月」是張泌《寄人》詩「多情只有春庭月，猶為離人照落花」的截取倒用。

19. 牛希濟

《木曾川看花》頸聯:「翠絡金鞍公子馬,綠羅芳草女兒裙。」次句截用五代詩人牛希濟《生查子》詞:「記得綠羅裙,處處憐芳草。」

(四)截用宋詩

1. 魏野

《西泠話舊》首聯:「碧紗紅袖兩無情,壁上凋殘字幾行。」「碧紗紅袖」是截取倒用魏野詩:「若得常將紅袖拂,也應勝似碧紗籠。」(見宋吳處厚《青箱雜記》卷六載)

2. 李振

《過徐州、濟南》尾聯:「黃河偷渡天將晚,又見清流下濁流。」次句乃是截用李振語:「此輩嘗自言清流,可投之河,使為濁流也。」(見《新五代史·李振傳》)

3. 蘇軾

(1)《出晴雪園寄石埭》其四尾聯:「欲學征鴻留爪印,行裝成後更長吟。」首句截用蘇軾《和子由澠池懷舊》詩:「人生到處知何似?應似飛鴻踏雪泥。泥上飛鴻留指爪,鴻飛那復計東西。」《風流子·三十初度》詩「踏雪鴻蹤,印成指爪」亦是截用蘇詩。「行裝」句則是仿用杜甫《解悶》:「新詩改罷自長吟。」

(2)《與江郎對飲,座上口占》:「南樓蕭管沉沉夜,絕似秦淮五月天。」首句截用蘇軾《春宵》詩:「歌管樓臺聲細細,秋韆院落夜沉沉。」

4. 釋參寥

《奉答長嫂兼呈曼兄》其二首聯:「垂教殷殷意味長,從今泥絮不多狂。」「泥絮不(多)狂」截用釋參寥《答杭妓》詩:「禪心已作沾泥絮,不逐東風上下狂。」

5. 黃庭堅

《頗聞有公祭東坡者,故作俚語以薄之》首聯:「笑罵文章讀漸多,近來詩怕說東坡。」此乃截用黃庭堅《東坡先生真贊》:「東坡之酒,赤壁之笛。嬉笑怒罵,皆成文章。」

(五)截用清詩

1. 吳梅村

《吳梅村》:「紅粉青衫總斷魂」,又《寄荃君》:「紅粉青衫兩欲愁」,又

《寄內》其一：「紅粉青衫兩蹉跎」，三句「紅粉青衫」皆是截取倒用吳梅村的《琴河感舊》其三詩：「青衫憔悴卿憐我，紅粉飄零我憶卿。」

2. 袁枚

《亂離雜詩》其一尾聯：「石壕村與長生殿，一例釵分惹恨長。」首句截用袁枚《馬嵬》詩「石壕村里夫妻別，淚比長生殿上多」。

（六）其他

《偕籛甫、成章、寶荃三人登東天目絕頂大仙峰望錢塘江》首聯：「仙峰絕頂望錢塘，鳳舞龍飛兩乳長。」次句則是截取倒用一舊傳的讖記：「天目山垂兩乳長，龍飛鳳舞到錢塘。」（見《西湖遊覽志餘》卷一）有說這兩句是晉郭璞的詩。

三、順用

即按照原詩句順承其意而加以進一步承說，有時根據已詩的需要改動原句。

（一）順用孟、莊

1. 孟子

（1）《晴雪園卜居》頷聯：「望去河山能小魯，夜來風雨似行舟。」「望去」句是順著《孟子·盡心上》「孔子登東山而小魯」的意思說的。

（2）《亂離雜詩》其十二頸聯：「天意似將頒大任，微軀何厭忍飢寒？」首句出自《孟子·告子下》的「故天將降大任於斯人也」，順承其意而說。

2. 莊子

《定禪》首聯：「野馬塵埃幻似煙，而今看破界三千。」「野馬塵埃」出自《莊子·逍遙遊》：「野馬也，塵埃也，生物之以息相吹也。」順承其意而說。

（二）順用漢魏六朝詩文

1. 司馬遷

（1）《過易水》首聯：「行人猶見白衣冠，依舊秋風易水寒。」「秋風易水寒」順承荊軻的「風蕭蕭兮易水寒」詩意而說（見《史記·燕世家》）。

（2）《和某君》首聯：「廿載江河未立名，學書學劍事難成。」次句出自《史記·項羽本紀》：「項籍少時，學書，不成，去；學劍，又不成。」順承其意而說。

（3）《賀新郎》：「匈奴未滅家何恃？」是順承霍去病語意「匈奴未滅，無

以家為」而說（《史記・衛將軍驃騎列傳》）。

2.《古詩十九首》

《奉答長嫂兼呈曼兄》其四尾聯：「刪去相思千萬語，當頭還是勸加餐。」次句是順承「努力加餐飯」（《古詩十九首》之一）而說。

3. 陶淵明

《覺園獨居寄孫百剛》尾聯：「此間事不為人道，君但能來與往還。」「此間」句用東晉陶淵明《桃花源記》中語：「不足為外人道也」，順承而說。

（三）順用唐詩

1. 王之渙

《偕吳秋山遊鼓山》尾聯：「憑高極目窮千里，一派閩江氣象雄。」首句順用王之渙《登鸛雀樓》的「欲窮千里目，更上一層樓」詩意。

2. 李白

（1）《夢醒枕上作》首聯：「床前明月夜三更，簾外新霜雁一聲。」「床前」句是順承李白《靜夜思》之「床前明月光」的詩意。

（2）《龍門山題壁》首聯：「天外銀河一道斜，四山飛瀑盡鳴蛙。」「天外銀河」順承李白《望廬山瀑布》之「疑是銀河落九天」的詩意。

3. 杜甫

（1）《寄浪華以詩代簡》其二首聯：「一枝休歎小安樓，牢把雄心勿自迷。」「一枝」順用杜甫《宿府》詩句：「強移棲息一枝安。」

（2）《寄養吾二兄》頸聯：「悔聽鄒子談天大，剩學王朗斫地頻。」次句是杜甫《短歌行》「王朗酒酣拔劍斫地歌莫哀」詩意的順用。

（3）《西歸雜詠》之一尾聯：「憐君亦為儒冠誤，流落人間但掌書。」首句是順用杜甫的「儒冠多誤身」（《奉贈韋左丞丈二十二韻》）句意。

（4）《讀〈宋史〉》首聯：「貧賤論交古不多，弟兄同室尚操戈。」「貧賤」句是順用杜甫《貧交行》詩意：「君不見管鮑貧時交，此道今人棄如土。」

（5）《客感寄某》其二頷聯：「敢隨杜甫憎時命，欲向田橫放厥聲。」首句是順用杜甫的「文章憎命達」（《天末懷李白》）詩意，而以杜甫點明。

（6）《中年（次陸竹天氏二疊韻）》首聯：「叔世天難問，危邦德竟孤。」「天難問」是順用杜甫的「天意高難問」意（《暮春江陵送馬大卿公，恩命追赴闕下》）。「危邦」句是取自《論語・泰伯》的「危邦不入」之「危邦」與《論

語‧里仁》的「德不孤」合而改用，意卻有反。

4. 白居易

（1）《日本謠》其九尾聯：「公子纏頭隨手擲，買花原為賣花人。」首句是順用白居易《琵琶行》之「五陵年少爭纏頭」的詩意。

（2）《晴雪園卜居》尾聯：「猛憶故園寥落甚，煙花撩亂怯登樓。」首句是順用白居易的「田園寥落干戈後」詩意（《自河南經亂，關內阻饑，兄弟離散，各在一處。因望月有感，聊書所懷……》）；次句則是縮用杜甫《登樓》詩意：「花近高樓傷客心，萬方多難此登臨。」

5. 杜牧

（1）《金陵懷古》首聯：「登盡江南寺寺樓，平橋煙柳晚籠愁。」「登盡」句是順用杜牧《江南春》詩意：「南朝四百八十寺，多少樓臺煙雨中。」

（2）《日本謠》其一尾聯：「兩行紅燭參差過，叫得珠簾盡上鉤。」次句順用杜牧《贈別》詩意：「卷上珠簾總不如。」

6. 李商隱

《東渡留別同人，春江第一樓席上作》頷聯：「非關行役苦，總覺別君難。」次句順用李商隱《無題》之「相見時難別亦難」詩意。

7. 崔郊

《毀家詩紀》其十九頸聯：「秋意著人原瑟瑟，侯門似海故沉沉。」次句順用崔郊《贈去婢》的「侯門一入深如海」詩意。

8. 朱慶餘

《無題四首，用〈毀家詩紀〉中四律原韻》其一首聯：「洞房紅燭禮張仙，碧玉風情勝小憐。」「洞房」句順承朱慶餘《近試上張水部》的「洞房昨夜停紅燭」詩意。

9. 李煜

《望仙門》：「莫問愁多少。」順承南唐李後主《虞美人》的「問君能有幾多愁」詩意。

（四）順用宋詩

1. 梅堯臣

《題徐悲鴻贈韓槐准〈雞竹圖〉》尾聯：「雲外有聲天欲曉，蒼筤深處臥裴真。」首句順用梅堯臣《魯山山行》的「人家在何許，雲外一聲雞」詩意。

2. 蘇軾

（1）《懊惱》其二尾聯：「荼蘼零落春庭晚，九子鈴高倩影空。」首句順用蘇軾「荼蘼不爭春，寂寞開最晚」詩意（《杜沂遊武昌，以荼蘼花菩薩泉見餉》）。

（2）《送蝶如歸，有懷擔風先生》首聯：「風雨夜蕭蕭，臨歧折柳條。」「風雨」句順用蘇軾「夜雨何時聽蕭瑟」詩意（《辛丑十一月十九日，既與子由別於鄭州西門之外，馬上賦詩一篇寄之》）。

3. 李清照

《秋興》其四頷聯：「人似黃花重九後，生逢天寶亂離朝。」首句順用李清照《醉花陰·重陽》的「人比黃花瘦」詩意。

4. 張元幹

《晨進東華門口占》首聯：「疏星淡月夜初殘，鍾鼓嚴城欲渡難。」「疏星淡月」句是順承張元幹《賀新郎》的「疏星淡月，斷雲微度」詞意，也可看作是增用。

四、倒用

即對前人詩句的詞序根據己詩的平仄作一顛倒式運用。

（一）倒用楚辭

《贈郭氏兩姐弟》首聯：「椰園人似月中仙，秋菊春蘭各自妍。」「秋菊春蘭」是對楚國屈原《九歌·禮魂》之「春蘭兮秋菊」的倒用。

（二）倒用南朝詩

1. 謝靈運

《梅雨連朝不霽，昨過溪南，見秧已長矣》其一首聯：「草滿池塘水滿汀，江村五月雨冥冥。」「草滿池塘」倒用南朝宋謝靈運的名句：「池塘生春草。」

2. 王僧孺等

《金縷曲》：「悔當初千金買笑，量珠論斗」。「千金買笑」倒用南朝梁王僧孺《詠寵姬》之「一笑千金買」句；「量珠論斗」則是對唐劉禹錫的《泰娘歌》詩句「斗量明珠鳥傳意」的斷取倒用。

（三）倒用唐詩

1. 李隆基

《詠星洲草木》頸聯：「雞頭新剝嘗山竹，粉頰頻回剖木瓜。」「雞頭新剝」

則是倒用唐玄宗李隆基語：「軟溫新剝雞頭肉。」（見宋劉斧《青瑣高議・驪山記》）

2. 賀知章等

《自述詩》其十六首聯：「離家少小誰曾慣，一髮青山喚不應。」「離家少小」是對賀知章《回鄉偶書》之「少小離家老大回」的倒用。「一髮青山」是對宋蘇軾《澄邁驛通潮閣》「青山一髮是中原」的倒用。又《金絲雀》之「回首家山一髮青」亦是倒用蘇詩。又是對其兄郁曼陀《題照》詩「西望家山一髮青」的改用。

3. 杜甫

（1）《別戴某》第三聯：「作伴青春得幾時，灞陵橋外柳如絲。」「作伴青春」倒用杜甫《聞官軍收河南河北》詩：「青春作伴好還鄉。」

（2）《雜感》其四尾聯：「中朝袞袞諸公貴，亦識人間羞恥否？」「袞袞諸公」倒用杜甫《醉時歌》「諸公袞袞登臺省。」「亦識」句則是順承而用宋歐陽修句意：「是足下不復知人間有羞恥事爾。」（《與高司諫書》）

4. 白居易

（1）《日本謠》其七首聯：「紈扇秋來惹恨多，薰籠斜倚奈愁何。」「薰籠斜倚」倒用白居易《宮詞》：「斜倚薰籠坐到明。」

（2）《春江感舊》其四尾聯：「綿綿此恨何時了，野雉朝飛不忍看。」「綿綿此恨」倒用白居易《長恨歌》詩：「此恨綿綿無絕期。」

5. 元稹

（1）《留別蝶如》尾聯：「此去流人歸有信，蓬萊謫住只三年。」「蓬萊謫住」倒用元稹《以州宅誇於樂天》詩：「謫居猶得住蓬萊。」

（2）《贈紫羅蘭》頸聯：「滄海曾經人未老，青衫初浣淚偷彈。」「滄海曾經」倒用元稹《離思》的名句：「曾經滄海難為水。」

6. 杜牧

《論詩絕句寄浪華》其四：「慘綠啼紅憶六朝，韓文杜句想風標。銷魂一卷樊川集，明月揚州廿四橋。」「韓文杜句」是對杜牧《讀韓杜集》詩「杜詩韓集愁來讀」的倒用；末句則是對杜牧的《寄揚州韓綽判官》的名句「二十四橋明月夜」的倒用。

7. 溫庭筠

《晨發名古屋》：「茅店荒村野寺鐘」，又《曉發東京》：「茅店雞聲夢不安。」

兩句皆是倒用溫庭筠《商山早行》名句：「雞聲茅店月。」

（四）倒用宋詩

1. 蘇軾

《槐准先生於暇日邀孟奎先生及報社同人遊愚趣園，時紅毛丹正熟，主人囑書楹帖，先得首聯，歸後綴成全篇》頷聯：「不辭客路三千里，來啖紅毛五月丹。」是對蘇軾《食荔枝》詩「日啖荔枝三百顆，不辭長作嶺南人」的倒而仿用。

2. 陸游

《無題》尾聯：「北望中原滿胡騎，夕陽紅上海邊樓。」「北望中原」倒用陸游《書憤》句：「中原北望氣如山。」

3. 朱淑真

《七月十二夜見某，十六日上船，十七日有此作即寄》其三首聯：「楊柳梢頭月正圓，搖鞭重寫定情篇。」「楊柳」句是對朱淑真《生查子》之「月上柳梢頭」的倒用。

4. 李曾伯

《為靄民先生題經公子淵畫松》其一尾聯：「論定蓋棺離亂日，寒儒終不變初衷。」「論定蓋棺」倒用李曾伯《挽史魯公》之「蓋棺公論定，不泯是人心」的前句。

5. 林升

《西湖雜詠》其一首聯：「歌舞西湖舊有名，南朝天子最多情。」「歌舞西湖」倒用林升《題臨安邸》詩句：「西湖歌舞幾時休。」

（五）倒用清詩

1. 吳梅村

《自述詩》其十二尾聯：「忽憶江南吳祭酒，梅花雪裏學詩初。」「梅花雪裏」斷取倒用吳梅村《庚戌梅信日雨過鄧尉哭剖石和尚遇大雪夜宿還元閣》句：「雪裏梅花雨後山」，而以「吳祭酒」點明。

2. 黃仲則

《留別——和蝶如韻》其一首聯：「來日茫茫難正多，英雄時鈍奈虞何。」「來日茫茫」倒用黃仲則《綺懷》句：「茫茫來日愁如海。」

五、提用

或可稱為選用，即對一首或一句很有名的詩，提（選）取其中一個詞或篇名而立即讓人聯想到這首詩或這句詩，這樣用可以使自作的詩更有內蘊。

（一）提用詩經

1.《客感》頷聯：「漫天風雨懷人淚，八月蒓鱸係我思。」首句提用《詩經‧鄭風》之《風雨》，其小序曰：「《風雨》，思君子也。」正是此句「懷人」之意。亦可看作是意用。次句用張翰典，是對《晉書‧張翰傳》之「翰因見秋風起，乃思吳中菰菜、蓴羹、鱸魚膾……」一句的提取。

2.《西歸雜詠》其四尾聯：「青衫零落烏衣改，各向車窗歎式微。」首句提用《詩經‧鄭風‧子衿》：「青青子衿，悠悠我心。」「青衫」即「青衿」，漢毛亨《傳》曰：「青衿，青領也，學子之所服。」郁達夫此詩作於 1917 年，尚在日本留學，故有此用。又《曉發東京》的「青衫自古累儒冠」亦是用此。次句提用《詩經‧邶風》之《式微》：「式微，式微，胡不歸？」

3.《賀新郎》：「恥說與衡門牆茨。親見桑中遺芍藥，學青盲，假作癡聾耳。」「衡門」是《詩經‧陳風》中的篇名，「牆茨」「桑中」皆是《詩經‧鄘風》中的篇名，「遺芍藥」亦出自《詩經‧鄭風‧溱洧》。提用篇名和語詞，以少概多，以括其意。

4.《與王氏別後，托友人去祖國接二幼子來星，王氏育三子，長名陽春，粗知人事，已入小學，幼名殿春、建春，年才五六》頸聯：「縱無七子齊哀社，終覺三春各戀暉。」「七子」提用《詩經‧邶風‧凱風》：「有子七人，莫慰母心。」《毛詩序》云：「《凱風》，美孝子也。衛之淫風流行，雖有七子之母，猶不能安其室。故美七子能盡孝道，以慰母心，而成志爾。」「三春」是提用唐孟郊《遊子吟》的名句「誰言寸草心，報得三春暉」。「三春」又指郁達夫的三個孩子（陽春、殿春、建春），此處用得很巧。

5.《為曉音女士題海粟畫〈蘆雁〉》尾聯：「炎荒怕讀劉郎畫，一片蒹葭故國心。」「蒹葭」是提用《詩經‧秦風‧蒹葭》：「蒹葭蒼蒼，白露為霜。所謂伊人，在水一方。」此乃《詩經》中名篇，有懷人之意，郁提取移作己抒思國懷鄉之情。

（二）提用漢魏六朝詩

1. 蔡邕等

《寄浪華，以詩代簡四首》其一：「遠方昨夜到雙魚，向我殷殷索著書。不

是江郎才調盡，只因司馬慣慵疏。」此詩亦多用提取法。「雙魚」是提用蔡邕《飲馬長城窟行》詩意：「客從遠方來，遺我雙鯉魚。」郁還有詩句「憑君南浦覓雙魚」（《八月初三夜發東京，車窗口占別張、楊二子》）亦本此。「江郎才調盡」則是提用人所熟知的南朝江淹的故事（見《南史・江淹傳》）。「慵疏」乃是提用唐柳宗元的詩句「直以慵疏招物議」，而以「司馬」點明（柳宗元為郎州司馬）。

2. 陸凱

《讀大傑詞》尾聯：「長君一日為師友，歲暮題詩代折梅。」「折梅」是提用三國吳陸凱名詩《寄贈范曄》：「折梅逢驛使，寄與隴頭人。江南無所有，聊寄一枝春。」郁達夫的《送友人之廣東》詩「庾嶺梅花寄一枝」則是截用這裡的陸凱的詩句。

3. 陶淵明

《贈女學生李輝群》：「春申江上賦停雲，黃鶴樓頭始識君。」「停雲」是晉陶淵明的詩篇名，其《序》云：「《停雲》，思親友也。」郁在此提領一下，以表達對李輝群的懷念。

（三）提用唐詩

1. 李白

（1）《夢逢舊識二首》之二：「竹馬當年憶舊遊，秋風吹夢到江樓。牧之去國雙文嫁，一樣傷心兩樣愁。」「竹馬」提用李白《長干行》的名句：「郎騎竹馬來，繞床弄青梅。」「雙文」則是提用自唐元稹《雜憶五首》中的「憶得雙文通內裏」，「憶得雙文人靜後」，「憶得雙文朧月下」，「憶得雙文獨披掩」，「憶得雙文衫子薄」。元稹用「雙文」指鶯鶯，郁達夫用「雙文」則是指舊識的兩個女子。

（2）《寄養吾二兄》頷聯：「苜宿東歸蜓驛馬，煙花難忘故鄉春。」「煙花」乃提用李白《送孟浩然之廣陵》之名句「煙花三月下揚州」。

（3）《七夕行裝已具，邀同學數人小飲於室，王一之有詩餞行，依韻和之》首聯：「漫問汪倫意淺深，一杯難得與同斟。」「汪倫」提用李白的名詩《贈汪倫》詩：「桃花潭水深千尺，不及汪倫送我情。」郁詩的尾聯：「男兒要勒燕然石，忍使臨歧淚滿襟。」末句是截用唐王勃《送杜少府之任蜀州》詩：「無為在歧路，兒女共沾襟。」

2. 杜甫

（1）《村居雜詩》其四尾聯：「隴上秋風香稻熟，前人田地後人收。」「香

稻」一詞乃是提用杜甫《秋興八首》中的名句：「香稻啄餘鸚鵡粒。」

（2）《大桃園看花》頷聯：「詩酒縱難追白也，風流還許到紅裙。」「白也」是杜甫對李白的稱呼，《春日憶李白》中杜甫開頭即說：「白也詩無敵，飄然思不群。」郁達夫本是「儂詩粉本出青蓮」（《自述詩》），對李白特別欽慕，故在好幾處加以提用，如「書劍飄零傷白也」（《寄曼陀長兄》），「笑指朱顏稱白也」（《步何君〈半山娘娘廟題壁〉續成》），直以「白也」自稱了。

（3）《寄和荃君原韻四首》其三尾聯：「鬼域乘軒公碌碌，杜陵詩句只牢愁。」「公碌碌」提用杜甫《可歎》詩「吾輩碌碌飽飯行」，此非杜之名句，故次句又以「杜陵詩句」點明。

3. 白居易

《贈別》尾聯：「傷離我亦天涯客，一樣青衫有淚痕。」「天涯客」是提用白居易《琵琶行》的名句：「同是天涯淪落人，相逢何必曾相識。」「青衫」亦是提用該篇的末句「座中泣下誰最多，江州司馬青衫濕」。「青衫」一詞在郁詩中或指學生，如前引之「爭奈青衫似舊時」；或指失意人，如此處。

4. 杜牧

（1）《春江感舊》其三頸聯：「一夢揚州憐杜牧，廿年辛苦憶蘇卿。」「一夢揚州」是提用杜牧《遣懷》的名句：「十年一覺揚州夢，贏得青樓薄倖名。」又《將之日本別海棠》其三首聯「替寫新詩到海棠，揚州舊夢未全忘」亦是用此。

（2）《無題——效李商隱體》其二首聯：「豆蔻花開碧樹枝，可憐春淺費相思。」「豆蔻」是提用杜牧《贈別》的名句：「娉娉嫋嫋十三餘，豆蔻梢頭二月初。」

5. 李商隱

《西湖聞暢卿訃》：「西湖月照高樓夜，雨漲巴山未可知。」次句是提用李商隱的名詩《夜雨寄北》：「君問歸期未有期，巴山夜雨漲秋池。何當共剪西窗燭，卻話巴山夜雨時。」「雨漲巴山」亦可看作是對李詩的截用。

（四）提用宋詩

1. 林逋等

《訪擔風先生於藍亭，蒙留飲，席上分題得「雪中梅」，限「微」韻》：「林氏山中香靄靄，謝家院裏絮霏霏。殘冬詩思知何在？白雪寒梅月下扉。」此詩有三句皆是提用前人詩意。首句提用宋林逋《山園小梅》的名句「疏影橫斜水

清淺，暗香浮動月黃昏」，即所謂「林氏山中香」。郁達夫《相思樹》有句「好將疏影拂春潮」亦以「疏影」提用林詩。次句的「謝家院裏絮霏霏」，提用晉謝道韞的名句「未若柳絮因風起」（《世說新語・言語》）。第三句「詩思」則是提用《古今詩話》所載鄭肇語：「相國（鄭）肇善詩……或曰：『相國近為新詩否？』對曰：『詩思在灞橋風雪中驢子背上，此何以得之？』」

2. 蘇軾

（1）《重訪荒川堤，八重櫻方開，盤桓半日，並攝影以志遊，賦此題寫真後，次前韻》尾聯：「春遊欲作流傳計，寫得真容證雪泥。」「雪泥」是提用蘇軾《和子由澠池懷舊》詩：「人生到處知何似？應似飛鴻踏雪泥。泥上偶然留指爪，鴻飛那復計東西。」

（2）《中秋無月，風緊天寒，訪詩僧元禮，與共飲於江干，醉後成詩，仍步曼兒〈追暑牯嶺〉韻》尾聯：「東坡水調從頭唱，醉筆題詩記此遊。」首句則是明顯提用蘇東坡的中秋詞《水調歌頭》，次句仿用宋王安中《靈巖山》的「醉墨淋漓記此遊」。

（3）《月夜懷劉大杰》首聯：「青山難望海雲堆，戎馬倉皇事更哀。」「青山」是提用蘇軾《澄邁驛通潮閣》詩：「杳杳天低鶻沒處，青山一髮是中原。」時郁達夫在新加坡，故以「青山」代中原，亦代祖國。

3. 文天祥等

《初抵望嘉麗，贈陳長培》：「伶仃絕似文丞相，荊棘長途此一行。猶幸知交存海內，望門投止感深情。」「伶仃」是提用南宋文天祥的名詩《過零丁洋》的「零丁洋裏歎零丁」，而以文丞相點明；「海內」是提用唐王勃的名詩《送杜少府之任蜀州》：「海內存知己，天涯若比鄰。」

六、縮用

即把幾句詩節縮為一句或把一句詩節縮為幾個字，此是根據已詩之意化繁為簡的用法。

（一）縮用唐詩

1. 李白

（1）《日本謠》其三首聯：「紈扇輕搖困倚床，歪鬢新興趙家妝。」「趙家妝」是李白《清平調》之「可憐飛燕倚新妝」一句的縮用。

（2）《亂離雜詩》其九頸聯：「細雨蒲帆遊子淚，春風楊柳故園情。」次句凝縮李白《春夜洛城聞笛》詩：「誰家玉笛暗飛聲，散入春風滿洛城。此夜曲中聞折柳，何人不起故園情。」也可看著是截用。

2. 杜甫

《寄浪華，以詩代簡四首》其二尾聯：「才大由來人易棄，須知尼父尚棲棲。」首句縮用杜甫《古柏行》詩意：「志士幽人莫怨嗟，古來材大難為用。」「棲棲」一詞提用《論語・憲問》微生畝對孔子說的話：「丘，何為是棲棲者與？無乃為佞乎？」而以尼父點明。

3. 金昌緒

《車過臨平》首聯：「清溪波動菱花亂，黃葉林疏鳥夢輕。」次句縮用金昌緒《春怨》詩意：「打起黃鶯兒，莫教枝上啼。啼時驚妾夢，不得到遼西。」

4. 杜牧

《懊惱》其一尾聯：「當年薄倖方成恨，莫與多情一例看。」首句凝縮杜牧《遣懷》詩意：「十年一覺揚州夢，贏得青樓薄倖名。」次句凝縮杜牧另一首詩《贈別》其二：「多情卻似總無情，唯覺樽前笑不成。蠟燭有心還惜別，替人垂淚到天明。」

5. 陳陶

《歲暮感憤》頷聯：「美人應夢河邊骨，逐客還吹世上簫。」首句縮用陳陶《隴西行》詩意：「可憐無定河邊骨，猶是春閨夢里人。」

（二）縮用宋詩

《下鼓山回望》尾聯：「怪他活潑源頭水，一喝千年竟不回。」首句縮用宋朱熹《讀書有感》詩意：「問渠哪得清如許，為有源頭活水來。」

第三節　意用及其形變

一、意用

即對前人詩的思想加以概括而攝用其意。

（一）意用漢詩

《日本謠》其七首聯：「紈扇秋來惹恨多，薰籠斜倚奈愁何。」「紈扇」句意用漢班婕妤《怨歌行》詩：「新裂齊紈素，皎潔如霜雪。裁為合歡扇，團團

似明月。出入君懷袖，動搖微風發。常恐秋節至，涼風奪炎熱。棄捐篋笥中，恩情中道絕。」班乃漢成帝妃被讒失寵，詩意如題以借扇訴怨。郁詩「紈扇惹恨」亦正用其意。

（二）意用唐詩

1. 王績

《過小金井川看櫻，值微雨，醉後作》尾聯：「我亦隨人難獨醒，且傍錦瑟醉如泥。」首句意用王績《過酒家》詩：「此日常昏飲，非關養性靈。眼看人盡醉，何忍獨為醒。」王言昏飲不醒，當痛於社會之亂。郁詩乃記遊寫景之作，故此處「隨人難獨醒」僅用王詩表層意，以寫「看櫻」之樂。「傍錦瑟」取杜甫《曲江對雨》「暫醉佳人錦瑟旁」的後三字而倒用，「醉如泥」取杜甫《將赴成都草堂途中有作，先寄嚴鄭公五首》之三中的「先判一飲醉如泥」的後三字，加「且」合而成句。

2. 王維

《海上候曼兄不至，回杭後，得牯嶺逭暑來詩，步原韻奉答，並約於重九日同去富陽》尾聯：「重陽好作茱萸會，花萼江邊一夜遊。」首句意用王維《九月九日憶山東兄弟》：「遙知兄弟登高處，遍插茱萸少一人。」王言重陽日兄弟登高獨少自己，郁詩言重陽日正好兄弟相會。用王詩意而略有不同。

3. 杜甫

（1）《寄家長兄曼陀，次兄養吾同客都門》頷聯：「紫荊庭外飛花未，鱸鱖江南入夢無？」首句意用杜甫《得舍弟消息》詩意：「風吹紫荊樹，色與春庭暮。花落辭故枝，風回返無處。骨肉恩書重，漂泊難相遇。猶有淚成河，經天復東注。」杜言紫荊花落得舍弟消息，故郁問「紫荊庭外飛花未」，以明兄弟相憶之情。郁達夫於此句下特注：「見杜甫詩」，正表明是用杜詩之意。

（2）《客感寄某》其二頸聯：「亦有宏才難致用，可憐濁水不曾清。」首句意用杜甫《古柏行》詩：「志士仁人莫怨嗟，古來材大難為用。」

（3）《贈〈華報〉同人》尾聯：「萬一國亡家破後，對花灑淚豈成詩。」此乃意用杜甫《春望》詩：「國破山河在，城春草木深。感時花濺淚，恨別鳥驚心。」杜言安史之亂後，山河仍在而國事全非。故對花灑淚，感傷時事。郁詩用其意而又翻進一層，等到國破家亡，再對花灑淚已不成詩。

（4）《亂離雜詩》其六首聯：「久客愁看燕子飛，呢喃語軟泄春機。」此

乃意用杜甫《燕子來舟中作》詩：「湖南為客動經春，燕子銜泥兩度新。舊入故園嘗識主，如今社日遠看人。可憐處處巢居室，何異飄飄託此身。暫語船檣還起去，穿花貼水益沾巾。」杜言舊時燕子識主，如今主人久客漂泊見而不認了。雖然燕子處處可巢，但與我飄飄此身沒有兩樣。郁用其意更添「愁」情，是因為所戀之人「離多會稀」了。

4. 劉禹錫

《寄小館海月羽後》尾聯：「定知吟興秋稍好，雁正來時葉正紅。」此意用劉禹錫《秋詞》詩：「自古逢秋悲寂寥，我言秋日勝春朝。晴空一鶴排雲上，便引詩情到碧霄。」劉言秋日鶴飛，詩興大發。郁言雁來葉紅，秋好可吟，正用劉詩之意。

5. 白居易

《寄錢潮》頸聯：「懷歸半為西湖景，惜別非關北里閭。」首句意用白居易《春題湖上》詩：「未能拋得杭州去，一半勾留是此湖。」白言拋別不得杭州是因為留戀西湖；郁言懷鄉思歸一半也為那西湖，亦正是用白詩之意。

6. 李商隱

《新婚未幾，病虐勢危，斗室呻吟，百憂俱集。悲佳人之薄命，嗟貧士之無能，飲泣吞聲，於焉有作》頷聯：「劇憐病骨如秋鶴，猶吐青絲學晚蠶。」次句用李商隱的「春蠶到死絲方盡」(《無題》)詩意，然意又翻進了一層。

（三）意用宋詩

《夢登春江第一樓，嚴子陵先生釣臺，題詩石上》首聯：「帽影鞭絲去，紅塵白霧來。」「帽影」句意用蘇軾詩：「登高回首坡壟隔，惟見烏帽出覆沒。」(《辛丑十一月十九日，既與子由別於鄭州西門之外，馬上賦詩一篇寄之》)蘇言登高回望，人已遠去，只見帽影出沒。郁詩「帽影鞭絲」正用此意。

二、轉用

即雖用前人原詩句而意思已轉化他意。

轉用唐詩

1. 李白

《梅雨連朝不霽，昨過溪南，見秧已長矣》其二：「分秧時節黃梅雨，飛燕梳妝赤羽衣。不信春歸花事盡，野籬到處落薔薇。」「飛燕」句轉用李白《清

平調》詩：「借問漢宮誰得似？可憐飛燕倚新妝。」李詩說的是漢成帝皇后趙飛燕，郁則借「飛燕倚新妝」轉而寫雨中的燕子，用得十分巧妙，不落痕跡。此詩之「分秧」句則是仿用宋趙世秀《約客》詩：「黃梅時節家家雨。」「野籬」句化用宋張谷山《句》詩：「可惜荼蘼都過了，繞籬猶自有薔薇。」

2. 高適

《正月六日作》頷聯：「草堂明日是人日，客況今年遜去年。」「草堂」句轉用高適《人日寄杜拾遺》詩「人日題詩寄草堂」。高言「草堂」指代杜甫（拾遺），郁借而轉用為所居之地（當然郁並沒有真住茅草屋）。「客況」句仿用清厲鶚《人日立春用壬寅年人日雪韻》詩：「鏡裏今年健去年。」

3. 杜甫

《永阪石埭以留別鷗社同人詩見示，即步原韻賦長句以贈》頸聯：「千首清詞追李杜，四方生祀勝金錢。」首句轉用杜甫《不見》的「敏捷詩千首」，杜以「詩千首」贊李白，郁借而轉用以贊永阪石埭。

三、反用

即表達的思想、觀點、意思與前人詩句相反或相對，也即所謂「翻前人作」，「反其意而用之。」

（一）反用先秦文

《和廣勳先生賜贈之作》其二：「尺枉何由再直尋，蘭成哀思及時深。美人香草閒情賦，豈是離騷屈宋心？」首句反用《孟子》語：「尺枉而直尋。」第四句用清彭兆蓀的「都是離騷屈宋心」（《揚州郡齋雜詩》），從形式上看又是改用，一字之改，意有不用。

（二）反用漢代文

《李偉南，陳振賢兩先生招飲醉花林，叨陪末座，感慚交並，陳先生並賜以佳章，依韻奉和，流竄經年，不自知辭之淒惻也》頸聯：「去國羈臣傷獨樂，梳翎病鶴望全瘳。」「傷獨樂」反用漢司馬相如《上林賦》中語：「務在獨樂，不顧眾庶。」郁時在新加坡，心憂祖國，不忍獨樂，故曰「傷獨樂」。

（三）反用唐詩

1. 李義府

《偕某某登嵐山》尾聯：「嵐山倘有閒田地，願向叢林借一枝。」次句

反用李義府詩:「上林如許樹,不借一枝棲。」(《歷代詩話·全唐詩話(卷一)》上)

2. 李白

(1)《金絲雀》其五尾聯:「心事莫從明月寄,中天恐被萬人看。」首句反用李白的「我寄愁心與明月,隨君直到夜郎西」詩意(《聞王昌齡左遷龍標遙有此寄》);次句則是《紅樓夢》中第一回賈雨村詠月詩「天上一輪才捧出,人間萬姓仰頭看」的縮用。

(2)《抵星州感賦》尾聯:「不欲金盆收覆水,為誰憔悴客天涯。」此聯反用李白《妾薄命》詩:「雨落不上天,水覆難再收。君情與妾意,各自東西流。」

(3)《書示江郎》尾聯:「酒入愁腸都乏味,花雕未及故鄉濃。」次句反用李白《客中行》詩:「蘭陵美酒鬱金香,玉碗盛來琥珀光。但使主人能醉客,不知何處是他鄉。」

3. 杜甫等

(1)《遊八事山中,徘徊於觀音像下者久之》頷聯:「地來上谷逃禪易,人近中年棄世難。」首句先順承杜甫詩意:「蘇晉長齋繡佛前,醉中往往愛逃禪。」(《飲中八仙歌》)次句以「棄世難」又反之,即不能棄世而歸禪。

(2)《頗聞有公祭東坡者,故作俚語以薄之》頷聯:「時宜不合應緘口,天意難回忍放歌。」「忍放歌」反用杜甫《聞官軍收河南河北》詩:「白日放歌須縱酒。」亦反用蘇東坡「負瓢行歌」故事(見《侯鯖錄》)。「天意難回」則承杜甫「天意高難問」而順用。

(3)《題梅魂手冊》頷聯:「山河那待重收拾,寇盜何妨任蔓延。」此是憤激而用之反語。首句反用宋岳飛《滿江紅》詞:「待從頭收拾舊山河,朝天闕。」次句反用杜甫《登樓》詩:「北極朝廷終不改,西山盜寇莫相侵。」

(4)《風流子·三十初度》:「老奴故態,不改佯狂。」「不改」句反用杜甫《不見》詩:「不見李生久,佯狂真可哀。」

4. 白居易

(1)《日暮湖上》尾聯:「只愁落日紅如火,燒盡湖西尺五山。」首句反用白居易《憶江南》詞:「日出江花紅勝火。」

(2)《志亡兒耀春之殤》之五首聯:「魂魄何由入夢來,東西歧路費疑猜。」「魂魄」反用白居易《長恨歌》詩:「魂魄不曾來入夢。」

5. 李商隱

《亂離雜詩》其十首聯:「飄零琴劍下巴東,未必蓬山有路通。」次句反用李商隱《無題》詩:「蓬山此去無多路。」

(四)反用宋詩

1. 蘇軾

(1)《出昱嶺關,過三陽坑後,車道曲折,風景絕佳》頷聯:「外此更無三宿戀,西來又過一重關。」首句反用蘇軾《別黃州》詩:「桑下豈無三宿戀。」

(2)《為林建兄題陳月秀女史畫〈匡廬圖〉》首聯:「彭郎依舊小姑單,幾葉輕舟懶下灘。」「彭郎」句反用蘇軾《李思訓畫〈長江絕島圖〉》詩:「小姑前年嫁彭郎。」

2. 秦觀

《織女春思》尾聯:「暮暮復朝朝,郎今到何處?」首句反用秦觀《鵲橋仙》詞:「兩情若是久長時,又豈在朝朝暮暮。」

3. 曾幾

《客感寄某》其一首聯:「五月梅黃雨不晴,江南詩賦老蘭成。」「五月」句反用曾幾《三衢道中》詩:「梅子黃時日日晴。」

4. 陸游

《毀家詩紀》其五尾聯:「驅車直指彭城道,佇看雄師復兩京。」次句反用陸游詩:「天寶胡兵陷兩京。」(《五月十一日,夜且半,夢從大駕親征,盡復漢、唐故地。見城邑人物繁麗,云:西涼府也。喜甚,馬上作長句,未終篇而覺,乃足成之》)

(五)反用明清詩

1. 徐霞客

《遊金馬侖之作》其二首聯:「五嶽遊罷再入山,忙裏偷得半日閒。」「五嶽」句反用明徐霞客語:「五嶽歸來不看山。」(《漫遊黃山仙境》)「忙裏」句則是雜用唐李涉《登山》的「因過竹院逢僧話,又得浮生半日閒」與宋程顥《春日偶成》的「時人不識余心樂,將謂偷閒學少年」。

2. 黃仲則

《讀陳孝威先生上羅斯福總統書》尾聯:「儒生未必全無用,紙上談兵筆有神。」首句反用清黃仲則詩:「百無一用是書生。」(《雜感》)

3. 龔自珍

《贈隆兒》其二尾聯:「煙花本是無情物,莫倚箜篌夜半歌。」首句反用清龔自珍《己亥雜詩》之五:「落紅不是無情物。」句式亦仿龔。

(六)其他

1.《自萬松嶺步行至鳳山門懷古之作》首聯:「五百年間帝業微,錢塘湖不上漁磯。」「五百年」句反用一舊傳讖記「五百年間出帝王」(見《西湖遊覽志餘》卷一)。

2.《自漢皋至辰陽流亡途中口占》頷聯:「同林自願雙棲老,大難寧教半鏡差。」此反用明馮夢龍古小說《警世通言‧莊子休鼓盆成大道》中俗語:「夫妻本是同林鳥,巴到天明各自飛」,以表明自己願與妻子偕老,不願「大難」分離。「半鏡」用破鏡重圓典。

四、翻用

即在前人詩句意義的基礎上作翻進一層的作用。

(一)翻用漢魏詩

《夢醒枕上作,翌日寄荃君》其四尾聯:「要知天上雙棲樂,不及黃姑渺隔時。」此是翻用魏曹植《種葛篇》:「下有交頸獸,仰見雙棲禽。」言獸之交頸,禽之雙棲,故樂,猶「不及黃姑渺隔」也。又或用牛郎織女故事。《古詩十九首》之十:「迢迢牽牛星,皎皎河漢女。……盈盈一水間,脈脈不得語。」言牛郎、織女天上雙棲故樂,然猶「不及黃姑渺隔」。「黃姑」即牽牛星,牽牛與織女隔著銀河(即「渺隔」),則相思更長,相愛更深。意思就翻進一層了。

(二)翻用唐詩

1. 李白

《亂離雜詩》其七頸聯:「滿地月明思故國,窮途裘敝感黃金。」首句翻用李白《靜夜思》詩:「床前明月光,疑是地上霜。舉頭望明月,低頭思故鄉。」由李之「思故鄉」而翻進其意更「思故國」。

2. 杜甫

《永阪石埭以留別鷗社同人詩見示,即步原韻賦長句以贈》首聯:「傾蓋江湖再結緣,羨君豐儀過前賢。」次句翻用杜甫《戲為六絕句》之「未及前賢更勿疑」。

3. 劉禹錫

《西歸雜詠》其一首聯：「道我新詩錦不如，臨歧扣馬請回車。」「道我」句翻用劉禹錫《酬樂天見貽賀金紫之什》詩：「珍重和詩呈錦繡。」劉謂詩如錦繡，郁則說詩勝錦繡。句式則是對宗伯齊公召南為袁枚送行詩「吟得新詩錦不如」的改用。（袁枚《隨園詩話》）

4. 李商隱

（1）《八月初三夜發東京，車窗口占別張、楊二子》頸聯：「亂離年少無多淚，行李家貧只舊書。」首句翻用李商隱《安定城樓》詩：「賈生年少虛垂涕。」李言賈生垂涕是虛的，郁言亂離人已無多淚。「行李」句仿用杜甫《客至》：「樽酒家貧只舊醅。」

（2）《丙辰中秋，桑名阿誰兒樓雅集，分韻得寒》尾聯：「剪燭且排長夜燭，商量痛飲到更殘。」首句翻用李商隱的「何當共剪西窗燭」（《夜雨寄北》）。李只言「剪西窗燭」，郁則言連宵痛飲，若要剪燭就需排長夜燭了。

（3）《小草》頸聯：「寧辜宋裏東鄰意，忍棄吳王舊苑花。」次句翻用李商隱的「偷看吳王苑內花」（《無題》）。李只言欲「偷看」，郁則說「（不）忍棄」了。

5. 陳玉蘭

《募寒衣》尾聯：「江上征人三百萬，秋來誰與寄寒衣。」次句翻用陳玉蘭《寄夫》詩：「一行書信千行淚，寒到君邊衣到無？」陳問夫衣到否，郁則言少寒衣，此乃回翻。

6. 李煜

（1）《星洲旅次有夢而作》尾聯：「醒後忽忘身是客，蠻歌似哭斷人腸。」首句翻用南唐李後主《浪淘沙》句：「夢裏不知身是客。」

（2）《廿八年元旦因公赴檳榔嶼，聞有汪電主和之謠，車中賦示友人》頷聯：「許國敢辭千里役，忍寒還耐五更風。」次句亦翻用李後主《浪淘沙》句：「羅衾不耐五更寒。」

7. 王承旨

《讀郭沫若氏談話紀事後作》其二《前線不見文人》之「文人幾個是男兒，古訓寧忘革裹屍」的首句，是對王承旨《絕句》「二十萬人齊拱手，更無一個是男兒」第二句的翻用。亦可看作是改用。

（三）翻用宋詩

1. 蘇軾

（1）《定禪》尾聯：「拈花欲把禪心定，敢再輕狂學少年。」次句翻用蘇軾《江城子・密州出獵》句：「老夫聊發少年狂。」蘇欲發狂，郁則言豈敢輕狂，此乃倒翻。

（2）《西歸雜詠》其二尾聯：「只愁難解名花怨，替寫新詩到海棠。」又《登日和山口占一絕》尾聯：「嬉春我學揚州杜，題盡西川十萬箋。」兩詩之次句皆是翻用蘇軾的《贈黃州官妓》詩：「卻似西川杜工部，海棠雖好不吟詩。」蘇言西川箋、海棠雖好，都不去題詩；郁則翻進其意，欲題詩十萬箋，欲為海棠寫詩。又《將之日本別海棠》其三首聯「替寫新詩到海棠，揚州舊夢未全忘」之首句，與上引之《西歸雜詠》其二尾聯「只愁難解名花怨，替寫新詩到海棠」的第二句同。郁詩多有重複自己處。

2. 陸游

（1）《青島雜事詩》其八首聯：「共君日夜話錢塘，不覺他鄉異故鄉。」次句翻用陸游《南鄉子》句：「卻恐他鄉勝故鄉。」陸言恐他鄉勝故鄉，郁言他鄉故鄉一樣。

（2）《毀家詩紀》其二頷聯：「諸娘不改唐裝束，父老猶思漢冕旒。」首句翻用陸游詩：「涼州女兒滿高樓，梳頭已學京都樣。」（《五月十一日，夜且半，夢從大駕親征，盡復漢、唐故地，見城邑人物繁麗，云：西涼府也。喜甚，馬上作長句，未終篇而覺，乃足成之》）陸言涼州女兒以前是胡妝，現在改學京都樣，郁則說諸娘根本就不改唐裝束，意有翻進。次句則是承用范成大《州橋》詩意。

3. 范成大

《贈吉田某從征》其一首聯：「也識燕然山銘壯，其如民意厭談兵。」又《感時》頸聯：「南渡君臣爭與敵，中原父老厭談兵。」兩詩之「厭談兵」皆翻用范成大《州橋》詩：「州橋南北是天街，父老年年等駕回。忍淚失聲問使者：幾時真有六軍來。」范言父老盼軍來，郁則言父老厭談兵。

（四）翻用元詩

《夜歸寓舍，值微雨，口占一絕》首聯：「濕雲遮路夜烏飛，瘦馬嘶風旅客歸。」次句翻用馬致遠《天淨沙・秋思》句：「古道西風瘦馬。夕陽西下，斷腸人在天涯。」馬言前往，郁則言回歸。

五、仿用

即仿擬前人詩句的結構形式而改變其中的語（詞）素或內容，造成一種意義相反或相似、相近的新的詩句。此法郁詩中用的很多，有句仿，也有韻仿。

（一）仿用唐詩

1. 王之渙、沈佺期

《題劍詩》首聯：「秋風一夜起榆關，寂寞江城萬仞山。」次句仿用王之渙《涼州詞》的「一片孤城萬仞山」。又此詩之頷聯：「九月霜鼙摧木葉，十年書屋誤刀環。」乃是仿用唐沈佺期《獨不見》詩：「九月寒砧催木葉，十年征戍憶遼陽。」

2. 王昌齡

《遊於山戚公祠》尾聯：「但使南疆猛將在，不教倭寇渡江涯。」此乃仿用王昌齡《出塞》詩：「但使龍城飛將在，不教胡馬度陰山。」

3. 李白

（1）《七月十二夜見某，十六日上船，十七日有此作即寄》其一尾聯：「解識將離無限恨，陽關只唱第三聲。」又《盛夏閒居，讀唐宋以來各家詩，仿漁洋例成詩八首錄七》之《李義山》首聯「解識漢家天子意，六軍駐馬笑牽牛」，兩詩之首句均仿用李白《清平調》句：「解釋春風無限恨。」尤其是「解識將離無限恨」仿用特別明顯。次句則是提用王維《渭城曲》之「陽關」：「西出陽關無故人。」而以「第三聲」點明是此詩之第三句「勸君更盡一杯酒」。

（2）《遊金馬崙之作》其二尾聯：「炎荒也有清涼地，輕車已過萬重彎。」次句仿用李白《早發白帝城》詩：「輕舟已過萬重山。」亦可看著是改用，即將「舟」改為「車」，將「山」改為「彎」。

（3）《黃花節日與星洲同仁集郭嘉東椰園遙祭，繼以觸詠攝影，同仁囑題照後藉贈園主》尾聯：「難得主人能好客，諸孫清慧令公賢。」首句仿用李白《客中作》之「但使主人能醉客，不知何處是他鄉」的第一句。

4. 杜甫

（1）《寄永阪石埭武藏》：「不見詩壇盟主久，紅塵三斗若為除。」首句仿用杜甫的「不見李生久，佯狂真可哀」（《不見》）的第一句。

（2）《金絲雀》其三首聯：「客館蕭條興正孤，八行書抵萬明珠。」次句仿用杜甫《春望》詩：「家書抵萬金。」

（3）《汕頭口占贈許美勳》：「誰知嶺外烽煙裏，驛路匆匆又遇君。」末句仿用杜甫《江南逢李龜年》詩：「落花時節又逢君。」郁詩《寄浪華，以詩代簡》之「客路飄蓬又遇君」，《贈隆兒》之「梅花五月又逢君」，《無題四首，用〈毀家詩紀〉中四律原韻》之「摩訶池上卻逢君」，這幾句皆仿用杜詩此句。

（4）《讀〈壁山閣存稿〉寄二明先生》其二尾聯：「畢竟桂林山水秀，中原旗鼓孰相當？」首句仿用杜甫《江南逢李龜年》詩：「畢竟江南風景好。」

（5）《遠適星洲，道出香港，友人囑題〈紅樹室書畫集〉，因題一絕》：「不將風雅薄時賢，紅樹室中別有天。為問倉皇南渡日，過江載得幾殘篇。」「不將」句仿用杜甫《戲為六絕句》詩：「不薄今人愛古人。」「為問」句仿用南唐李煜《破陣子》詞：「最是倉皇辭廟日。」又《關君謂升旗山大似匡廬，因演其意》之「誰分倉黃南渡日，　瓢猶得住瀛洲」的第一句亦是仿用李句，「一瓢」句則是仿用唐元稹《以州宅夸於樂天》的「謫居猶得住蓬萊」。

（6）《和廣勳先生賜贈之作四首》其一首聯：「十載春申憶昔遊，江關詞賦動離愁。」次句仿用杜甫的「暮年詩賦動江關」（《詠懷古蹟五首》其一），又是對杜句的斷取倒用。

（7）《月夜懷劉大杰》頸聯：「書來細誦詩三首，醉後猶斟酒一杯。」此是對杜甫《不見》的「敏捷詩千首，飄零酒一杯」兩句的仿用而有增。

5. 楊巨源

《鹽原詩抄》其十尾聯：「離人又動飄零感，泣下蕭娘一曲歌。」次句仿用楊巨源《崔娘詩》：「腸斷蕭娘一紙書。」

6. 韓愈

《病後訪擔風先生有贈》頷聯：「烽煙故國家何在？知己窮途誼敢忘。」首句仿用韓愈《左遷至藍關示姪孫湘》詩：「雲橫秦嶺家何在。」

7. 劉禹錫

《新秋偶成》頷聯：「百年事業歸經濟，一夜西風夢石頭。」次句仿用劉禹錫《西塞山懷古》詩：「一片降幡出石頭。」

8. 元稹

（1）《辭祭花庵，蒙藍亭遠送至旗亭，上車後作此謝之》首聯：「半尋知己半尋春，五里東風十里塵。」「半尋」句仿用元稹《離思》之「半緣修道半緣君」。

（2）《無題——效李商隱體》其二尾聯：「明知此樂人人有，總覺兒家事

最奇。」首句是對元稹《遣悲懷》之「誠知此恨人人有，貧賤夫妻百事哀」的仿而反用。

（3）《歲暮窮極，有某府憐其貧，囑為撰文，因步〈釣臺題壁〉原韻以作答》頷聯：「多慚鮑叔能憐我，只怕灌夫要罵人。」此乃仿用元稹《寄樂天》詩：「唯應鮑叔猶憐我，自保曾參不殺人。」

9. 楊敬之

《訪擔風先生道上偶成》尾聯：「過橋知入詞人裏，到處村童說擔風。」次句仿用楊敬之《贈項斯》詩：「到處逢人說項斯。」

10. 杜牧

（1）《暮歸御器寓》首聯：「日落籌燈數點明，幾家絃管慶秋成。」次句仿用杜牧的「萬家相慶喜秋成」（《八月十二日得替後移居霅溪館，因題長句四韻》）。

（2）《讀史梧岡〈西青散記〉》尾聯：「西青散記閒來讀，獨替雙卿抱不平。」首句仿用杜牧《讀韓杜集》詩：「杜詩韓集愁來讀。」

（3）《青島雜事詩》其一尾聯：「而今劉豫稱齊帝，唱破家山飾太平。」次句仿用杜牧《過華清宮絕句》詩：「舞破中原始下來。」

（4）《聯句》其三：「炎黃後裔多英俊」，句仿杜牧《題烏江亭》詩：「江東子弟多才俊。」

11. 李商隱

（1）《奉答長嫂兼呈曼兄》其一首聯：「定知燈下君思我，只為風前我憶君。」此乃仿用李商隱《子初郊墅》詩：「看山對酒君思我，聽鼓離城我訪君。」

（2）《寄錢潮》首聯：「海天雲樹久離居，青鳥西來絕簡書。」此乃仿用李商隱《寄令狐郎中》詩：「嵩雲秦樹久離居，雙鯉迢迢一紙書。」

（3）《日本竹枝詞》首聯：「不負榮名擁繡衫，仙郎才調本超凡。」次句仿用李商隱《賈生》之「賈生才調更無倫」。

（4）《有懷碧岑長嫂卻寄》尾聯：「何當剪燭江南墅，重試清談到夜分。」首句仿用李商隱《夜雨寄北》詩：「何當共剪西窗燭。」

（5）《寄內》其四首句：「貧士生涯原似夢」，又《將之日本別海棠》其三第五句：「碧玉生涯原是夢」，此兩句均是仿用李商隱《無題》詩：「神女生涯原是夢。」

（6）《乙亥元日讀〈龍川文集〉，暮登吳山》頷聯：「輸降表已傳關外，冊

帝文應出海涯。」此乃仿用李商隱《重有感》詩：「竇融表已來關右，陶侃軍宜次石頭。」

12. 陳玉蘭

《題〈陰符夜讀圖〉後寄荃君》其二尾聯：「相思倘化夫妻石，汝在江南我玉關。」次句仿用陳玉蘭《寄夫》詩：「夫戍邊關妾在吳。」

13. 羅隱

《寄內》其三首聯：「一霎青春不可留，為誰飄泊為誰愁。」次句仿用羅隱《蜂》詩：「為誰辛苦為誰甜。」

14. 馮延巳

《蝶戀花》：「忍淚勸君君切記，等閒莫負雛年紀。」首句仿用南唐馮延巳《蝶戀花》句：「淚眼問花花不語。」

（一）仿用宋詩

1. 蘇舜欽等

《毀家詩紀》其三尾聯：「寂寞渡頭人獨立，滿天明月看潮生。」次句仿改宋蘇舜欽《淮中晚泊犢頭》詩：「滿川風雨看潮生。」又之四首聯：「寒風陣陣雨瀟瀟，千里行人去路遙。」「寒風」句仿用宋黃夢得《觀邸報》詩：「西風颯颯雨瀟瀟。」又其五頷聯：「春風漸綠中原土，大蠹初明細柳營。」首句仿用宋王安石《泊船瓜洲》詩：「春風又綠江南岸。」又其八頸聯：「碧落有星爛昂宿，殘宵無夢到橫塘。」首句仿用唐白居易《長恨歌》詩：「耿耿星河欲曙天。」又其十頸聯：「佳話頗傳王逸少，豪情不減李香君。」次句仿用宋楊誠齋《送何一之右司出守平江》詩：「風流不減韋蘇州。」又其十四首聯：「汨羅東望路迢迢，鬱怒熊熊火未消。」「汨羅」句仿用唐岑參《逢入京使》詩：「故園東望路漫漫。」又其十五尾聯：「禪心已似冬枯木，忍再拖泥帶水行。」首句仿用宋釋參寥《答杭妓》詩「禪心已作沾泥絮」；次句則是《五燈會元》卷十五《惟簡禪師》語「獅子翻身，拖泥帶水」後句的增用。又其十六首聯：「此身已分炎荒老，遠道多愁驛遞遲。」「此身」句仿用宋蘇軾《淮上早發》之：「此生定向江湖老。」又其十七首聯：「去年曾宿此江濱，舊夢依依繞富春。」次句仿用唐張泌《寄人》詩：「別夢依依到謝家。」

2. 蘇軾

《題閩縣陳貽衍氏西湖紀遊畫集》其四尾聯：「他年歸隱西湖去，應對春

風憶建溪。」此乃仿蘇軾《次韻代留別》詩：「他年一舸鴟夷去，應記儂家舊住西。」

3. 陸游

《酒後揮毫贈大慈》首聯：「十月秋陰浪拍天，湖山雖好未容顛。」「十月」句仿陸游《吳娃曲》詩：「二月鏡湖水拍天。」

4. 李清照

《王師罷北征》頸聯：「南渡中流思祖逖，西風落日弔田橫。」首句仿用李清照《思項羽》詩：「南渡衣冠思王導。」

5. 翁卷

《日本謠》其十一：「櫻滿長堤月滿川」，與《梅雨連朝不霽，昨過溪南，見秧已長矣》之「草滿池塘水滿汀」，兩句仿用翁卷《鄉村四月》的「綠遍山原白滿川」句。

6. 葉紹翁

《初秋客舍》其一尾聯：「記得昨宵尋菊去，青鞋淺印上蒼苔。」次句仿用葉紹翁《遊園不值》詩：「應憐屐齒印蒼苔。」

7. 陳與義、元好問（金）

《亂離雜詩》其五頷聯：「從知灞上終兒戲，坐使咸陽失要津。」首句仿用金元好問《癸巳四月二十九日出京》詩：「只知灞上真兒戲。」亦可看著是改用。次句仿用宋陳與義《傷春》詩：「坐使甘泉照夕烽。」

8. 李防

《青島雜事詩》其七首聯：「王後盧前意最親，當年同醉大江濱。」次句仿用李防《送陳瞻知永州》詩：「昔年同醉杏園春。」

（三）仿用明清詩

1. 楊基

《西歸雜詠》其七尾聯：「蘇小委塵紅拂死，誰家兒女解憐才。」次句仿用明初楊基《無題和唐李義山商隱》詩「座中紅拂解憐才」。

2. 袁宏道

《讀〈壁山閣存稿〉寄二明先生》其三尾聯：「康成老後風情減，此論千秋實起予。」首句仿用明袁宏道《天壇》詩：「劉郎老去風情減。」

3. 錢謙益

（1）《日本謠》其七尾聯：「商音譜出西方曲，腸斷新翻覆活歌。」次句仿用清錢謙益詩「樂府新翻紅豆篇」（《遵王敕先共賦胎仙閣看紅豆花詩吟歡之餘走筆屬和》）。

（2）《過揚州》尾聯：「簫聲遠渡江淮去，吹到揚州廿四橋。」次句仿用錢謙益《燈屏詞》之「唱遍揚州廿四橋」。也可看作是改用。

（3）《陸丹林出示所藏〈諸真長病起樓圖〉，率賦四章》其四尾聯：「而今畫裏重看畫，記得相逢在市樓。」首句仿用錢謙益詩「如今畫裏重看畫」（《戊戌新秋吳巽之持孟陽畫肩索題為賦十絕句》）。

4. 吳梅村

（1）《將之日本別海棠》其一頷聯：「海國秋寒卿憶我，棠陰春淺我憐卿。」此乃仿用清吳梅村《芋河感舊》其三之：「青衫憔悴卿憐我，紅粉飄零我憶卿。」

（2）《過西溪法華山覓厲徵君墓不見》尾聯：「十里法華山下路，亂堆無處覓遺墳。」此乃仿用吳梅村《口占贈蘇崑生》詩：「回首岳侯墳下路，亂山何處葬將軍。」

（3）《亂離雜詩》其二首聯：「望斷天南尺素書，巴城消息近何如。」次句仿用吳梅村《贈馮納先進士教授云中》詩：「故人消息待如何。」

5. 嚴遂成

《弔朱舜水先生》：「赤手縱難撐日月，黃冠猶自擁旌旄。」整聯仿用嚴遂成《三垂岡》詩：「隻手難扶唐社稷，連城猶擁晉山河。」

6. 陳伯崖

《村居雜詩》其二首聯：「事到無成願轉平，從今夢自冷春明。」「事到」句仿用清紀昀的先師陳伯崖撰的一副聯書：「事常知足心常泰，人到無求品自高。」

7. 崔謨

《臨安道上野景》首聯：「泥壁茅棚四五家，山茶初茁兩三芽。」此是對清崔謨《鄱陽道中》詩「斑鳩呼雨兩三處，毛竹編籬四五家」的仿用。

8. 龔自珍

（1）《自題〈乙卯集〉》其一尾聯：「斷案我從蘇玉局，先生才地太聰明。」

次句仿用清龔自珍《己亥雜詩》六十五之「美人才地太玲瓏」。「斷案」句則是對宋蘇軾《洗兒戲作》之「人皆養子望聰明，我被聰明誤一生。惟願孩子愚且魯，無災無難到公卿」一詩的意用。

（2）《西歸雜詠》其五尾聯：「不向東山謀一醉，獨遮紈扇過西京。」次句仿用龔自珍《己亥雜詩》七十五之「自障紈扇過旗亭」。

（四）此外，還有仿用韻例的

1. 駱賓王

《過易水》用唐駱賓王《於易水送人一絕》詩韻，只是押韻字略有調整。

2. 李商隱

《自述詩》其十七仿用唐李商隱《馬嵬》詩韻，《無題——效李商隱體》正如其題。

3. 岳飛

《滿江紅》「福州於山戚武毅公祠新修落成，於社同人廣徵紀念文字，為填一闋，用岳武穆原韻」，如題用宋岳飛《滿江紅》韻。

4. 姜白石

《過揚州》仿用宋姜白石「小紅低唱我吹簫」韻。

5. 謝枋得

《抵檳城後，見有飯店名杭州者，鄉思縈懷，夜不能寐，窗外樂舞不絕，用宋謝枋得〈武夷山中〉詩韻，吟成一絕》，如題是仿用宋遺民謝枋得《武夷山中》詩韻。

六、化用

即對前人的詩句根據己意加以調整，適當變化以後，化為自己的詩句。

（一）化用漢魏六朝詩

1. 曹植

《相思樹》其二首聯：「江水悠悠日夜流，江干明月照人愁。」次句化用魏曹植《七哀》詩：「明月照高樓，流光正徘徊。上有愁思婦，悲歎有餘哀。」

2. 陶淵明

《村居雜詩》其三尾聯：「看到白雲歸岫後，衡陽過雁兩三聲。」首句化用東晉陶淵明《歸去來兮辭》：「雲無心以出岫，鳥倦飛而知還。」

3. 劉義慶

《夢醒枕上作》頷聯：「夢到闌珊才惜別，秋於我輩獨無情。」次句化用南朝宋劉義慶《世說新語·傷逝》句：「聖人忘情，最下不及情，情之所鍾，正在我輩。」此言我輩鍾情，郁言秋於我輩無情，化用其意而有不同。

4. 孔稚圭

《去卜千峇魯贈陳金紹》尾聯：「若問樽前惆悵事，故鄉猿鶴動人愁。」次句化用南朝齊孔稚圭《北山移文》句：「蕙帳空兮夜鶴怨，山人去兮曉猿驚。」孔文以諷，郁言思鄉，意有不同。

（二）化用隋唐詩

1. 薛道衡

《題陶然亭壁》：「泥落危巢燕子哀，荒亭欲去更徘徊。」「泥落」句化用隋薛道衡《昔昔鹽》詩：「空梁落燕泥。」

2. 王昌齡

《擬唐人作》尾聯：「深閨少婦樓頭望，怕見風欺楊柳斜。」此乃化用王昌齡《閨怨》詩意：「閨中少婦不知愁，春日凝妝上翠樓。忽見陌頭楊柳色，悔教夫婿覓封侯。」

3. 王維

《不知》其二尾聯：「不知彭澤門前菊，開到黃花第幾枝。」此乃化用王維《雜詩》詩意：「君自故鄉來，應知故鄉事。來日綺窗前，寒梅著花未？」

4. 李白等

（1）《相思樹》其三首聯：「他年倘向瑤池見，記取楊枝舞影斜。」首句化用李白《清平調》詩：「若非群玉山頭見，會向瑤池月下逢。」

（2）《偕某某登嵐山》頸聯：「煙景又當三月暮，多情虛負五年知。」首句化用李白《黃鶴樓送孟浩然之廣陵》詩：「煙花三月下揚州。」

（3）《自述詩》其二首聯：「前身終不是如來，謫下紅塵也可哀。」此乃化用李白《答湖州迦葉司馬問白是何人》詩：「青蓮居士謫仙人，酒肆逃名三十春。湖州司馬何須問，金粟如來是後身。」

（4）《題寫真答荃君》其三：「儒生無分上凌煙，出水清姿頗自憐。他日倘求遺逸像，江南莫忘李龜年。」首句是截取並倒用李賀《南園》詩：「請君暫上凌煙閣，若個書生萬戶侯。」已見前。次句化用李白《贈江夏韋太守良宰》

詩：「清水出芙蓉，天然去雕飾。」末句化用杜甫《江南逢李龜年》的「正是江南好風景，落花時節又逢君」，而於清龔自珍《己亥雜詩》「江南重遇李龜年」則是改用。

（5）《送文伯西歸》頷聯：「夜靜星光搖北斗，樓空人語逼天河。」次句化用李白《夜宿山寺》詩：「危樓高百尺，手可摘星辰。不敢高聲語，恐驚天上人。」

5. 杜甫

（1）《寄浪華，以詩代簡》其三首聯：「正傷帝意忌雄文，客路飄蓬又遇君。」首句化用杜甫《天末懷李白》詩：「文章憎命達，魑魅喜人過。」次句仿用杜甫的「落花時節又逢君」（《江南逢李龜年》），已見前。

（2）《寄和荃君原韻》其三首聯：「十年海外苦羈留，不為無家更淚流。」次句化用杜甫《月夜憶舍弟》詩：「有弟皆分散，無家問死生。」

（3）《寄和荃君原韻》其四尾聯：「一曲陽關多少恨，梅花館閣動清愁。」次句化用杜甫《和裴迪登蜀州東亭送客逢早梅相憶見寄》詩意：「東閣官梅動詩興，還如何遜在揚州。此時對雪遙相憶，送客逢春可自由。幸不折來傷歲暮，若為看去亂鄉愁。江邊一樹垂垂發，朝夕催人自白頭。」

（4）《晉謁李長官後，西行道阻，時約同老友陳參議東阜登雲龍山避寇警，賦呈德公》尾聯：「指揮早定蕭曹計，忍使蒼生血淚殷。」首句化用杜甫《詠懷古蹟》其五的「伯仲之間見伊呂，指揮若定失蕭曹」的第二句。

6. 白居易等

（1）《留別梅濃》尾聯：「金釵合有重逢日，留取冰心鎮玉壺。」首句化用白居易《長恨歌》詩意：「唯將舊物表深情，鈿合金釵寄將去。釵留一股合一扇，釵擘黃金合分鈿。」次句仿用唐王昌齡《芙蓉樓送辛漸》詩句：「一片冰心在玉壺。」亦可看著是改用。

（2）《宿錢塘江上有贈》尾聯：「相逢漫問家何在，一夕橫塘是舊遊。」首句化用白居易《琵琶行》詩：「同是天涯淪落人，相逢何必曾相識。」

7. 柳宗元

《西歸雜詠》其六尾聯：「十里和歌山下路，雨絲如劍割歸心。」次句化用柳宗元《與浩初上人同看山寄京華親故》詩：「海畔尖山似箭芒，秋來處處割愁腸。」

8. **韓愈**

《無題四首》其二頷聯:「都因世亂飄鸞鳳,豈為行遲泥鷓鴣。」首句是對韓愈《峋嶁山》詩「科斗拳身薤倒披,鸞飄鳳泊拏虎螭」第二句的化用。

9. **杜牧**

《題畫》其三首聯:「雲中雞犬認仙家,霜後秋林石徑斜。」次句化用杜牧《山行》詩意:「遠上寒山石徑斜,白雲生處有人家。停車坐愛楓林晚,霜葉紅於二月花。」

10. **李商隱**

(1)《李義山》尾聯:「解識漢家天子意,六軍駐馬笑牽牛。」此乃化用李商隱《馬嵬》詩意:「此日六軍同駐馬,當時七夕笑牽牛。如何四紀為天子,不及盧家有莫愁。」

(2)《寄內五首》其二尾聯:「當時只道難離別,別後誰知恨更深。」此聯化用李商隱《無題》的「相見時難別亦難」。

(3)《毀家詩紀》其三尾聯:「蓬山咫尺南溟路,哀樂都因一水分。」首句化用李商隱《無題》詩句:「蓬山此去無多路。」

11. **李煜**

《登杭州南高峰》頷聯:「五更衾薄寒難耐,九月秋遲桂始花。」首句化用李煜詞《浪淘沙令》的「羅衾不耐五更寒」。

(三)化用宋詩

1. **林逋**

《晴雪園卜居》頸聯:「月明梅影人同瘦,日夕潮聲海倒流。」首句化用林逋《山園小梅》詩:「疏影橫斜水清淺,暗香浮動月黃昏。」

2. **張先等**

(1)《自述詩》其十尾聯:「杏花又逐東風嫁,添我情懷萬斛愁。」首句化用宋張先《一叢花令》詞:「不如桃杏,猶解嫁東風。」

(2)《自述詩》其十二首聯:「幾度滄江逐逝波,風雲奇氣半消磨。」次句化用清龔自珍《己亥雜詩》二五二的第一句:「風雲才略已消磨。」亦可看著是改用。

(3)《自述詩》其十三尾聯:「笑把金樽邀落日,綠楊城郭正春風。」首句化用宋詞人宋祁《玉樓春》詞:「為君持酒勸斜陽,且向花間留晚照。」

（4）《自述詩》其十四首聯：「欲把杭州作汴京，湖山清處遍題名。」
「欲把」句化用宋林升《題臨安邸》詩：「暖風薰得遊人醉，直把杭州作汴
州。」林詩在諷刺，言宋人偏安杭州，不去收復中原。郁詩化用後則言意欲
久住杭州。

3. 蘇軾

《舊曆八月十六夜觀月》首聯：「月圓似笑人離別，睡好無妨夜冷涼。」
「月圓」句化用蘇軾《水調歌頭·中秋詞》詩意：「轉朱閣，低綺戶，照無眠。
不應有恨，何事長向別時圓。」

4. 秦觀

《毀家詩紀》其十三首聯：「並馬氾州看木奴，黏天青草覆重湖。」次句
化用秦觀《滿庭芳》詞：「山抹微雲，天黏衰草。」

5. 陸游

（1）《春夜初雨》首聯：「小樓今夜應無睡，二月江南遍杏花。」此乃化
用陸游《臨安春雨初霽》語：「小樓一夜聽春雨，深巷明朝賣杏花。」亦可看
著是仿用。

（2）《秋夜懷人》其二尾聯：「為祝年年詩祭健，綠章連夜奏空王。」次
句化用陸游《花時遍遊諸家園》：「綠章夜奏通明殿，乞借春陰護海棠。」

6. 李清照

（1）《日本謠》其三尾聯：「紅綃汗透香微膩，試罷菖蒲闕疫湯。」首句
化用李清照《點絳唇》語：「薄汗輕衣透。」

（2）《讀唐詩偶成》第五聯：「日與山水親，漸與世相忘。」首句化用李
清照《怨王孫》語：「水光山色與人親，說不盡無窮好。」

（四）化用金元詩

1. 元好問

《夢醒枕上作，翌日寄荃君》其五首聯：「萬一青春不可留，自甘潦倒作
情囚。」「情囚」一詞乃從元好問詩句「高天厚地一詩囚」（《論詩三十首》之
十八）之「詩囚」化出。

2. 張仲經、戴復古

《晚興》頷聯：「幽室人疑孤島住，危欄客數陣鴻過。」次句化用張仲經
的《永寧王趙幽居》詩：「煙村寂寞無人語，獨倚寒藤數暮鴉。」亦或是化用

宋戴復古《湖上》詩：「斜陽照林屋，獨立數棲鴉。」

3. 元無名氏

《鹽園詩抄》其四尾聯：「高樓莫憶年時夢，好事如花總有磨。」次句化用元無名氏《普天樂‧離情》語：「繁華一撮，好事多磨。」

（五）化用清詩

1. 曹雪芹

《遇釋無鄰，知舊友尚客金陵，作此寄之》頷聯：「板橋夜夢釵多少，淮水秋潮浪幾層？」「釵多少」化自曹雪芹《紅樓夢》之「金陵十二釵」，進而以切詩題之「金陵」。「淮水」句截取並倒用唐劉禹錫《金陵五題‧石頭城》詩：「山圍故國周遭在，潮打空城寂寞回。淮水東邊舊時月，夜深還過女牆來。」

2. 黃仲則等

《亂離雜詩》其七尾聯：「茫茫大難愁來日，剩把微情付苦吟。」首句化用清黃仲則《綺懷》語：「茫茫來日愁如海。」又其九頷聯：「偶攀紅豆來南國，為訪雲英上玉京。」首句化用唐王維《相思》詩意：「紅豆生南國，春來發幾枝。願君多採擷，此物最相思。」次句化用唐裴鉶《傳奇‧裴航》中詩意：「一飲瓊漿百感生，玄霜搗盡見雲英。藍橋便是神仙窟，何必崎嶇上玉清。」又其十二首聯：「草木風聲勢未安，孤舟惶恐再經灘。」次句化用宋文天祥《過零丁洋》詩：「惶恐灘頭說惶恐。」

3. 龔自珍

《客舍偶成》頸聯：「談天卻少如鄒舌，射日分明有羿風。」次句化用龔自珍《己亥雜詩》八十九：「學羿居然有羿風。」亦可看著是仿用。

第四節　暗用合用與雜用

一、暗用

即對要用的詩句加以融化或綜合轉述，同自己的詩句一起連用。

（一）暗用漢魏六朝詩

1. 漢樂府等

《由柳橋發車巡遊一宮犬山道上作》其二：「麥苗蒼翠柳條黃，倒掛柔枝陌上桑。天意不教民逸樂，田家此後正多忙。」「倒掛」句暗用漢樂府《陌上

桑》詩：「羅敷喜蠶桑，採桑城南隅。」融羅敷故事於內。「田家」句暗用宋翁卷《鄉村四月》詩：「鄉村四月閒人少，才了蠶桑又插田。」

2. 謝道韞

《雪》尾聯：「朔風有意榮枯草，柳絮無心落鳳池。」「柳絮」乃是暗用東晉謝道韞《詠雪》詩：「未若柳絮因風起。」

3. 江淹

《贈別》首聯：「馬上河橋月上門，秋風楊柳最銷魂。」次句暗用南朝江淹的《別賦》：「黯然銷魂者，唯別而已矣。」詩題為《贈別》，故暗用以切題。

（二）暗用唐詩

1. 李白

（1）《楊妃醉臥》首聯：「酒暈醉東風，肌透秦川錦。」「秦川錦」暗用李白《烏夜啼》詩：「機中織錦秦川女，碧紗如煙隔窗語。」

（2）《雜感八首》其一頸聯：「一死拼題鸚鵡賦，百年几上鳳凰臺。」「鳳凰臺」暗用李白《登金陵鳳凰臺》詩意：「鳳凰臺上鳳凰遊，鳳去臺空江自流。」「總為浮雲能蔽日，長安不見使人愁。」以憂時事。

2. 杜甫

《謁岳墳》頸聯：「我亦違時成逐客，今來下馬拜將軍。」首句暗用杜甫《夢李白》詩意：「江南瘴癘地，逐客無消息。」

3. 李益

《夢醒枕上作，翌日寄荃君》其三尾聯：「問誰甘作瞿塘賈，為少藏嬌一畝廬。」「瞿塘賈」暗用李益《江南曲》詩：「嫁得瞿塘賈，朝朝誤妾期。早知潮有信，嫁與弄潮兒。」

4. 孟郊

《抵星州感賦》首聯：「生同小草思酬國，志切狂夫敢憶家。」「小草」暗用孟郊《遊子吟》的「誰言寸草心，報得三春暉」詩意。

5. 白居易

《西京客舍贈玉兒》尾聯：「鐘定月沉人不語，兩行清淚落琵琶。」「落琵琶」暗用白居易名作《琵琶行》詩意。

6. 賈島

《癸丑夏夜登東鶴山》尾聯：「更殘萬籟寂，踏月一僧歸。」次句暗用賈

島《題李凝幽居》詩意：「僧敲月下門。」

7. 杜牧

《秋興四首》其三尾聯：「雲外重聞飛雁過，離情更欲泣青莎。」「雲外」句暗用杜牧《早雁》詩意：「金河秋半虜弦開，雲外驚飛四散哀。」

8. 李煜

《己未都門雜事詩》其二尾聯：「一夜羅衾嫌夢薄，曉窗紅日看梳頭。」首句暗用李煜《浪淘沙》詞：「羅衾不耐五更寒，夢裏不知身是客，一晌貪歡。」

（三）暗用宋詩

1. 林逋等

《為君濂題海粟畫梅》尾聯：「展畫時聞杏暗散，隴頭春滿感劉郎。」「杏暗散」暗用林逋《山園小梅》名句：「暗香浮動月黃昏。」「隴頭春」暗用三國吳陸凱《寄贈范曄》詩：「折梅逢驛使，寄與隴頭人。江南無所有，聊寄一枝春。」林、陸皆寫到梅，故暗用以切題。

2. 蘇軾

《犬山堤小步，見櫻花未開，口占兩絕》其二尾聯：「東望浣溪南白帝，此身疑已到西川。」次句暗用蘇軾《贈黃州官妓》的「恰似西川杜工部」，有以杜甫自視之意。

3. 陸游

《雪》首聯：「一夜朔風吹布被，天花散處不生根。」次句暗用陸游《夜大雪歌》：「初疑天女下散花，復恐麻姑行擲米。」陸詩詠雪，暗用以切己題。

二、合用

即取前人詩甲句的上半句（或下半句）與乙句的下半句（或上半句）而組合成一個新的詩句。

這種合用有很大的隨意性，可隨詩意隔朝代而選用，故不便於按時代劃分，現就郁詩寫作的時間順序排列於下。

1.《日本大森海濱望鄉》尾聯：「猶記離鄉前夜夢，夕陽西下水東流。」次句取元馬致遠的「夕陽西下，斷腸人在天涯」（《天淨沙‧秋思》）之「夕陽西下」與南唐李煜的「問君能有幾多愁，恰似一江春水向東流」（《虞美人》）或

清黃仲則的「最憶瀕行尚回首，此心如水只東流」(《感舊雜詩》) 之「水東流」合而成句，郁之「望鄉」與馬之「思」、李之「愁」、黃之「感」亦相聯，故取而合用。

2.《日本謠》其八首聯：「掃眉才子眾三千，萬里橋邊起講筵。」首句取唐王建《寄蜀中薛濤校書》詩「掃眉才子知多少，管領春風總不如」之「掃眉才子」與《史記·孔子世家》的「孔子以詩書禮樂教，弟子蓋三千」之「弟子三千」合用而成句。王之「才子」、孔之「弟子」亦與郁所指女子高師的學生意相同，故取而合用。

3.《丙辰元日感賦》首聯：「逆旅逢新歲，飄蓬笑故吾。」次句取杜甫《鐵堂峽》詩「飄蓬逾三年」之「飄蓬」，與王炎《元日書懷》詩「年光除日又元日，心事今吾非故吾」之「故吾」合而成句。郁此詩寫於 1916 年，距 1913 年赴日留學恰好四年，與杜詩之意相合。郁是《元日感賦》，王是《元日書懷》，意亦相合；惟王言到了新年之「今吾」已非舊年之「故吾」了。郁因感於離鄉遊學如「飄蓬」，故「今吾」也還是「故吾」，故我（吾）沒變，意有所翻。

4.《木曾川看花》頷聯：「輕帆細雨剛三月，寵柳嬌花又一村。」次句取李清照《念奴嬌》的「寵柳嬌花寒食近」之前四字與陸游《遊山西村》的「柳暗花明又一村」之後三字合而成句。皆是寫景故取而合用。

5.《大桃園看花》首聯：「夭桃如霧女如雲，人影花香兩馥芬。」「夭桃」句從《詩經·桃夭》之「桃之夭夭，灼灼其華」與《詩經·出其東門》之「出其東門，有女如雲」兩詩中提取調整後合而成句，其意亦相合。

6.《野客吃梅賦此卻之》首聯：「疏影橫斜雪裏看，空山唯此慰袁安。」首句取林逋《山園小梅》詩「疏影橫斜水清淺」之「疏影橫斜」與唐代僧人齊己的《早梅》詩「前村深雪裏，昨夜一枝開」之「雪裏」增一「看」字合而成句，兩詩皆是寫梅，故郁取而合用。

7.《西歸雜詠》其七首聯：「嬉歌怒罵生花筆，淚灑青衫亦可哀。」首句從黃庭堅《東坡先生真贊》的「嬉笑怒罵，皆成文章」與五代王仁裕《開元天寶遺事》的「李太白少時，夢所用之筆頭上生花」這兩句中提取調改合而成句。黃贊蘇軾，王寫李白，郁因於舟中讀德國大詩人海涅，正好意合故取而合用。

8.《南船北馬，落落無成，自房州赴東京車上有感》尾聯：「詞人清怨知何

限，夢裏功名鏡裏花。」次句皆取自《紅樓夢》第五回《晚韶華》的「鏡裏恩情，更那堪夢裏功名」之「夢裏功名」與第五回《枉凝眉》的「一個是水中月，一個是鏡中花」之「鏡中花」合而成句，改「中」為「裏」以協平仄。郁意與曹意相同，故取合為用。

9.《無題》首聯：「雲破月來張子野，枝頭春鬧宋尚書。」此是把宋張先（即張子野）的名句「雲破月來花弄影」（《天仙子》）與宋祁（即宋尚書）的名句「紅杏枝頭春意鬧」（《玉樓春》）提取而合用。

10.《青島雜事詩》其十首聯：「一將功成萬馬喑，是誰縱敵教南侵？」首句取唐曹松《己亥歲》其一的「一將功成萬骨枯」之「一將功成」與龔自珍《己亥雜詩》二百二的「萬馬齊喑究可哀」之「萬馬喑」合而成句。「一將」句也可看作是對曹詩的改用或仿用。

11.《三月一日對酒興歌》首聯：「愁懷端賴出生開，厚地高天酒一杯。」次句取《紅樓夢》第五回對聯「厚地高天，堪歎古今情不盡」之前四字，與杜甫《春日懷李白》的「敏捷詩千首，飄零酒一杯」或晏殊《浣溪沙》的「一曲新詞酒一杯」之後三字合而成句。

12.《乙亥夏日樓外樓坐雨》首聯：「樓外樓頭雨似酥，淡妝西子比西湖。」首句取南宋林升的「山外青山樓外樓」（《題臨安邸》）之「樓外樓」與韓愈「天街小雨潤如酥」（《早春呈張水部張十八員外郎》）之「雨如酥」合而增改成句。次句則是截取倒用蘇軾的名詩《飲湖上初晴後雨》：「欲把西湖比西子，淡妝濃抹總相宜。」

13.《李偉南、陳振賢兩先生招引醉花林，叨陪末座，感慚交並，陳先生並賜以佳章，依韻奉和，流竄經年，不自知詞之淒惻也》頷聯：「叨陪賓主東南美，卻愛園林草木秋。」首句取自唐王勃《滕王閣序》的「他日趨庭，叨陪鯉對」之「叨陪」與「賓主盡東南之美」合而成句。

三、雜用

即雜取前人兩句或兩句以上的詩（詞語）提縮凝練成一句新詩。雜用也與合用相似，不便於按時代劃分，這裡也以郁詩寫作時間的順序排列於下。

1.《奉答長嫂兼呈曼兄》其三尾聯：「春風廿四橋邊路，悔作煙花夢一場。」此乃是從杜牧的「春風十里揚州路」（《贈別》），「二十四橋明月夜」（《寄揚州韓綽判官》），「十年一覺揚州夢」（《遣懷》）與李白的「煙花三月

下揚州」（《黃鶴樓送孟浩然之廣陵》）等詩句中雜取糅合而成新詩句。《佩蘭雅集，予不果往，蝶如君意予赴會也，寄詩至，和其三》之「煙花夢不到揚州」亦如上。

2.《秋宿品川驛》尾聯：「蟲語淒清砧杵急，最難安置是鄉愁。」首句從《子夜歌》的「佳人理寒服，萬結砧杵勞」與杜甫《秋興》其一的「寒衣處處催刀尺，白帝城高急暮砧」兩詩中雜取糅合而成。

3.《寄家長兄曼陀，次兄養吾同客都門》首聯：「十載風塵一腐儒，暮雲千里望皇都。」「十載」句從杜甫的「風塵荏苒音書絕，關塞蕭條行路難。已忍伶俜十年事，強移棲息一枝安」（《宿府》）與「江漢思歸客，乾坤一腐儒」（《江漢》）兩詩中雜取糅合而成。

4.《日本謠》其四首聯：「碧玉華年足怨思，珠喉解唱淨琉璃。」首句從南朝宋汝南王的「碧玉破瓜時，郎為情顛倒」（《碧玉歌》）與李商隱的「一弦一柱思華年」（《錦瑟》）兩詩中雜取糅合而成。

5.《丙辰元日感賦》頷聯：「百年原是客，半世悔為儒。」首句從《古詩十九首》的「生年不滿百，常懷千歲憂」，與李白《春夜宴桃李園序》的「光陰者，百代之過客」兩句中雜取糅合而成。

6.《夜歸寓舍，值微雨，口占一絕》尾聯：「細雨小橋人獨立，三更燈影透林微。」首句從南唐馮延巳的「獨立小橋風滿袖，平林新月人歸後」（《鵲踏枝》）與宋晏幾道的「落花人獨立，微雨燕雙飛」（《臨江仙》）兩詩中雜取糅合而成。又《西湖雜詠》其三尾聯之「明月小橋人獨立」亦同上。

7.《秋興》其一頸聯：「須知國破家何在，豈有舟沉櫓獨浮。」首句雜取於杜甫的「國破山河在」（《春望》）與韓愈的「雲橫秦嶺家何在」（《左遷至藍關示姪孫湘》）兩詩。

8.《西歸雜詠》其八尾聯：「殘月曉風南浦路，一車搖夢過龍華。」首句雜取於宋柳永的「今宵酒醒何處，楊柳岸曉風殘月」（《雨霖鈴》）與屈原的「送美人兮南浦」（《九歌·河伯》）。

9.《春江感舊》其一頷聯：「蓬島歸來天外使，河陽凋盡鏡中花。」次句雜取於南朝庾信的「即是河陽一縣花」（《枯樹賦》）與曹雪芹的「一個是水中月，一個是鏡中花」（《紅樓夢·枉凝眉》）。又此詩尾聯：「泥落可憐雙燕子，低飛猶傍莫愁家。」首句雜用隋薛道衡的「空梁落燕泥」（《昔昔鹽》）與元薩都剌的「王謝堂前雙燕子」（《滿江紅·金陵懷古》）。

10.《重過杭州，登樓望月，悵然有懷》尾聯：「可憐一片西江月，照煞金閶夢里人。」此乃雜用唐陳陶的「可憐無定河邊骨，猶是春閨夢里人」(《隴西行》)與李白的「只今惟有西江月，曾照吳王宮里人」(《蘇台覽古》)兩詩，而有仿擬之似。

11.《將去名古屋，別擔風先生》尾聯：「瓣香倘學涪翁拜，不惜千金買繡絲。」首句雜用宋陳師道的「向來一瓣香，敬為曾南豐」(《觀充文忠公家六一堂圖書》)與金元好問的「論詩寧下涪翁拜」(《論詩絕句》)兩詩。

12.《寂感》其一尾聯：「君去吳頭儂楚尾，知音千里抱孤琴。」首句雜用宋黃庭堅的「山又水，行盡吳頭楚尾」(《謁金門》)與宋李之儀的「我住江之頭，君住江之尾。日日思君不見君，共飲長江水」(《卜算子》)兩詩。

13.《留別》其三首聯：「幾日紅樓望驛塵，泥他辛苦祝江神。」次句雜用唐元稹的「泥他沽酒拔金釵」(《遣悲懷》)與唐於鵠的「偶向江邊採白萍，還隨女伴賽江神」(《江南曲》)。

14.《題畫》其四尾聯：「秋風吹絕溪聲急，樹樹夕陽黃葉飛。」次句雜取唐王績的「樹樹皆秋色，山山唯落暉」(《野望》)與王勃的「況屬高風晚，山山黃葉飛」(《山中》)兩詩。

15.《贈姑蘇女子》頸聯：「一春綺夢花相似，二月濃情水樣流。」次句雜用宋歐陽修的「離愁漸遠漸無窮，迢迢不斷如春水」(《踏莎行》)與宋秦觀的「柔情似水，佳期如夢」(《鵲橋仙》)兩首詞。

16.《步何君〈半山娘娘廟題壁〉續成》首聯：「春愁似水刀難斷，村釀偏醇醉易狂。」首句雜用南唐李煜的「問君能有幾多愁，恰似一江春水向東流」(《虞美人》)與唐李白的「抽刀斷水水更流」(《宣州謝朓樓餞別校書叔云》)。

17.《募寒衣》首聯：「洞庭木落雁南飛，血戰初酣馬正肥。」首句雜用戰國楚屈原的「洞庭波兮木葉下」(《九歌·湘夫人》)與元王實甫的「西風緊，北雁南飛」(《西廂記·端正好》)。

18.《題劉大師畫祝融峰水墨中堂》尾聯：「年來宗炳垂垂老，臥看風雷筆底凝。」次句雜用宋蘇軾的「異時常輕調仙人，舌有風雷筆有神」(《和王斿》)與清龔自珍的「著書不為丹鉛誤，中有風雷老將心」(《己亥雜詩》之六十一)。

19.《亂離雜詩》其一頷聯：「空梁王謝迷飛燕，海市樓台咒夕陽。」首句雜用隋薛道衡《昔昔鹽》的「空梁落燕泥」與唐劉禹錫《烏衣巷》的「舊時王謝堂前燕，飛入尋常百姓家」。又之三頷聯：「似聞島上烽煙急，只恐城門玉石焚。」次句雜用北齊杜弼《檄梁文》的「但恐楚國亡猿，禍延林木；城門失火，殃及池魚」與《尚書·胤征》的「火炎昆岡，玉石俱焚」。又此詩頸聯：「誓記釵環當日語，香餘繡被隔年薰。」雜用唐李白《寄遠十二首》其十一的「床中繡被卷不寢，至今三載聞餘香」與柳永《迎春樂》的「良夜永，牽情無奈，錦被裏，餘香猶在」。又之六尾聯：「解憂縱有蘭陵酒，淺醉何由夢洛妃。」首句雜用三國魏曹操《短歌行》的「何以解憂，唯有杜康」與唐李白《客中作》的「蘭陵美酒鬱金香，玉碗盛來琥珀光」。

20.《采桑子》：「奇事成重，乍見真疑在夢中。」雜用唐司空曙的「乍見翻疑夢，相悲各問年」（《雲陽館與韓紳宿別》）與宋晏幾道的「今宵剩把銀釭照，猶恐相逢是夢中」（《鷓鴣天》）。

以上從郁達夫數百首詩（詞）中，敘錄其對古典詩歌的學習之深與運用的靈活，方法的多樣。就時間與範圍來看，從先秦時期的《詩經》《楚辭》，到漢魏六朝時期的《古詩十九首》、曹氏父子、陶潛、庾信、薛道衡，再到唐宋時期各大名家，最後直至清代的錢謙益、吳偉業、黃仲則、龔自珍，連小說裴鉶的《傳奇·裴航》、魏秀仁的《花月痕》、曹雪芹的《紅樓夢》裏的詩，乃至一些經史子書、辭賦文章、詩偈俗語等，都為郁達夫所廣泛吸收。這倒不是說郁達夫有意抄襲前人，而是因為「染指既多，自成習套」。從實際情況來看，他受唐人的影響最深，這與郁達夫自己所說的偏愛唐詩正相吻合。

第六章 鄭子瑜先生的郁達夫舊體詩研究及其貢獻

    鄭子瑜（1916～2008）先生是一位國際著名的學者，新加坡漢學大師。他的黃遵憲研究、特別是中國修辭學史研究，成就卓越，為世矚目。而鄭子瑜先生卻是一位自學成才的人，從未上過大學，卻是多所著名大學如廈門大學、復旦大學、北京大學、香港中文大學的教授。他還應聘任日本東京早稻田大學語學教育研究所客座教授兼研究員，為該校的教授講授中國修辭學，成為這所國際著名大學的教授之教授。也正是在早稻田大學，他發表了《論郁達夫的舊詩》的演講，一躍而為郁達夫詩詞研究的專家。就像他同時還研究了周氏兄弟的新詩和雜事詩而為人稱道一樣，鄭子瑜先生的學術重點是修辭學，而並未想成為一個郁達夫詩詞研究的專家，但他在郁達夫詩詞研究的領域，毫無疑問是一個重鎮，是一座高峰。

第一節 鄭郁之交誼

    鄭子瑜對郁達夫這位「五四」時期蜚聲文壇的新文學家心儀已久，在尚未結識之前，即步郁達夫寫於 1931 年的名詩《釣臺題壁》原韻而作詩：

> 不為煙花縈瘦身，胭脂味美意非真。
> 窮途未死為窮鬼，怪癖天生作怪人。
> 忍聽秋聲長作蘗，應教紅葉一揚塵。
> 有朝義士紛紛出，直指咸陽毀暴秦。〔註1〕

〔註1〕鄭子瑜：《自傳》，《鄭子瑜學術論著自選集》，第 744 頁，北京：首都師範大學出版社 1994 年版。

　　詩作反映了 30 年代初家鄉政治黑暗，農村經濟破產，民不聊生，特務橫行的現實，表現了一個有為青年的悲憤之情。而郁達夫的原詩則是：

　　　　不是樽前愛惜身，佯狂難免假成真。

　　　　曾因酒醉鞭名馬，生怕情多累美人。

　　　　劫數東南天作孽，雞鳴風雨海揚塵。

　　　　悲歌痛哭終何補，義士紛紛說帝秦。〔註2〕

兩詩相較，鄭詩略嫌直露，不過還是得郁詩之神髓的。

　　十多年後，當「達夫已經作古」，子瑜先生又步郁達夫的《贈韓槐准》詩原韻而成七律《奉寄愚趣園主》，「以紀念達夫」。詩曰：

　　　　南渡班荊早識韓，遙聞春色滿長安。

　　　　炎荒終老三生願，淺醉忘情九轉丹。

　　　　佳果有須疑著筆，麗人無箸悵空灘。

　　　　天涯聚散尋常事，留得詩箋仔細看。

　　子瑜先生又於小序中云：「韓君槐准享紅毛丹於愚趣園，同席有許君云樵，陳君育崧，陳君雪鋒諸人。席間，韓君出示達夫先生遺作，云：『賣藥廬中始識韓，轉從市隱憶長安。不辭客路三千里，來啖紅毛五月丹。身似蘇髯羈嶺表，心隨謝羽哭嚴灘。新亭大有河山感，莫作尋常宴會看。』當時許君與達夫同席，忽忽十有餘祀，而達夫經已作古（經已似應作已經——引者注）。今予又與許君同席，十祀之後，不知人事變遷，又將若何？昔歸有光謂山林朋友之樂，造物不輕與人，良非虛語。爰依達夫舊作原韻，草成一律，奉寄愚趣園主，兼呈許雲樵兄，並以紀念達夫，固不計詞之工拙也。詩云……達夫《毀家詩紀》，謂『若能終老炎荒，更係本願』，不意竟已成讖矣。」〔註3〕此序明言是為「紀念達夫」之作。故子瑜先先於詩中先是告慰郁達夫，祖國大陸已是「春色滿長安」，你的願望實現了。因子瑜先生此時是在新加坡，故曰「遙聞」；又因郁達夫在《毀家詩紀》裏有「若能終老炎荒，更係本願」〔註4〕語，故子瑜先生說他「炎荒終老三生願」。詩的尾聯更是含有不盡之意，要把郁達

〔註2〕郁達夫：《釣臺題壁》，《郁達夫全集》第 7 卷，第 119 頁，杭州：浙江大學出版社 2007 年版。

〔註3〕鄭子瑜：《鬻春齋詩紀》，《詩論與詩紀》，第 134 頁，北京：友誼出版公司 1983 年版。

〔註4〕郁達夫：《毀家詩紀》，《郁達夫全集》第 7 卷，第 178 頁，杭州：浙江大學出版社 2007 年版。

夫的「詩箋」「仔細看」。緬懷之情，溢於言表。這一前一後的步韻，可見子瑜先生對郁達夫詩「溺愛」之深了。

　　1936 年底，郁達夫由日返國，赴福州，途經廈門，鄭子瑜有幸在廈門天仙旅社拜見仰慕已久的郁達夫，從傍晚一直談到午夜十一時始告辭。這次相見，郁達夫給他書寫了子瑜先生喜愛的「曾因酒醉鞭名馬，生怕情多累美人」的條屏。還在這次相見之前，子瑜先生曾給郁達夫寄去一封信、兩粒紅豆、兩首絕句，還有一本《閩中摭聞》，郁達夫欣然地告訴鄭子瑜都收到了，而且郁達夫還回了一函，問鄭子瑜是否收到。這封信函在 2007 年浙江大學出版社新版的《郁達夫全集》中沒有收入，故至為珍貴，現錄於下：

　　子瑜先生：

　　　　來函及紅豆兩粒，以及其後之絕句，都拜悉。

　　　　社會破產，知識階級沒落，一般現象。我輩生於亂世，只能挺著堅硬的窮骨，為社會謀寸分進步耳。

　　　　所託事，一時頗難作覆，故而稽遲至今。省會人多如鯽，一時斷難找到適當位置，只能緩緩留意。我在此間，亦只居於客卿地位，無絲毫實權。「知爾不能薦」，唐人已先我說過，奈何！奈何！

　　　　專復，順頌

　　　時綏

　　　弟　郁達夫上

　　此信最早見於龍協濤編《鄭子瑜墨緣錄》（作家出版社 1993 年 1 月版），雖無落款時間，但據上述，此信當作於 1936 年。20 世紀 20 年代，窮困潦倒、走投無路的文學青年沈從文亦曾寫信求助過郁達夫，郁達夫那時不過一窮作家，雖無力相助，還是請沈從文吃了一頓飯，送他一條禦寒的圍巾，並給了他五塊錢。隨後，郁達夫寫了《給一位文學青年的公開狀》的散文發表於 1924 年 11 月 16 日北京的《晨報副鐫》，控訴了舊社會對有才華的青年的迫害。這篇「公開狀」在當時產生了不小的影響，想來子瑜先生一定知道此事，知道郁達夫的熱心與正直，故託其謀事。這次郁達夫雖非過去的窮作家，然在福建省政府亦不過「客卿」而已，「無絲毫之實權」，但也未斷然拒絕，而是說「緩緩留意」。更為可貴的是，郁達夫比鄭子瑜年長 20 歲，且早已是名聞海內外的大作家，而鄭子瑜則名不見經傳，亦像當年的窮書生沈從文一樣，郁達夫卻自稱曰「弟」，稱鄭為「先生」，由此可見郁達夫之為人了。這種對年輕人的謙虛精

神、關愛之心，對鄭子瑜的一生都產生了深刻的影響。正如這次會見結束時郁達夫對其叮囑的那樣：「現在社會的改進，有所望於你們這般的青年的力量很大很大。」〔註5〕後來，鄭子瑜在逆境中堅持學術研究的精神；在政治上，他雖與日本的漢學家多有聯繫，但仍嚴辭譴責日本發動侵華戰爭；雖與周作人亦有交往，但卻不能原諒他的附逆行為，直斥其與日合作是生平最大的失策。這些都可看出他與郁達夫精神的一脈相承。

特別是這一次的相會，給予了子瑜先生由郁詩的愛好者到研究者的契機。鄭子瑜對郁達夫說，他想「寫一篇題為《郁達夫詩出自宋詩考》的文字，達夫沒有否認他的詩與宋詩有關緣，只是笑著說：『什麼時候大作寫成了，請寄給我看一看。』」〔註6〕子瑜先生還告訴郁達夫說，想編輯郁達夫的詩詞集，郁達夫說，如果編集竣事，可寄到「臺灣臺北某某教授」那裡去出版，因為那位教授也是喜歡他的舊詩的〔註7〕。可見，子瑜先生欲研究郁詩，實始於此時——1936 年，而且一出手就想拿出一篇有實證精神的考證的文章來。郁達夫逝世後，子瑜先生最先完成的則是當時當面向郁達夫承諾編輯的《達夫詩詞集》。

第二節　郁詩之研究

一、編集與輯佚

郁達夫生前雖出過小說集、散文集，乃至《達夫全集》，卻從未出過他的詩詞集，第一部《達夫詩詞集》即為子瑜先生所編，在郁達夫逝世後的第三年，1948 年 6 月由廣州宇宙風社出版，使愛好郁詩的讀者有了一個雖不很全而為數並不算少的讀本，也使郁達夫詩詞的研究有了一個基礎。其後，該書又於 1954 年 2 月香港現代出版社再版，1955 年 3 月同社 3 版，1957 年星洲世界書局出第 4 版，可見其受歡迎的程度。子瑜先生在每次再版時都不斷增補，至後共得一百五十餘首詩。後來香港陸丹林編的《郁達夫詩詞抄》（香港上海書局 1962 年 8 月出版）、臺灣劉心皇編的《郁達夫詩詞彙編》（臺北學術出版

〔註5〕鄭子瑜：《瑣憶達夫先生》，見陳子善、王自立編：《回憶郁達夫》，第 409 頁，
　　　　長沙：湖南文藝出版社 1996 年版。

〔註6〕鄭子瑜：《郁達夫詩出自宋詩考》，《詩論與詩紀》，第 46 頁，北京：友誼出版
　　　　公司 1983 年版。

〔註7〕鄭子瑜：《瑣憶達夫先生》，見陳子善、王自立編：《回憶郁達夫》，第 407 頁，
　　　　長沙：湖南文藝出版社 1996 年版。

社文藝月刊社 1970 年 9 月出版）、大陸周艾文、于聽編的《郁達夫詩詞抄》
（浙江文藝出版社 1981 年 1 月出版）都是以鄭編為藍本的。

　　子瑜先生在出集之後，仍在不停地輯佚，以臻完善。如《郁達夫遺詩續輯》
（載香港《文藝世紀》1957 年 11 月號）、《郁達夫遺詩的新發現》（載新加坡
《星洲日報・藝文》1961 年 4 月 27 日、5 月 4 日）等。1968 年 8 月香港編譯
社出版的《青鳥集》收有他的《郁達夫遺詩的新發現》《郁達夫早年的詩》和
《郁達夫遺詩補錄》三篇文章。郁達夫早年留學日本，晚年流亡南洋，這兩個
階段都是他創作詩詞的高峰時期，子瑜先生利用其在新加坡以及與日本漢學
界交往之便，大量收集，又發表了《〈星洲日報〉及日本郁達夫的佚詩》（載新
加坡《星洲日報》1973 年 1 月 1 日）。另外，當他聽說有人在編印《郁達夫舊
詩鈔》時，即取而校勘，發現其中有 22 首是他編的《達夫詩詞集》所沒有的，
特函請周作人代為轉抄寄給他，以補其集之不足。這些都可見其對郁詩輯佚之
勤，若沒有對郁詩的深愛，是不會下如此大的功夫的。

　　子瑜先生在郁達夫詩詞的編集與輯佚方面，既是第一人，也是使郁詩從一
般性的介紹進入具有學術層面的最早的研究者，實具有開山的意義。

二、研究之概貌

　　若從 1936 年初會郁達夫撰《天仙訪郁達夫》算起，至 1996 年為紀念郁達
夫誕辰 100 週年而作《郁達夫與青年》止，子瑜先生的郁達夫研究經歷了整整
60 年。這期間，子瑜先生共發表關於郁達夫的文章有：《天仙訪郁達夫》（載
《九流》第 1 期，上海圖書雜誌公司 1937 年出版）、《〈達夫詩詞集〉序》（載新
加坡《文潮月刊》1948 年 5 月 1 日第 5 卷第 1 期）、《談郁達夫的南遊詩》（載
新加坡《南洋學報》1956 年 6 月第 12 卷第 1 輯）、《〈郁達夫集外集〉序》（載
李冰人編《郁達夫集外集》1958 年出版）、《論郁達夫的舊詩》（載《東都習講
錄》南洋學會 1963 年出版）、《郁達夫詩出自宋詩考》（載新加坡《南洋商報》
1973 年 1 月 1 日）、《翦春齋詩紀》（第二則、第十六則，載《詩論與詩紀》香港
中華書局 1978 年出版）、《郁達夫與魯迅》（1985 年在富陽縣「紀念郁達夫殉難
四十週年學術討論會」上的演講，收入《鄭子瑜學術論著自選集》，首都師範大
學出版社 1994 年 1 月出版）、《瑣憶達夫先生》（載陳子善、王自立編《回憶郁
達夫》，湖南文藝出版社 1986 年 12 月出版）、《蔣祖怡著〈郁達夫舊體組詩箋
注〉序》（載《社會科學戰線》1991 年 7 月 25 日第 3 期）、《郁達夫與青年》（載

李遠榮《郁達夫研究》香港榮譽出版有限公司 2001 年版）等。量雖不算多，加上前面提到的輯佚的文章，一共也就十幾篇，但多是上乘之作，或具有史料價值，尤其是《郁達夫詩出自宋詩考》是子瑜先生研究郁詩的力作，為後來各大《郁達夫研究論集》《郁達夫研究資料》所收錄，在學術界影響甚大。

三、序論與考證

在子瑜先生之前，雖也有一些關於郁達夫詩詞的文章，但多是贈答步韻之詩，如魯迅的七律《阻郁達夫移家杭州》，李西浪的七律《柬達夫伉儷》；或是郁達夫逝世後的懷弔之作，如李冰人的七律《挽郁達夫——即依雜憶原韻》等。即使是文章，也還是停留在一般性的介紹方面，如梅平的《郁達夫近詩》（載北平《東方快報・大觀園》1936 年 4 月 3 日），妙手的《郁達夫的舊詩》（載《新民晚報・夜光杯》1947 年 11 月 24 日）等，還談不上是具有學術意義的研究。子瑜先生在編《達夫詩詞集》時，就寫作了《〈達夫詩詞集〉序》一文，已不再是簡單地泛泛地介紹，而是進入研究的層面。子瑜先生在序文中揭示了郁詩的風格特點：「達夫先生的詩，受黃仲則的影響甚深，而他的『辛酸』或尤甚於仲則。至其縱橫的才華，瀟灑飄逸的神韻，則尤非仲則所能及。自來批評家但責達夫頹廢浪漫，卻不知他在感傷淒麗之餘，亦有悲憤慷慨之致。」子瑜先生把郁詩與黃仲則詩作比較，既指出郁達夫風格的來源，也指出黃仲則詩風力所不逮之處，更指出郁詩不為論家所知的「悲憤慷慨之致」。說郁達夫受黃仲則影響，這是很多人都知道的，但能道出兩人的區別特別是看到郁詩風格的「悲憤慷慨」的，這在七十多年前的郁達夫詩詞研究中還是不多見的。後來他在為李冰人編的《郁達夫集外集》作序時，再次申論了這一點：「在『五四』前後，他以愛國主義而兼浪漫主義的悲憤感傷筆調，大膽地暴露中國的黑暗、青年的悲悶。」並認定郁達夫「是一個社會改革的熱烈追求者」〔註8〕。說郁達夫的筆調是「悲憤」的，與前之「悲憤慷慨」是一致的；而說郁達夫「是一個社會改革的熱烈追求者」，這一觀點給郁達夫以政治上的定性，無論是在當時還是在現在都是正確的評價，這當是親炙過郁達夫而有的知人之論。

序雖簡，已開論之先。隨後子瑜先生在 50 年代、60 年代分別寫下了《談郁達夫的南遊詩》和《論郁達夫的舊詩》兩篇專文。

〔註 8〕鄭子瑜：《郁達夫集外集・序》，轉引自鄭子瑜《瑣憶達夫先生》，見陳子善、王自立編：《回憶郁達夫》，第 412 頁，長沙：湖南文藝出版社 1986 年版。

　　《談郁達夫的南遊詩》原是 1955 年 10 月 22 日為南洋學會所作的演講，恰好郁達夫正是南洋學會的發起人，故這個演講就帶有紀念郁達夫逝世十週年的意義了。子瑜先生首先批評了學界對郁達夫的一種謬見。子瑜先生說，對郁達夫「大多以為他是一個『頹廢派』的文人，這是只見到達夫先生的一面而不能深一層的瞭解達夫先生的看法」〔註9〕。郁達夫具有「大膽的自我暴露」的精神，這種精神不僅在其小說中，而且在他的日記、遊記，「特別是詩的上面」〔註10〕時常地表現出來，正是這種精神不為別人理解而謂之「頹廢」，但子瑜先生是肯定郁達夫的這種「大膽的自我暴露」的精神的。基於這樣的認識，子瑜先生展開了對郁達夫南遊詩的評論。子瑜先生據其所編的《達夫詩詞集》所收的三十餘首南遊詩，分感懷詩與感事詩兩類而論。在感懷詩中他著重分析了與《毀家詩紀》內容相關的詩，如「自剔銀燈照酒卮」詩，「大堤楊柳記依依」詩，「三湘刁斗愛淒清」詩等等，而說這些詩「都是在無聊抑鬱之時要想解除抑鬱的一種窮開心的表現」〔註11〕。看來，子瑜先生對郁達夫在南洋時期的生活思想狀況以及詩歌創作情況可能還不是有太全面的瞭解，故他的這一「窮開心」之說似未能論及郁詩之深刻處，顯得較為膚淺。而論感事詩還是說到點子上的，即《贈韓槐准》《無題四首》等詩表現了「對於國家的興亡之感」，是「最值得我們稱頌的」〔註12〕。這還是認識到郁詩的真正價值所在的。同時，子瑜先生也指出南遊詩的「磅礡的氣概」與「感傷和頹廢」的雙重詩風，以及郁達夫「多少也沾染著魏晉文人的消極厭世的人生觀」〔註13〕。由詩而及詩風再到其思想，循序而來，逐步深入，使讀者知其詩而更知其人。對郁達夫南遊的最重要的作品《亂離雜詩》，子瑜先生當然不會放過，他以詩話的手法評點道：

　　　　《亂離雜詩》是達夫先生生平最佳的詩作，用典切當，筆調清

〔註 9〕鄭子瑜：《談郁達夫的南遊詩》，《詩論與詩紀》，第 27 頁，北京：友誼出版公司 1983 年版。

〔註10〕鄭子瑜：《談郁達夫的南遊詩》，《詩論與詩紀》，第 28 頁，北京：友誼出版公司 1983 年版。

〔註11〕鄭子瑜：《談郁達夫的南遊詩》，《詩論與詩紀》，第 31 頁，北京：友誼出版公司 1983 年版。

〔註12〕鄭子瑜：《談郁達夫的南遊詩》，《詩論與詩紀》，第 32 頁，北京：友誼出版公司 1983 年版。

〔註13〕鄭子瑜：《談郁達夫的南遊詩》，《詩論與詩紀》，第 33 頁，北京：友誼出版公司 1983 年版。

新，文情並茂。從這些詩篇裏我們可以看到詩人豐富的想像力，更可以看出他在感傷悽楚之餘，也有嚴肅、悲憤、慷慨之致。至各章所流露出來的家國之思、鄉園之感，尤足以動人肺腑。〔註14〕

　　雖寥寥數語，已道及這組詩的寫作技巧、藝術風格與思想內容，至為簡括精當。子瑜先生論郁達夫的南遊詩，始終抓住他所認為的郁詩風格的兩面，這是子瑜先生對郁詩風格的一個基本認識，卻也是把握得十分準確的認識。若以子瑜先生對郁達夫為人之瞭解，對郁達夫詩詞之感知，他應該可以對這組「達夫先生生平最佳的詩作」作出更為精細透徹的分析，大約是限於演講這一規定的形式而未及充分展開，是為遺憾。

　　最能代表子瑜先生觀點的是其《論郁達夫的舊詩》。在這篇文章中，子瑜先生提出了他最著名的「郁達夫詩出自宋詩」說。此前（1956年）在《蜎春齋詩紀》中子瑜先生即已說過，郁達夫「所作詩詞甚多，大有宋人風味」〔註15〕。《蜎春齋詩紀》只是一篇詩話性質的短章，記錄了歷年來作者與諸詩朋墨友的唱酬之作，故所提觀點僅一說而已。數年後（1963年）作《論郁達夫的舊詩》即對「大有宋人風味」之說而作深論了。子瑜先生是由郁達夫早年習作的一些雜詩因性苦悶所表現出來的性幻想；到中年後，由於社會的苦悶、經濟的苦悶，「他的詩，便顯得更加頹唐」〔註16〕；「後來達夫漸漸轉變了方向，到革命的發源地廣東去。他開始關心政治了，他要振作起來，不再頹廢下去」〔註17〕。然而，他的思想狀態還是「經常陷於矛盾錯綜之中：一方面，他的感傷頹廢蛻化而為一種隱遁的思想，而另一方面，他的詩人氣質和愛國精神，卻又不能使他真正地寧靜下來，他不甘寂寞，對現實有著很大的憤懣。因此，就構成了他全部作品中間那種憂抑而又痛憤的基本情調了」〔註18〕。抗戰爆發後，「他感到自己國家的衰靡不振，政治上搞得一團糟，百姓受苦，他要喚起民

〔註14〕鄭子瑜：《談郁達夫的南遊詩》，《詩論與詩紀》，第35頁，北京：友誼出版公司1983年版。

〔註15〕鄭子瑜：《蜎春齋詩紀》，《詩論與詩紀》，第128～129頁，北京：友誼出版公司1983年版。

〔註16〕鄭子瑜：《論郁達夫的舊詩》，《詩論與詩紀》，第40頁，北京：友誼出版公司1983年版。

〔註17〕鄭子瑜：《論郁達夫的舊詩》，《詩論與詩紀》，第41頁，北京：友誼出版公司1983年版。

〔註18〕鄭子瑜：《論郁達夫的舊詩》，《詩論與詩紀》，第41頁，北京：友誼出版公司1983年版。

心，保持氣節」〔註19〕，於是就有了「氣節應為弱者師」的鏗鏘之語，並有「坑灰未冷待揚塵」的「猛志常在」〔註20〕的精神。而後到了南洋則是《亂離雜詩》等詩篇所表現出的「家國之思、鄉園之感」的激楚之音。子瑜先生由郁達夫早年習作的所謂雜詩一直論到晚年在南洋的最後的《亂離雜詩》，揭示了郁達夫的思想由「感傷」、「頹唐」到「悲憤慷慨」的變化，同時也揭示了他詩風在其整個創作過程中的雙重變奏。這樣就對郁達夫詩詞的思想內容有了一個大概的整體的把握。正是在這樣的論述的基礎上，子瑜先生進一步揭示郁達夫詩風的淵源：

> 達夫的舊詩，受宋人的影響最深，可能是因為他所處的時代，與宋朝有若干彷彿之處。但宋詩主說理，達夫詩卻以道情取勝，我想最大的原因，是宋代詩人，喜歡以文入詩，這就正合達夫的脾胃了。〔註21〕

　　子瑜先生論詩總是把詩與詩人所處的時代結合起來，以揭示詩作為什麼會有如此的詩風，詩人為什麼會有這樣的格調；同樣，他論郁詩受宋人影響最深，也是從「他所處的時代」著眼，從而避免了武斷之論，而有了立地的根基。並且，這在郁達夫自己也有類似的說法。他在散文《寂寞的春朝》裏就說：翻閱宋人陳龍川的文集，「覺得中國的現狀，同南宋當時，實在還是一樣。外患的迭來，朝廷的蒙昧，百姓的無智，志士的悲哽，在這中華民國的二十四年，和孝宗的乾道淳熙，的確也沒有什麼絕大的差別」。他同時還作了一首《乙亥元日，讀〈陳龍川集〉有感時事》的七律：「大地春風十萬家，偏安原不損繁華。輸降表已傳關外，冊帝文應出海涯。北闕三書終失策，暮年一第亦微瑕。千秋論定陳同甫，氣壯詞雄節較差。」〔註22〕這裡的文與詩都是由宋人宋事而發。所以，子瑜先生所論正與郁達夫的詩文相合。不管後來的論者多麼試破此說而另立「出自唐詩說」，但子瑜先生之論仍有其先見之價值與不可否認的存在的理由。

　　為了證明這一「受宋人的影響最深」之觀點，子瑜先生特撰寫了《郁達夫

〔註19〕鄭子瑜：《論郁達夫的舊詩》，《詩論與詩紀》，第41頁，北京：友誼出版公司1983年版。

〔註20〕鄭子瑜：《論郁達夫的舊詩》，《詩論與詩紀》，第42頁，北京：友誼出版公司1983年版。

〔註21〕鄭子瑜：《論郁達夫的舊詩》，《詩論與詩紀》，第44頁，北京：友誼出版公司1983年版。

〔註22〕郁達夫：《寂寞的春朝》，《郁達夫全集》第3卷，第203、204頁，杭州：浙江大學出版社2007年版。

詩出自宋詩考》這篇 40 年前即對郁達夫說過之作，也終於完成了自己的心願。這篇萬字長文是子瑜先生論郁詩最重要也是最有代表性的作品，最早發表於 20 世紀 70 年代初新加坡的《南洋商報》，此時大陸尚在「文化大革命」中，故不為人知；但在近鄰的日本很有影響。日本的研究郁達夫專家稻葉昭二教授將之譯成日文，刊於 1974 年 8 月號的《東洋文化》，一經發表，即引起「日本學術界的重視，因為這種作死工夫的考證工作，在學術上雖然沒有多大的貢獻，但卻很合於某一學派日本學者的脾胃」〔註23〕。後來，子瑜先生又把這篇文章收入他的《詩論與詩紀》一書，於 1978 年由香港中華書局初版，大陸則在 1983 年北京的友誼出版公司獲得版權轉讓而再版。陳子善、王自立編的兩種《郁達夫研究資料》均收入該文，分別於 1982 年和 1986 年在天津人民出版社和香港三聯書店出版，始為大陸研究者所知，並多稱引。

　　正如前述，子瑜先生的《郁達夫詩出自宋詩考》是對其《論郁達夫的舊詩》中的一個觀點「達夫的舊詩受宋人的影響最深」加以考證。子瑜先生在考證前，先由宋詩的特點說起，引用了宋人嚴羽、明人謝榛、陳子龍和近代的朱自清、傅庚生、錢鍾書等人論宋詩之說，以引出自己的觀點：「我以為宋詩只是意境稍差，音韻不夠響而已，若就詩的內容和它所含的社會意義來說，則宋詩未必不愈於唐詩。」〔註24〕這就是說，說郁達夫的詩出自宋詩，並非是要貶低郁詩，相反卻有抬高郁詩之意，因為宋詩的內容，宋詩的社會意義「未必不愈於唐詩」，那麼，郁達夫詩的思想內容、郁達夫詩的社會意義也就不言而喻了。子瑜先生的這一段話，後來與之「商榷」的人幾乎都沒有注意到，也就沒有理解子瑜先生作考的深心所在。重視詩的思想內容與社會意義，這是郁達夫與宋人相通之處，也即郁達夫「頗喜摹擬宋詩」〔註25〕的一個原因。另外，子瑜先生還從郁達夫自己的詩觀來找原因。郁達夫在《談詩》一文中說：

　　　　近代人既沒有那麼的閒適，又沒有那麼的沖淡，自然做不出古人的詩來了；所以我覺得今人要做舊詩，只能在說理一方面，使詞一方面，排韻鍊句一方面，勝過前人，在意境這一方面，是怎麼也追不上漢魏六朝的；唐詩之變而為宋詩，宋詩之變而為詞曲，大半

〔註23〕鄭子瑜：《詩論與詩紀·自序》，第 2 頁，北京：友誼出版公司 1983 年版。
〔註24〕鄭子瑜：《郁達夫詩出自宋詩考》，《詩論與詩紀》，第 48 頁，北京：友誼出版公司 1983 年版。
〔註25〕鄭子瑜：《郁達夫詩出自宋詩考》，《詩論與詩紀》，第 48 頁，北京：友誼出版公司 1983 年版。

的原因，也許是為此。〔註26〕

郁達夫認為今人作舊詩「只能在說理一方面」「勝過前人」，而普遍的認識也是宋詩主說理，則郁達夫的作詩觀與宋詩的特點是相合的。郁達夫在《娛霞雜載》一文中又指出：「語意率直，真是宋人口吻。」〔註27〕子瑜先生就此分析道：「達夫以為『語意率直』是宋詩的特色，又以為『詩句僻澀』，是北宋詩的特色，所以他提到有清一代名臣袁忠節的近體，有『詩句僻澀，上追北宋』的評語。」〔註28〕而所謂「語意率直」「詩句僻澀」都是在「說理一方面」，這樣子瑜先生就指出了「以絕世才華的郁達夫頗喜摹擬宋詩」的第二個原因。還有第三個原因，即是郁達夫很喜歡清代康熙年間的錢塘詩人厲鶚。郁達夫曾作歷史小說《碧浪湖的秋夜》，就是寫厲鶚和他的愛人朱月上結合的故事，正如他寫歷史小說《采石磯》中的黃仲則一樣，黃仲則即有郁達夫的影子，同樣的，在厲鶚的身上也有郁達夫自己的影子，不僅如此，他還把朱月上寫得像他的愛妻王映霞，子瑜先生說：

> 達夫既將映霞比作月上，當然也就將自己比作厲鶚了。他既喜歡厲鶚，當然也就喜歡厲鶚所撰製的東西，所以他必定熟讀厲鶚所撰製的《宋詩紀事》和《南宋雜事詩》，因而對宋詩有極其深刻的印象，「染指既多，自成習套」，這也許是達夫詩出自宋詩的一個更為可能的原因吧？〔註29〕

以上子瑜先生從郁達夫詩的思想內容與社會意義，郁達夫的今人作舊詩只能在說理一方面取勝的詩觀，以及郁達夫喜歡清代詩人厲鶚所撰製的《宋詩紀事》《南宋雜事詩》三個層面，說明郁達夫「頗喜摹擬宋詩」的原因。這在具體考證之前，先作探因之論，考由論出，論由考證，是非常謹嚴縝密的，是極其富有邏輯性的。後來的「郁達夫詩出自唐詩考」之類雖不無所據，但究其原因所在，卻不如子瑜先生這裡說得如此地清楚明白。

由三個原因揭示之後，子瑜先生即就郁達夫的近 50 首詩作了具體考證。

〔註26〕郁達夫：《談詩》，《郁達夫全集》第 11 卷，139～140 頁，杭州：浙江大學出版社 2007 年版。

〔註27〕郁達夫：《娛霞雜載》，《郁達夫全集》第 8 卷，第 183 頁，杭州：浙江大學出版社 2007 年版。

〔註28〕鄭子瑜：《郁達夫詩出自宋詩考》，《詩論與詩紀》，第 49 頁，北京：友誼出版公司 1983 年版。

〔註29〕鄭子瑜：《郁達夫詩出自宋詩考》，《詩論與詩紀》，第 50 頁，北京：友誼出版公司 1983 年版。

引用的典籍，除了厲鶚編的《宋詩紀事》《南宋雜事詩》外，還有《宋詩紀事補遺》《書畫匯考》《全閩詩話》《江西詩徵》《贛州府志》《湖南通志》《崇安縣志》《零陵縣志》《廣西通志》《九華山志》《黃山志》《三山志》《天台山集》《金石萃編》《輿地紀勝》《唐宋詩舉要》《宣和遺事後集》《容齋隨筆》（洪邁）、《灌園集》（呂南公）、《竹外蛩吟稿》（蕭澥）、《葦碧軒集》（翁卷）、《汴京紀事》（劉子翬）、《桐江續集》（方回）、《七頌堂詞釋》（劉體仁）、《人間詞話》（王國維）等二十多部；所考的詩人有鄧標、馮山、范成大、陸游、馬廷鸞、閻孝忠、宋濤、楊後、施常、蘇東坡、高子洪、潘用中、羅大為、呂南公、楊誠齋、姜白石、蕭飛鳳、黃夢得、蕭澥、陳統、辛棄疾、張滉、王安中、謝鳳、徐九思、趙沒、黃宗旦、陳致堯、錢易、李昌儒、蘇舜欽、王安石、元裕之、歐陽修、李煜（取其入宋後之作）、翁卷、劉子翬、賀鑄、曾鞏，等等，有數十家之多。集有常集，如《唐宋詩舉要》，亦多僻典，如《江西詩徵》、縣志之類，可見子瑜先生閱覽之廣泛、搜集之勤勞。而與郁詩作考的詩人既有有名的詩人如蘇東坡、姜白石、辛棄疾、蘇舜欽、王安石、歐陽修、李煜（取其入宋後之作）、賀鑄、曾鞏、元裕之等，更多的是並不怎麼出名的，如高子洪、潘用中、羅大為、呂南公、蕭飛鳳、黃夢得、蕭澥、陳統、張滉、王安中、謝鳳、徐九思、趙沒、黃宗旦、陳致堯、錢易、李昌儒、翁卷、劉子翬等人，子瑜先生都能從其詩中找到為郁達夫所用的詩句。試舉一例以證：

> 《天台山集》載趙沒《送僧歸護國寺》詩云：「振錫攜瓶謁未央，薜羅衣濕惹天香。曉辭丹陛君恩重，笑指舊山歸路長。何處漱泉吟夜月，幾程聞雨宿雲房。他年松下敲門去，應許塵襟拂石床。」又蘇軾《次韻代留別》詩云：「絳蠟燒殘玉斝飛，離歌唱徹萬行啼。他年一舸鴟夷去，應記儂家舊住西。」達夫《題閩縣陳貽衍西湖紀遊畫集》四首，其四云：「我自浙東來閩海，君從燕北上蘇堤。他年歸隱西湖去，應對春風憶建溪。」趙蘇二詩末二句並為郁詩「他年歸隱西湖去，應對春風憶建溪」所本。〔註30〕

　　這些不常見的典籍與不太出名的詩人，郁達夫是否都見過，並不重要，以郁達夫讀書之博雜，也不是沒有可能的，倒是從這裡我們看到了子瑜先生學問的淵博與識見的非同一般。著名學者浙江大學中文系教授蔣祖怡先生在《郁

〔註30〕鄭子瑜：《郁達夫詩出自宋詩考》，《詩論與詩紀》，第56頁，北京：友誼出版公司1983年版。

達夫〈論詩詩〉七首箋注》的引言裏提到子瑜先生的《郁達夫詩出自宋詩考》「說是他的論點和我的並不矛盾。『因為歷來有成就的詩人，總是「轉學多師」（杜甫語），擷取眾長，融鑄成為他自己的風格』」〔註31〕。著名的中國現代文學史專家王瑤先生也說：

> 新加坡的鄭子瑜曾經作過一篇《郁達夫詩出自宋詩考》，列舉出
> 郁達夫的許多舊詩都是從宋詩點化而來，而所舉的宋詩有相當部分
> 都是比較冷僻，為一般人所不熟悉的，這恰好說明郁達夫古典文學
> 修養之深厚。〔註32〕

王瑤先生由「郁達夫的許多舊詩都是從宋詩點化而來」，而且「有相當部分都是比較冷僻，為一般人所不熟悉的」，以說明郁達夫學養之厚，其實，不也正說明子瑜先生的舊學根基之深嗎？對此，子瑜先生是把將祖怡先生和王瑤先生引為知音的，他說：「可見我和蔣祖怡先生、王瑤先生的意見還是一致的。」〔註33〕

到了本世紀初，詹亞園、劉麟分別寫出了同題的《郁達夫詩出自唐詩考》，似有和鄭子瑜先生一較之意，後之韓立平則直以「與鄭子瑜先生商榷」為副題又寫了《郁達夫舊體詩的取徑》。三篇文章的觀點都是郁達夫的詩出自唐詩，也列舉了大量的例子，不能說沒有道理，因為郁達夫的詩本來就是唐宋兼採，鎔鑄百家的，因此，誰也不能因為郁達夫特別喜愛唐詩，如郁達夫的論詩詩《盛夏閒居，讀唐宋以來各家詩，仿漁洋例成詩八首錄七》提到唐代的詩人有三個，即李商隱、杜牧、溫庭筠，宋代的只有陸游一家；郁達夫的詩論也是「以漁洋山人的神韻，晚唐與元詩的豔麗，六朝的瀟灑為三一律」〔註34〕而不及宋，因而就否認郁達夫的詩與宋詩有關緣。而子瑜先生也並不因為郁達夫的詩出自宋詩，就認為郁達夫是學步宋人，子瑜先生說：

> 平心而論，郁達夫的詩，無論從那一角度來看，都比宋詩要好
> 得多，這真是「青出於藍而勝於藍」，也正如劉勰的《文心雕龍》所

〔註31〕鄭子瑜：《蔣祖怡著〈郁達夫舊詩箋注〉序》，《鄭子瑜學術論著自選集》，第443頁，北京：首都師範大學出版社1994年版。

〔註32〕王瑤：《論現代文學與中國古典文學的歷史聯繫》，《王瑤全集》第5卷，第80頁，石家莊：河北教育出版社2000年版。

〔註33〕鄭子瑜：《蔣祖怡著〈郁達夫舊詩箋注〉序》，《鄭子瑜學術論著自選集》，第444頁，北京：首都師範大學出版社1994年版。

〔註34〕郁達夫：《序〈不驚人草〉》，《郁達夫全集》第11卷，第351頁，杭州：浙江大學出版社2007年版。

說的：「蓋文體通行既久，染指遂多，自成習套。」若說達夫有心要摹仿宋人，那就未免太小看達夫了。〔註35〕

此論出自十多年前的《論郁達夫的舊詩》，子瑜先生詳考了郁詩之後又再次引此作結，以說明郁詩雖受宋人影響最深，詩多出自宋詩，但並非「有心要摹仿宋人」，只不過是「染指遂多，自成習套」而已。這樣一說，無論是前之《論》，還是後之《考》，都立地穩牢，無懈可擊了。

子瑜先生最後一篇論郁詩之文是為蔣祖怡先生的《郁達夫舊體組詩箋注》作序。從《〈達夫詩詞集〉序》（1948 年），到《蔣祖怡著〈郁達夫舊詩箋注〉序》（1990 年），已歷四十多年，真是以序始，又以序終。子瑜先生在這篇序裏，深佩著者「功力之深至和學識的淵博」，指出蔣著「對郁達夫或是對郁達夫的詩作研究的人」有「值得一讀的」價值〔註36〕。蔣祖怡先生說他早年曾「親炙達夫先生」〔註37〕，子瑜先生亦在年輕時曾親得郁達夫的面教，而兩人對郁詩又都深愛而有心得，故鄭序頗有惺惺相惜之意，並引蔣為同調：「可見我和蔣祖怡先生、王瑤先生的意見還是一致的。」〔註38〕

子瑜先生於這篇文章之後，直至 2008 年去世，未再見有論郁詩之文，但就這些——一編《達夫詩詞集》，十數篇文章，已足見子瑜先生對郁達夫詩詞研究的貢獻，而立其在郁達夫詩詞研究史上的奠基的地位。

第三節　研究之貢獻

子瑜先生雖以研究中國修辭學史而聞名於世，但因其研究郁達夫以及黃遵憲、周氏兄弟的詩而「被中、日及歐美的一些學人目為是上述諸家的研究家或是專門學者」，子瑜先生對此評價很自謙地說：「這真是離題太遠了，理由很簡單，如果我真的是什麼專門學者，便只能專治一家，現在卻涉及三四家，便

〔註35〕鄭子瑜：《論郁達夫的舊詩》，《詩論與詩紀》，第 44～45 頁，北京：友誼出版公司 1983 年版。

〔註36〕鄭子瑜：《蔣祖怡著〈郁達夫舊詩箋注〉序》，《鄭子瑜學術論著自選集》，第443、445 頁，北京：首都師範大學出版社 1994 年版。

〔註37〕蔣祖怡：《郁達夫〈論詩詩〉七首箋注引言》，轉引自鄭子瑜《蔣祖怡著〈郁達夫舊詩箋注〉序》，《鄭子瑜學術論著自選集》，第 442 頁，北京：首都師範大學出版社 1994 年版。

〔註38〕鄭子瑜：《蔣祖怡著〈郁達夫舊詩箋注〉序》，《鄭子瑜學術論著自選集》，第 444頁，北京：首都師範大學出版社 1994 年版。

不是專門學者了。」〔註39〕專家並非只能專一家，專三四家乃至更多家，而有新說創見，才能觸類旁通，左右逢源。正因為子瑜先生有深厚的國學根底（修辭學之外，他對墨子、荀子、《左傳》、《史記》、馬華文學、日本漢學都有研究），有自作舊詩的深厚學養，又深研黃遵憲、周樹人、周作人的詩與詩論，才使得他的郁達夫舊詩研究有著至為厚實的基礎，拿出至今尚少有人及的堅實的成果。概括其貢獻則有以下幾點。

一、開拓之功

郁達夫的小說《沉淪》（1921年）剛一發表，即引起文壇轟動，周作人、沈雁冰、成仿吾紛紛著文評論。而郁達夫的舊體詩如《詠史三首》（1911年）雖比《沉淪》要早十年寫成，1915年發表，但並無人評，直到40年代，子瑜先生編《達夫詩詞集》，並作序，才算是真正進入對郁詩進行研究的層面，而後出現了一些有學術意義的文章。因此，可以毫不誇張地說，是子瑜先生開拓了郁達夫詩詞研究這一新的領域，使得對郁達夫的研究走向全面。

不僅如此，子瑜先生在打開郁詩研究之門後，又一路直闖下去，而作南遊詩論，而作舊詩考論。這兩方面也同樣具有開拓性意義。50年代前，對郁詩的研究基本上還是停留在一般性的介紹，於學理性的研究仍是較少。而子瑜先生即已就郁達夫的南遊詩為主題，作主題性研究，這為後來開啟了郁詩主題研究的先河。20世紀80年代後，溫儒敏的《賦到滄桑句自工——談郁達夫在南洋寫的詩》〔註40〕、龐國棟的《郁達夫流亡詩辨析》〔註41〕（流亡詩也即流亡南洋所寫的詩——引者注）、趙穎的《郁達夫南洋主題舊體詩考略》〔註42〕等文都是承此而來。至於《郁達夫詩出自宋詩考》則引出後來一系列的考證文章，如張鈞的《郁達夫早期詩七首箋注》〔註43〕和《關於〈毀家詩紀〉第四首的考述》〔註44〕，何坦野的《郁達夫〈西歸雜詠十首〉補箋》〔註45〕，詹亞園

〔註39〕鄭子瑜：《詩論與詩紀·自序》，第1頁，北京：友誼出版公司1983年版。
〔註40〕溫儒敏：《賦到滄桑句自工——談郁達夫在南洋寫的詩》，載《星星》1980年第7期。
〔註41〕龐國棟：《郁達夫流亡詩辨析》，載《重慶廣播電視大學學報》1999年第3期。
〔註42〕趙穎：《郁達夫南洋主題舊體詩考略》，載《理論界》2013年第4期。
〔註43〕張鈞：《郁達夫早期詩七首箋注》，載《福州師專學報》2000年第2期。
〔註44〕張鈞：《關於〈毀家詩紀〉第四首的考述》，載《郁達夫研究通訊》2002年第21期。
〔註45〕何坦野：《郁達夫〈西歸雜詠十首〉補箋》，載《嘉興高等專科學報》2000年第4期。

的《郁達夫詩出唐詩考》〔註46〕，劉麟的《郁達夫詩出自唐詩考》〔註47〕，韓立平的《郁達夫舊體詩的取徑——與鄭子瑜先生商榷》〔註48〕等，這些人都追步子瑜，而紛紛效考。詹亞園就很坦率地說：「著名學者鄭子瑜先生是郁達夫詩詞的研究專家，他撰有一篇《郁達夫詩出自宋詩考》的論文。……我們考證郁達夫詩出自唐詩自然不是要和鄭先生唱一次對臺戲，相反的倒是受到了鄭先生的啟發，有意也來對郁詩來源作一次認真考察。」〔註49〕明白表示是受鄭子瑜先生的「啟發」，由此可見此文的意義與價值。

二、創新之說

　　子瑜先生作文不襲旁人之說，不蹈前人窠臼，而總是力求創新。他說：

> 我一開始寫學術論文，就立志要做到每一篇論文都要有我自己的心得，自己的意見，確是別人不曾提過的，或是對某一事物某一問題有新的發現，而這發現是我自己得來的。〔註50〕

　　那麼，子瑜先生在郁達夫舊詩研究中有怎樣的創新之說呢？那就是他的郁達夫的詩受宋人影響最深，郁達夫詩出自宋詩。很多人都說郁達夫的詩受黃仲則的影響，往上則有晚唐的李（商隱）杜（牧）溫（庭筠），往下則有清代的吳梅村、龔自珍以及近代的蘇曼殊，卻很少有人說郁達夫的詩出自宋詩，受宋人影響最深。而子瑜先生卻獨闢蹊徑，敢立新說，並以乾嘉之學風作翔實之考證，為說立基，使說不妄。這種獨立新說之勇與考證新說之實，體現了一個真正的學術研究者的作風。子瑜先生說：「我研究黃遵憲，有我的創見，創見雖不多，但還是創見。」〔註51〕同樣，他研究郁達夫，亦有創見，「創見雖不多，但還是創見」。並且，這一創見為著名的學者蔣祖怡、王瑤先生所認同。

三、傳播之效

　　郁達夫的詩詞在其生前只是散見於報刊，從未結集出版過，大多只為圈子

〔註46〕詹亞園：《郁達夫詩出唐詩考》，載《浙江海洋大學學報》2001 年第 3 期。

〔註47〕劉麟：《郁達夫詩出自唐詩考》，載《中國現代文學研究叢刊》2002 年第 2 期。

〔註48〕韓立平：《郁達夫舊體詩的取徑——與鄭子瑜先生商榷》，載《社會科學論壇》2010 年第 1 期。

〔註49〕詹亞園：《郁達夫詩出唐詩考》，載《浙江海洋大學學報》2001 年第 3 期。

〔註50〕鄭子瑜：《自傳》，《鄭子瑜學術論著自選集》，第 754 頁，北京：首都師範大學出版社 1994 年版。

〔註51〕鄭子瑜：《自傳》，《鄭子瑜學術論著自選集》，第 754 頁，北京：首都師範大學出版社 1994 年版。

內的人所熟知，一般的讀者只認得郁達夫是浪漫派的小說家，子瑜先生編的
《達夫詩詞集》是第一本郁達夫舊體詩詞集，它的出版很快使郁達夫的詩為人
所知，為人所愛，起到了傳播郁詩之效。此後，該書又一版再版而至四版，並
為香港的陸丹林、臺灣的劉心皇、大陸的周艾文、于聽所編郁詩集的藍本。子
瑜先生還利用在日本、新加坡講學的機會，大力傳播郁詩，宣講郁達夫詩詞所
表現的愛國主義精神。

　　子瑜先生在 80 歲高齡的時候還特地寫作了一篇紀念郁達夫 100 週年誕辰
的文章《郁達夫與青年》，在這篇文章裏舉了大量的事例說明郁達夫對年輕人
的關愛，充分表達了子瑜先生對郁達夫的崇敬之情。子瑜先生說，我只是郁達
夫的同情者，而非他的知己〔註52〕。但我們從以上所述來看，子瑜先生是不愧
為郁達夫的知己的。

〔註52〕鄭子瑜：《瑣憶達夫先生》，見陳子善、王自立編：《回憶郁達夫》，第 412 頁，
　　　　長沙：湖南文藝出版社 1996 年版。

第七章　郁達夫舊體詩研究百年史略

　　郁達夫雖以小說聞世，卻以詩詞起步。他几歲即已題詩，現在看到的他最早的詩是寫於 1911 年的《詠史三首》，先於其小說創作十年，發表於 1915 年上海的《神州日報·神皐雜俎　文苑》，此後一直作詩不輟，直到其生命的最後，為我們留下了六百餘首詩詞。若從 1914 年其嫂陳碧岑寄其詩作為對詩評論的開始，那麼，對郁達夫詩詞研究也已整一百年了。這一百年間，僅就其詩詞評論文章有五百餘篇，雖不及論小說、散文之多，也已相當可觀，且有一定的深度與廣度。縱觀郁詩研究的一百年，可分為五個階段，現作綜述，以見其貌。

第一節　帷幕初啟（1914 年～1945 年）

　　這一時期為其逝世前的 30 年，評文不多，含和詩贈答僅二十來篇，可分為三類。

一、寄贈類

　　有陳碧岑的《寄懷達夫弟（七絕二首）》（載 1916 年 2 月 9 日杭州《全浙公報·雜貨店·詩選》）、魯迅《阻郁達夫移家杭州》（載 1935 年 5 月上海群眾圖書公司初版《集外集》）、潘正鐸《水調歌頭·檳城喜遇郁達夫先生，慨話杭州》（載 1939 年 2 月 1 日新加坡《星洲日報半月刊》第 15 期）、李鐵民《西浪作詩為達夫先生賢伉儷睦承索步韻因作（七律）》、胡邁《贈達夫先生步西浪原韻（七律）》、一泓《西浪贈達夫伉儷，鐵民賀之邀同作（七律）》、緋燕女士《贈郁達夫先生（七律附言）》、貞《贈達夫先生和西浪兄原韻》、陳宗□《贈郁達夫先生步西浪原韻》（以上皆刊於 1939 年 6 月 1 日、3 日、5 日、6 日、12 日

新加坡《星中日報‧星宇》）、廣勳《贈呈達夫先生（七絕四首）》（載 1940 年 4 月 20 日新加坡《星洲日報‧繁星》）、夢蕉《喜晤郁達夫同仁（七律）》（載 1941 年 11 月 1 日上海《小說月報》第 2 卷第 2 號）、王雲《贈郁達夫（七絕）》（載 1942 年 3 月 1 日《小說月報》第 2 卷第 6 號）、若瓢《吉祥草——懷郁達夫（七絕四首）》（載 1943 年 11 月 1 日《萬象》月刊第 3 卷第 5 期）等。

　　1913 年 9 月，郁達夫隨兄郁華赴日留學，其嫂陳碧岑同行。一年後兄嫂回國，郁達夫少小離家，自覺「變成了一隻沒有柁楫的孤舟」（《海上——自傳之八》），故陳碧岑於這年冬作《寄懷達夫弟》二首，表達兄嫂對他的思念之情，「猶憶當年同作客，哪知今日獨思君」；並期望「小屏紅燭」之日，再「相將斗句理盤餐」。以詩寄懷，雖非論詩，卻體現了叔嫂之間的手足之情〔註1〕。

　　魯迅的《阻郁達夫移家杭州》最為人們所熟知，其為魯郁兩人研究的熱點。1934 年的中國，社會矛盾複雜，政治鬥爭尖銳，郁達夫為避禍，遂移家杭州，魯迅即寫詩勸阻他：「錢王登遐仍如在，伍相隨波不可尋。平楚日和憎健翮，小山香滿蔽高岑。墳壇冷落將軍岳，梅鶴淒涼處士林。何似舉家遊曠遠，風波浩蕩足行吟。」魯迅告知他杭州並非桃園樂土，錢武肅王的酷政猶在，勸他效屈大夫，於「風波浩蕩」中，亦足堪行吟。惜郁達夫未聽勸阻，遂致後來的家庭悲劇。魯迅的詩表達了他對戰友的關心，當時並未發表，後收入《集外集》，這是關於郁達夫的一篇非常重要的作品，並為 20 世紀 70 年代末開啟了郁達夫研究的大門。

　　繼魯迅的贈詩之後，1939 年郁達夫為抗戰到新加坡，由於發表《毀家詩紀》而致郁達夫與妻子王映霞婚姻危機，郁達夫的友人李西浪作詩《柬達夫伉儷》：「富春江上神仙侶，雲彩光中處士家。十載心香曾結篆，少陵詩筆動悲茄。鸞箋應畫雙飛燕，血淚遍澆並蒂花。留得千秋佳話在，一杯同祝愛無涯。」〔註2〕此詩遂引來大量和詩贈郁，新加坡《星中日報‧星宇》於 1939 年 6 月連日發表，成為一時之盛。這些詩旨在勸和，如潘壽的「看到波生方愛水，折來刺在更憐花」〔註3〕，溫婉含蓄，深意內藏。這些詩都體現了友人對郁達夫真摯的關心之情。此外，則為一般的相贈，如廣勳《贈呈達夫先生》，夢蕉的《喜晤郁達夫同仁》等。

〔註 1〕吳祖光：《陳碧岑夫人傳略》，見《郁曼陀陳碧岑詩抄》，第 11 頁，上海：學林出版社 1983 年版。
〔註 2〕郁達夫：《郁達夫詩全編》，第 223 頁，杭州：浙江文藝出版社 1989 年版。
〔註 3〕胡邁：《對〈郁達夫詩詞抄〉的補正》，載《新文學史料》1983 年第 1 期。

二、次韻類

　　這是郁達夫有詩作，而他人步其韻的詩。最早即是胡浪華的《無題——次郁達夫韻》（七律），發表於 1915 年 8 月 8 日上海的《神州日報‧神皋雜俎‧文苑》。胡浪華是郁達夫留日時的同學，兩人相交甚深，初次相見，「便『論詩多時』，浪華示以《遠遊》一詩，達夫則以『元旦作斷句』回報」〔註4〕。胡浪華的這首次韻詩，今僅見題，未知內容。

　　郁達夫與日本漢詩人服部擔風先生的唱和，以及擔風先生對郁達夫的賞識是最早具有詩評性質的。據日本學者稻葉昭二的《郁達夫——他的青春和詩》一書介紹，郁達夫於 1916 年 5 月至 1918 年 11 月曾三次拜訪服部擔風先生（實際上，1919 年 1 月郁達夫曾四訪服部擔風先生，作《訪擔風於藍亭，蒙留飲，席上分題得「雪中梅」，限微韻》。），且每次都有寄贈詩作，而擔風亦均有次韻和作，共有 7 首之多。郁達夫在詩中表達了對擔風先生的傾倒仰慕之情：「過橋知入詞人裡，到處村童說擔風。」（《訪擔風先生道上偶成》）「門巷初三月，詞壇第一人。」（《新正初四藍亭小集賦呈擔風先生》）對擔風先生對自己的賞識（「馬卿才調感君知」），表示要「瓣香倘學涪翁拜，不惜千金買繡絲」（《將去名古屋別擔風先生》）。在將離開第八高等學校去東京讀書前，又作《送擔風》曰：「贈我梅花清幾許，此生難報丈人恩。」一片綿綿不盡的感念之情。擔風先生是比郁達夫年長 30 歲的老者，他對這個來自異國的留學生因其才華橫溢而有著「深深的愛」〔註5〕，常常不吝讚美之情。「欲問江南詩句好，三生君是賀方回。」（《四月六日郁達夫來過，有詩，即次其韻》）〔註6〕賀方回是宋代著名詞人賀鑄，他的《青玉案‧凌波不過橫塘路》是其名作，詞中有「若問閒愁幾許，一川煙草，滿城風絮，梅子黃時雨」而贏得「賀梅子」的雅號，以致宋金詞人步其韻唱和仿傚者多達 25 人 28 首。故擔風先生以賀比郁，贊其有妙才。不僅如此，擔風先生還贊他「才駕李昌穀，狂追賀季真」（《次〈新正初四藍亭小集賦呈擔風先生〉》）〔註7〕。李昌穀即李賀，賀季真

〔註4〕欽鴻：《新發現的郁達夫佚詩〈寄浪華南通〉》，載《上海師範大學學報》1990年第 3 期。
〔註5〕小田岳夫、稻葉昭二：《郁達夫傳記兩種》，第 223 頁，杭州：浙江文藝出版社1984 年版。
〔註6〕小田岳夫、稻葉昭二：《郁達夫傳記兩種》，第 219 頁，杭州：浙江文藝出版社1984 年版。
〔註7〕小田岳夫、稻葉昭二：《郁達夫傳記兩種》，第 220 頁，杭州：浙江文藝出版社1984 年版。

即賀知章，都是唐代的著名詩人，擔風先生誇郁達夫的「才」在李賀之上，而「狂」又直追賀知章。這個「狂」不是輕狂，而是說其才華的超逸不群。擔風先生還在《古中秋阿誰兒樓雅集分韻此夜無月》一詩中寫到：「海山冪羃霧雲封，那處瓊樓十二重。古驛萬家帶燈火，夜潮千里泣魚龍。當頭不聽武夷樂，撒手擬登天柱峰。坐有鬥邊泛槎客，酒酣妙吻見詞鋒。」此詩刊登在1916年10月31日《新愛知新聞》的漢詩欄上，擔風先生在詩後還注曰：「七八句，謂郁君達夫，達夫支那富陽人。」〔註8〕則詩的最後兩句是讚美郁達夫的「詞鋒」之「妙」的。就在這次雅集上，郁達夫也作有《丙辰中秋，桑名阿誰兒樓雅集，分韻得寒》的七律，詩曰：「依欄日暮斗牛寒，千里江山望眼寬。未與嫦娥通醉語，敢呼屈宋作衙官。斬雲苦乏青龍劍，鬥韻甘降白社壇。剪燭且排長夜燭，商量痛飲到更殘。」〔註9〕且是最先成詩，更讓擔風先生歎佩：「郁達夫不愧捷才，首成七律，一座皆驚。」〔註10〕而最具有詩評意義的，則是郁達夫初到日本所寫的十二首《日本謠》，以我國古代民歌體的竹枝詞來寫日本的風俗民情，深得擔風先生的好評：「郁君達夫留學吾邦猶未出一二年，而此方文物事情，幾乎無不精通焉。自非才識軼群，斷斷不能。《日本謠》諸作，奇想妙喻，信手拈出，絕無矮人觀場之感，轉有長爪爬癢之快。一唱三歎，舌撟不下。」〔註11〕雖寥寥數語，既指出郁達夫對日本文物之精通，才識之軼群，又概括其詩設喻奇妙的藝術特點，更有令人「一唱三歎，舌撟不下」的藝術效果。綜觀擔風先生與郁達夫唱和的點贊，與此處的點評，郁達夫的詩才、詩藝、詩風已盡在其中。擔風先生如此愛惜其才，也就難怪郁達夫赴東京大學學經濟，擔風先生為其惋惜了：「以一於文藝可望成功之人才學經濟，畢竟不甚合適。」〔註12〕

　　1936年，郁達夫有一首《醋魚》的七絕，曾引得看雲樓主和半上流的唱和。而唱和之盛當是在郁達夫1939年初到新加坡寫的一首詩，以至「和者

〔註 8〕小田岳夫、稻葉昭二：《郁達夫傳記兩種》，第241頁，杭州：浙江文藝出版社1984年版。

〔註 9〕郁達夫：《郁達夫全集》第7卷，第38頁，杭州：浙江大學出版社2007年版。

〔註 10〕小田岳夫、稻葉昭二：《郁達夫傳記兩種》，第240頁，杭州：浙江文藝出版社1984年版。

〔註 11〕小田岳夫、稻葉昭二：《郁達夫傳記兩種》，第215頁，杭州：浙江文藝出版社1984年版。

〔註 12〕小田岳夫、稻葉昭二：《郁達夫傳記兩種》，第223頁，杭州：浙江文藝出版社1984年版。

如雲」〔註13〕，極一時之盛。這些和詩，雖非對郁詩的評價，但帶動了原本文化就比較落後的南洋詩詞創作的高潮。

三、介紹類

郁達夫生前沒有把他的詩結集出版，只是零零散散地發表於一些報刊上，因其在文壇上有盛名，所以就有一般介紹其詩的文章，如青龍《郁達夫喜作舊詩》（載 1932 年 11 月 12 日《申江日報・江聲》）、無名作者的《郁達夫的應酬詩》（載 1934 年 4 月 3 日北平《東方快報・大觀園》）、愛悌《郁達夫之近詩》（載 1936 年 4 月 15 日《東南日報・小築》第 156 期）、夢筆《達夫的詩》（載 1939 年 5 月 27 日新加坡《總匯新報》）、張祥沅《達夫與金縷曲》（載 1944 年 1 月 1 日楊之華編上海中華日報社出版《文壇史料》「文壇逸話」欄）等。

上述三類詩文，都還不是真正學術意義上的研究，但郁詩的研究卻是由此緩緩地拉開了帷幕。

第二節　詩人逝後（1946 年～1949 年）

這是郁達夫逝世後的幾年，時間雖短，但所出文章已與前三十年相當。

一、懷弔類

郁達夫遇難後，最先出現的是懷弔悼念他的詩作，如風夫婿（郁風、苗子）《讀達夫雜憶詩，即用原韻詩以悼之（七律十一首）》（載 1946 年 1 月 14 日新加坡《星洲日報・總彙報聯合版》第 105 號第 4 版）。其後則有冰人《挽郁達夫——即依雜憶原韻（七律八首）》（載 1946 年 7 月 4 日曼谷《中原報・萬象》第 11 版）、紫荷《弔達夫》（載 1948 年 11 月 19 日曼谷《中原報・萬象》第 230 期）等。

二、介紹類

懷弔之詩出現後，介紹郁達夫詩的文章也陸續發表。有梅平《郁達夫近

〔註13〕郁達夫：《前在檳城，偶成俚句，南洋詩友，和者如雲。近有所感，再疊前韻，重作三章，郵寄丹林，當知余邇來心境》，《郁達夫全集》第 7 卷，第 185 頁，杭州：浙江大學出版社 2007 年版。

詩》（載 1946 年 4 月 1 日北平《東方快報·大觀園》）、無作者名的《郁達夫最後遺詩》（載 1946 年 5 月 5 日《消息》半週刊第 9 期）、大白《達夫的詩》（載 1946 年 5 月 28 日、29 日《星洲日報·總彙報聯合版》）、無作者名的《郁達夫的舊詩》（載 1946 年 10 月 1 日《青年文化》第 2 卷第 1 期）、妙手《郁達夫的詩》（載 1947 年 11 月 24 日《新民晚報·夜光杯》）、妙手《再談郁達夫的詩》（載 1948 年 4 月 10 日《新民晚報·夜光杯》）、伊《郁達夫的詩》（載 1948 年 4 月 30 日曼谷《中原報·萬象》第 176 期）、鴻瑞《郁達夫詞》（載 1948 年 10 月 1 日新加坡《星洲日報·星雲》）等。

三、序論類

隨著對郁達夫詩詞研究的深入，這時已由一般性的介紹進入到較深的研究的層面。這方面的文章有：丹林《郁達夫的詩詞》（載 1947 年 12 月 20 日新加坡《星洲日報·星雲》）、鄭子瑜《〈達夫詩詞集〉序》（載 1948 年 5 月 1 日《文潮月刊》第 5 卷第 1 期）、黎辛《郁達夫的詩》（載 1948 年 8 月 9 日新加坡《星洲日報·星雲》）、柳風《論郁達夫的詩》（載 1948 年 9 月 3 日《星洲日報·星雲》）、陸丹林《郁達夫的舊體詩》（載 1948 年 9 月 14 日曼谷《中原報·萬象》第 213 期）、金密公《郁達夫遺詩輯序》（載 1948 年 12 月 1 日上海《永安月刊》第 115 期）等。

上述三類，尤其是第三類，顯然是真正研究性的文章了，且多集中於郁達夫晚年生活過的新加坡。在研究者中，鄭子瑜其後更成為郁詩研究的一位大家，陸丹林先生因親手發表過郁達夫的《毀家詩紀》，與郁有詩唱和，故對郁詩頗有心得。

第三節　研究方興（1950 年～1966 年）

新中國成立後至「文革」開始前的十幾年，由於受極左思潮的影響，郁達夫雖被追認為烈士，但對其研究仍是寥寥，於詩就更少，唯新加坡、香港、臺灣略多一些，共三十餘篇，亦可分為幾類。

一、輯佚類

郁達夫一生作詩很多，但從未結集，散失很多。故欲研究郁詩，輯佚就是

一項很重要的基礎性的工作。這方面的文章有：李冰人《郁達夫的遺作和佚詩》（載 1955 年 7 月 11 日～14 日新加坡《星洲日報》）、鄭子瑜《郁達夫遺詩續輯》（載 1957 年 11 月香港《文藝世紀》11 月號）、李冰人《再談郁達夫的佚詩》（載 1959 年 7 月 1 日新加坡《星洲日報・星雲》）、江郎《郁達夫佚詩鉤沉》（載 1960 年 1 月 8 日新加坡《南方晚報》）、天石《郁達夫的一首集外詩》（載 1961 年 4 月 1 日《雨花》第 4 期）、鄭子瑜《郁達夫遺詩的再發現》（載 1961 年 4 月 27 日、5 月 4 日新加坡《星洲日報・星雲》）、許乃炎《郁達夫遺詩一首》（載 1965 年 5 月 11 日新加坡《星洲日報・星雲》）、方江水《郁達夫遺詩又一首》（載 1965 年 5 月 21 日新加坡《星洲日報・星雲》）、徐克弱《新見的郁達夫詩》（載 1966 年 2 月 26 日新加坡《星洲日報・星雲》）等。

輯錄佚詩從未停止過，直到今天還時有郁詩的發現。

二、釋《阻》類

魯迅的《阻郁達夫移家杭州》從這個時候開始，既是魯迅研究的一個課題，也是研究郁達夫的一個很好的切入點。有關的文章如：吳木《魯迅的〈阻郁達夫移家杭州〉》（載 1956 年 10 月 15 日《文匯報》19 號「軼聞集錦」欄）、日本松枝茂夫《〈阻郁達夫移家杭州〉譯注》（載 1956 年 10 月 7 日岩波書店版《魯迅全集》第 12 卷）、張向天《〈阻郁達夫移家杭州〉注》（載 1959 年 8 月廣東人民出版社《魯迅組詩箋注》）、周振甫《〈阻郁達夫移家杭州〉注》（載 1962 年浙江人民出版社《魯迅詩歌注》）、錢璱之、馬瑩伯《詩・哲理・座右銘——讀魯迅的〈阻郁達夫移家杭州〉》（載 1962 年 9 月 15 日《光明日報・東風》）。

這些譯注、解釋魯迅的詩是後來研究郁達夫的一個很特別的門類，它是魯詩之論，而非郁詩之評，但由此可知魯郁的關係，以及郁達夫的性情與思想。

三、賞析類

這一時期對郁達夫的詩由單篇到組詩的賞析開始漸多起來，文章有：南宮博《談郁達夫〈毀家詩紀〉》（載 1954 年 6 月 7 日香港《新希望週刊》復刊第 15 號）、藁蒲《郁達夫詩詞六首選析》（載 1958 年 1 月 1 日、16 日《鄉土》第 2 卷第 1、2 期）和《郁達夫愛國詩選》（載 1962 年 9 月 18 日《光明日報・東風》）、冰心《郁達夫〈滿江紅〉詞讀後》（載 1962 年 9 月 29 日《光明日報・

東風》）等。這裡所談及郁達夫的《毀家詩紀》《滿江紅》都成為後來郁詩研究的重點，此處僅開了個頭。

四、序論類

這一類的文章在這一時期不僅比較多，約有二十餘篇，且有相當的深度。郭沫若、鄭子瑜的文章提高了郁詩研究的水準。這裡列舉幾篇比較重要的有：遠觀《讀鄭編〈達夫詩詞集〉後》（載 1954 年《南洋青年》新第 11 期）、鄭子瑜《談郁達夫的南遊詩》（載 1956 年 6 月新加坡《南洋學報》第 12 卷第 1 期）、日本服部靖《郁達夫的詩》（載 1957 年 7 月日本《中國古典詩》第 1 卷第 3 號）、陸丹林《〈郁達夫詩詞抄〉編者前言》（載 1962 年 8 月香港上海書局初版《郁達夫詩詞抄》）、郭沫若《望遠鏡中看故人——序〈郁達夫詩詞抄〉》（載 1962 年 8 月 4 日《光明日報・東風》）、孫凌《〈郁達夫詩詞彙編〉序》（載 1962 年 10 月臺北《反攻》月刊第 248 號）、黃苗子《郁達夫的詩》（載 1962 年 10 月 8 日香港《大公報・大公園》第 10 版）、鄭子瑜《郁達夫舊詩研究》（載 1963 年 10 月鄭子瑜著新加坡南洋學會出版《東都習講錄》）等。

郁達夫的詩由輯佚到彙集出版，這對全面研究郁詩提供了比較翔實的資料，而序文則是提要鉤玄之論。郭沫若是郁達夫留日同學，又共同組建創造社，兩人相知之深，無人過之。故郭沫若的序有許多乃是郁詩研究的經典之論。郭沫若首先指出郁達夫詩文風格的清麗是受到他所生活的故鄉富陽「這種客觀環境的影響」，和「清代的詩人黃仲則」的影響。然後對他的詩作出總體的評價，郁達夫做舊體詩「已經做到了可以稱為『行家』或者『方家』的地步」，「他的舊詩詞比他的新小說更好。他的小說筆調是條暢通達的，而每每一瀉無餘；他的舊詩詞卻頗耐人尋味」。他的詩「大都是經心之作，可作為自傳，亦可作為詩史」〔註14〕。這雖是印象式的，但卻是非常精到的知人知詩之論，常為後之郁詩研究者所稱引。鄭子瑜先生可以說是早期郁達夫詩詞研究的一位開拓者，他不僅辛勤地輯佚郁詩，編集郁詩，更有精心的研究之作。他的《談郁達夫的南遊詩》開啟了後來郁達夫南遊詩主題研究之先例。在這篇文章中，鄭子瑜介紹了自己編的《達夫詩詞集》所收郁達夫三十餘首南遊詩，認為郁達夫的南遊詩最值得稱頌的是那些「對於國家的興亡之感」的詩。這些詩篇「有

〔註14〕郭沫若：《望遠鏡中看故人——序〈郁達夫詩詞抄〉》，載《光明日報・東風》1962 年 8 月 4 日。

時表現著磅礡的氣概，有時卻又無限的感傷和頹唐」。對流亡時期的《亂離雜詩》十一首（今為十二首），鄭先生認為：「《亂離雜詩》是達夫先生生平最佳的詩作，用典切當，筆調清新，文情並茂。從這些詩篇裏，我們可以看到詩人豐富的想像力；更可以看出他在感傷悽楚之餘，也有嚴肅、悲憤、慷慨之致。至各章所流露出來的家國之思，鄉園之感，尤足以動人肺腑。」〔註15〕鄭先生的評論指出了郁詩感情上的矛盾性與詩歌風格的多樣性。在《郁達夫舊詩研究》一文裏，已是粗具規模地綜論郁達夫的詩詞了，鄭先生認為：郁達夫雜詩，「寫作年代已不可考，但從詩的功力未深，且多摹仿唐人詩句這兩點看來，大約當是早年的習作」。這一論斷大致是對的，鄭先生又把郁達夫的詩結合他的小說、他的生活與思想來研究，揭示出郁詩「全部作品中間那種憂抑而又痛憤的基本情調」。在這篇論文裏，鄭先生表達了他的一個重要的觀點：「達夫的舊詩，受宋人的影響最深。」這成為他後來一系列郁詩研究論文的基本觀點。鄭先生進一步指出郁達夫受宋詩影響的原因：「可能是因為他所處的時代，與宋朝有若干彷彿之處。但宋詩主說理，達夫詩且以道情取勝。我想最大的原因，是宋代詩人，喜歡以文入詩，這就正合達夫的脾胃了。但平心而論，郁達夫的詩，無論從那一角度來看，都比宋詩要好得多……若說達夫有心摹仿宋人，那就未免太小看達夫了。」〔註16〕為證明這一觀點，他又作長文考證，卻引起後來于聽、劉麟、詹亞園等人的考辨。

郭沫若、鄭子瑜的文章為郁詩全面深入的研究開示了正確的道路。

這一時期的郁詩研究還有一個特點，就是除大陸之外，香港、臺灣、日本皆有作者加入，而以新加坡的研究者為最多。由於郁達夫早年留學日本，晚年客居新加坡，故這兩個地方後來成為郁達夫研究的重鎮。

第四節　大陸之外（1966 年～1976 年）

這一時期，大陸在轟轟烈烈搞「文化大革命」，一切學術活動都已停滯，唯香港、臺灣與日本、新加坡的郁詩研究還在繼續，總量雖少，僅二十餘篇，但頗有佳作。以類來分可有幾個方面。

〔註15〕鄭子瑜：《談郁達夫的南遊詩》，《詩論與詩紀》，第 32、35 頁，北京：友誼出版公司 1983 年版。

〔註16〕鄭子瑜：《郁達夫舊詩研究》，見鄭子瑜著《東都習講錄》，新加坡南洋學會 1963 年版。

一、輯佚類

鄭子瑜《郁達夫遺詩的新發現》《郁達夫早年的詩》《郁達夫遺詩》（載 1968 年 8 月香港編譯社出版《青鳥集》）、鄭子瑜《〈星洲日報〉及日本所見郁達夫的佚詩》（載 1973 年 1 月 1 日新加坡《星洲日報》）、馮永材《郁達夫情詩選輯》（載 1976 年 4 月臺北《中外雜誌》第 19 卷第 4 號）。

二、釋《阻》類

江天《〈阻郁達夫移家杭州〉解》（載 1974 年香港文教出版社《魯迅詩新解》）、姜添《阻郁達夫移家杭州》（載 1976 年 12 月香港集思圖書公司《現代中國作家選論》）等。

三、介紹類

日本稻葉昭二《大正丙辰丁巳郁文詩》（載 1969 年 2 月日本《龍谷大學論集》第 388 號）、又《郁文詩——第八高等學校時代》（載 1969 年 5 月 21 日《龍谷大學論集》第 389、390 號合刊）、何勇仁《我怎樣與郁達夫交往及讀其詩》（載 1970 年 3 月香港《文壇》第 117 號）、陳竹七《郁達夫的舊詩》（載 1971 年 2 月 28 日臺北《浙江月刊》第 3 卷第 2 期）、周新邦《郁達夫其詩其遇》（載 1972 年 3 月臺北《中國詩季刊》第 3 卷第 1 期）、汪洋《從胡適與郁達夫談到舊體詩》（載 1972 年 4 月香港《春秋雜誌》第 354 期）、日本稻葉昭二《郁達夫的留學生活與他的詩——〈沉淪〉的完成》（載 1974 年日本《入矢教授、小川教授退休紀念中國文學語言論文集》）、日本加藤誠《關於郁達夫的舊詩》（載 1976 年 4 月 30 日、1977 年 8 月 1 日日本《野草》第 18 期、20 期）。

稻葉昭二是日本的一位研究郁達夫的專家，在 20 世紀 80 年代，他又推出了論郁詩研究的專著《郁達夫——他的青春和詩》。這裡的幾篇介紹性的文章讓人們瞭解到郁達夫在日本的生活與詩歌創作的情況。

四、序考類

序言與考證類的文章有胡秋原《劉心皇編〈郁達夫詩詞彙編〉序》、劉心皇《〈郁達夫詩詞彙編〉編者序》（載 1970 年 9 月劉心皇編臺北學林出版社《郁達夫詩詞彙編》）、胡秋原《劉編〈郁達夫詩詞彙編〉序》（載 1971 年 3 月 8 日臺北《中華雜誌》第 3 卷第 9 號）、鄭子瑜《郁達夫詩出自宋詩考》（載 1971

年 1 月 1 日新加坡《南洋商報》）等。

　　由於郁達夫受清代詩人黃仲則的影響比較大，這個時期出現了郁黃比較的文章，有陳仰雲《郁達夫與黃仲則兩人詩的欣賞》（載 1970 年 6 月臺北《建設》第 19 卷第 1 期）、陳仰雲《郁達夫與黃仲則》（載 1971 年 9 月臺北《中國詩季刊》第 2 卷第 3 期，又載 1976 年 8 月臺灣《夏聲》第 141 期）。三篇一人，內容相同，其意義在於為下一時期開啟了比較性的研究。

　　這一時期的文章以鄭子瑜的《郁達夫詩出自宋詩考》最為重要。鄭子瑜為了證明他的「達夫的詩受宋人的影響最深」這一觀點，就在這篇長文裏考證了郁達夫四十餘首詩與宋詩之關係，如說郁達夫的「他年歸隱西湖去，應對春風憶建溪」（《題閩縣陳貽衍氏西湖紀遊畫集》）出自蘇軾的「他年一舸鴟夷去，應記儂家舊住西」（《次韻代留別》）；郁達夫的「滿天明月看潮生」（《毀家詩紀》之一）出自蘇舜欽的「滿川風雨看潮生」（《淮中晚泊犢頭》）；郁達夫的「十月清降水拍天」（《遊西湖岳墳》——詩題應為《酒後揮毫贈大慈》，引者注。）出自陸游的「二月鏡湖水拍天」（《吳娃曲》）等等。鄭子瑜早在郁達夫生前的時候即欲寫這篇文章，1936 年，鄭子瑜「在廈門天仙旅社拜見郁達夫的時候，我告訴他有意寫一篇題為《郁達夫詩出自宋詩考》的文字，達夫沒有否認他的詩與宋詩有關緣，只是笑著說：『什麼時候大作寫成了，請寄給我看一看。』」〔註17〕但遺憾的是這篇文章直到三十多年後才寫出來，郁達夫自然沒法看到，也就無從說自己的詩與宋詩到底有沒有「關緣」。郁達夫自己是推重唐詩的，認為「盛唐不及中唐，中唐不及晚唐」（《致郁曼陀、陳碧岑信》），故尤喜「晚唐與元詩的豔麗」，並把它與「漁洋山人的神韻」，「六朝的瀟灑」作為詩的「三一律」〔註18〕，獨不及宋詩。所以到了後來，于聽撰文與之辯，劉麟、詹亞園又撰《郁達夫詩出自唐詩考》。這一段考辨把郁詩的研究從一般性的介紹引到了真正研究的層面，提高了郁詩研究的水平，並使郁詩研究走向深入。

第五節　全面展開（1977 年～2014 年）

　　這是郁詩研究最重要的時期，時間上占百年的三分之一長，數量上有三

〔註17〕鄭子瑜：《郁達夫詩出自宋詩考》，《詩論與詩紀》，第 46 頁，北京：友誼出版公司 1983 年版。

〔註18〕郁達夫：《序〈不驚人草〉》，《郁達夫全集》第 11 卷，第 351 頁，杭州：浙江大學出版社 2007 年版。

百多篇，作者眾多，新人輩出，尤其是研究的方面寬了，層次深了，水平也更高了。前面所分的幾類已遠不能涵蓋了。從這數百篇文章來看，起碼可以分為八大類。

一、釋《阻》類

新時期的郁達夫研究是從揭示魯迅的《阻郁達夫移家杭州》開始的。郁達夫一直以來被認為是「頹廢文人」「黃色文藝大師」，在極左文藝思潮下，研究郁達夫是危險的。而魯迅則是中國新文化的旗手，文學革命的主將，從魯迅逝世以後，魯迅研究在大陸就一直長盛不衰，且成為「魯學」。魯迅與郁達夫有著很深的友誼，30 年代又共同加入自由運動大同盟、中國左翼作家聯盟，既是文友，更是戰友。所以，研究魯迅的《阻郁達夫移家杭州》是研究郁詩、研究郁達夫最好的破冰之舉。在剛剛「粉碎四人幫」的 1976 年底，在大陸就已經出現了單演義的《兩句詩看法的商榷——關於魯迅〈阻郁達夫移家杭州〉二四句的解說問題》（載 1976 年《杭州文藝》第 5 期）和俞炎祖的《「憎健翩」「蔽高岑」備解》（載 1976 年《語文戰線》第 6 期）兩篇文章，實乃是春信之作。隨後，1977 年伊始，直到 80、90 年代，釋《阻》之作，長作不輟，粗略統計有 37 篇之多。僅是有名的作者即有吳奔星（《魯迅〈阻郁達夫移家杭州〉一詩的理解》，載 1977 年 5 月 20 日《語文教學》第 2～3 期）、倪墨炎（《平楚日和憎健翩 小山香滿蔽高岑——淺說〈阻郁達夫移家杭州〉》，載 1977 年 9 月上海人民出版社《魯迅舊詩淺說》）、趙景深（《讀魯迅詩〈阻郁達夫移家杭州〉》，載 1977 年 9 月安徽阜陽市委宣傳部魯迅作品學習小組、安徽師大阜陽分校中文系編《魯迅詩歌研究》上）、郁正民（《讀魯迅詩〈阻郁達夫移家杭州〉有感》，載 1978 年 3 月南京師範學院《文教資料簡報》總第 75 期）、丁景唐（《關於魯迅〈阻郁達夫移家杭州〉詩的一些史實》，載 1978 年 11 月 10 日《安徽師大學報》第 4 期）、陳有雄、鄭心伶（《有關魯迅「阻郁」詩的若干問題》，載 1979 年《中山大學學報》第 3 期）、鍾敬文（《關於〈阻郁達夫移家杭州〉》，載 1980 年 11 月湖南人民出版社《魯迅研究文叢》第 2 輯）、張紫晨（《阻郁達夫移家杭州》，載 1982 年 2 月中國社會科學出版社《魯迅詩解》）、欽鴻（《〈阻郁達夫移家杭州〉的有關問題》，載 1983 年 7 月 11 日《遼寧教育學院學報》第 3 期）、徐重慶（《魯迅〈阻郁達夫移家杭州〉研究二題》，載 1984 年 6 月烏蒙師專《文科教學》第 2 期）、錢文輝（《魯迅〈阻郁達夫移家杭州〉詩釋句》，

載 1985 年《蘇州教育學院學報》第 2 期）等。其中既有專家學者，也有大學教授中學教師，形成了上下聯動全面合圍的研究格局。由研究魯迅，也就很自然地開始了郁達夫詩詞的研究。

二、說《抄》類

　　郁達夫的詩詞，在其逝世後，新加坡的鄭子瑜廣收博輯於 1948 年 6 月在廣州宇宙風社出版了《達夫詩詞集》之後，香港的陸丹林又編了《郁達夫詩詞抄》於 1962 年 8 月香港上海書局出版，臺灣的劉心皇也有《郁達夫詩詞彙編》於 1970 年 9 月由臺北學林出版社、文藝月刊社共同出版。這幾本集子或出版於解放前，或出版於港臺，難為現時的大陸人所知。在解放後的大陸，周艾文、于聽在 50 年代就開始收集郁詩，也名《郁達夫詩詞抄》，擬於出版，郭沫若還為其寫好了序文，早早即於《光明日報》發表。然直到 1981 年 1 月才由浙江人民出版社出版，共收詩 494 首，詞 11 首，以及若干聯帖與斷句，較之鄭、陸、劉的集子是收詩詞最多的。（後又據此出《郁達夫詩全編》，浙江文藝出版社 1989 年 12 月出版，收詩達 600 首）該《詩詞抄》一出版就引起學術界重視以及郁詩愛好者的極大關注，評說蜂起，一時之文，有二十餘篇之多。或訂誤（張向天《〈郁達夫詩詞抄〉訂誤》，載 1981 年 3 月 22 日、23 日香港《文匯報·筆匯·文史掌故》）、或簡介（鍾永水《〈郁達夫詩詞抄〉簡介》，載 1981 年 3 月 25 日《上海師範學院學報》第 1 期）、或解讀（張春風《讀〈郁達夫詩詞抄〉》，載 1981 年 3 月 25 日香港《文匯報》「西窗閒話」欄；又鳴鶴《喜讀〈郁達夫詩詞抄〉》，載 1981 年 4 月 20 日《瞭望》第 1 期）、或校勘（盛巽昌《〈郁達夫詩詞抄〉校勘補遺》，載 1981 年 12 月南京師範學院《文教資料簡報》第 12 期）、或拾遺（尚文《郁達夫詩詞補遺》，載 1982 年 8 月 4 日《福州晚報·蘭花圃》）、或探迷（吳泰昌《〈郁達夫詩詞抄〉晚出之迷》，載 1983 年 1 月《百花洲》第 1 期）、或補正（胡邁《對〈郁達夫詩詞抄〉的補正》，載 1983 年 2 月 22 日《新文學史料》第 1 期）、或感賦（王翼奇《〈郁達夫詩詞抄〉感賦》，載 1985 年 9 月 20 日《杭州日報·花港》第 67 期）、或抒感（嚴北溟《〈郁達夫詩詞抄〉讀後感》，載 1986 年 4 月《書林》第 9 期）、或賦詩（朱正《讀〈郁達夫詩詞抄〉（七律）》，載 1987 年 3 月 28 日《富春江》第 2 期）等等。

　　王翼奇讀了郁詩，不禁「大有『漫捲詩書喜欲狂』之感」，認為郁詩在前後期風格是不同的。「他的青少年時代的詩，多是清新俊逸的綺懷麗句，而中

年以後的詩，則更多的是沉鬱蒼涼的悲歌痛哭。」〔註19〕胡邁先生是郁達夫在新加坡時的詩友，多有唱和。他的文章為《詩詞抄》多處作了「補正」。如指出「蘆花瑟瑟雁來時」一絕非郁達夫之作；「富春江上晚涼生」應為「富春江上暗愁生」；「大堤楊柳記依依」一律非南天酒樓餞別之作；「六陵遙拜冬青樹」與「生同小草思酬國」兩律應是作於同一時期，均為答李西浪所作《柬達夫伉儷》等等〔註20〕。這些意見後來都為浙江文藝出版社 1989 年重出的《郁達夫詩全編》所採，或刪，或改，或校正，為研究郁詩提供了信實之作。蔣寅的《〈郁達夫詩詞抄〉斠補初錄》以及《續錄》分別發表於 1983 年《廣西師範大學學報》第 1 期與第 4 期。蔣寅據日本稻葉昭二先生的著作《郁達夫——他的青春與詩》認為：這本書反映的「是郁達夫從 18 歲到 28 歲這 10 年留日期間的生活與詩歌創作」，它「將散亂的材料整理出一條明晰的線索，其中頗不乏精到的論見。尤為可貴的是，他吸收了最近發現的一些材料；而這些材料有些我國也未見。因此，這本書不少地方可補《郁達夫詩詞抄》（周艾文、于聽編訂，浙江人民出版社 1981 年出版）的遺闕。」於是他在初、續錄中對《詩詞抄》中二十多首郁詩作了校補。如《晴雪園卜居》一詩，《詩詞抄》係為 1913 年是錯的，應作於 1916 年春天。《元日感賦》一首，《詩詞抄》將之係於 1914 年不可靠，也應作於 1916 年，等等，大多是校正詩的寫作繫年。還有是補《詩詞抄》之無的。如《日本竹枝詞十二首》原本詩前有一則小序，而《詩詞抄》沒有。或正字誤的，如《遊人事山中，徘徊於觀音像下者久之》，蔣寅指出「人事山」應為「八事山」，為了正訛，特致函詢問稻葉先生。蔣寅的「斠補」，也多為後來的《郁達夫詩全編》所採。

正因為有多人對《郁達夫詩詞抄》不輟地勘誤正訛，才使得後出之《郁達夫文集》第 10 卷詩詞（廣州花城出版社 1985 年 4 月出版）、《郁達夫詩全集》（浙江文藝出版社 1989 年出版）、《郁達夫全集》第 7 卷詩詞（浙江大學出版社 2007 年出版）等郁詩集日臻完善，更加信實可靠。

三、輯佚類

輯佚郁詩，自郁去世後，從未停止過。《郁達夫詩詞抄》當郭沫若看到其初本時只有一百多首詩詞，到 80 年代初出版時已是四百多首了。然新一輪的

〔註19〕王翼奇：《悲歌痛哭音容在——讀〈郁達夫詩詞抄〉》，載麗水師專《教學與研究》1981 年第 2 期。
〔註20〕胡邁：《對〈郁達夫詩詞抄〉的補正》，載《新文學史料》1983 年第 1 期。

拾遺補缺工作在《詩詞抄》之後又已開始。這類標題「新發現」的文章就有三十餘篇，舉其要者有：陳子善輯《郁達夫早期詩十五首》（載 1981 年 10 月《西湖》10 月號）、張蒼《新輯得的郁達夫詩》（載 1981 年 12 月 8 日香港《新晚報》第 11 版）、無作者名的《新發現的郁達夫早年的一首白話詩》（載 1982 年 3 月 8 日《星洲日報・文化》）、單黎輯于聽注《郁達夫佚詩三十首》（載 1982 年 3 月 11 日、4 月 23 日香港《文匯報・筆匯》）、陳松溪《郁達夫的一首佚詩》（載 1982 年 4 月 9 日《福州晚報・蘭花圃》）、龔重謨《郁達夫與湯顯祖的一首佚詩》（載 1982 年 10 月 31 日《江西日報・星期天》第 148 期）、尚文《郁達夫的佚詩三首》（載 1982 年 7 月 18 日《福州晚報・蘭花圃》）、馬前卒《〈郁達夫詩詞抄〉補遺》（載 1983 年 2 月 21 日新加坡《南洋商報・人文》）、谷豐《郁達夫新詩一首》（載 1983 年 6 月 25 日《中州學刊》第 3 期）、晨曦《郁達夫在福州的逸詩》（載 1984 年 8 月 26 日香港《文匯報・筆匯》）、陳子善《新發現的郁達夫佚詩》（載 1984 年 9 月 16 日香港《文匯報・筆匯》）、陳松溪《郁達夫為徐悲鴻題畫及佚詩》（載 1984 年 9 月 25 日《福州晚報・蘭花圃》）、蔣寅《郁達夫佚文〈將之日本別海棠〉（有序）淺解》（載 1984 年 9 月《中國現代文學研究叢刊》第 3 輯）、蔣寅《郁達夫逸詩二十一首》（載 1985 年 4 月《廣西大學學報・哲社版》第 2 期）、鍾敬文《達夫先生的一首佚詩——集龔句題〈城東詩草〉》（載 1985 年 8 月 29 日《人民日報・大地》）、陳子善《新發現的郁達夫詩幅》（載 1985 年 9 月 12 日《人民日報・海外版》）、王維康《郁達夫在閩佚詞一首》（載 1985 年 9 月 18 日《福建日報》「八閩・九州」第 67 期）、周書榮《郁達夫「佚詞」不佚》（載 1985 年 9 月 25 日《福建日報》「八閩・九州」）、天逸《郁達夫的一首佚詩》（載 1986 年 7 月 5 日《北京晚報・廣場》）、鈴木正夫《郁達夫的逸詩二首》（載 1986 年 7 月 3 日日本《中國文藝研究會會報》第 60 號）、《郁達夫的佚詩一首》（載 1986 年 11 月 30 日日本《中國文藝研究會會報》第 62 號）、陳松溪《郁達夫的兩首佚詩》（載 1987 年 2 月 2 日《福州晚報・蘭花圃》）、郁雲《郁達夫的兩首逸詩和一副輓聯》（載 1987 年 2 月 8 日《解放日報・朝華》）、欽鴻《新發現的郁達夫佚詩〈寄浪華南通〉》（載 1990 年 9 月 5 日《上海師範大學學報・社科版》第 3 期）、陳松溪《新發現的郁達夫佚詩》（載 1998 年 8 月 22 日《人民日報・海外版》）、陳松溪《新發現的郁達夫墨寶和佚詩》（載 1999 年 11 月《郁達夫研究通訊》第 16 期）、陳松溪《郁達夫四首佚詩的發現》（載 2006 年《新文學史料》第 4 期）、蔣成德《新

版〈郁達夫全集〉未錄之書信、日記與詩文》（載 2012 年《新文學史料》第 3
期）等。

從上所錄來看，《郁達夫詩詞抄》出版後的幾年，輯佚補遺的「新發現」
之作相對比較多，90 年代之後逐漸減少，到 2007 年浙江大學出版社出版《郁
達夫全集》第 7 卷詩詞已相當完備，基本已收錄這些「新發現」而被考證了
的郁詩。從輯佚者來看，陳子善、蔣寅、陳松溪幾位先生在輯佚郁詩方面成
績顯著。

陳子善在 80 年代初與王自立合編《郁達夫研究資料》與《回憶郁達夫》
兩本書，為郁達夫研究打下了堅實的基礎，其所輯佚詩不僅有舊體詩，還有郁
達夫的一首德文詩。陳子善在《郁達夫的德文詩》一文中介紹了郁達夫的一首
用德文寫詩與郭沫若詩劇《女神之再生》的關係，抄錄了已由郭沫若譯成中文
的詩，並說：「郭沫若對這首詩非常欣賞，認為『那八行詩的價值是在我那副
空架子的詩劇之上。……』這首譯詩未曾收集，而且很可能是郭沫若翻譯的唯
一的一首中國人寫的外文詩。」〔註21〕隨後這首白話詩就被收入《郁達夫詩全
編》，補充了郁達夫沒有新詩的空白。

蔣寅因翻譯《郁達夫──他的青春和詩》與該書的作者稻葉昭二而有了聯
繫，以此優勢而得郁達夫在日本的一些詩。郁達夫的《將之日本別海棠》在《詩
詞抄》中原本沒有序，標明的寫作日期是 1921 年 12 月。蔣寅則補上了駢文的
序及第一首所發表的時間和刊物：「這首詩及序刊登在日本大正十一年（1922）
2 月 15 日發行的月刊《雅聲》第 7 集上。」並指出發表後的詩第五句「何堪
北里蘇中散」和尾聯「此去乘槎消息斷，不勞花底祝長生」與《詩詞抄》的不
同。蔣寅認為這個序與修改的詩句非常難得，它「為我們提供了研究郁達夫當
時思想與創作情況的新材料」〔註22〕。蔣寅還從日文資料獲得郁達夫 21 首佚
詩，它們是《金陵懷古》、《過易水》、《村居雜詩》（四首）、《寄永阪石埭武藏》、
《寄小館海月羽後》、《看紅葉雁寒韻》（二首）、《重陽日鶴舞公園看木犀花》、
《暮歸御器所寓》、《永阪石埭以留別歐社同人詩見示，即步原韻賦長句以贈》、
《野客吃梅賦此卻之》、《題山陽〈外史〉》、《出晴雪園寄石埭》（四首）、《丙辰
中秋桑名阿誰兒樓雅集分韻得寒》、《夢醒枕上作》。蔣寅對這 14 題 21 首詩均

〔註21〕陳子善：《郁達夫的德文詩》，載《新文學史料》1981 年第 4 期。
〔註22〕蔣寅：《郁達夫佚文〈將之日本別海棠〉（有序）淺解》，載《中國現代文學研
　　　　究叢刊》1984 年 9 月第 3 輯。

做了作年考證，並述及郁達夫與日本漢詩人之關係，以及郁詩的詩風。對把握不准處，則存疑，如「『山陽外史』未詳，姑俟博雅者指點」〔註23〕。可見其學術態度的謹嚴審慎。蔣寅於翻譯了稻葉昭二的專著《郁達夫──他的青春和詩》，寫作了4篇有關郁達夫的文章後，即轉向中國古典文學（清詩）的研究，不再有關於郁詩的文章。

　　陳松溪於郁達夫詩文的輯佚非常辛勤，時有發現。其輯佚郁詩共有6篇文章，最近一篇是發表於2006年《出版資料》與《新文學史料》的《郁達夫四首佚詩的發現》。陳松溪說：「1992年12月，浙江文藝出版社出版的《郁達夫全集》（詩詞卷）收錄其詩590首，詞11闋，還有對聯、斷句、集句詩、新詩和德文詩等，可謂相當可觀。但是，散珠難揀，難免仍有遺珠之憾。近十幾年來，筆者先後搜集到的郁達夫佚詩共4首，都是上述《全集》未收錄的，中日兩國學者分別編的郁達夫《資料》和《年譜》亦均未記載，彌足珍貴。」這4首詩是：《漁夫淚》《弄潮兒歌》《癸酉夏居杭十日，梅雨連朝》《寄題龍文兄幼兒墓碣》。陳松溪對這四首詩分別作了考證後說：「為讀者瞭解和研究郁達夫增加了新的文學史料，希望《郁達夫全集》再版時能補充編入，使這部全集更趨完整。」〔註24〕但是，2007年浙江大學出版社出版《郁達夫全集》時，第7卷為詩詞只收錄了後兩首，《漁夫淚》《弄潮兒歌》沒有收入。

　　關於郁達夫詩詞的輯佚，到這一階段，已大致完成，雖不排除可能還會有「新發現」，就現在所集的郁詩，應該是基本完備了。

四、考辨類

　　隨著對郁詩的探佚，補遺，難免把非郁之詩收入，或還有其他問題，這樣，一些辨誤類的文章也就出現了。有馬前卒《「妻太聰明夫太怪」的聯句並非郁達夫所作》（載1982年12月7日新加坡《南洋商報‧商餘》）、張春風《郁達夫佚詩輯注評誤》（載1983年2月26日香港《文匯報‧筆匯》）、鈴木正夫《蕭紅書簡輯存注釋與〈郁達夫詩詞抄〉的編集錯誤》（載1983年5月15日日本《中國文藝研究會會報》第40號）、周書榮《「吉了」不是人名──讀郁達夫的一首題畫詩》（載1984年11月28日《福州晚報‧蘭花圃》）和《郁達夫「佚詞」不佚》（載1985年9月25日《福州晚報》「八閩‧九州」）、陳子善《〈題

〔註23〕蔣寅：《郁達夫逸詩二十一首》，載《廣西大學學報‧哲社版》1985年第2期。
〔註24〕陳松溪：《郁達夫四首佚詩的發現》，載《新文學史料》2006年第4期。

徐悲鴻為王瑩繪《放下你的鞭子》〉詩確係郁達夫的「佚詩」》（載 1985 年 10 月 9 日《福州晚報》）、陳松溪《並非郁達夫的「佚詩」》（載 1985 年 11 月 7 日《福州晚報》第 2 版）、于聽《郁達夫「海外佚詩」辯證》（載 1987 年 3 月 28 日《人民日報·大地》）、蔣祖勳《關於〈郁達夫舊體組詩箋注〉中幾處注釋錯誤的糾正與補充》（載 1996 年 12 月《富春江》文藝季刊總第 21 期）、沈慧君《〈郁達夫詩詞集〉中「春江釣徒」詩作者獻疑》（載 1997 年 5 月《安徽師範大學學報·人文社會科學版》第 2 期）。

上述這些文章為郁詩正誤，使郁詩更為精準。如顧鑒明的《誤為郁達夫作的一首詩》即指出《郁達夫詩詞抄》中《贈山本初枝氏》一詩之誤：「隱隱江城玉漏催，勸君且盡掌中杯。高樓明月笙歌夜，知是人生第幾回？」經查「此詩非郁達夫詩，而是明人張靈所作。張靈字夢晉，……曾寫《對酒》一詩……張靈的這首詩與編入《郁達夫詩詞抄》的《贈山本初枝氏》那首詩比較，只是『須』換了『且』，『清』換了『笙』，相差兩字而已，顯然這是郁達夫借用了張靈的詩贈給山本初枝的。」〔註25〕這個意見即為後來的《郁達夫詩全編》、《郁達夫文集》第 10 卷的詩詞與《郁達夫全集》第 7 卷的詩詞所採，並予刪除。

辨誤文章之外，尚有一些文章對郁達夫詩詞的出處進行考證，這要源自鄭子瑜先生的《郁達夫詩出自宋詩考》。前面已說過，鄭子瑜先生認為郁達夫的詩受宋人詩影響很大，並作了考證。但此說並不為一些郁詩研究者所接受。詹亞園、劉麟分別撰寫了《郁達夫詩出自唐詩考》（分別載 2001 年 9 月《浙江海洋學院學報》第 3 期和 2002 年 4 月《中國現代文學研究叢刊》第 2 期），韓立平更直接與鄭子瑜商榷，在 2010 年第 1 期的《社會科學論壇》發表了《郁達夫舊體詩的取徑——與鄭子瑜先生商榷》。由這一詩的出處考而又有張均的《關於〈毀家詩紀〉第四首的考述》（載 2002 年 11 月《郁達夫研究通訊》第 21 期），趙穎《郁達夫南洋主題舊體詩考略》（載 2013 年第 4 期《理論界》）。

詹亞園、劉麟、韓立平的文章正如其題是與鄭子瑜的觀點相反，認為郁詩乃出自唐詩，並列舉出大量的例證，遠多於鄭所舉之宋詩。詹文從多用唐人詩意、多用唐人成句、多仿唐詩句式、多用唐人詩「這四個方面對郁詩分別加以考察，以見出郁詩對於唐詩的學習與繼承」。在文章的結尾處又說：「著名學者鄭子瑜先生是郁達夫詩詞的研究專家，他撰有一篇《郁達夫詩出自宋詩考》的

〔註25〕顧鑒明：《誤為郁達夫作的一首詩》，載《讀書》1982 年第 2 期。

論文，舉出郁詩 40 餘例，證以宋詩，說明郁詩出自宋詩。鄭先生學力深厚，鉤稽亦勤，從他的立場來論證郁詩出自宋詩，應當說不無道理。我們考證郁達夫詩出自唐詩，自然不是要與鄭先生唱一次對臺戲，相反的倒是受到了鄭先生的啟發，有意也來對郁詩來源作一次認真考察。」〔註26〕這段話說出了學術研究的啟發性及其承續關係。劉麟的文章也是說「有幸讀到鄭子瑜先生寫於 30 年前的大作《郁達夫詩出自宋詩考》……深受啟發，不揣淺陋，大著膽子試作仿傚」。「但方向與結果各不相同。我發現郁達夫的詩，借用鄭先生的話，不僅『出自宋詩』，而且更『出自』唐詩。」於是從三個方面，即郁達夫照搬唐詩詩句、郁達夫化用唐人詩句以及鄭先生認為仿宋者實採自唐人之詩，亦舉出大量詩例以證「郁達夫詩出自唐詩」〔註27〕。韓立平的文章是「與鄭子瑜先生商榷」的，他認為，鄭子瑜先生所考「近一半例句實本自唐詩，另有數例則強考出處」。韓立平指出鄭文之缺陷：「子瑜先生對達夫詩的考證多從《宋詩紀事補遺》中找出處，故此項研究首先在材料的酌選上即有弊病。《宋詩紀事補遺》為輯佚鉤沉之作，所收多為散佚、偏僻之作，名篇佳作業已不多。郁達夫創作舊體詩，即便化用宋人詩句，也多從宋詩名篇佳作中出，不太可能從《宋詩紀事補遺》為取徑對象。故欲論達夫詩與宋詩之關係者，應首以《瀛奎律髓》《宋詩鈔》《宋詩紀事》等著名選集、總集為研究材料。」〔註28〕這三篇文章雖都與鄭論相反，卻又都是受鄭啟發，是郁詩研究的一個深化。

五、相關類

在郁達夫詩詞研究中，還有一些文章是研究與郁達夫相關的人物，如郁達夫的第一任妻子孫荃，郁達夫的兄嫂郁曼陀、陳碧岑的詩，因郁達夫與他們的關係密切，因而對他們的研究，為數雖不多，但從另一側面可以瞭解郁達夫詩詞創作的情況，乃至所受的影響。這方面的文章有：王景山《魯迅、郁達夫、柳亞子之間的一段詩歌因緣》（載 1982 年 4 月文化藝術出版社《魯迅書信考釋》）、于聽《幽蘭不共群芳去——說郁達夫原配夫人孫荃的詩》（載 1983 年 5 月 23 日香港《文匯報・筆匯》）、林真《自鑄新詞入舊詩——讀郁曼陀〈靜遠堂詩〉》（載 1983 年 6 月 3、4 日香港《文匯報・筆匯》）、晨曦《他年重憶毀家

〔註26〕詹亞園：《郁達夫詩出唐詩考》，載《浙江海洋學院學報》2001 年第 3 期。
〔註27〕劉麟：《郁達夫詩出自唐詩考》，載《中國現代文學研究叢刊》2002 年第 2 期。
〔註28〕韓立平：《郁達夫舊體詩的取徑——與鄭子瑜先生商榷》，載《社會科學論壇》2010 年第 1 期。

詩——新見郁華談郁達夫〈毀家詩紀〉一首詩》（載 1983 年 6 月 30 日新加坡
《南洋・星洲聯合早報・商餘》）、嵩文《風骨氣節躍然紙上——讀〈郁曼陀陳
碧岑詩抄〉》（載 1983 年 7 月 11 日《南洋・星洲聯合早報・商餘》）、于聽《郁
達夫與〈夕陽樓詩稿〉》（載 1983 年 7 月文史資料出版社《文化史料叢刊》第
7 輯）、遐翁《讀〈郁曼陀陳碧岑詩抄〉（七絕八首）》（載 1983 年 8 月 13 日《團
結報・百花園》）、金澤民《柳亞子與郁達夫的詩交》（載 1985 年 5 月 29 日《經
濟生活報》）、陳松溪《郁達夫與新詩》（載 1985 年 5 月 24 日《福州晚報・蘭
花圃》）、黃清華《心有靈犀一點通——郁達夫郭沫若的贈詩》（載《藝譚》1985
年第 3 期）、黃清華《中日詩壇上的一對忘年交——郁達夫與服部擔風》（載
《人物》1985 年第 6 期）等。

　　于聽原名郁天民，是郁達夫與孫荃所生之子，故他的文章乃是寫其父母。
《幽蘭不共群芳去》的副標題是「說郁達夫原配夫人孫荃的詩」，在文中，于
聽用郁達夫的數則日記、郁達夫為孫荃改名改詩編詩集稿（《夕陽樓詩稿》）、
郁達夫與孫荃以詩唱和以及把孫荃的詩夾在他自己的兩組絕句中發表等，以
說明郁孫早年的夫妻之情。于聽又抄錄了 19 首孫荃的詩，然後說：「她的詩，
受到了郁達夫因『時代的苦悶』所賦予的感傷氣質的深厚影響，但她沒有呼
喊，只是如泣如訴。」「如果說，郁達夫的作品是這番狂潮中的一朵鮮明的浪
花，『為時代、為自己作了忠實的記錄』（郭沫若語），那麼，孫荃夫人的這些
詩，就像浪花中的一星點泡沫，反映著處在狂潮衝擊邊緣上的她自己，也反映
著在狂潮翻滾中的郁達夫早期思想和人生道路上的一些樸素的痕跡。」〔註 29〕
這就把孫荃的詩所受郁達夫影響，孫荃作為一箇舊式女子，她的詩作為大時代
邊緣的「一星點泡沫」，以及這些詩從側面反映了「郁達夫早期思想和人生道
路上的一些樸素的痕跡」做出了既有感性又有理性的分析。

六、志悼類

　　郁達夫逝世於抗戰勝利之後，是為國而殉的民族英雄。在他死後的第二年
（1946 年）就陸續出現了一些悼念的詩文。建國後，郁達夫受到不公正的待
遇，被作為「頹廢作家」打入冷宮，直到改革開放後，文藝界的春天到來，不
久即迎來郁達夫逝世 40 週年紀念，一些志哀悼念的詩作大量湧現，人們熱切

〔註 29〕于聽：《幽蘭不共群芳去——說郁達夫原配夫人孫荃的詩》，載香港《文匯報・
　　　筆匯》1983 年 5 月 23 日。

地表達著對詩人的緬懷，對詩人的悼念。這類文章以詩詞的形式發表，如宗藪《次郁達夫先生雜憶原韻賦詩志悼》（載 1983 年 5 月 30 日新加坡《南洋・星洲聯合早報・人文》）、陳瘦愚《風流子・郁達夫先生逝世四十週年紀念》（載 1984 年 5 月 22 日《福州晚報・蘭花圃》）、陳衡《悼念愛國詩人郁達夫兄弟——並談郁達夫的幾首詩》（載 1985 年《江南詩詞》第 3 期）、泰國吳繼岳《郁達夫先生四十週年祭（七絕六首）》（載 1985 年 8 月 10 日香港《文匯報》）、史蘊光《為郁達夫紀念會作》（載 1985 年 8 月 24 日香港《文匯報・文藝》第 380 期）、斯爾鑫《郁達夫烈士就義週年（七絕三首）》（載 1985 年 9 月 15 日《新民晚報》第 5 版）、馬國徵《紀念郁達夫逝世四十週年（七律）》（載 1985 年 9 月 26 日《文學報》第 235 期）、汪靜之《郁達夫烈士贊》（載 1985 年 9 月 28 日《新民晚報》）、文稷《一腔熱血敬薦軒轅——談南洋詩人挽郁達夫的詩》（載 1985 年 11 月 4 日《福州晚報》第 3 版）、李劍華《憶郁達夫先生（七絕）》（載 1986 年 1 月李劍華著上海社會科學出版社《晚清詩稿續編》）。

這些詩詞幾乎都發表在 1985 年郁達夫逝世 40 週年期間，顯然悼念的意義遠大於研究的意義。

七、譯注類

由於郁達夫的詩詞是舊體，郁達夫又好用典故，常一詩數典，或整首用典，乃至詩用僻典，這就為今天的讀者閱讀帶來不便。那麼，注釋翻譯郁詩也就成為郁詩研究的一個非常基礎性的而又是非常必要的工作。

詹亞園在這方面的成就非常突出，他自 1990 年至 2000 年，先後在《淮北煤師院學報》《舟山師專學報》《浙江海洋學院學報》等刊物發表了數篇文章，對郁達夫的《亂離雜詩》《毀家詩紀》《自述詩十八首》《雜感八首》《日本謠十二首》《將之日本別海棠三首並序》《春江感舊四首》《西歸雜詠十首》《論詩絕句兩組》《鹽源詩抄十首》等組詩作了箋注，每注之前，都對組詩作一「說明」，以揭示作詩之旨，或述作詩背景，為深入研究郁詩，進一步探究郁詩的思想與藝術做好了前提性的工作。

其他作者的注譯尚有：周艾文、于聽編選的《郁達夫詩詞選》（附《編者按》和《編訂後記》）（載 1978 年 10 月號《西湖》）、于聽選注《郁達夫在日本詩選（二十首）》（載 1979 年 8 月號《西湖》）、鄭山石注釋《福州於山的郁達夫詞》（載 1982 年第 8 期《中學生語文報》）、沈石《郁達夫詩選注》（載 1985

年第 1 期《南京教育學院學報》）、沈石《郁達夫詩選注（續）》（載 1986 年第
1 期《南京教育學院學報》）、蔣祖勳注譯蔣祖怡賞析《毀家詩紀》（載 1989 年
第 5 期和 1990 年第 6 期《郁達夫研究通訊》）、王向陽《郁達夫寄懷孫荃詩注
——〈郁達夫詩詞注〉稿選載》（載 1991 年第 8 期《郁達夫研究通訊》）、張均
《郁達夫早期詩七首箋釋》（載 2000 年第 2 期《福州師專學報》）、何坦野《郁
達夫〈西歸雜詠十首〉補箋》（載 2000 年第 4 期《嘉興高等專科學校學報》）、
袁本良評注《郁達夫五首》（載 2005 年 6 月廣西師範大學出版社《二十世紀詩
詞注評》）。

　　何坦野的文章正如其題，是對詹亞園的《〈西歸雜詠〉十首箋注》的補箋，
指出詹注的不足，「在於地域、資料所限之故」。何補在詹注基礎上，「同時更
正和補闕了郁氏在其詩中自注之疵誤，著重對詩中的烏衣、蘇小小、南浦、鴛
湖、最憶、白頭、朱太史、紅袖、新歌、棹歌等詞語加以詮釋，並臚陳了郁氏
撰寫此詩的歷史狀況與內在原因」〔註 30〕。《補箋》將對郁詩的理解更趨向於
正確。毫無疑問，這是非常有益的，也是極有意義的。

八、評論類

　　郁達夫詩詞研究的主體，評論類文章這一時期開始大量出現，超過以往的
總和，達一百六七十篇之多，占總數（五百多篇）的三分之一強。除了一般泛泛
的介紹性文章，這些評論文章又可分為詩人論、作品論、主題論、比較論、藝術
論、詩學論、綜合論等幾點，已涉及郁詩的諸多方面，且有一定的理論深度。

（一）簡介文

　　郁達夫是「五四」時期一位新文學作家，他以小說、散文聞名於文壇，舊
體詩雖時有創作，但與整個「五四新文化運動」還是不太協調的，所以，郁達
夫，還有魯迅、郭沫若等新文學作家雖都有舊體詩，但都沒有結集出版過。郁
達夫的舊體詩在圈子內是人盡皆知的，對於一般讀者則有介紹的必要了。故這
一方面的文章有四十餘篇，這對於讓人們認識郁達夫還是有一定幫助的，於普
及中國傳統文化也不無益處。

　　其文則有：於昀《郁達夫的最後一首詩》（載 1979 年 7 月 14 日新加坡《星
洲日報·星雲》）、單黎《郁達夫的白話詞一首》（載 1980 年 9 月 7 日香港《文

〔註 30〕何坦野：《郁達夫〈西歸雜詠十首〉補箋》，載《嘉興高等專科學校學報》2000
　　　　年第 4 期。

匯報‧筆匯‧文史掌故》）、佘時《書贈郭沫若詩》（載 1980 年 11 月《戰地》第 6 期）、沈繼生《郁達夫贈弘一法師詩》（載 1982 年 6 月 25 日《廈門日報‧海燕》第 45 期）、尚文《郁達夫詩贈鄭奕奏》（載 1982 年 11 月 9 日《福州晚報‧蘭花圃》）、晨曦《徐志摩的絕筆和郁達夫悼徐志摩的輓聯》（載 1983 年 4 月 14 日新加坡《南洋‧星洲聯合早報‧商餘》）、陳瘦愚《郁達夫的生日詞》（載 1983 年 9 月 7 日《福州晚報‧蘭花圃》）、陳松溪《郁達夫的一幅題詞》（載 1983 年 10 月 11 日《福州晚報‧蘭花圃》）、姚夢桐《新馬文友唱和郁達夫的詩》（載 1984 年 2 月 1 日馬來西亞檳城《星檳日報》第 16 期第 17 版）、陳松溪《郁達夫詩贈金子光晴》（載 1984 年 7 月 26 日《福州晚報‧蘭花圃》）、唐瓊《郁達夫家書談詩》（載 1984 年 10 月 2 日、4 日香港《大公報‧大公園》）、陳松溪《郁達夫首成七律一座驚》（載 1984 年 11 月 12 日《福州晚報‧蘭花圃》）、周策縱《關於郁達夫和王映霞的兩首詩》（載 1984 年 12 月 1 日臺北《傳記文學》第 45 卷第 6 期）、陳松溪《血凝遺篇記丹心——郁達夫贈福州報界的一首詩》（載 1985 年 7 月 24 日《福建日報》「八閩‧九州」欄第 59 期）、天逸《郁達夫讚賞呂碧城詩詞》（載 1985 年 9 月 3 日《華聲報》）、陳松溪《四海皆兄弟，中原要傑才——郁達夫給臺灣作家的題詞》（載 1985 年 10 月 23 日《福建日報》「八閩‧九州」欄第 71 期）、彭妙豔《郁達夫詩贈紫羅蘭》（載 1987 年 3 月 24 日《汕頭日報‧大潮》）、交稷《來啖紅毛五月丹——談郁達夫贈韓槐准的詩》（載 1987 年 7 月 27 日《福州日報‧蘭花圃》）、徐洪發《郁達夫的兩首愛情詩》（載 1997 年《心潮詩詞》第 4 期）、陳章《郁達夫寫「古詩」》（載 2000 年 12 月 2 日《人民日報》）、蔡惠明《郁達夫詩贈弘一大師》（載 2002 年 5 月《郁達夫研究通訊》第 20 期）、華宇《郁達夫的〈詠泉州〉詩》（載 2002 年 11 月 7 日《泉州晚報》）、曉東《郁達夫「詩鐘」奪元》（載 2004 年《鍾山風雨》第 3 期）、張宏星《瞿秋白郁達夫贈魯迅詩》（載 2005 年 7 月 5 日《語文天地》第 13 期）、許步曾《郁達夫賦詩惜別杜迪希》（載 2007 年《檔案春秋》第 6 期）。

這些文章或介紹郁達夫贈給某人的詩，或介紹郁達夫的某一首詩詞，或介紹與郁達夫唱和的詩等等，內容都比較簡單，篇幅也比較短小，如張紫薇的《郁達夫婚前吟詩》全文不足一千字，介紹了郁達夫在 1943 年 9 月 15 日與華僑女子何麗有結婚前寫的四首詩，「我們共讀這四首詩時，他的聲調、他的解釋的語句，我如今還記得清清楚楚，彷彿還是昨天，彷彿還聽得見餘音裏充

盈著敵我分明、滿懷悲憤的激情」〔註31〕。因是當事人的回憶，顯得特別真切感人。像這一類文章，雖語淺而意足，文短而情長。

（二）詩人論

以詩人論郁達夫，並冠以「愛國」，是學界對郁達夫的一個基本共識，也是人們對郁達夫的一個準確定位。這一評價最早見於胡愈之的《郁達夫的流亡和失蹤》。胡老的這篇文章雖非專論郁詩，但在文章的結尾處，胡老的斷語說：郁達夫「是一個天才的詩人」，「是一個真正的愛國主義者」〔註32〕。胡老是在郁達夫去世的第二年作出這樣的評價的，現歷七十多年，已為人們所普遍接受。因而，以詩人、愛國詩人為題的詩人論，也就是很自然的事了。這類文章有：顏開《詩人郁達夫》（載 1981 年 3 月 25 日《收穫》雙月刊第 2 期）、張又君《詩人郁達夫》（載 1981 年 7 月 16 日《河北日報・布穀》）、郁雲《愛國詩人郁達夫》（載 1981 年 10 月福建人民出版社《榕樹文學叢刊》散文專輯第 3輯）、吳繼岳《外柔內剛——愛國詩人郁達夫》（載 1983 年 12 月吳繼岳著香港南粵出版社《六十年海外見聞錄》）、聞郊《愛國詩人郁達夫》（載 1985 年 8 月5 日《詩書畫》第 15 期）。這幾位作者中，吳繼岳是郁達夫在新加坡時的朋友，郁雲是郁達夫之子，他們都從愛國的角度寫出了詩人郁達夫的偉大。

說郁達夫是「愛國」的詩人，這是一種政治定性，而純粹地從「詩」的角度來論郁達夫，王乃欽的《試論郁達夫詩人氣質的形成》（載 1983 年《華僑大學學報》）是一篇比較重要的詩人論。王乃欽認為：「郁達夫以小說名世，但他本質是一位詩人。」文章著重論郁達夫詩人氣質是怎樣形成的，作者從郁達夫的生長環境（自然、家庭）、時代背景、歐洲世紀末氣質與中國舊式文人氣質等方面來分析，認為：「促使郁達夫詩人氣質形成的原因是錯綜複雜的，有他自身的內在因素，也有時代的外因作用，有歷史的傳統的因素，也有社會的文學思潮等方面的因素，有植根在幾千年文明古國的傳統思想的影響，也有承受西方思想家、文學家及至各種思潮流派的影響。由這些紛繁龐雜的多方面影響形成的詩人氣質究竟是什麼樣子，很難用一兩句話說清楚，作者寫作此文的目的只是用以說明郁達夫詩人氣質形成的複雜性。」〔註33〕較之泛泛之論，王乃

〔註31〕 張紫薇：《郁達夫婚前吟詩》，載《新文學史料》1980 年第 4 期。

〔註32〕 胡愈之：《郁達夫的流亡和失蹤》，見王自立、陳子善編：《郁達夫研究資料》上，第 88 頁，天津：天津人民出版社 1982 年版。

〔註33〕 王乃欽：《試論郁達夫詩人氣質的形成》，載《華僑大學學報》1983 年。

欽的詩人論顯得更有價值。謝文彥的《從郁達夫的舊體詩看其思想發展的階段性》（載《景德鎮高專學報》1995 年第 1 期）也是一篇比較重要的詩人論。謝文把郁達夫的一生分為五個階段，從其詩來考察其思想性格。認為：郁達夫少年時期是個品行方正的學生，留日時期是個灰色的個人主義者，回國初期是個孤獨彷徨的迷路人，遷杭之後則從隱士到志士，最後南洋時期則是一個充滿樂觀精神的勇士。「郁達夫在他充滿矛盾的生命歷程中，借助詩歌把各時期複雜的心理謳詠了出來。從他舊體詩表現的思想看，他確實曾經頹廢隱遁孤獨過，但他到底還是斬斷了各種舊思想的束縛，投身到火熱的鬥爭中並成為一名堅強的愛國民主鬥士。」〔註34〕謝文很清晰地勾勒了郁達夫思想發展的歷程，讓人由其詩看到他思想的進步性。較之有人（蘇雪林）就某一首詩而否定其人要更有說服力。

　　至於黎光英的《郁達夫詩歌崇古原因探討》和劉茂海的《論郁達夫的舊體詩情結》都是探究郁達夫喜愛舊體詩之原因。黎光英從客觀與主觀兩方面探因。客觀上「新詩的缺失是舊體詩復蘇的重要文化因素」；主觀上「郁達夫致力於創作舊體詩，與其獨特的生活經歷有很大的關係，而郁達夫的藝術追求，則是其創作舊體詩的根本原因」〔註35〕。劉茂海的文章則從是否「載道」的角度來探因，郁達夫選擇舊體詩，「重點並不在於『載道』」，而與「郁達夫寫舊體詩時的心態，以及這一心態在其文類選擇中所起的內在作用」有關，「郁達夫以舊體詩為載體所表現的是傳統士大夫的人生、文學理想。而『五四』式的『載道』願望，則主要寄託在小說這一新文學中『最上乘』的文類身上」〔註36〕。兩人所取角度雖然不盡相同，但都揭示了郁達夫獨「鍾情」舊詩之因，有一定的認識價值。

　　通常人們都認為郁達夫的舊體詩勝於他的小說和散文，如郭沫若、劉海粟這些名家大家都這麼說，獨王尚文另立異說，郁達夫「詩詞的成就與影響不及其小說散文，尤其是小說……在現代文學史上，萬萬不可忽視郁的作品，不可低估他的地位；否則，就是一部殘缺的不完整的文學史。而在現代詩詞

〔註34〕謝文彥：《從郁達夫的舊體詩看其思想發展的階段性》，載《景德鎮高專學報》1995 年第 1 期。

〔註35〕黎光英：《郁達夫詩歌崇古原因探討》，載《廣西民族學院學報》2003 年第 S2 期。

〔註36〕劉茂海：《論郁達夫的舊體詩情結》，載《西北第二民族學院學報》2006 年第 3 期。

史上，缺了他，固然也是缺憾，但問題並不太大，他不過是諸多唐宋體作者中的一位」。「他的詩詞始終沒能走出唐宋體的藩籬，其中部分作品若抹去他的名字，混入前人的集子，足可亂真；但他的小說散文絕無此虞。」「他並未把詩當做自己主要的文學追求，有意以詩鳴世，作個詩人。詩作大多率性而為，只是生活的副產品，後期更多的是應酬之作。」〔註37〕如此評價郁詩，王文乃是特例，但是否恰當，尚需討論。如果是放在「現代詩詞史上」，缺了郁達夫還能是一部完整的現代詩詞史嗎？說郁達夫「始終沒能走出唐宋體的藩籬」，也頗值得商榷。現代創作舊體詩的詩人，又有幾個不受唐宋詩的影響呢？

（三）作品論

《郁達夫詩全編》共收六百餘首，就郁達夫某一首詩詞或某一組詩而論的文章共有四十餘篇，比較多的是論郁達夫的挽徐志摩聯、郁達夫的《毀家詩紀》與《亂離雜詩》。概括起來，則有單論某一首或幾首同題詩詞的，于聽《釋郁達夫詩〈聞楊杏佛被害感書〉——與〈鮮明的對比〉的作者商榷》（載1979年7月4日香港《文匯報‧筆匯》）、于聽《說郁達夫〈四十言志〉詩的前前後後——供〈西湖並非桃源〉的作者參酌兼與之商榷》（載1979年9月5日香港《文匯報‧筆匯》）、卜速《郁達夫的三首絕句》（載1980年4月1日香港《文匯報‧筆匯‧文史掌故》）、吳其敏《郁達夫弔朱舜水詩》（載1982年3月16日香港《大公報‧大公園》）、沈繼生《詩筆代槍 同仇敵愾——郁達夫詩頌戚繼光》（載1985年3月13日《福建日報》「八閩‧九州」第42期）、吳之瑜《風雅全賴氣節扶——讀郁達夫的一首打油詩》（載1985年4月3日《福建日報》「八閩‧九州」第45期）、蔣祖怡《讀郁達夫論詩詩〈李義山〉》（載1988年7月25日《浙江學刊》第3期）、陳松溪《關於郁達夫的一首詩——郁天民說〈自萬松嶺至鳳山門懷古有作〉的一封信》（載1992年4月《郁達夫研究通訊》第9期）、龐國棟《郁達夫詩〈無題四首〉解》（載1999年12月25日《重慶廣播電視大學學報》第4期）、劉素英、荊小衛《戟指時事 兼披中懷——淺析郁達夫拜謁岳墳詩》（載2004年《陝西師範大學學報‧哲學社會科學版》第2期）、劉玉凱《「厚地高天酒一杯」——讀郁達夫七律詩〈三月一日對酒興歌〉》（載2005年4月1日《名作欣賞》第4期）。

〔註37〕 王尚文：《唐宋體詩例話：郁達夫與錢鍾書——「後唐宋體」詩話之三》，載《名作欣賞》2010年第3期。

　　于聽先生的兩篇商榷文章，一篇是釋郁達夫的《聞楊杏佛被害感書》，在結合當時的時代背景與用典對每句詩解釋後指出：「這是一首控訴和揭露反動統治者的詩，是作者在聽到楊銓被害的消息後，以壓抑悲憤的心情，訴說了自己的受壓，指斥了國民黨反動派的血腥鎮壓進步人士，事後又造謠誹謗、混淆視聽的卑劣無恥行徑。」〔註38〕這個認識應該說是切合詩的本意的。另一篇說郁達夫的四十言志詩，也是從與此詩相關的背景材料（詩、遊記、雜文、日記等）來進行釋讀，從而認為：「但從詩題就可以看出，這個『言志』不是什麼一本正經的明心『言志』」，「但有趣的是竟又自稱是『言志』，當然，這種『言志』是阿Q式的對付假洋鬼子的哭喪棒的辦法」〔註39〕。于聽先生的文章以深細綿密見長，理據充分，解釋精詳，很有穿透力與說服力。

　　論詩詩是中國古代文學批評的一個傳統樣式，如杜甫的《戲為六絕句》，元好問的《論詩三十首》。郁達夫於古代詩人也多有評論，他也採用了這樣一種文體形式，寫下了數首論詩詩，即《盛夏閒居，讀唐宋以來各家詩，仿漁洋例，成詩八首錄七》第一首即《李義山》，是論晚唐詩人李商隱的。蔣祖怡先生的《讀郁達夫論詩詩〈李義山〉》一文，即是想「通過對郁達夫先生的論詩詩《李義山》的分析和評述，探索兩個問題：一、論詩詩的主要特點和要求；二、達夫先生對這類詩的成就和造詣」。蔣祖怡先生指出：「論詩詩特點除了精練之外，還要善於選擇典型，善於聯繫它的藝術特色。若果前述『精練』是對論詩詩的廣度的要求，那麼，這兩者便是對論詩詩深度的要求。」至於一個論詩詩作者，則應該「首先，他必須是詩人，能熟練地運用詩的藝術」；「其次，要有廣博的知識，要充分掌握所評對象的生平及其詩篇的一切特色」；「再次，要具有卓越的見解，敏銳的觀察力和高度的審美能力」。「總之，對一個優秀的論詩詩作者來說，『才』『學』『識』三者至關重要而缺一不可。而達夫先生在這方面的成就與造詣，自不待煩言了！」〔註40〕在數百篇郁詩研究文章中，單論郁達夫論詩詩的，獨此一篇，已成孤響。蔣祖怡先生由對《李義山》一詩的分析而概括出論詩詩的特點和要求，精準而確切，對讀者很有啟發意義。

〔註38〕 于聽：《釋郁達夫詩〈聞楊杏佛被害感書〉——與〈鮮明的對比〉的作者商榷》，載香港《文匯報·筆匯》1979年7月4日。

〔註39〕 于聽：《說郁達夫〈四十言志〉詩的前前後後——供〈西湖並非桃源〉的作者參酌兼與之商榷》，載香港《文匯報·筆匯》1979年9月5日。

〔註40〕 蔣祖怡：《讀郁達夫論詩詩〈李義山〉》，載《浙江學刊》1988年第3期。

　　其他論文，龐國棟的《郁達夫詩〈無題四首〉解》，試圖校正「一些郁達夫研究者、傳記作家」對《無題四首》所做的「一些不準確乃至錯誤的解釋」。並認為：「正確分析、闡解他詩歌的意蘊，對公正評價他的詩作並賦予其在文學史上的地位是十分必要的。」〔註41〕劉素英、荊小衛的《戟指時事 兼披中懷——淺析郁達夫拜謁岳墳詩》，把郁達夫寫於不同時期的三首拜謁岳飛墓的詩放在一起分析，認為這「三首拜謁岳墳詩，痛惜岳飛的不幸遭遇，借古諷今，指斥時弊，抒發了詩人抗日愛國的滿腔熱忱，可謂郁達夫詩歌的精品佳作」〔註42〕。劉玉凱的《「厚地高天酒一杯」——讀郁達夫七律詩〈三月一日對酒興歌〉》是一篇很好的賞析文，作者從詩學、哲學、禪學幾方面來釋詩，指出「郁達夫的詩中充滿著禪意……他弄懂了逃禪是人生的一條出路，可是那條出路更苦。他是個為個人困苦所囚禁的苦情主義者。他的情感世界最為矛盾。他隱居於山水之間，卻沒有忘卻世界的自欺精神。這也許正是郁達夫詩中難得的境界。」在郁達夫身上，「我們看出他的浪漫和灑脫，更能瞭解他的苦澀和近於晉人的那種裝也沒法裝的避世性情和名士氣度」〔註43〕。這已切入了郁達夫的心靈深處，進入了郁達夫的精神世界，比較準確地把握了郁達夫的心理與思想。

　　論《釣臺題壁》的有：于聽《郁達夫的〈釣臺題壁〉——記外籍留學生的來訪》（載1981年12月31日《人民日報》第8版）、于聽《說郁達夫〈釣臺題壁〉詩——答無錫教師進修學院》（載1982年1月22日《文匯報・筆匯》）、胡榮錦《試說郁達夫〈釣臺題壁〉》（載1985年第6期《名作欣賞》）、劉彥章《試讀郁達夫〈釣臺題壁〉詩》（載2000年第1期《嘉應教育學院學報・綜合版》）、劉玉凱《「生怕情多累美人」——郁達夫〈釣臺題壁〉賞析》（載2007年第3期《名作欣賞》）、胡蘭、程鐵《從〈釣臺題壁〉看郁達夫舊體詩的藝術魅力》（載2009年下半年第4期《安徽文學》）等。

　　《釣臺題壁》是郁達夫非常有名的一首詩，綜論郁達夫的思想與藝術往往都會提到該詩，而單論此詩的就這幾篇。于聽的文章是就無錫教師進修學院來

〔註41〕龐國棟：《郁達夫詩〈無題四首〉解》，載《重慶廣播電視大學學報》1999年第4期。

〔註42〕劉素英、荊小衛：《戟指時事 兼披中懷——淺析郁達夫拜謁岳墳詩》，載《陝西師範大學學報・哲學社會科學版》2004年第2期。

〔註43〕劉玉凱：《「厚地高天酒一杯」——讀郁達夫七律詩〈三月一日對酒興歌〉》，載《名作欣賞》2005年第4期。

信的「答覆」。作者先依據郁達夫的日記指出《釣臺題壁》一詩寫作的日期與地點，再結合時代背景闡釋詩意從而認為：「詩從題來，此詩坦率地向朋友敘說了自己的苦悶，真實地表白了自己的觀點」，是「研究作者這一時期的思想的重要作品」〔註44〕。胡榮錦的《試說郁達夫〈釣臺題壁〉》則從思想性角度指出《釣臺題壁》「表達了詩人對祖國危殆局勢的憂慮和對獨夫民賊‧當代秦始皇蔣介石及其追隨者的深惡痛絕，以及自己無力拯救祖國的焦慮心情」〔註45〕。胡蘭、程鐵則指出該詩的藝術性「不僅體現了達夫舊體詩所一貫的聲調韻律，神韻意境，同時運用藝術手法，活用典故，推陳出新，展現出了其特有的藝術魅力」〔註46〕。這三篇文章各有側重，于聽的文章有一點考證的意味。

論《毀家詩紀》的有：馬五《讀郁達夫毀家詩後》（載 1978 年 6 月 18～20 日香港《快報》）、徐重慶《談郁達夫及其〈毀家詩紀〉》（載 1983 年 2 月 1 日《浙江書訊》第 26 號）、徐重慶《〈毀家詩紀〉的餘音》（載 1987 年 4 月 1 日《香港文學》第 28 期）、許鳳才《〈毀家詩紀〉的多維解釋——寫在郁達夫遇難 60 週年之際》（載 2005 年 5 月 10 日《中州學刊》第 3 期）、黃世中《郁達夫〈毀家詩紀〉史料新證》（載 2011 年第 5 期《紹興文理學院學報‧哲學社會科學版》）等。

《毀家詩紀》是郁達夫傳世的經典之作，由 19 首詩和 1 首詞並加注組成，自 1939 年 3 月 5 日由香港《大風》旬刊發表後，轟動一時，洛陽紙貴。然而，也真正導致了郁達夫徹底的「毀家」——郁達夫與王映霞的離異。「轟動」之後是冷靜的研究。然上述幾篇文章多不是論詩，而是探究「毀家」的事實或史料，如徐重慶的《〈毀家詩紀〉的餘音》一文對王映霞是否有「致郁達夫君收存」之「字具」即所謂「悔過書」進行考證，指出這一份「悔過書」，「沒有影件，不足為信，王映霞也矢口否定寫過這份『悔過書』」。徐重慶還認為有人把「悔過書」當作是王映霞所寫，卻又「拿不出一件證據，卻洋洋長文，荒謬之至，缺少一個研究者起碼的謹嚴治學的態度，不值一駁」〔註47〕。黃世中先生自上世紀 80 年代（1982 年）至王映霞去世（2000 年），一直與王映霞保持書

〔註44〕　于聽：《說郁達夫〈釣臺題壁〉詩——答無錫教師進修學院》，載香港《文匯報‧筆匯》1982 年 1 月 22 日。

〔註45〕　胡榮錦：《試說郁達夫〈釣臺題壁〉》，載《名作欣賞》1985 年第 6 期。

〔註46〕　胡蘭、程鐵：《從〈釣臺題壁〉看郁達夫舊體詩的藝術魅力》，載《安徽文學》下半年，2009 年第 4 期。

〔註47〕　徐重慶：《〈毀家詩紀〉的餘音》，載《香港文學》1987 年第 28 期。

信與電話聯繫，手頭掌握 165 封王映霞致黃世中的信，以及許多第一手資料
（如訪談和照片等），黃世中即據此寫成《郁達夫〈毀家詩紀〉史料新證》一
文，以「考證郁王婚變的真相，郁達夫人格類型，以及對愛情婚姻的觀念，也
進行了論析」，從而得出結論：郁達夫「生活上浪漫，某些地方近於頹廢；愛
情上自私，妒忌，有強烈的佔有欲，保留著世紀末一位舊式詩人文士的本相」。
「『郁王婚變』，夫妻解縭的主要原因是郁達夫那種過時的、落後的婚戀觀念和
性格悲劇。」〔註48〕但作者所依據的主要是王映霞晚年的自述，又因和王映霞
多有親近交往，難免在情感上有所傾向，所謂「史料」卻非「信史」，要大打
折扣了。倒是許鳳才的文章《〈毀家詩紀〉的多維解釋》一文雖也敘事但也是
論詩之作。許文對每首詩和詞都指出作意，或揭其背景，再就「詩注」以釋事，
條分縷析，引史（料）證事（實），娓娓道來，從而認為：「郁達夫的《毀家詩
紀》記錄了郁達夫 1936～1938 年間與妻子王映霞『情變』的史實，既鞭撻了
國民黨上層官僚階層腐敗和反動，又真實而生動地反映了郁達夫作為一個愛
國作家的高尚情懷和精忠報國的光輝人格。《毀家詩紀》可視為郁達夫的自傳
詩史。」〔註49〕黃世中認為郁達夫的人格「近於頹廢」（這其實還是 30 年代的
老觀點，蘇雪林即是如此論郁達夫的），而許鳳才則認為郁達夫具有「光輝人
格」，孰是孰非，相信對《毀家詩紀》還會有更深入的研究，從而會更接近事
實的真相。但就詩而論，還是應當回到對詩本體的研究上來。

論郁達夫其他詩篇的文章尚有：論《滿江紅》的，張炳隅《長歌當哭 壯
懷激烈──讀郁達夫〈滿江紅〉》（載 1981 年 3 月《紹興師專學報》第 1 期）、
王忠人《郁達夫的〈滿江紅〉》（載 1985 年 8 月 10 日《光明日報·周末生活》）；
論挽徐志摩、許地山聯的，周簡《郁達夫挽徐志摩》（載 1983 年 8 月 23 日《福
州晚報·蘭花圃》）、白啟寰《也談郁達夫挽徐志摩》（載 1983 年 9 月 23 日《福
州晚報·蘭花圃》）、白啟寰《郁達夫哀悼徐志摩的輓聯》（載 1983 年第 4 期
《藝譚》）、晨曦《對〈郁達夫哀悼徐志摩的輓聯〉一文的幾點補正》（載 1984
年 6 月《藝譚》第 2 期）、梁羽生《郁達夫挽徐志摩聯》（載 1985 年 7 月 18 日
《人民日報·大地》）、黃清華《一幀值得重溫的輓聯──郁達夫為敬悼許地山

〔註48〕黃世中：《郁達夫〈毀家詩紀〉史料新證》，載《紹興文理學院學報·哲學社會
　　　　科學版》2011 年第 5 期。
〔註49〕許鳳才：《〈毀家詩紀〉的多維解釋──寫在郁達夫遇難 60 週年之際》，載《中
　　　　州學刊》2005 年第 3 期。

先生而寫》（載 1984 年 9 月《藝譚》）、金萍《郁達夫悼許地山的輓聯》（載 1984
年 11 月 10 日雲南省語言學會《語言美》第 69 期）；論《亂離雜詩》的，鈴木
正夫《〈離亂雜詩〉是〈亂離雜詩〉之誤》（載 1980 年 8 月 22 日《新文學史
料》第 3 期）、黃清華《邈邈離別意　悠悠故園情──郁達夫〈亂離雜詩〉的立
體抒情》（載 1986 年 12 月《名作欣賞》）等等。龐國棟的《郁達夫流亡詩辨
析》（載 1999 年第 3 期《重慶廣播電視大學學報》），雖標題為「流亡詩」，實
際上說的也就是《亂離雜詩》。作者有感於日本學者鈴木正夫在《蘇門答臘的
郁達夫》一書中對《亂離雜詩》的注釋、意譯「有不妥之處」，故對《亂離雜詩》
的前八首加以辨析，或指事，或釋義，或注典，以正鈴木之誤。相比較而言，
黃清華的文章更有些學術深度。詩本緣情。作者即從抒情性這一角度分析郁達
夫的《亂離雜詩》的抒情特點──立體性，即層遞性抒情、層次性抒情、和說
理性抒情這三種抒情方式，「《雜詩》從不同角度，以不同方式抒發了詩人的種
種複雜情感。如果單從哪一方面去理解詩的內涵，都會失之偏頗。由於作者採
用了層遞、層次、說理三種抒情方式，使組詩所抒發的感情容量大，密度大。
這些抒情方式又互相滲透，互為補充，完成了《雜詩》的立體抒情。」〔註 50〕
在一般地散漫地論郁達夫單首詩或組詩的文章中，黃清華的這一篇顯得出類
而較有分量。

　　郁達夫寫詞不多，共 11 首，其中一首《賀新郎》編在《毀家詩紀》，剩
下的 10 首中，最有代表性的就是步岳飛韻的《滿江紅》。該詞的副題是《福
州於山戚武毅公祠新修落成，於社同人廣徵紀念文字，為題一闋，用岳武穆
公原韻》。這首詞寫於 1936 年，1978 年冬補鐫入榕城於山，張炳隅就是登山
而覽郁詞，感發為文。作者由詞論人，探究「郁達夫是怎樣從頹唐的泥淖中
拔腳，奮起而為救國志士，以致最後奔走星洲，血染南洋，赴死成仁的呢？」
在簡析了詞意後，揭示了「郁達夫在抗戰前夕的思想激變，正是在這古老榕
城的短暫逗留，使他不僅沒有遠離時代的漩渦，相反憂國憂民，中心如焚。
終於，他挺身而出，開始致力於神聖的抗戰事業」。這首「詞裏分明有顆愛國
作家的赤誠之心！」〔註 51〕論其詞者，文雖不多，張之所論，揭示題旨，已

〔註50〕黃清華：《邈邈離別意　悠悠故園情──郁達夫〈亂離雜詩〉的立體抒情》，載
　　　　《名作欣賞》1986 年第 6 期。
〔註51〕張炳隅：《長歌當哭　壯懷激烈──讀郁達夫〈滿江紅〉》，載《紹興師專學報》
　　　　1981 年第 1 期。

屬難得。另沈其茜的《郁達夫抗戰詞簡論》（載 1995 年 6 月 25 日《上海師範大學學報》第 2 期）雖以「抗戰」標目，實際則是簡析《滿江紅》詞而揭其「抗戰」之主題。

（四）主題論

也有些文章是從主題角度來論述的，或論其愛國詩，或論其南洋詩，或論其紀遊詩等等。

論其愛國詩的有：柯文博《郁達夫的愛國詩詞》（載 1979 年 9 月 17 日《福建日報·武夷山下》第 320 期）、吳文蔚《郁達夫的愛國詩》（載 1979 年 9 月臺北《中外雜誌》第 26 卷第 3 期）、孫克辛《愛國者的心聲——重讀郁達夫的詩詞》（載 1980 年 9 月 27 日武漢《長江時報·起宏圖》第 181 期）、錢瑮之《漫天風雨聽雞鳴——讀郁達夫愛國詩詞》（載 1983 年第 2 期《內蒙古師範大學學報》）、陳衡《郁達夫的愛國詩篇》（載 1985 年第 4 期《江南詩詞》）、陳子善《郁達夫的抗日詩》（載 1985 年 9 月 26 日香港《文匯報》）、劉開揚《郁達夫的愛國舊體詩》（載 1990 年 11 月《文史哲》第 6 期）、趙羽、李青《郁達夫抗戰時期詩詞述論——達夫先生犧牲 45 週年祭祀》（載 1991 年 3 月《中國民航學院學報》第 1 期）、錢伯誠《郁達夫的愛國詩》（載 1993 年 6 月 21 日《瞭望》第 25 期）、楊時芬《簡評郁達夫詩歌中的愛國主義精神》（載 1997 年第 3 期《貴州民族學院學報·社會科學版》）、紀勝全《赤子真情的悲吟——論郁達夫舊體詩詞中的愛國思想》（中國海洋大學 2011 年 4 月碩士論文）。

郁達夫的詩詞之所以為人喜愛，除了她的藝術魅力，就是其強烈的愛國主義思想與愛國主義精神。論者緊緊抓住了郁達夫詩詞的主導面，也就抓住了郁詩的實質。錢瑮之的文章是新時期較早而又最長的一篇專論「郁達夫愛國詩詞」的。作者說，「鑒於《郁達夫詩詞抄》出版後，評論文章尚未多見，而著重談郁氏詩詞的文章還沒有讀到」，故錢文實有發端的意義。錢瑮之認為：郁達夫愛國詩詞在其五百餘首詩詞中約占十分之一，是其詩詞創作的主流，「即使是其他模山范水、憶事懷人之作，也大都與愛國之情聯繫著，不能把它們與那些直接抒寫愛國精神的詩篇截然分開」。這樣郁達夫的愛國詩詞就不止十分之一了。錢瑮之還認為：郁達夫之所以能寫出愛國的詩詞，那是「他一生愛國思想、愛國感情的結晶，也是他長期參加愛國活動、愛國鬥爭的產物」。接著錢瑮之把郁達夫的愛國詩詞分為三個階段，細加分析，進而概括其寫作上的三點特色：「第一，他是將抒發愛國感情與寫個人遭遇緊密聯繫的」；「第

二，他是將抒發愛國感情與描繪祖國山川、故鄉風物聯繫起來的」；「第三，他是將抒發愛國感情與歌頌古代英雄人物與詠歎某些歷史事件聯繫起來的」。由此又指出其創作上的三個矛盾：「一是思想上的用世與避世的矛盾」；「二是情緒上的昂奮與頹唐的矛盾」；「三是作風的任率與佯狂的矛盾」。「這些矛盾，實質上就是詩人世界觀（包括人生觀）的矛盾。他的詩詞是他思想感情的內在衝突，是他心靈的交戰的產物。」「總的說來，他的詩詞是浪漫主義的，它們的風格，有時豪邁，有時淒惻，有時低回婉轉；清新俊逸，饒有風韻。」〔註52〕錢瑗之的這篇萬字長文，對郁達夫詩詞愛國主題進行了全面的分析與深入挖掘，把握準確而到位，論析精深而嚴密。其後的文章，如劉開揚的《郁達夫的愛國詩詞》，從郁達夫全部詩詞中梳理出一些愛國為主題的詩詞加以分析，認為這些詩詞「有豐富深刻的思想內容，是對反動統治和日本侵略者的沉重打擊，是對當時人的莫大鼓舞，也是對後世人的深切教誨」〔註53〕。楊時芬的《簡評郁達夫詩歌中的愛國主義精神》一文，試圖探究郁達夫「是怎樣從一個人們常說的『浪漫主義作家』脫胎成為偉大的愛國主義詩人的」這麼一個問題，作者把郁詩按其生活經歷與發展過程分為三個階段，分析了一些代表性詩作後認為：「整部郁詩，就是偉大郁達夫的一部『詩傳』，就是殖民地半殖民地中國掙脫帝國主義壓迫奴役的一部鬥爭史，就是中華民族二十世紀上半葉的時代最強音！」〔註54〕這是把郁詩提到了一個相當的高度來認識。趙羽、李青的《郁達夫抗戰時期詩詞述論》一文，正如其題，不似前面幾篇的綜論，而是著重於郁達夫「抗戰時期」的詩詞，因為這一時期，「郁達夫不僅經歷著國破的心酸，還經歷著家亡的慘痛」，故而，郁達夫「這一時期的生活是最有傳奇性的，詩作更是充滿著國仇家恨的感慨。他的詩詞，在敘事、抒情、鋪陳事理上，本來就是深沉、清麗，帶著點哀愁而又一往情深的。到了這個時期的作品，則不僅繼承和發展了這種風格，而且在時代激流和家庭變故的催化下，更加深沉哀怨，又增加了呼籲奮發，慷慨悲歌的格調，它應該是我國新文學史上一筆非常寶貴的遺產」〔註55〕。該文只以郁達夫「抗戰時期」的愛國詩詞為論述重

〔註52〕錢瑗之：《漫天風雨聽雞鳴——讀郁達夫愛國詩詞》，載《內蒙古師範大學學報》1983 年第 2 期。

〔註53〕劉開揚：《郁達夫的愛國舊體詩》，載《文史哲》1990 年第 6 期。

〔註54〕楊時芬：《簡評郁達夫詩歌中的愛國主義精神》，載《貴州民族學院學報·社會科學版》1997 年第 3 期。

〔註55〕趙羽、李青：《郁達夫抗戰時期詩詞述論——達夫先生犧牲 45 週年祭祀》，載《中國民航學院學報》1991 年第 1 期。

點，論題集中，不枝不蔓，從詩入手，以揭示「詩人心靈的世界」。紀勝全的《赤子真情的悲吟——論郁達夫舊體詩詞中的愛國思想》試圖運用「以詩證史」的方法來探析郁達夫愛國思想的來源與愛國思想的多元化內涵，並進而論析「郁達夫在複雜的情感糾結與抉擇中所表現出的濃烈的愛國主義思想，雖然郁達夫有著複雜而又矛盾的情感，但他始終以國家為重，以個體為輕。無論是個人情感與愛國情感的糾結，還是生與死之間的抉擇，抑或是在出世與入世之間的徘徊，都表現出了他那赤子般的愛國情懷」〔註56〕。作為一篇碩士論文也有一讀的價值。

論其南洋詩的有：溫儒敏《賦到滄桑句自工——談郁達夫在南洋寫的詩》（載1980年7月《星星》第7期）、陳福康《長歌正氣重來讀——讀郁達夫南洋詩文劄記》（載1982年3月《藝譚》第1期「大學生論壇」欄）、徐重慶《郁達夫在南洋寫的婚姻愛情詩》（載1985年3月《語文月刊》第3期）、高俊林《郁達夫的南洋詩散論》（載2004年1月5日《渭南師範學院學報》第1期）、趙穎《郁達夫南洋主題舊體詩考略》（載2013年第4期《文藝評論》）。

郁達夫於1938年底遠赴新加坡，直至1945年以身殉國，他生命最後七年，寫作了大量詩詞，是其詩詞創作的又一高峰。學術界把他這時期所寫的詩詞稱作南洋詩。高俊林的《郁達夫的南洋詩散論》把郁達夫這七年的生活又分為兩段：「以1942年2月15日新加坡陷落為轉折。此前，郁達夫一直在新加坡進行抗日宣傳工作，生活相對較為安逸；此後，他被迫轉移至蘇門答臘，不久又被日本憲兵徵為翻譯，過著驚魂不定的動盪生活，直至1945年8月29日失蹤遇害。」表現在詩的具體內容上則是「思念故園的歸鄉情結、國破家亡的感傷情懷與恢復河山的愛國情操」這三個方面，由此得出結論：「他用詩歌塑造了一個深明民族大義的愛國戰士形象。」〔註57〕這就是說，南洋詩雖是以地域而分，就其表現的思想實質也還是以愛國為主題。趙穎的《郁達夫南洋主題舊體詩考略》一文，是單論郁達夫寫於新加坡的幾十首詩，從關於新加坡風貌、對於時局的關注、懷鄉詩、酬唱題贈詩以及與王映霞的感情糾葛五個方面論析其詩，最後得出這樣的結論：「郁達夫舊體詩雖然創作於新加坡，但是詩人從個人身份、思想意識到創作的題材主題、語言風格都是中國的產物。其文學隸屬關係

〔註56〕 紀勝全：《赤子真情的悲吟——論郁達夫舊體詩詞中的愛國思想》，中國海洋大學2011年4月碩士論文。載碩士電子期刊2012年第04期，網絡出版時間2012-03-16～2012-04-15。
〔註57〕 高俊林：《郁達夫的南洋詩散論》，載《渭南師範學院學報》2004年第1期。

應該是中國文學的組成部分，與之亦步亦趨地發展，散發著強烈的中國性。」「郁達夫的舊體詩是代表新加坡華文舊體詩作者創作的最高水平。」〔註58〕這在論郁達夫南洋詩的文章中，所持的角度是新穎的，立論也頗為高妙。

論其紀遊詩的有：秋山《郁達夫的山水詩》（載 1980 年 7 月泉州《水仙花》）、呂洪年《郁達夫的紀遊詩》（載 1980 年 9 月 20 日《杭州大學學報》第 3 期）、沈繼生《郁達夫遊閩的山水詩》（載 1983 年 11 月 24 日《文學報》第 4 版「文壇軼事」欄）等。

郁達夫喜歡遊山玩水，探幽訪勝，寫下了大量遊記散文，也創作了許多山水紀遊詩。20 世紀 30 年代，郁達夫移家杭州，多有「壯遊」之舉。呂洪年《郁達夫的紀遊詩》就是論郁達夫遊浙的詩作，文章結合遊記與考證歷敘其詩，分析其意。從而認為從郁達夫的紀遊詩「多少可以看出他對國民黨反動派不滿的心跡，筆下所描繪的山川風物，也是健康清新之品」；「這些詩，對於瞭解與研究作家的思想發展，有一定的價值，過去一向不予重視，是不盡妥當的。」〔註59〕呂文所憂是對的，但其後專論其山水紀遊詩的文章仍是不多。

（五）比較論

雖然鄭子瑜先生說郁達夫詩出宋詩，詹亞園等人又考其詩出唐詩，但是無論是出宋還是宗唐，無非是想說郁達夫所受中國古典詩詞的廣泛影響，上自詩騷，下迄晚清，他都有所借鑒，而重點的則是幾個：屈原、李商隱、黃仲則等。因而，研究郁詩，把他的詩與古代詩人作比較，以探其淵源，這毫無疑問是郁詩研究的一個重要之點。

與屈原作比較的：王禮質《談屈原對郁達夫的文學追求的影響》（載 1991 年第 1 期《文史雜誌》）、郝倖仔《屈子精神郁詩魂──郁達夫舊詩引用楚辭考論》（載 2006 年第 1 期《浙江社會科學》）。王文是在讀了《郁達夫詩詞抄》後，「聯想到我國古代的第一位大詩人屈原」。「總覺得這一先一後的兩位詩人很有其共通之處」。於是從都有兩次去國的經歷，都有一樣的求索的精神，都有不朽的愛國主義詩篇之「共通」處對屈原與郁達夫的詩作了比較，認為：「屈原與郁達夫作為我國歷史上的傑出詩人，他們的愛國主義精神和不朽的詩篇」，將會是「不廢江河萬古流」的〔註60〕。這主要是從精神層面來比較。而

〔註58〕趙穎：《郁達夫南洋主題舊體詩考略》，載《文藝評論》2013 年第 4 期。
〔註59〕呂洪年：《郁達夫的紀遊詩》，載《杭州大學學報》1980 年第 3 期。
〔註60〕王禮質：《談屈原對郁達夫的文學追求的影響》，載《文史雜誌》1991 年第 1 期。

郝倖仔的文章則是從郁達夫的舊詩引用屈原（《楚辭》）的詩進行考證為基礎，以揭示郁達夫在精神上所受屈原的影響，並進而「論述郁達夫在屈原精神影響下的愛國心理與表現。首先，二人自我定位不同導致救國方式相異。郁自命作家，疏於政治，卻無法抗拒屈原美政救國方式的衝擊，在本真與責任之間爭扎。其次，屈以香草美人寫愛國之情是性愛心理向社會政治的投射，郁的民族意識在這一維度異化為兩性問題的民族復仇主義。第三，屈子沉湘是將以死報國的自殺情結付於實踐；郁對此的仿傚使他的犧牲與屈原投江在精神本質上相通。」〔註61〕此文既有考，又有論；考不厭精詳，論不乏精審；理得而意密，思深而文妙。

與李商隱作比較的：郝倖仔《千年詩魂兩悠悠——郁達夫與李商隱詩性人生比較》（載 2005 年 7 月《遼寧師範大學學報》第 4 期）、高原《李商隱與郁達夫詩歌藝術風格比較》（載 2010 年 9 月第 3 期《湖北廣播電視大學學報》）。高文是從藝術的角度比較郁達夫與李商隱兩人的風格，認為：「他們都是繼承了優秀的傳統轉益多師，推陳出新，自成面目。李、郁對詩歌的發展是一脈相承的，兩位詩人都是寫愛情詩的高手，然而李商隱是隱藏含蓄的風格，而郁達夫則是率真自我，感情強烈，自我袒露的風格。兩位詩人都是著名的愛國詩人，在寫愛國詩的表現方法上，李商隱像杜甫，沉鬱頓挫，高深宏大；而郁達夫慷慨激切，浩然烈氣。在詩歌的表現方法上，尤其是意蘊方面李商隱則是低回婉轉的風格，郁達夫則是瀏亮流暢的風格。」〔註62〕相較於高文，郝倖仔的文章則是從詩性認識的角度來比較郁達夫與李商隱：「一從詩藝的比較揭示千年一脈的悲劇精神。二從政治態度的比較揭示文人命運無法擺脫政治的影響。三從性苦悶宣洩方式的比較揭示人格結構的多面性。」郝文如其前論，亦是勝意迭出，精解紛呈。如「李商隱是潛氣內轉，導致悲情更加鬱結不解，郁達夫則是排遣情緒以消解悲情」。又如「郁詩傾向於以曠放排遣感傷，李詩則傾向於以執著鬱結感傷」〔註 63〕。她以女性的敏感與細膩直探兩位異代詩人的心靈世界，而又能找到其縉結之點，用一種漂亮且有靈性的文字，婉曲地表達出來。

〔註61〕郝倖仔：《屈子精神郁詩魂——郁達夫舊詩引用楚辭考論》，載《浙江社會科學》2006 年第 1 期。

〔註62〕高原：《李商隱與郁達夫詩歌藝術風格比較》，載《湖北廣播電視大學學報》2010 年第 3 期。

〔註63〕郝倖仔：《千年詩魂兩悠悠——郁達夫與李商隱詩性人生比較》，載《遼寧師範大學學報》2005 年第 4 期。

惜其讀博以後轉向古代文學不再有郁詩研究的文章。

　　與黃仲則作比較的：晨曦《郁達夫和「山谷詩孫」黃仲則》（載 1983 年 1 月 3 日新加坡《星洲日報・星雲》）、任嘉堯《一代詩人黃仲則──郁達夫筆下的太白遺風》（載 1983 年 2 月 28 日香港《文匯報・筆匯》）、劉成群、孫海軍《論郁達夫對於黃仲則的重塑與超越》（載 2008 年第 5 期《江西師範大學學報》）、鄭薏苡《郁達夫與黃仲則》（載 2010 年第 6 期《中國現代文學研究叢刊》）。郁達夫受黃仲則影響之大，這已是公認的，郁達夫自己也是特別偏愛黃詩，並有以黃仲則為原型而創作了小說《采石磯》。所以，劉成群、孫海軍的文章即從這篇小說入手來考察兩人之詩，「黃仲則的詩境是狹窄的。郁達夫雖在一開始刻意學習過黃仲則的詩風，但他很快地超越了黃仲則，跳出了黃詩狹小的窠臼」。「黃詩裏常使用『秋蟲』『病鶴』這兩種意象」，「『秋蟲』『病鶴』也在郁達夫的詩歌裏出現過」，但「這並不說明黃詩是郁達夫嚮往的藝術歸宿點」。「黃詩太苦，格調也不是很高，其設定的領域並不是郁達夫展示才情的舞臺。」「雖然，郁達夫的詩歌以學習黃仲則入手」，但最終還是「超越了黃仲則偏於狹窄苦澀的詩境」〔註 64〕。這突破了人們一般地泛泛地認識，即郁達夫喜愛黃仲則，承繼其詩風，那麼就是黃詩的現代版，而是指出了郁達夫脫其窠臼，在意象、詩境、格調等方面對黃仲則的勝出。鄭薏苡的文章則是「從文化歷史的角度考察郁達夫與清代詩人黃仲則的淵源關係，從中發掘異代知識分子的變與不變，同與不同之處及其作品中內部矛盾更深刻的歷史緣由」。鄭文還把他們定格為「才士」、「秋士」與「狂狷」之士〔註 65〕。這較之簡單地說他們有相似或相通之處，卻又說不清楚說不明白更易於為人們所把握。

　　與魯迅作比較的：朱國才《魯迅與郁達夫的詩詞酬答》（載 1981 年 12 月 12 日《文化娛樂》第 12 期）、蔣文《魯迅郁達夫舊體詩比較》（載 1993 年第 2 期《上海教育學院學報》）、鄧雙榮《魯迅郁達夫舊體詩比較》（載 2011 年第 3 期《湖北廣播電視大學學報》）。郁達夫與魯迅有近 20 年的交誼。魯迅的《阻郁達夫移家杭州》一詩既是魯迅不多詩作中的精品，又是研究郁達夫生活思想以及兩人關係的名篇。上文已經說過，正是魯迅的這首詩開啟了新時期的郁達夫研究，而魯郁兩人雖都是「五四」新文學的奠基之人，一是現實主義小說之

〔註 64〕劉成群、孫海軍：《論郁達夫對於黃仲則的重塑與超越》，載《江西師範大學學報》2008 年第 5 期。

〔註 65〕鄭薏苡：《郁達夫與黃仲則》，載《中國現代文學研究叢刊》2010 年第 6 期。

父，一是浪漫主義文學先驅。但是，兩人卻基本上不寫新詩，而只作舊體詩，且都卓有成就。因而，比較兩人的舊體詩，也就是很自然的事了。鄧雙榮的文章從思想內容題材以及藝術風格上比較兩人詩作之差異，如郁達夫的詩詞有山水詩、贈答詩、愛情詩、異國風情詩、論詩詩、題畫詩、感遇詩等，而魯迅詩幾無純寫山水之作，雖都有贈別詩，魯迅的並不僅僅是敘述友情、抒發離情，更是融進了深刻的思想和憂憤；郁達夫的「不過抒寫離情別恨，別後相思之情」，無魯迅之高度。在風格上，魯迅主要是沉鬱頓挫，郁達夫的則是清麗飄逸。但兩人的共通之處則是憂國，「魯迅更多的是憂國憂民，而郁達夫在憂國憂民的同時更憂己，或者可以說他是通過憂己的形式反映了更深的憂國之感」。文章即使指說兩人有相「通」之處，也同時指出「通」之外的微細〔註66〕。

　　與其他作家（詩人）作比較的：李捷《阮籍與郁達夫》（載 2003 年第 4 期《煙臺師範學院學報》）、晨曦《郁達夫的〈自述詩〉和龔自珍的〈己亥雜詩〉》（載 1982 年 12 月 17 日新加坡《星洲日報》）、林平《郁達夫與龔自珍——從郁達夫自錄龔自珍詩句「避席畏聞文字獄」談起》（載 1987 年第 1 期《廣西教育學院學報・綜合版》）、張放《東瀛溫柔三部曲——徐志摩、郁達夫、楊朔詩文品讀談》（載 1985 年第 6 期《名作欣賞》）、常麗潔《論郁達夫舊體詩的晚唐情結》（載 2003 年第 3 期《四川師範學院學報》）等。拿郁達夫與阮籍作比較，主要是因為郁達夫身上有一股「名士」氣，這一點與魏晉時的阮籍相合，他們都是名士，表現出來的又同是佯狂，「但二人的佯狂又有差別，郁達夫的佯狂帶有自命風雅的味道，所以他對於自己縱情酒色的行為津津樂道。……而阮籍的佯狂更多具有避禍全身的心理，是無奈的狂放，他對於自己的行為並不贊同，在他的文學作品中幾乎很少涉及個人的放誕生活，五言《詠懷》組詩是融進內心世界的真實反映，但 82 首詩歌中提到縱酒、情愛的寥寥無幾。阮籍筆下的女子往往美豔絕倫，超塵脫俗，即使有愛情，也是愛不得，所以她們是融進追求理想境界的象徵。阮籍的放誕有所節制，而郁達夫的放誕卻是放縱無度。」〔註67〕郁達夫是否確實如此，當然還可以進一步研究。常麗潔的文章是綜合地把郁達夫與李商隱、杜牧、溫庭筠作比較，目的在「從郁達夫與他們的關係入手，探討一下郁達夫的舊體詩中的晚唐情結」。常文認為郁達夫的詩在

〔註66〕鄧雙榮：《魯迅郁達夫舊體詩比較》，載《湖北廣播電視大學學報》2011 年第 3 期。

〔註67〕李捷：《阮籍與郁達夫》，載《煙臺師範學院學報》2003 年第 4 期。

「深情綿邈」「綺豔穠麗」「俊爽勁拔」三個方面與這三個詩人有深層聯繫，但總體來說，郁達夫的詩「僅從杜牧處得了些流利，從溫庭筠處得了些浮豔，至於李商隱，他更是難及項背」。所以，郁達夫舊體詩存在的意義只能「說明傳統文化的生存能力」，「說明舊有的形式在一定的時代條件下，也可以煥發出新生的活力」〔註68〕。這樣來看郁達夫，那麼，郁詩的價值就要大打折扣了。類似的文章尚有張海波的《郁達夫舊體詩歌與晚唐風韻》（載2005年第1期《學術叢刊》）。說郁達夫有「晚唐情結」，或說郁達夫「始終沒能走出唐宋體的藩籬」（王尚文語），都是只看到郁達夫於晚唐詩文承繼的一面（事實上宋之後的詩人很少有不受唐詩詩風的影響的，無論是盛唐之李杜，還是晚唐之小李杜），而於其詩的精神實質上超於李、杜、溫處則語焉不詳了。郁詩的體裁雖是舊的，但是思想上、內容上、情感上、格調上，主體方面來說仍還是具有現代性的，是現代人所寫的現代舊體詩或舊體的現代詩。魯迅的詩有杜甫的沉鬱，毛澤東的詞有蘇辛的豪放，但難道不都是現代人所寫的現代詩詞嗎？豈能以有「唐宋」味而漠視之？

（六）藝術論

在上述文章中，有的已經論及郁達夫詩的藝術，還有一些作者是單論郁詩藝術的。

論郁詩用僻典的：吳世昌《郁達夫舊詩用僻典》（載1985年8月5日《詩與畫》第15期）、趙文序《郁達夫詩用僻典》（載2002年第1期《北京宣武紅旗大學學報》）。這兩篇文章談的是一個問題，且趙文是從吳文而來。吳世昌先生對郁達夫給弘一法師一首七律的尾聯「中年亦具逃禪意，兩道何周割未能」中的「兩道」，意校為「莫道」，並說：「循其原意，應該是『莫道』，全句意謂不要認為我像何、周那樣熬不住吃葷而吃素食。」〔註69〕趙文則認為「吳先生解最後一聯，實未盡妥」，「兩道何周割未能」在1989年12月版的《郁達夫詩全編》裏又作「兩事何周割未能」。所謂「兩事」，據《南齊書‧周顒傳》是指「周妻何肉」，由此趙文認為：「周顒、何胤所不能割捨的『兩事』就是『妻』和『肉』。『中年亦具逃禪意，兩事何周割未能』，從文字上既講得通，又符合郁達夫的思想性情。」趙這樣一解釋，更切合郁詩之意。當然，趙文序也說：

〔註68〕常麗潔：《論郁達夫舊體詩的晚唐情結》，載《四川師範學院學報》2003年第3期。

〔註69〕吳世昌：《郁達夫舊詩用僻典》，載《詩與畫》1985年第15期。

「吳先生在找不到不同版本時不得不用『意校』是可以理解的。」〔註70〕郁詩慣於用典，這是郁詩的一個藝術特點，釋典，尤其是釋僻典，是為了更準確地理解詩的本意，吳、趙二位都可謂是郁詩的解人，他們給讀者以進入郁詩之境的梯子。

　　論郁詩美學特徵的：李紹華《郁達夫古體詩歌的美學特徵》（載 2003 年第 4 期《南寧職業技術學院學報》）是少數從「美學特徵」論郁詩的文章。作者從郁達夫的一些詩作中概括其所謂美學特徵為情感的真摯美、詩歌的意境美、語言音韻的通俗流暢美，又從其詩在抗戰前後詩風的變化，而說抗戰前的詩有婉約陰柔之美，抗戰後的詩充滿悲壯慷慨的陽剛之美〔註71〕。大意不錯，似嫌深入不夠。向聯軍的《試論郁達夫舊體詩創作中的隱逸文化》（載 2007 年第 1 期《大理學院學報》）又闢一境，從隱逸文化的角度論郁詩。作者認為，隱逸思想是郁達夫的一種審美情趣，郁詩中有「濃鬱的隱逸色彩」，這種「隱逸思想始終在他文化意識中佔據著重要位置，構成了他人生理想的一種思想底蘊和舊體詩創作的一種文化情結」。這種「隱逸思想」還「成為郁達夫藉以來消解亂世煩擾，追求自由人格的一種文化策略」。從審美品格來說，郁達夫的舊體詩「既有狂放浪漫的氣質，又有傷感悲憤的風韻，還有平和恬淡的隱逸之氣」〔註72〕。李、向之文僅開其端，郁詩的美學風貌有待深入研究之處尚多。

　　論郁詩風格特色的：吳素瑛《郁達夫詩詞風格簡論》（載 1990 年第 4 期《江蘇教育學院學報》）、張靜容《論郁達夫的舊體詩創作》（載 2006 年第 1 期《漳州師範學院學報・哲學社會科學版》）、黃傑《凌雲健筆開生面 古調新翻別有情——論郁達夫舊體詩的舊與新》（載 2007 年第 2 期《浙江學刊》）、曾華鵬《論郁達夫的舊體詩》（載 2012 年第 4 期《東吳學術》）。張靜容的文章抓住郁詩「悲憤抑鬱」這一特色，用四個意象「愁」「客」「情累」「精神家園」來加以說明，是此文之特點〔註73〕。黃傑的文章認為，郁詩的風格多樣，而主情

〔註70〕趙文序：《郁達夫詩用僻典》，載《北京宣武紅旗大學學報》2002 年第 1 期。
〔註71〕李紹華：《郁達夫古體詩歌的美學特徵》，載《南寧職業技術學院學報》2003 年第 4 期。
〔註72〕向聯軍：《試論郁達夫舊體詩創作中的隱逸文化》，載《大理學院學報》2007 年第 1 期。
〔註73〕張靜容：《論郁達夫的舊體詩創作》，載《漳州師範學院學報・哲學社會科學版》2006 年第 1 期。

深摯，慷慨激切，自我煌煌，聲韻瀏亮和暢，「處處顯示出中國古典詩歌的特質」，具體表現在「對於境界的精心營構，對於比興、對仗、藻飾、鋪陳、用典、頓挫等手法的嫻熟運用」。黃文還特別指出郁詩用「舊體」以「創新」，如《毀家詩紀》「開創了一種新的詩文合璧形式，以前是文中鑲嵌詩，他這裡是以詩牽帶文。其詩含蓄深沉，其文則暢快直白，詩文相應，淋漓盡致地表達了一段恩愛情仇。這真是舊體詩在現代社會的新作用。從這個角度看，確也是驚世駭俗」。「郁達夫的舊體詩居於古典與現代之間，是舊體詩對於新生活的毫不局促的遊刃有餘的謳歌。」〔註74〕能從「舊詩」看出其「創新」的，文實不多，黃論可備一說。曾華鵬先生乃是郁達夫研究的一位大家，早在 20 世紀 50 年代，他與范伯群先生合作的《論郁達夫》真是空谷足音，在一片非郁貶郁、以郁頹黃之論中，別出高亢之聲；而後在 80 年代又是與范伯群先生一起推出了《郁達夫評傳》，使郁達夫研究在新時期走向正常發展。他的《論郁達夫的舊體詩》成於 2012 年，可以說是這百年中論郁詩風格特色的壓卷之作。曾華鵬先生認為，郁達夫詩的特色在情感的真實，藝術情調的釀造與感傷的旋律。這種感傷旋律「由於詩人境遇的變化而出現不同的內容，呈現出各異的色彩，如思鄉詩，窮愁、憂時、避難、殤子、婚變、自辱、漂泊乃至應試落第、病中苦吟、懷憶往事、感傷身世等，都能聽到詩人感傷的詠歎」，這成為郁達夫詩詞的「鮮明特色」。曾華鵬先生進一步指出「郁達夫詩詞的表現手法和藝術風格是多姿多彩的」，如典雅、曉暢、口語化，這就形成了郁達夫舊體詩創作的多方面的探索，也反映了他藝術風格的多元風貌。「由於作者總是根據內容和情緒表達的需要來提鍊字詞，選擇典故，鎔鑄形象和營構意境，這樣，內容不同，藝術色調也就各異。在他的詩詞作品裏，出現較多的有時是如光風霽月、靜水平流的灑脫深情的彈唱，有時是如陰霾彌天、波紋蕩漾的銘心刻骨的苦吟，但有時也會出現烈火狂飆、奔濤激浪般的豪邁吶喊與高歌。走進郁達夫詩詞的藝術世界，讀者看到的就是如此絢麗多姿、豐富多彩的美麗風景。」〔註75〕曾華鵬先生對郁詩進行了細緻的分析，故爾對其風格與特色的概括顯得簡潔凝練又精準到位，尤其是曾先生「走進郁達夫詩詞的藝術世界」一段文字，本身就是詩的語言。以詩心探詩藝，所以才能有這樣深微細緻的詩的體悟。

〔註74〕黃傑：《凌雲健筆開生面　古調新翻別有情——論郁達夫舊體詩的舊與新》，載《浙江學刊》2007 年第 2 期。

〔註75〕曾華鵬：《論郁達夫的舊體詩》，載《東吳學術》2012 年第 4 期。

（七）詩學論

郁達夫寫作了六百餘首詩詞，同時對詩學詩藝也頗有研究。早年即寫過論詩詩，還出版過《詩論》。他的對詩的意見還散見於其他文章中，如《序〈不驚人草〉》《關於黃仲則》《永嘉長短句序》《談詩》《娛霞雜載》等。郁達夫的「我是始終以漁洋山人的神韻、晚唐與元詩的豔麗、六朝的瀟灑為三一律」〔註76〕，是他作詩的著名的「自供狀」。因此，對郁達夫的詩論進行研究，毫無疑問應是郁詩研究題中應有之意，然這方面的文章甚少，是一大遺憾。

肖嚮明、楊林夕的《論郁達夫文藝觀對傳統詩學的認同及轉化》（載1999年第1期《廣東社會科學》）一文的目的在探究和辨析傳統詩學（尤其晚唐、元、明、清幾個時期的詩學理論）在郁達夫詩論中的潛隱及郁達夫對其所作的轉化。該文認為：「郁達夫文藝觀強調表現的『真』，早在傳統詩學裏就大有來頭。」「中國自古以來就有一股反叛正統詩學、極力張揚『獨抒性靈』的潛流……郁達夫無疑也從這股清新、叛逆的傳統詩學裏默默地汲取過養分」，而真與美也即生活與藝術的關係是「合二為一」的，即既「真誠袒露心聲」，「又追求不盡的藝術韻味」，這種既重性靈又重神韻的傳統詩學理論是郁達夫所樂意接受的。關於文學本體，該文認為：「主情表現說成為郁達夫對文學本體意識的自覺把捉。」「雖然郁達夫的主情說比傳統詩學推崇情感的理論走得更徹底，但他的主情顯然也是袁宏道、袁枚、龔自珍等建立在個性解放之上的尊情、宥情的強化。」至於審美理想，郁達夫傾向於文學的殉情主義的感傷美；在社會學意義上，他追求的則是悲劇美。總括起來說，傳統詩學對郁達夫有正反兩種意義上的制約：「他曾想以極端採取個性放達、顯露，以宣洩求淨化抵制儒家的反省、克制，以熱情、欲念歌頌反叛文以載道的教化。」「郁達夫文藝觀對傳統詩學的吸納，是立足於世界現代藝術意識上來審視傳統美學中的意趣神韻的。」該文從藝術觀照生活的「真、善、美」視角，文學本體的「主情表現說」以及審美理想的「殉情主義」三方面，來揭示郁達夫對傳統的「認同」，並從現代的文藝觀對傳統詩學進行了創造性的轉化，從而「建構」了「具有鮮明的現代色彩和世界意識的」新文藝觀，又揚棄了傳統詩學〔註77〕。易健

〔註76〕郁達夫：《序〈不驚人草〉》，《郁達夫全集》第11卷，第351頁，杭州：浙江大學出版社2007年版。

〔註77〕肖嚮明、楊林夕：《論郁達夫文藝觀對傳統詩學的認同及轉化》，載《廣東社會科學》1999年第1期。

賢的《郁達夫論鄭珍詩述評》（載 2002 年第 6 期《貴州教育學院學報》）一文是論郁達夫詩話性質的《娛霞雜載》對晚清詩人鄭珍的評價。郁達夫在《娛霞雜載》裏選了鄭珍五首詩，並評說道：「詩近蘇黃，而不規規肖仿古人」，「經生辭藻，亦並非專是曰若稽古的一流。」〔註 78〕易健賢由此論述道：「對鄭珍詩的評論，歷來有兩個誤區：一是強調其經學地位，以學問入詩；二是強調其承傳因襲，胎息前人為詩。郁達夫則認為鄭珍雖是碩儒，詩作並非稽古，而是真情實性的抒發；雖多師前人，並非專一規矩模擬，而別是一家。這個認知既符合鄭詩創作的實際，更為解讀鄭詩拓展了思路。」而「《娛霞雜載》文字雖然短小簡練，但和歷史上諸多詩話著作一樣，在簡練的文字中，往往能出奇制勝，一語中的。」「可以從中領悟郁達夫的詩學觀點。」〔註 79〕《娛霞雜載》本是郁達夫因為妻子王映霞喜歡清人趙佶士所編《寄園所寄》所收的詩，於是「抄錄一點，聊以寄興」的〔註 80〕，文章最初發表在 1935 年 6 月 10 日的《東南日報》「沙發」副刊上，後收入其散文小品集《閑書》，在《郁達夫文集》第4 卷和《郁達夫全集》第 8 卷上也是把它歸入散文或雜文類的。以「詩論」來觀其文，在易健賢之前尚未有人做過。可以說，是易健賢發現了《娛霞雜載》的「詩話性質」，並發掘了其詩論價值。

（八）綜合論

對郁達夫詩詞的思想內容與藝術特色等方面進行綜論的，在這一時期，不僅數量多，達三十餘篇，且有相當高的質量。這種綜合論的文章代表了郁詩研究的較高水平，標誌著郁詩研究的提高與深入。由於論文多，不能盡列，現舉要者，並予述評。

趙壽珍《漫談郁達夫詩》（載 1977 年 4 月、5 月臺北《浙江月刊》第 9 卷）、鄭子瑜《論郁達夫的舊詩》（載 1978 年 4 月鄭子瑜著香港中華書局《詩論與詩紀》）、吳戰壘《郁達夫詩詞》（載 1981 年 4 月 14 日《文藝報》第 7 期）、王冠軍《論郁達夫的舊體詩》（載 1984 年第 4 期《中國現代文學研究叢刊》）、徐榮街《郁達夫詩詞論》（載 1985 年第 1 期《徐州師範學院學報》）、方寬烈《從詩詞分析郁達夫的愛情觀念》（載 1985 年 6 月 8 日黃璋編香港珠海書院中國歷

〔註 78〕　郁達夫：《娛霞雜載》，《郁達夫全集》第 8 卷，第 182 頁，杭州：浙江大學出版社 2007 年版。

〔註 79〕　易健賢：《郁達夫論鄭珍詩述評》，載《貴州教育學院學報》2002 年第 6 期。

〔註 80〕　郁達夫：《娛霞雜載》，《郁達夫全集》第 8 卷，第 180 頁，杭州：浙江大學出版社 2007 年版。

史研究所學會《近三百年中國文學論集》)、王乃欽《生同小草思酬國 志切狂夫敢憶家——郁達夫詩詞的精神實質》(載 1985 年第 1 期《華僑大學學報》)、黃清華《論郁達夫的詩歌創作》(載 1987 年第 2 期《徐州教育學院學報》)、張堃《郁達夫舊體詩的成就及其風格特點的探索》(載 1988 年第 2 期《郁達夫研究通訊》)、謝文彥《從郁達夫的舊體詩看其思想發展的階段性》(載 1995 年第 1 期《景德鎮高專學報‧哲學社會科學版》)、吳建華《郁達夫的生活和詩》(載 1995 年第 3 期《長沙水電師範學院學報》)、潘頌德《郁達夫詩散論》(載 1997 年第 1 期《固原師專學報‧社會科學版》)、夔鳴《郁達夫舊體詩初探》(載 1997 年第 3 期《川北教育學院學報》)、劉茂海《略論郁達夫舊體詩的思想內容藝術特色及其文學素養》(載 2003 年第 1 期《湘潭師範學院學報‧社科版》)、伍立楊《愁如大海酒邊生——論郁達夫的舊體詩》(載 2003 年第 4 期《海南師範學院學報‧社科版》)、劉岸挺《心靈的跋涉——讀郁達夫舊體詩》(載 2003 年第 3 期《解放軍藝術學院學報》)、李開平《郁達夫詩詞研究的當代意義》(載 2009 年 4 月中國文聯出版社出版的大會論文集)。

新時期最早的一篇綜論郁達夫舊體詩的文章是趙壽珍的《漫談郁達夫詩》,但卻是先發表於臺灣,後來陳子善、王自立編《郁達夫研究資料》收入此文,於 1986 年在香港、內地出版,大陸讀者始看到。趙文除了「前言」「後語」外,「漫談」了郁達夫的詩與身世、詩的特點、詩的見解、一般詩評與詩成識語。在肯定了郁達夫的詩「是他的作品中最突出的傑作」後,趙文指出了郁達夫的詩「充滿憂鬱、哀傷的情詞,和浪漫、頹廢的色彩」,其詩的特點在於口語入詩、造句自然與善於寫景。該文另一有價值之處在列數了臺灣學者劉心皇、胡秋原、張秀亞、蘇雪林等人對郁達夫舊體詩的一般評價,這在 20 世紀 80 年代初,大陸讀者看不到臺灣的研究情況時,趙文提供了信息給予了方便〔註81〕。吳戰壘的《郁達夫詩詞》是在于聽、周艾文所編《郁達夫詩詞抄》剛一出版就對郁達夫詩詞進行評論之作,文章雖短,所論甚精。吳文指出郁達夫「本質上是一位詩人」的詩人特性是什麼?「達夫以一個詩人所特有的敏感,感應著時代的神經,生活的風雨,黎民的哀怨,他的歌吟不僅僅拘束於個人狹小的感情天地裏,儘管他有相當一部分詩帶有某種較濃的感傷情調,但這是時代的環境和悲劇遭遇使然,決不是無病呻吟和顧影自憐。他一面暴露自己,一面又解剖自己;我們通過詩人感傷的淚光,不但可以洞見其肺腑,而且

〔註81〕趙壽珍:《漫談郁達夫詩》,載臺北《浙江月刊》1977 年第 9 卷。

還能窺見那個黑暗時代的一角。」這是一段知人論世的詩人論，對 80 年代初人們正確理解郁達夫，準確把握詩作思想情感有一定的指導意義。吳文還用「真」與「韻」兩個字來概括郁詩：「如果說，一個『真』字基本上可以概括郁詩的情感特點，那麼我想一個『韻』字，也多少能夠反映郁詩的風格特色了。」〔註82〕真的是言簡而意賅。在這樣的漫談、漫評之後，全面地綜論郁詩之義就開始多起來了，而所論多是思想內容與藝術特色，兼及其他。

1. 關於思想內容

首先，愛國主義思想。王冠軍說：「強烈的愛國主義精神，深切地關心人民疾苦，憤怒地控訴黑暗的反動統治」是郁達夫詩的主要內容〔註83〕。王乃欽說：郁達夫詩詞的精神實質就是「激進的民主主義思想和熾烈的愛國主義思想」〔註84〕。徐榮街說：「抒寫愛國主義情懷是他詩詞創作的基調和主旋律。郁達夫抒發愛國主義感情絕少空洞浮泛的吶喊，他總是把民族的命運同個人的生活經歷和不幸遭遇緊密結合起來，把個人的悲歡同祖國的盛衰交融在一起。在他的筆下，國與家，民與己，幾乎是一而二、二而一的東西。」〔註85〕夔鳴說：「看完這本《詩詞抄》，使我們明白，貫串郁達夫一生的主導思想是反帝反封建的愛國主義，愈是道路坎坷，愛國主義思想就愈強烈。」〔註86〕劉茂海說：「他的詩作感應著時代的神經和黎民的哀怨，雖偶有遁世歸隱之念，但愛國主義的思想始終是重要的內容。」〔註87〕其他作者也都從不同角度指出郁詩這一主要思想內容，與前述的「愛國主題」一類的文章，其實是重合的。這表明研究者們都抓住了郁詩的思想本質。

其次，鄉愁與鄉思。吳建華指出：郁達夫留學日本十年間，「在這個島國上度過了他一生中大部分青春時分，鄉愁與鄉思成了郁達夫留日詩詞中的最重要的主題」〔註88〕。其實郁達夫抗戰後到南洋，也寫了不少懷鄉詩，他的最後一首詩《題新雲山人畫梅》之「每到春來輒憶家」即是典型的思鄉詩，但夔

〔註82〕吳戰壘：《郁達夫詩詞》，載《文藝報》1981 年第 7 期。
〔註83〕王冠軍：《論郁達夫的舊體詩》，載《中國現代文學研究叢刊》1984 年第 4 期。
〔註84〕王乃欽：《生同小草思酬國 志切狂夫敢憶家——郁達夫詩詞的精神實質》，載《華僑大學學報》1985 年第 1 期。
〔註85〕徐榮街：《郁達夫詩詞論》，載《徐州師範學院學報》1985 年第 1 期。
〔註86〕夔鳴：《郁達夫舊體詩初探》，載《川北教育學院學報》1997 年第 3 期。
〔註87〕劉茂海：《略論郁達夫舊體詩的思想內容藝術特色及其文學素養》，載《湘潭師範學院學報‧社科版》2003 年第 1 期。
〔註88〕吳建華：《郁達夫的生活和詩》，載《長沙水電師範學院學報》1995 年第 3 期。

鳴只論及留日時的懷鄉詩，似不完整。而有的作者則是把郁達夫的懷鄉詩也當作是愛國詩的一部分來論述的，如前述徐榮街的「國與家」已是「一而二」「二而一」的東西。

其三，傷懷感別。王冠軍說：「達夫的詩多為傷懷感別之作。」〔註89〕作者舉了郁達夫寫給兄嫂、原配夫人孫荃、妻子王映霞、摯友魯迅的詩例。徐榮街說：「郁達夫詩詞中一些表現親朋情誼的作品都有著豐富而真摯的抒情內容。」「他愛自己的原配夫人孫荃，後來也深深地愛著王映霞，即便是對萍水相逢的女子，他也毫不吝嗇地奉上一片深情。」「郁達夫的酬答詩不僅表現了手足之愛，兒女情長，還有不少與友人相互酬酢的作品。」〔註90〕劉茂海也指出郁詩「傷懷感別」這一思想內容，並引一段話說：「郁達夫在寫『傷懷感別』這一類詩時，『儘管內心裏有感情激動的湍流，而表面上仍保持著沉著和冷靜，並且「用一種平靜的制約的語言來表達」，使詩歌在「滿肚子不合時宜」的情緒下仍然具有一種幽雅自然的格調』。」〔註91〕眾多論者把郁達夫寫的一些愛情詩也歸入傷懷感別之作中，從前引之文中即可看出。但也有作者是單獨來論的。即：

其四，對女性的一往情深。劉岸挺認為：「對女性的一往情深，構成詩人感情世界的重要內容，也是其重要的精神特徵。」為什麼如此關愛女性呢？「詩人把大量感情投射在女性身上，除去愛國情懷，平等博愛意識，以及受西方世紀思潮和東方古國名士風流影響等，還與其特殊的身世和氣質所形成的心理特質有關。」這就指出了郁詩「對女性一往情深」的深層原因及意義，對正確理解與把握郁達夫的愛情詩起到了引導的作用〔註92〕。伍立楊也指出郁達夫以愛情為主題的所謂「豔體」詩的價值，「做豔體與熱愛人類、嚴肅生活絲毫也不矛盾」。「在郁達夫來說，這類詩正是他心底情愫的率真流露，未可厚非，談不上什麼『偽裝』『應付』。假如偽裝說成立，則郁達夫的苦悶反而是虛偽做作的了。」〔註93〕夔鳴與伍立楊的意見很相一致，他說，郁達夫的一些情詩「情真詞麗，詩格高尚，詩人生活雖不免放蕩，然入於詩詞則斥盡庸陋。⋯⋯語皆雅

〔註89〕王冠軍：《論郁達夫的舊體詩》，載《中國現代文學研究叢刊》1984 年第 4 期。
〔註90〕徐榮街：《郁達夫詩詞論》，載《徐州師範學院學報》1985 年第 1 期。
〔註91〕劉茂海：《略論郁達夫舊體詩的思想內容藝術特色及其文學素養》，載《湘潭師範學院學報·社科版》2003 年第 1 期。
〔註92〕劉岸挺：《心靈的跋涉──讀郁達夫舊體詩》，載《解放軍藝術學院學報》2003 年第 3 期。
〔註93〕伍立楊：《愁如大海酒邊生──論郁達夫的舊體詩》，載《海南師範學院學報·社科版》2003 年第 4 期。

馴，略無穢意，都是精心結撰，與通常所謂香豔詩大異其趣」〔註94〕。知人不易論詩難。劉岸挺、伍立楊和夔鳴三位先生可謂是郁達夫的知音。故論其詩能直探其心，劉岸挺即說：對於女性的一往情深，是詩人心靈世界的精神特徵。

其五，山水紀遊。郁達夫寫作了大量的山水詩，許多研究者也都揭示了這些詩的思想意義與價值。徐榮街說：「郁達夫的紀遊詩詞同他的遊記散文一樣，描畫自然，不僅狀摹山水的形態，而且能傳出它的神韻，給人以美的享受。」〔註95〕這是指山水詩的美學價值。吳建華則說：「對山水風物的描寫是郁達夫詩詞創作的極為重要的組成部分，也是他詩詞創作中最有價值的部分。」「他縱情於山水詠誦，山水的優美，也正是表明他不願和統治階級同流合污。」〔註96〕這是指出其山水詩的社會價值。潘頌德說：「他在這些紀遊詩中，縱情歌贊祖國如畫的河山，這些紀遊詩風格清新自然，一掃前期部分詩作所流露出來的感傷頹唐情調。有的紀遊之作中，還借褒揚歷史人物貶斥了當局。」〔註97〕這是指出其山水詩的思想價值。伍立楊說：「繪景為達夫情有獨鍾。……他的寫景詩則是橫切的，即興的，像明麗的水彩，讀之如杖履行走於秋山寒林，春田野渡之間，……其景物看似純粹單性，實則是傳達潛在意義的一種符號，這種形象切取經組合而成為意象，同時拓深了意境，言外語義還有千重，那就是聯想與思索的空間。達夫寫景詩用語活潑自然，調子清新明快，卻字字句句引起不少聯想。」〔註98〕這是指出其山水詩的藝術價值。郁達夫的山水詩，正如其愛國詩、愛情詩一樣，是郁達夫全部詩詞創作中一個重要門類，故為眾家所論，各揭詩旨，又多歸一。

其六，其他思想內容的歸納。王冠軍說：「達夫的詩既有情意纏綿的悄語低述，也有慷慨激昂的請纓之辭；既有拯人民於水火的滿腔熱忱，也有對統治階級的掙扎反抗；既有對兄友的懷念，也有對賊寇的憎惡。」〔註99〕等等。劉茂海還說郁詩的「遁世歸隱之念」亦是其思想內容之一〔註100〕。

〔註94〕夔鳴：《郁達夫舊體詩初探》，載《川北教育學院學報》1997年第3期。
〔註95〕徐榮街：《郁達夫詩詞論》，載《徐州師範學院學報》1985年第1期。
〔註96〕吳建華：《郁達夫的生活和詩》，載《長沙水電師範學院學報》1995年第3期。
〔註97〕潘頌德：《郁達夫詩散論》，載《固原師專學報・社會科學版》1997年第1期。
〔註98〕伍立楊：《愁如大海酒邊生——論郁達夫的舊體詩》，載《海南師範學院學報・社科版》2003年第4期。
〔註99〕王冠軍：《論郁達夫的舊體詩》，載《中國現代文學研究叢刊》1984年第4期。
〔註100〕劉茂海：《略論郁達夫舊體詩的思想內容藝術特色及其文學素養》，載《湘潭師範學院學報・社科版》2003年第1期。

2. 關於藝術特色與風格

徐榮街概括為:「清新秀逸,灑脫流利」,「重視旋律和節調,追求韻味和神趣。」〔註101〕潘頌德則概括為「感情真摯」,「注重意境營造」與「口語入詩」〔註102〕。劉茂海概括為詠史與用典,以絕句見長,善寫情境等等〔註103〕。劉的概括,詠史是題材,絕句是體裁,用典是技巧,作為藝術特色雖無不可,並不精到。同樣,關於藝術的風格亦為眾家所樂道。或說,郁詩風格「有的綺麗婉約,有的沖淡自然;有的詼諧含蓄,有的謹嚴通俗;有的纖濃,有的疏朗,多種風格熔於一爐,靈活多變,運用自如」〔註104〕。或說,「郁達夫的舊體詩詞既有淒婉憂鬱的一面,也有曠達壯放的一面」〔註105〕。或說:「郁達夫詩或溫情脈脈,或浩氣磅礴;或沖淡,或飄逸。」〔註106〕或說:「達夫的詩是風華典麗而兼以鬱怒情深的。」〔註107〕不獨這些文章,其實,在上述其他類的文章中,研究者們論詩也都或多或少地涉及郁詩的藝術特色與藝術風格。如任重遠在《郁達夫詩詞抄》初版時即說:郁達夫的詩「以清新俊逸著稱,然亦不拘一格,或沉鬱頓挫,或奇警峭拔;或委婉哀豔,或痛快淋漓;雜然紛呈,有兼收並蓄之概。」〔註108〕而曾華鵬先生的《論郁達夫的舊體詩》也有所論,前文已引,茲不贅述。總之,郁詩之藝術特色與風格,眾家所論,亦不外乎陽剛與陰柔。

3. 關於創作方法與技巧

王冠軍說:「達夫詩歌創作的基本特徵是浪漫主義,但也具有濃厚的現實主義色彩。有時還表現在一定程度上的結合。」他的詩「還融合了李賀的象徵主義手法」〔註109〕。徐榮街也認為:「郁達夫詩詞的基調是主觀感情色彩濃重的浪漫主義。」〔註110〕這是用西方文論的術語來套郁詩,可算是「現代」角

〔註101〕 徐榮街:《郁達夫詩詞論》,載《徐州師範學院學報》1985 年第 1 期。

〔註102〕 潘頌德:《郁達夫詩散論》,載《固原師專學報·社會科學版》1997 年第 1 期。

〔註103〕 劉茂海:《略論郁達夫舊體詩的思想內容藝術特色及其文學素養》,載《湘潭師範學院學報·社科版》2003 年第 1 期。

〔註104〕 王冠軍:《論郁達夫的舊體詩》,載《中國現代文學研究叢刊》1984 年第 4 期。

〔註105〕 徐榮街:《郁達夫詩詞論》,載《徐州師範學院學報》1985 年第 1 期。

〔註106〕 劉岸挺:《心靈的跋涉——讀郁達夫舊體詩》,載《解放軍藝術學院學報》2003 年第 3 期。

〔註107〕 伍立楊:《愁如大海酒邊生——論郁達夫的舊體詩》,載《海南師範學院學報·社科版》2003 年第 4 期。

〔註108〕 任重遠:《郁達夫詩詞抄》,載《詩刊》1982 年第 4 期「詩苑漫步」欄。

〔註109〕 王冠軍:《論郁達夫的舊體詩》,載《中國現代文學研究叢刊》1984 年第 4 期。

〔註110〕 徐榮街:《郁達夫詩詞論》,載《徐州師範學院學報》1985 年第 1 期。

度的一種認識。在技巧方面，除了人們以郁達夫自己所說的「詞斷意連」「粗細對稱」兩點外，又總結了以下幾點：一是象徵、比喻與誇張。「達夫詩寫得最成功的還是懷人的愛情詩，這些詩往往採用象徵和比喻手法……有時也採用誇張手法……體現了他作品中的浪漫主義色彩。」〔註 111〕二是用典。「郁達夫詩往往用典，大約是受李商隱影響吧？……郁達夫詩中提到古人用字號、別號、官名、地望等，絕少用名。……大概詩貴典雅，呼名不免近俗？」〔註 112〕「在用典上，他掌握了杜甫的用典不嘗口出的技巧，借助恰當的歷史典故，使不便明言的意思得以暢達，使容易寫得平淡的內容顯得新鮮。」「但由於用典過多，使有些詩讀來晦澀難懂。」〔註 113〕三是善用虛詞。「達夫用虛字，多在律詩中，虛詞的靈活佈設又多了一層迴腸盪氣的效果，於精緻的烘托，詩境的開展，前後的策應等方面，造成迴環一體的有力關鍵。」〔註 114〕其他還有如口語入詩，巧用前人成句等。

4. 關於分期與分類

　　對郁達夫詩詞創作的分期亦有好幾種。一是兩分法。王乃欽即以兩期分「1913 年 9 月至 1922 年秋頭尾十年，郁達夫在日本生活期間。」「三十年代初到晚年的詩詞創作。」〔註 115〕二是三分法。趙壽珍持此說。「郁達夫的詩大體可分為三個時期：一是青少年時期，二是中年時期，三是毀家殉難時期。」〔註 116〕潘頌德亦持此說。「郁達夫一生的舊體詩創作，可以分為三個時期。他自 1911 年寫下《詠史三首》到 1922 年 7 月，結束十年留學生涯回國，主持創造社工作，為前期；自 1922 年 8 月到 1937 年 6 月抗日戰爭爆發前夕止，為中期；1937 年 7 月抗戰爆發到 1945 年 8 月 29 日被日本憲兵秘密殺害，為後期。」〔註 117〕三是四分法。李開平持此說。「郁達夫的詩詞創作大體可以分為四個階段：少年時期在富杭；青年時期在日本；中年時期在國內；晚年時期在

〔註 111〕　王冠軍：《論郁達夫的舊體詩》，載《中國現代文學研究叢刊》1984 年第 4 期。
〔註 112〕　劉岸挺：《心靈的跋涉──讀郁達夫舊體詩》，載《解放軍藝術學院學報》2003 年第 3 期。
〔註 113〕　王冠軍：《論郁達夫的舊體詩》，載《中國現代文學研究叢刊》1984 年第 4 期。
〔註 114〕　伍立楊：《愁如大海酒邊生──論郁達夫的舊體詩》，載《海南師範學院學報·社科版》2003 年第 4 期。
〔註 115〕　王乃欽：《生同小草思酬國　志切狂夫敢憶家──郁達夫詩詞的精神實質》，載《華僑大學學報》1985 年第 1 期。
〔註 116〕　趙壽珍：《漫談郁達夫詩》，載臺北《浙江月刊》1977 年第 9 卷。
〔註 117〕　潘頌德：《郁達夫詩散論》，載《固原師專學報·社會科學版》1997 年第 1 期。

南洋。」〔註118〕四是五分法。謝文彥持此說。「一、少年求學時期（1896～1913）才華出眾，品行方正的學生」;「二、留學日本時期（1913 年 10 月～1922 年）失意的封建士子，灰色的個人主義者」;「三、回國時期（1922 年 7 月～1933 年 3 月）孤獨彷徨的迷路人」;「四、遷居杭州後（1933 年～1938 年）從曳尾泥中的隱士到覺醒的勇士」;「五、南洋時期（1938 年～1945 年）充滿樂觀精神的戰士」〔註119〕。

與詩歌創作分期相關的是詩歌的分類。夔鳴在分析了其愛國詩後，就「其他體裁」又分為遣懷詩、感事詩、山水詩和愛情詩〔註120〕。這裡的體裁似應為題材。劉岸挺即是從題材的角度分為詠史、懷古、自述、離亂、戀情、紀遊、贈別、題畫、題壁、唱酬、以詩代函等等〔註121〕。分期與分類都是為了更好地分析和把握郁達夫詩的思想內容與思想發展的軌跡，從研究的角度來說，毫無疑問是必要的。

5. 關於藝術淵源

前面已有人專文論郁詩的晚唐情結或舊體詩情結。在綜論郁詩文章中，眾家也還是不厭其煩地列數郁詩的「家數」。王冠軍說:「他的詩主要吸取了李商隱的濃豔纖細，也繼承了杜甫的錘鍊嚴謹、沉鬱頓挫的特色;既融合了李賀的象徵主義手法，又兼有吳梅村的辭采清麗、畫面鮮明的俊爽。」〔註122〕徐榮街說:「郁達夫的詩詞有著深厚的藝術淵源。……海外的一些郁達夫詩詞研究者，有的說達夫詩詞『取法盛唐』，有的說他『近學明清』，也有人經過精心求索，廣博徵引，指出達夫的詩『出自宋詩』。……但是……郁達夫是一個有著深厚文學素養與鮮明個性氣質的詩人，他的詩詞『轉益多師』，鎔鑄百家，形成了獨特的藝術風格，任何『家數』和『門戶』都是難以規範詩人的才華和作品的。郁達夫的詩詞遠學李白、杜牧、兼包『溫李』（溫庭筠、李商隱），近學吳梅村、王士禎、黃仲則、龔定盦、蘇曼殊，他在唐宋元明清諸家中博採眾長，

〔註118〕 李開平:《郁達夫詩研究的當代意義》，載中國文聯出版社出版的《大會論文集》2009 年。

〔註119〕 謝文彥:《從郁達夫的舊體詩看其思想發展的階段性》，載《景德鎮高專學報·哲學社會科學版》1995 年第 1 期。

〔註120〕 夔鳴:《郁達夫舊體詩初探》，載《川北教育學院學報》1997 年第 3 期。

〔註121〕 劉岸挺:《心靈的跋涉——讀郁達夫舊體詩》，載《解放軍藝術學院學報》2003 年第 3 期。

〔註122〕 王冠軍:《論郁達夫的舊體詩》，載《中國現代文學研究叢刊》1984 年第 4 期。

從而形成了清雋灑脫的詩風。」〔註123〕在吳戰壘（《郁達夫詩詞》）、伍立楊
（《愁如大海酒邊生──論郁達夫的舊體詩》）等人文章中亦有類似的觀點，
而以徐論為佳，也即「『轉益多師』，鎔鑄百家」，不為「家數」「門戶」所囿，
這才是郁達夫。

6. 關於郁詩的侷限性

藝術的成就為人共論，但郁詩也存在一些缺限。有論者指出：「郁達夫的
詩，雖說寫得委婉柔媚，悽楚動人，但怎麼也不能說都是十全十美的，連一點
缺點也沒有。我讀了他全部詩後，發覺其中不乏抄襲別人的詩句，如《亂離雜
詩》十一首第七句：『此情可待成追憶』，全抄李商隱的《錦瑟》第七句，……
居然一字不改。……這些地方，郁達夫的確疏於檢點，未能設法予以避免，以
致貽人口實，該是憾事。」〔註124〕常麗潔表達了與此相近的意思：「郁達夫的
詩作，也並非一概全是好的，即使與同時代人比較，也有明顯不足之處。他不
如魯迅的憂憤深廣，不如俞平伯的精美圓熟。他的詩有一部分是躲懶之作，多
襲用前人成句，拱手把自己融入傳統。有的詩不僅詞句毫無新意可言，就連那
點意思，也是千百年前的古人的意思；有的詩又辭氣浮露。」〔註125〕還有人說：
「達夫的詩和他的小說一樣，過於表現自我，他寧可宣洩感傷愁苦，卻不善於
抒發理想；他情願為一己之情低吟哀述，卻無力表現英雄氣概。他也沒有像其
他浪漫主義作者那樣，『把人類精神的大膽的熱情迸發和日常平凡相對比』，
沒有把『崇高的事物和卑劣事物相比』（以上引郁達夫《文學概論》）。或許是
氣質稟賦的限制，他的詩歌缺乏那種令人震驚或狂喜的氣勢和力量。……達夫
詩雖也有反映國計民生，揭發政治黑暗的棱角畢露的詩篇，但其詩集中流露
的主要傾向是懷人傷別的感傷情緒。」〔註126〕這裡一是指出其形式上的毛病，
另一是指出其思想上的不足，都還是很恰當的批評。

7. 關於郁詩的當代意義

郁達夫的詩乃是舊體，大多寫作於「五四」新文學革命後，他本人生前雖
出過全集，卻從未為其舊詩結集，這也表明郁達夫是以新文學作家面世的，寫

〔註123〕徐榮街：《郁達夫詩詞論》，載《徐州師範學院學報》1985年第1期。
〔註124〕趙壽珍：《漫談郁達夫詩》，載臺北《浙江月刊》1977年第9卷。
〔註125〕常麗潔：《論郁達夫舊體詩的晚唐情結》，載《四川師範學院學報》2003年第
　　　　3期。
〔註126〕王冠軍：《論郁達夫的舊體詩》，載《中國現代文學研究叢刊》1984年第4期。

舊詩則是「適興」而已。當舊體詩作為中國傳統文化越來越為人們所關注，那麼，郁達夫舊體詩的當代意義究竟何在？則是應予回答的問題。伍立楊從新與舊的辯證角度說：「就大概而言，非謂新體裁必合新思想，新與舊只是一個相對的概念。到處是舊，新才成其新，而到處是新，新就變作舊，這時舊反而變作新。達夫的詩，就是在文壇滿目新進新潮的情況下，反而變作新。」伍立楊指出了郁達夫詩的形式雖為舊體，但在「新詩裏簡直沒有第一流的傳世之作，連二流作品都少」的滿目皆「新」裏，這樣的「新就變作舊」，而郁詩之「舊反而變作新」了〔註127〕。此說為後來的劉茂海所稱引（見劉茂海《論郁達夫的舊體詩情結》）。伍立楊努力從郁達夫的舊體詩裏發現和發掘出「新」也即當代意義來。常麗潔則從文化傳統的角度說：「新詩的不成功很大程度上就在於對傳統的否定太過決絕，太不留餘地。」而「在現代詩壇上，郁達夫仍不失為一種獨特的存在。正如在滿眼的西裝革履中固執自己的長衫布鞋一樣，在滿眼的白話新詩中，他固執自己的舊體詩，他自有他的確信：『中國的舊詩，限制雖則繁多，規律雖則謹嚴，歷史是不會中斷的。』……正是靠了這一確信，他在很小的範圍內保存了民族傳統的一脈餘香，從而具有了文化傳承方面的相當意義；正是靠了這一點確信，他才敢於對抗當時白話新詩的主潮，並從另一種意義上真正體現出『五四』倡導的民主與自由的精神。而這些，也正是我們今天仍在討論郁達夫舊體詩的意義所在。」〔註128〕郁詩承接了傳統，而當下也會成為傳統。那麼，傳統與當下，正如前面伍立楊所說的「新與舊」可以相互轉化一樣，傳統只要具有了當代意義，那麼也就如常麗潔所說的那樣，「從另一種意義上真正體現出『五四』倡導的民主與自由的精神」了。黃傑也表達了與常麗潔相似的觀點，即從傳統在現代的意義來說：「郁達夫的舊體詩正代表了傳統文學形式在現代社會的繼續生存與發揚光大，代表了傳統文學形式的勃勃生命力，而遠非『舊瓶裝新酒』之所能概括。」「郁達夫的舊體詩居於古典與現代之間，是舊詩對於新生活的毫不局促的遊刃有餘的謳歌。並且，高出許多寫舊體詩的同時輩的是，郁達夫所表現出的這些風貌在中國詩歌發展史上，也是一種生新的創造。可以說，郁達夫的舊體詩，乃是傳統文學在現代

〔註127〕 伍立楊：《愁如大海酒邊生——論郁達夫的舊體詩》，載《海南師範學院學報·社科版》2003 年第 4 期。

〔註128〕 常麗潔：《論郁達夫舊體詩的晚唐情結》，載《四川師範學院學報》2003 年第 3 期。

的嶄新的美麗的綻放。」〔註129〕李開平的文章直接即以《郁達夫詩詞研究的當代意義》為題,從四個方面論郁詩研究的當代意義,即:「一、詩之魂,非有性情不能成為詩人」;「二、詩之精,非有學識不能成為好詩人」;「三、詩之藝,非青少年不宜半路出家學寫詩」;「四、詩之富,非多才多藝不能成為大家」。另一點是李開平還從「中華詩詞實施精品戰略」的高度來看郁達夫詩的當代意義,他把郁詩放在「五四運動以來現代文學史上的詩詞大家」中來研究,認為:「郁達夫無疑是現代以來最偉大的愛國主義詩人之一,他的舊體詩是現代以來屈指可數的幾位一流大師中最有成就和個性的經典。」這就是說,郁達夫不是傳統意義上的詩人,而是如夏衍所說,是「中國現代文學史上傑出的詩人」了〔註130〕。郁達夫詩詞的「形」雖是舊的,但表達的思想、感情則是現代的,是現代人所寫的思想情感。那麼,郁達夫詩詞木身也即有了白身本已具備的當代意義了。

第六節　結束之語

郁詩研究已經走過了一百年的漫長歷程,取得了可觀的成就,但也存在明顯的不足。本章略作小結並試說郁詩研究未來的趨向。

一、研究特點

(一)逐漸深細

郁達夫詩詞的研究在前 30 年,主要是一般性的介紹以及詩友們相互唱和贈答之作,還算不上嚴格意義上的學術研究。郁達夫殉難後,有人搜集郁詩出版,一些稍帶研究性的序論文章開始出現。新中國成立後,有一段時間受極左思潮影響,郁詩研究停滯;但在大陸之外的港、臺與外國的新加坡、日本,郁詩頗受關注,不乏研究力作。新時期後,郁詩的研究在大陸全面展開,無論是質還是量都遠超以前,且逐漸地深化細化,既有單詩組詩的賞析,又有思想藝術的研究,等等。郁詩的研究已步入快車道,與其小說、散文、評論受到人們同樣的重視。

〔註129〕 黃傑:《凌雲健筆開生面　古調新翻別有情——論郁達夫舊體詩的舊與新》,載《浙江學刊》2007 年第 2 期。
〔註130〕 李開平:《郁達夫詩詞研究的當代意義》,載中國文聯出版社 2009 年出版的《大會論文集》。

（二）體式多樣

從開始的唱和、次韻、贈答、懷弔類詩體形式出現之後，研究的體式隨著研究本體的深入，也多了起來，有序、考、注、譯、析、論、評、賞，還有的文章考論、譯注、析論並用，體式的選擇反映了研究者對研究對象認識的程度。

（三）重點突破

《毀家詩紀》是郁達夫的經典之作，被稱作詩之「絕唱」，自發表後即備受關注，在一陣熱讀後，也進入了冷靜的批評，既有在綜論裏述及的，更有專文研究的，或從本事的角度探其有無，或從史實的角度揭郁心理，或從社會的角度論郁悲劇，或從詩事本身由序而詩，論詩之意義；更多的還是就詩論詩，研究詩的內容、藝術與思想意義，較之郁達夫其他的詩，《毀家詩紀》是被研究的最多的詩。

二、存在問題

（一）選題不寬

郁達夫的詩詞六百餘首，就題材來說，有愛國詩、思鄉詩、戀情詩、懷親詩、友誼詩、寫景詩、詠物詩、山水詩、說理詩、感事詩、抒懷詩、農事詩、論詩詩、題畫詩等等；就體制來說，有律詩、絕句、古體詩、詞、散句、對聯等。目前的研究，許多方面都沒有涉及，或者也只是泛泛而論，點到即止，缺少專題的深入的研究。

（二）冷熱現象

郁達夫詩詞研究存在忽冷忽熱之症。20 世紀 80 年代後，郁達夫詩詞的研究，特別是隨著《郁達夫詩詞抄》的出版，郁詩引起海內外的關注，一時說《抄》、補正、輯佚、評論之作蜂起。1985 年是郁達夫逝世 40 週年，有關郁詩的論文達 51 篇之多，為歷年之最。但到了 90 年代後，即冷了下來，一年之中，很少超過 10 篇的。1994 年則為零篇。進入 21 世紀的 14 年間，總篇數還不到 50 篇（主要根據中國知網），不及 1985 年一年之多。另一個冷熱現象是海外（主要是新加坡、日本）熱的時候，大陸即冷（五十、六十、七十年代）；大陸熱的時候，海外卻冷了（如八十年代後）。

（三）釋《阻》扎堆

魯迅的《阻郁達夫移家杭州》一詩，對瞭解郁達夫的生活思想固然有一定

的作用，研究當然也是必要的，但一時扎堆之作特別多，從 1977 年至 1985年，釋《阻》的文章近 40 篇。作為魯迅研究未為不可，當作是郁詩研究未免欠妥。我以為，魯迅這首詩的意義就在於打開了郁達夫詩詞研究的禁區，也開啟了郁詩研究之門。

（四）青黃不接

這是指研究的隊伍。郁達夫詩詞研究，在上個世紀尚有鄭子瑜、郭沫若、蔣祖怡、于聽等名家；80 年代，蔣寅、黃清華亦為郁詩研究的重要力量。蔣寅在 1983 年至 1985 年連續寫出 4 篇校補、輯解的文章，還翻譯了日本稻葉昭二的著作《郁達夫——他的青春和詩》，其後即轉向古典文學，而於郁詩不顧了。黃清華在 1984 年至 1987 年的短短幾年時間裏也一連寫出過 5 篇文章，其後據說為官也無暇郁研了。1990 年代之後，正像前述的郁詩研究趨冷一樣，研究的隊伍也不太成氣候，多是散兵遊勇，偶一為之，稍有韌性持久之人不多。這期間，有一些研究生走入郁詩研究隊伍，且時有佳作，也為郁詩研究增添了新生力量。

三、未來走向

郁詩研究走過了一百年。未來的一百年怎麼走？我非神算，難測百年，就現在郁詩研究的狀況，來看將來的郁詩研究，我以為應當把握這幾點：

（一）要拓寬領域

郁達夫詩詞的題材還是相當寬泛的，目前的研究尚侷限於愛國詩、愛情詩之類，許多領域有待開拓。比如論詩詩，是反映郁達夫的詩學思想的，僅蔣祖怡一文，其他則無人論及。除了《毀家詩紀》《亂離雜詩》兩組詩外，郁達夫還有很多的組詩，異域風情詩（如日本竹枝詞）等，也無人進行分類的專題研究。這些都有待開拓。

（二）要接通古代

關於郁達夫詩的淵源，多有論及，但都相似重複之論，而少有深入比較之文。郁達夫與中國古代詩人的比較，也僅見屈原、李商隱、黃仲則；而說到郁達夫受到古代詩人的影響能列出一大串，卻無具體的比較。比如郁達夫與李白，郁達夫與杜牧，即未見人寫。郁達夫說「儂詩粉本出青蓮」，明說是出自李白；又說「銷魂一卷樊川集」，又明說是深愛杜牧。至於與清代詩人吳梅村

更是關係不淺,「忽遇江南吳祭酒,梅花雪裏學詩初」,等等。這方面的研究尚不是深入,而是闕如。郁達夫與傳統文化或說與中國古代詩人,論皆提及,而無深論,是遠遠不夠的。

（三）要縱向深入

郁達夫詩詞研究的整體水平,還遠不及對其小說、散文的研究,雖然,論者如郭沫若、劉海粟等人認為郁達夫的詩要好於他的小說,但對於郁詩研究卻並未緊緊跟上,像曾華鵬、范伯群那樣的《郁達夫論》、董易那樣的《郁達夫的小說創作初探》這樣的鴻篇巨作,在郁詩研究論文中尚未出現。所以,郁達夫詩詞的研究尚須深入,在各個題材領域都要深入,只有縱向深入,深入挖掘郁達夫詩詞的內在意蘊,才能提高郁詩研究的水平與程度,才不至於跛腳而成為小說散文研究的陪襯。

詩要承傳統,當代要好詩。一場承續中國傳統文化的熱潮正在中華大地掀起。郁達夫詩詞雖是舊體的,卻趕上了好時運。相信,今後的郁詩研究一定會開出絢麗之花,結出累累碩果。

主要參考文獻

一、書籍

1. 楊伯峻：《論語譯注》，中華書局 1980 年版。
2. 楊伯峻：《孟子譯注》，中華書局 2004 年版。
3. 陳子展：《詩經直解》，復旦大學出版社 1983 年版。
4. 黃靈庚：《楚辭章句疏證》第 1 冊，中華書局 2007 年版。
5. 〔漢〕司馬遷撰：《史記》，上海古籍出版社 1997 年版。
6. 〔漢〕班固撰：《漢書》，嶽麓書社 1993 年版。
7. 〔宋〕范曄撰：《後漢書》，嶽麓書社 1994 年版。
8. 〔晉〕陳壽撰：《三國志》，嶽麓書社 2002 年版。
9. 〔晉〕皇甫謐：《高士傳》，商務印書館民國二十六年六月出版。
10. 〔梁〕沈約撰：《宋書》第 5 冊，中華書局 1974 年版。
11. 〔唐〕房玄齡等撰：《晉書》第 4、5 冊，中華書局 1974 年版。
12. 〔唐〕元稹等著：《唐宋傳奇》，華夏出版社 2015 年版。
13. 〔宋〕歐陽修、宋祁撰：《新唐書》第 18 冊，中華書局 1975 年版。
14. 〔宋〕范仲淹：《范仲淹全集》上冊，南京鳳凰出版社 2004 年版。
15. 〔宋〕李昉等編：《太平廣記》第 2、6 冊，中華書局 2003 年重印。
16. 〔宋〕李昉編纂，孫雍長、熊毓蘭校點：《太平御覽》第 7 卷，石家莊河北教育出版 1994 年版。
17. 〔元〕脫脫等撰：《宋史》第 33 冊，中華書局 1997 年版。
18. 逯欽立輯校：《先秦漢魏晉南北朝詩》上、中冊，中華書局 1983 年版。

19. 余嘉錫箋疏：《世說新語箋疏》，上海古籍出版社 1993 年版。

20.《全唐詩》，上海古籍出版社 1986 年版。

21.〔宋〕計有功輯撰：《唐詩紀事》（上、下冊），上海古籍出版社 2008 年版。

22.〔清〕厲鶚輯撰：《宋詩紀事》（1～4 冊），上海古籍出版社 2008 年版。

23.〔清〕何文煥輯：《歷代詩話》，中華書局 1981 年版。

24. 逯欽立校注：《陶淵明集》，中華書局 1979 年版。

25.〔清〕王琦注：《李太白全集》，中華書局 1977 年版。

26. 陶敏、陶紅雨校注：《劉禹錫全集校注》，嶽麓書社 2003 年版。

27. 顧學頡校點：《白居易集》，中華書局 1979 年版。

28. 楊軍箋注：《元稹集編年箋注》，三秦出版社 2002 年版。

29. 王國安箋釋：《柳宗元詩箋釋》，上海古籍出版社 1993 年版。

30.〔清〕馮浩箋注：《玉谿生詩集箋注》，上海古籍出版社 1979 年版。

31. 吳在慶校注：《杜牧集繫年校注》，中華書局 2008 年版。

32. 劉學鍇校注：《溫庭筠全集校注》，中華書局 2007 年版。

33.〔清〕錢謙益箋注：《錢注杜詩》，中華書局 1961 年版。

34.〔清〕黃景仁著：《兩當軒集》，上海古籍出版社 1983 年版。

35. 劉逸生注：《龔自珍己亥雜詩注》，中華書局 1980 年版。

36. 劉明華：《杜甫研究論集》，重慶出版社 2004 年版。

37. 郁達夫：《郁達夫全集》，浙江大學出版社 2007 年版。

38. 郁曼陀、陳碧岑：《郁曼陀陳碧岑詩抄》，學林出版社 1983 年版。

39. 郁達夫：《郁達夫詩全編》，浙江文藝出版社 1989 年版。

40. 于聽、周艾文編：《郁達夫詩詞抄》，浙江人民出版社 1981 年版。

41. 蔣祖怡、蔣祖勳：《郁達夫舊體組詩箋注》，杭州大學出版社 1993 年版。

42. 詹亞園：《郁達夫詩詞箋注》，上海古籍出版社 2006 年版。

43. 小田岳夫、稻葉昭二：《郁達夫傳記兩種》，浙江文藝出版社 1984 年版。

44. 于聽：《郁達夫風雨說》，浙江文藝出版社 1991 年版。

45. 陳子善、王自立編：《郁達夫研究資料》，花城出版社，三聯書店 1986 年版。

46. 陳子善、王自立編：《回憶郁達夫》，湖南文藝出版社 1986 年版。

47. 郭文友：《郁達夫年譜長編》，四川人民出版社 1996 年版。

48. 王瑤：《王瑤全集》第 5 卷，河北教育出版社 2000 年版。

49. 鄭子瑜：《鄭子瑜學術論著自選集》，首都師範大學出版社 1994 年版。

50. 鄭子瑜：《詩論與詩紀》，友誼出版公司 1983 年版。

51. 鄭子瑜：《東都習講錄》，新加坡南洋學會 1963 年版。

52. 馬華、陳正宏：《隱士生活探秘》，山東文藝出版社 1992 年版。

53. 蔣寅：《古典詩學的現代詮釋（增訂本）》，中華書局 2009 年第二版。

二、期刊

1. 郭沫若：《望遠鏡中看故人——序〈郁達夫詩詞抄〉》，載《光明日報・東風》1962 年 8 月 4 日。

2. 趙壽珍：《漫談郁達夫詩》，載臺北《浙江月刊》1977 年第 9 卷。

3. 于聽：《釋郁達夫詩〈聞楊杏佛被害感書〉——與〈鮮明的對比〉的作者商榷》，載香港《文匯報・筆匯》1979 年 7 月 4 日。

4. 于聽：《說郁達夫〈四十言志〉詩的前前後後——供〈西湖並非桃源〉的作者參酌兼與之商榷》，載香港《文匯報・筆匯》1979 年 9 月 5 日。

5. 趙毅衡：《意象派與中國古典詩歌》，載《外國文學研究》1979 年第 4 期。

6. 呂洪年：《郁達夫的紀遊詩》，載《杭州大學學報》1980 年第 3 期。

7. 張紫薇：《郁達夫婚前吟詩》，載《新文學史料》1980 年第 4 期。

8. 溫儒敏：《賦到滄桑句白工——談郁達夫在南洋寫的詩》，載《星星》1980 年第 7 期。

9. 王翼奇：《悲歌痛哭音容在——讀〈郁達夫詩詞抄〉》，載麗水師專《教學與研究》1981 年第 2 期。

10. 張炳隅：《長歌當哭 壯懷激烈——讀郁達夫〈滿江紅〉》，載《紹興師專學報》1981 年第 1 期。

11. 陳子善：《郁達夫的德文詩》，載《新文學史料》1981 年第 4 期。

12. 吳戰壘：《郁達夫詩詞》，載《文藝報》1981 年第 7 期。

13. 任重遠：《郁達夫詩詞抄》，載《詩刊》1982 年第 4 期「詩苑漫步」欄。

14. 顧鑒明：《誤為郁達夫作的一首詩》，載《讀書》1982 年第 2 期。

15. 于聽：《說郁達夫〈釣臺題壁〉詩——答無錫教師進修學院》，載香港《文匯報・筆匯》1982 年 1 月 22 日。

16. 錢璱之：《漫天風雨聽雞鳴——讀郁達夫愛國詩詞》，載《內蒙古師範大學學報》1983 年第 2 期。

17. 胡邁：《對〈郁達夫詩詞抄〉的補正》，載《新文學史料》1983 年第 1 期。

18. 于聽：《幽蘭不共群芳去──說郁達夫原配夫人孫荃的詩》，載香港《文匯報·筆匯》1983 年 5 月 23 日。

19. 王乃欽：《試論郁達夫詩人氣質的形成》，載《華僑大學學報》1983 年。

20. 王冠軍：《論郁達夫的舊體詩》，載《中國現代文學研究叢刊》1984 年第 4 期。

21. 蔣寅：《郁達夫佚文〈將之日本別海棠〉（有序）淺解》，載《中國現代文學研究叢刊》1984 年 9 月第 3 輯。

22. 王乃欽：《生同小草思酬國 志切狂夫敢憶家──郁達夫詩詞的精神實質》，載《華僑大學學報》1985 年第 1 期。

23. 徐榮街：《郁達夫詩詞論》，載《徐州師範學院學報》1985 年第 1 期。

24. 蔣寅：《郁達夫逸詩二十一首》，載《廣西大學學報·哲社版》1985 年第 2 期。

25. 胡榮錦：《試說郁達夫〈釣臺題壁〉》，載《名作欣賞》1985 年第 6 期。

26. 吳世昌：《郁達夫舊詩用僻典》，載《詩與畫》1985 年第 15 期。

27. 黃清華：《邈邈離別意 悠悠故園情──郁達夫〈亂離雜詩〉的立體抒情》，載《名作欣賞》1986 年第 6 期。

28. 徐重慶：《〈毀家詩紀〉的餘音》，載《香港文學》1987 年第 28 期。

29. 洪鋒：《郁達夫給虎豹別墅題的兩副佚聯》，載《龍巖師專學報》1988 年第 3 期。

30. 蔣祖怡：《讀郁達夫論詩詩〈李義山〉》，載《浙江學刊》1988 年第 3 期。

31. 欽鴻：《新發現的郁達夫佚詩〈寄浪華南通〉》，載《上海師範大學學報》1990 年第 3 期。

32. 劉開揚：《郁達夫的愛國舊體詩》，載《文史哲》1990 年第 6 期。

33. 趙羽、李青：《郁達夫抗戰時期詩詞述論──達夫先生犧牲 45 週年祭祀》，載《中國民航學院學報》1991 年第 1 期。

34. 王禮賢：《談屈原對郁達夫的文學追求的影響》，載《文史雜誌》1991 年第 1 期。

35. 謝文彥：《從郁達夫的舊體詩看其思想發展的階段性》，載《景德鎮高專學報·哲學社會科學版》1995 年第 1 期。

36. 吳建華：《郁達夫的生活和詩》，載《長沙水電師範學院學報》1995 年第

3 期。

37. 潘頌德：《郁達夫詩散論》，載《固原師專學報‧社會科學版》1997 年第 1 期。

38. 夒鳴：《郁達夫舊體詩初探》，載《川北教育學院學報》1997 年第 3 期。

39. 楊時芬：《簡評郁達夫詩歌中的愛國主義精神》，載《貴州民族學院學報‧社會科學版》1997 年第 3 期。

40. 龐國棟：《郁達夫流亡詩辨析》，載《重慶廣播電視大學學報》1999 年第 3 期。

41. 龐國棟：《郁達夫詩〈無題四首〉解》，載《重慶廣播電視大學學報》1999 年第 4 期。

42. 肖嚮明、楊林夕：《論郁達夫文藝觀對傳統詩學的認同及轉化》，載《廣東社會科學》1999 年第 1 期。

43. 張鈞：《郁達夫早期詩七首箋注》，載《福州師專學報》2000 年第 2 期。

44. 何坦野：《郁達夫〈西歸雜詠十首〉補箋》，載《嘉興高等專科學報》2000 年第 4 期。

45. 詹亞園：《郁達夫詩出唐詩考》，載《浙江海洋大學學報》2001 年第 3 期。

46. 趙文序：《郁達夫詩用僻典》，載《北京宣武紅旗大學學報》2002 年第 1 期。

47. 劉麟：《郁達夫詩出自唐詩考》，載《中國現代文學研究叢刊》2002 第 2 期。

48. 易健賢：《郁達夫論鄭珍詩述評》，載《貴州教育學院學報》2002 年第 6 期。

49. 張鈞：《關於〈毀家詩紀〉第四首的考述》，載《郁達夫研究通訊》2002 年第 21 期。

50. 劉茂海：《略論郁達夫舊體詩的思想內容藝術特色及其文學素養》，載《湘潭師範學院學報‧社科版》2003 年第 1 期。

51. 劉岸挺：《心靈的跋涉——讀郁達夫舊體詩》，載《解放軍藝術學院學報》2003 年第 3 期。

52. 常麗潔：《論郁達夫舊體詩的晚唐情結》，載《四川師範學院學報》2003 年第 3 期。

53. 伍立楊：《愁如大海酒邊生——論郁達夫的舊體詩》，載《海南師範學院

學報·社科版》2003 年第 4 期。

54. 李捷：《阮籍與郁達夫》，載《煙臺師範學院學報》2003 年第 4 期。

55. 李紹華：《郁達夫古體詩歌的美學特徵》，載《南寧職業技術學院學報》2003 年第 4 期。

56. 黎光英：《郁達夫詩歌崇古原因探討》，載《廣西民族學院學報》2003 年第 S2 期。

57. 高俊林：《郁達夫的南洋詩散論》，載《渭南師範學院學報》2004 年第 1 期。

58. 劉素英、荊小衛：《戟指時事 兼披中懷——淺析郁達夫拜謁岳墳詩》，載《陝西師範大學學報·哲學社會科學版》2004 年第 2 期。

59. 許鳳才：《〈毀家詩紀〉的多維解釋——寫在郁達夫遇難 60 週年之際》，載《中州學刊》2005 年第 3 期。

60. 劉玉凱：《「厚地高天酒一杯」——讀郁達夫七律詩〈三月一日對酒興歌〉》，載《名作欣賞》2005 年第 4 期。

61. 郝倖仔：《千年詩魂兩悠悠——郁達夫與李商隱詩性人生比較》，載《遼寧師範大學學報》2005 年第 4 期。

62. 郝倖仔：《屈子精神郁詩魂——郁達夫舊詩引用楚辭考論》，載《浙江社會科學》2006 年第 1 期。

63. 張靜容：《論郁達夫的舊體詩創作》，載《漳州師範學院學報·哲學社會科學版》2006 年第 1 期。

64. 陳松溪：《郁達夫四首佚詩的發現》，載《新文學史料》2006 年第 4 期。

65. 劉茂海：《論郁達夫的舊體詩情結》，載《西北第二民族學院學報》2006 年第 3 期。

66. 向聯軍：《試論郁達夫舊體詩創作中的隱逸文化》，載《大理學院學報》2007 年第 1 期。

67. 黃傑：《凌雲健筆開生面 古調新翻別有情——論郁達夫舊體詩的舊與新》，載《浙江學刊》2007 年第 2 期。

68. 劉成群、孫海軍：《論郁達夫對於黃仲則的重塑與超越》，載《江西師範大學學報》2008 年第 5 期。

69. 李開平：《郁達夫詩研究的當代意義》，載中國文聯出版社出版的《大會論文集》2009 年。

70. 胡蘭、程鐵：《從〈釣臺題壁〉看郁達夫舊體詩的藝術魅力》，載《安徽文學》下半年，2009 年第 4 期。

71. 韓立平：《郁達夫舊體詩的取徑——與鄭子瑜先生商榷》，載《社會科學論壇》2010 年第 1 期。

72. 高原：《李商隱與郁達夫詩歌藝術風格比較》，載《湖北廣播電視大學學報》2010 年第 3 期。

73. 王尚文：《唐宋體詩例話：郁達夫與錢鍾書——「後唐宋體」詩話之三》，載《名作欣賞》2010 年第 3 期。

74. 鄭蕙苡：《郁達夫與黃仲則》，載《中國現代文學研究叢刊》2010 年第 6 期。

75. 鄧雙榮：《魯迅郁達夫舊體詩比較》，載《湖北廣播電視大學學報》2011 年第 3 期。

76. 黃世中：《郁達夫〈毀家詩紀〉史料新證》，載《紹興文理學院學報·哲學社會科學版》2011 年第 5 期。

77. 曾華鵬：《論郁達夫的舊體詩》，載《東吳學術》2012 年第 4 期。

78. 趙穎：《郁達夫南洋主題舊體詩考略》，載《理論界》2013 年第 4 期。

後　記

　　最早接觸郁達夫，是在恢復高考後。讀到周艾文、于聽編的《郁達夫詩詞抄》，就喜歡上了他的詩，只是郁詩用典太多，讀不太懂。後來又陸續郵購了蔣祖怡、將祖勳的《郁達夫舊體組詩箋注》、詹亞園的《郁達夫詩詞箋注》、浙大版的《郁達夫全集》以及相關的一些資料，這才開始研究起郁達夫的詩來，前後花了很長的時間，於是而有了這本書。其中，對郁達夫習用古典詩詞的方法以及郁達夫詩研究史所下的工夫尤大。對郁達夫的舊體詩作專題研究的專著，今尚未見，因而本書多少也有點開拓的意義。書成之後，對郁達夫也有了更深一層的理解與認識，想到他最後一首詩《題新雲山人畫梅》中的一句「每到春來輒憶家」，也賦上一首為他「招魂」的詩：「前妍後郁感流亡，國變妻離詩賦滄。島隱不忘青一髮，梅花最後是家鄉。」

　　感謝著名美學家潘知常先生賜序。潘先生認為：「任何的關於郁達夫的研究，如果不長驅直入推進到他的舊體詩研究，我都私下以為是並非盡善盡美的。」這真是深得我心。潘先生還在郁達夫的詩中讀出了「真赤子的真性情」；他的「舊體詩寫作，在真赤子的真性情的傾訴、表達、宣洩之外，其實還應該被看作是郁達夫的發自內心深處的自我對話」；並且認為他詩中大量用歷史人物典讓「我們想到郁達夫的舊體詩是在與自己的另外一個更高的自我對話，想到是在『與自己談話』，就不難發現：這其實恰恰正是郁達夫的舊體詩的一個不可忽視的特徵」。這毫無疑問地可以說：潘先生也是郁達夫的一位解人。潘先生在序的最後說：「郁達夫的長長的生命故事，借助於郁達夫的舊體詩寫作，蔣成德先生一定會細細地向我們講述。」這是潘先生對我的期待，也是我今後應當努力的。

郁達夫的詩值得研究的地方還很多，本書拋磚引玉，希望能得到方家的不吝批評。

蔣成德

2023 年 3 月 8 日於徐州